Zu diesem Buch

Sethe lebt nach dem Ende des amerikanischen Bürgerkrieges mit ihrer Tochter Denver am Rande von Cincinnati. Paul D, ein alter Leidensgenosse von der «Sweet Home»-Plantage, macht Sethe Hoffnung auf einen neuen Anfang, ein bescheidenes Glück und – vielleicht – ein ganz normales Familienleben. Doch dann taucht eines Tages eine junge Schwarze namens Menschenkind auf. Sethe meint, in Menschenkind ihre totgeglaubte Lieblingstochter wiederzuerkennen, und wird so auf tragische Weise mit ihrer Vergangenheit konfrontiert.

«Streckenweise packend wie ein Thriller, zugleich aber kompositorisch von außergewöhnlicher Virtuosität – ein Buch, das den Pulitzerpreis mehr als verdient hat.» («F.A.Z.»)

Toni Morrison, geboren 1931 in Lorain, Ohio, lehrte neun Jahre an amerikanischen Universitäten Englische Literatur. Danach arbeitete sie als Verlagslektorin. Für ihren Roman «Menschenkind» wurde sie 1988 mit dem Pulitzerpreis ausgezeichnet und für ihr Gesamtwerk 1993 mit dem Nobelpreis. Zur Zeit lebt sie mit ihren beiden Söhnen in der Nähe von New York. Im Rowohlt Taschenbuch Verlag sind bereits erschienen ihre Romane «Sehr blaue Augen» (Nr. 14392), «Solomons Lied» (Nr. 13547), «Teerbaby» (Nr. 13548), «Sula» (Nr. 15470), «Jazz» (Nr. 13556) und «Im Dunkeln spielen» (Nr. 13754). Im Rowohlt Verlag liegen als gebundene Ausgaben vor: «Menschenkind», «Teerbaby», «Solomons Lied», «Jazz» und der Essayband «Im Dunkeln spielen».

Toni Morrison

Menschenkind

Roman

Deutsch
von Helga Pfetsch

Rowohlt Taschenbuch Verlag

Die Originalausgabe erschien 1987
unter dem Titel «Beloved»
im Verlag Alfred A. Knopf, Inc., New York
Coverartwork Copyright © 1998 by Touchstone Pictures
Fotos im Tafelteil: Ken Regan
Copyright © 1998 by Touchstone Pictures

Veröffentlicht im Rowohlt Taschenbuch Verlag GmbH,
Reinbek bei Hamburg, April 1999
Copyright © 1989 by Rowohlt Verlag GmbH,
Reinbek bei Hamburg
«Beloved» Copyright © 1987 by Toni Morrison
Gesamtherstellung Clausen & Bosse, Leck
Printed in Germany
ISBN 3 499 22639 1

Sechzig Millionen und mehr

*Ich will das mein Volk heißen,
das nicht mein Volk war,
und meine Liebe,
die nicht meine Liebe war.*
Römer 9,25

EINS

Die 124 war böse. So tückisch wie ein Kleinkind. Die Frauen im Haus wußten das, und die Kinder auch. Jahrelang fand sich jeder auf seine Weise mit der Bosheit ab, aber im Jahre 1873 litten bloß noch Sethe und ihre Tochter Denver darunter. Großmutter Baby Suggs war tot, und die Söhne, Howard und Buglar, waren schon mit dreizehn fortgelaufen – als nämlich ein Spiegel bereits beim bloßen Hineinsehen in tausend Scherben zersprang (das war das Zeichen für Buglar) und als zwei winzige Handabdrücke im Kuchen auftauchten (da reichte es Howard). Keiner der Jungen wartete so lange, bis er noch mehr sah; wieder einmal einen Kessel voller Kichererbsen in einem dampfenden Haufen auf dem Fußboden; oder in einer Linie vor die Türschwelle gestreute Kekskrümel. Sie warteten nicht einmal eine der stillen Zeiten ab: die Wochen, ja Monate, in denen es keine Störung gab. Nein. Beide flohen auf der Stelle – sobald das Haus diejenige Untat beging, die sie nicht ein zweites Mal ertragen oder miterleben wollten. Binnen zweier Monate, mitten im tiefsten Winter, ließen sie ihre Großmutter Baby Suggs, ihre Mutter Sethe und ihre kleine Schwester Denver ganz allein in dem schiefergrauen Haus an der Bluestone Road zurück. Damals trug es noch keine Nummer, weil Cincinnati noch nicht so weit reichte. Ja selbst Ohio nannte sich erst seit siebzig Jahren Staat, als zuerst der eine Bruder und dann der andere sich Füllmaterial aus einer Steppdecke in die Mütze steckte, seine Schuhe in die Hand nahm und sich dem lebhaften Haß, den das Haus gegen die beiden empfand, klammheimlich entzog.

Baby Suggs hob nicht einmal den Kopf. Von ihrem Krankenbett aus hörte sie, wie sie gingen, aber nicht darum lag sie still. Ihr war ohnehin unbegreiflich, daß ihre Enkelsöhne so lange gebraucht hatten, um zu merken, daß nicht alle Häuser so waren wie das an der Bluestone Road. In der Schwebe zwischen der Widerwärtigkeit des Lebens und der Bosheit der Toten konnte sie weder Interesse dafür aufbringen, vom Leben zu lassen, noch dafür, es zu leben, geschweige denn für die Furcht von zwei Jungen, die sich davonstahlen. Ihre Vergangenheit war ebenso gewesen wie ihre Gegenwart – unerträglich –, und da sie wußte, daß der Tod alles andere als Vergessen bewirkte, nutzte sie das bißchen Kraft, das ihr noch blieb, um sich Gedanken über Farben zu machen.

«Bring mir ein bißchen Lavendelblau, wenn du hast. Wenn nicht, dann Rosa.»

Und Sethe war ihr mit allem zu Diensten, von Stoffen bis hin zu ihrer eigenen Zunge. Der Winter in Ohio war besonders garstig, wenn man Lust auf Farbe hatte. Allein der Himmel sorgte für Dramatik, und sich für das einzige Vergnügen im Leben auf den Horizont von Cincinnati zu verlassen, war in der Tat verwegen. Drum taten Sethe und ihr Mädchen Denver für sie, was sie konnten und was das Haus zuließ. Gemeinsam führten sie einen mechanischen Kampf gegen dessen unverschämtes Benehmen: gegen umgeworfene Nachttöpfe, Klapse aufs Hinterteil und Schwaden verpesteter Luft. Denn sie verstanden die Quelle der Empörung ebensogut wie sie die Quelle des Lichts kannten.

Baby Suggs starb, kurz nachdem die Brüder – ohne das geringste Interesse an einem Abschied oder am Abschied ihrer Großmutter von der Welt – davongelaufen waren, und unmittelbar darauf beschlossen Sethe und Denver, der Qual ein Ende zu machen, indem sie den Geist riefen, der sie so plagte. Vielleicht, so dachten sie, half ein Gespräch, ein Meinungsaustausch oder so etwas. Drum faßten sie sich an den Händen und sagten: «Komm raus. Komm raus. So komm doch schon.»

Die Anrichte tat einen Satz nach vorn, sonst tat sich nichts.

«Sicher ist Grandma Baby schuld, daß er nicht will», sagte Denver. Sie war zehn und immer noch böse auf Baby Suggs, weil sie gestorben war.

Sethe schlug die Augen auf. «Das bezweifle ich», sagte sie.

«Warum kommt er dann nicht?»

«Du vergißt, wie klein er ist», sagte ihre Mutter. «Sie war ja kaum zwei, als sie starb. Zu klein, um zu verstehen. Fast noch zu klein zum Sprechen.»

«Vielleicht will sie nicht verstehen», sagte Denver.

«Vielleicht. Aber wenn sie nur käme, könnt ich ihr alles erklären.» Sethe ließ die Hand ihrer Tochter los, und gemeinsam schoben sie die Anrichte an die Wand zurück. Draußen peitschte ein Kutscher sein Pferd zum Galopp an; das hielten die Leute aus der Gegend für notwendig, wenn sie an der 124 vorüberkamen.

«Für ein Baby hat sie starke Zauberkräfte», sagte Denver.

«Nicht stärker als meine Liebe zu ihr», antwortete Sethe, und da war sie wieder: die einladende Kühle unbehauener Grabsteine; und der, den sie aussuchte, um sich auf Zehenspitzen dagegenzulehnen, die Beine weit offen wie ein Grab. Rosa wie ein Fingernagel war er und von glitzernden Einschlüssen durchzogen. Zehn Minuten, sagte er. Wenn du zehn Minuten Zeit hast, mach ich ihn umsonst.

Zehn Minuten für zwölf Buchstaben. Hätte sie mit noch einmal zehn ein «Innigst geliebtes» dazubekommen? Sie hatte nicht daran gedacht, ihn zu fragen, und es quälte sie noch immer, daß es vielleicht möglich gewesen wäre – daß sie für zwanzig Minuten, sagen wir eine halbe Stunde, alles auf den Grabstein ihrer Kleinen hätte eingemeißelt bekommen, jedes Wort, das sie den Prediger beim Begräbnis hatte sagen hören (und sicherlich alles, was es dazu zu sagen gab): Innigst geliebtes Menschenkind. Bekommen hatte sie das eine Wort, das zählte, und damit hatte sie sich zufriedengegeben. Sie meinte, es müsse genügen, sich zwischen den Grabsteinen von dem Steinmetzen bespringen zu lassen, unter den Augen seines kleinen Sohnes, in dessen Gesicht uralter Ärger und ganz junge Lust geschrieben standen. Das müßte doch genügen. Genügen, um einem weiteren Prediger, einem weiteren Abolitionisten und einer von Abscheu erfüllten Stadt Rede und Antwort zu stehen.

Sie baute auf den Frieden ihrer eigenen Seele, hatte dabei aber die andere vergessen: die Seele ihrer Kleinen. Wer hätte gedacht, daß ein dummes kleines Baby so viel Wut in sich haben konnte? Sich unter den Augen des Steinmetzensohnes zwischen den Grabsteinen bespringen lassen zu müssen, war noch nicht genug. Sie mußte nicht nur ihr Dasein in einem Haus fristen, das vor der Wut des Babys über seine durchschnittene Kehle zitterte; die zehn Minuten, die sie gegen den morgenrotfarbenen, von Sternensplittern durchzogenen Stein gedrückt dastand, die Beine so weit offen wie das Grab, waren auch noch länger als ein Leben und lebendiger, pulsierender als das Kindsblut, das ihre Finger überzog wie Öl.

«Wir könnten fortziehen», hatte sie ihrer Schwiegermutter einmal vorgeschlagen.

«Und wozu?» fragte Baby Suggs zurück. «Gibt kein Haus im ganzen Land, in dem nicht der Kummer von irgendeinem toten Neger bis an die Dachsparren reicht. Was ein Glück für uns, daß der Geist ein Baby ist. Und wenn der von meinem Mann herkäme? Oder der von deinem? Red mir nicht. Hast Glück. Hast noch drei übrig. Drei, die an deinem Rockzipfel hängen und nur eins, das dir von drüben die Hölle heiß macht. Dankbar sein solltest du. Ich hatte acht. Und alle acht von mir gegangen. Vier weggeholt, vier gejagt, und alle denk ich gehen im Haus von jemand um.» Baby

Suggs rieb sich die Augenbrauen. «Meine Erstgeborene. Von der weiß ich bloß noch, wie sehr sie verbrannte Brotkruste mochte. Kaum zu glauben! Acht Kinder, und das ist alles, was ich noch weiß.»

«Das ist alles, was du an Erinnerung zuläßt», hatte Sethe zu ihr gesagt, aber jetzt hatte auch sie nur noch eines – ein lebendiges vielmehr –, nachdem das tote die Jungen verjagt hatte, und ihre Erinnerung an Buglar verblaßte schnell. Howard hatte wenigstens eine Kopfform, die keiner vergaß. Und alles andere – sie strengte sich an, sich an so wenig zu erinnern, wie gerade noch sicher war. Unglücklicherweise gingen ihre Gedanken krumme Wege. Da eilte, ja rannte sie etwa über ein Feld, um rasch zur Pumpe zu kommen und sich den Kamillensaft von den Beinen zu spülen. Nichts anderes hatte sie im Kopf. Das Bild der Männer, die gekommen waren, um an ihrer Brust zu saugen, war so leblos wie die Nerven in ihrem Rücken, da, wo die Haut sich riffelte wie ein Waschbrett. Und auch nicht die Spur eines Geruchs von Tinte oder dem Kirschharz und der Eichenrinde, aus denen sie gemacht wurde. Nichts. Nur der leichte Wind, der ihr Gesicht kühlte, während sie zum Wasser eilte. Und noch als sie die Kamille mit Pumpenwasser und Lumpen abspülte, war sie in Gedanken einzig und allein damit befaßt, auch noch das letzte bißchen Saft abzukriegen – und mit ihrem Leichtsinn, daß sie eine Abkürzung über das Feld genommen hatte, bloß um eine halbe Meile zu sparen, ohne zu merken, wie hoch das Unkraut geschossen war, bis es sie bis ans Knie hinauf juckte. Dann kam irgend etwas dazwischen: das Klatschen des Wassers; der Anblick ihrer Schuhe und Strümpfe, die mitten auf dem Weg lagen, dort, wo sie sie hingeworfen hatte; oder Here Boy, der aus der Pfütze zu ihren Füßen schlabberte – und plötzlich war Sweet Home da, erstreckte sich, erstreckte sich vor ihren Augen, und obwohl es auf der ganzen Farm kein Blatt gab, bei dessen Anblick sie nicht am liebsten losgeschrien hätte, erstreckte sie sich vor ihr in schamloser Schönheit. Sweet Home sah nie so schrecklich aus, wie es gewesen war, und unwillkürlich fragte sie sich, ob die Hölle vielleicht auch ein schöner Ort sei. Feuer und Schwefel, ja, aber versteckt in Hainen wie aus gewirkter Spitze. Jungen, die von den schönsten Platanen der Welt baumelten. Es beschämte sie, daß sie sich eher an die wunderschön rauschenden Bäume erinnerte als an die Jungen. Sosehr sie versuchte, es anders zu machen, jedesmal stachen die Platanen die Kinder aus, und das konnte sie ihrer Erinnerung nicht verzeihen.

Als der letzte Rest Kamille beseitigt war, ging sie ums Haus herum nach vorn und hob unterwegs ihre Schuhe und Strümpfe auf. Und wie um sie noch weiter für ihr miserables Gedächtnis zu bestrafen, saß auf der Veranda, keine zehn Meter entfernt, Paul D, der letzte der Männer von Sweet Home. Und obwohl sie sein Gesicht niemals mit dem eines anderen hätte verwechseln können, sagte sie: «Bist du's?»

«Was noch von mir übrig ist.» Er stand auf und lächelte. «Wie geht's dir, Mädchen, außer daß du barfuß gehst?»

Ihr Lachen klang ungezwungen und jung. «Hab mir da hinten die Beine versaut. Kamille.»

Er machte ein Gesicht, als koste er einen Teelöffel voll von etwas Bitterem. «Will ich gar nichts von hören. Hab das Zeug immer gehaßt.»

Sethe knüllte ihre Strümpfe zusammen und schob sie in die Schürzentasche. «Komm rein.»

«Die Veranda tut's, Sethe. Kühl hier draußen.» Er setzte sich wieder und schaute zur Wiese auf der anderen Straßenseite hinüber, denn er wußte, daß sein Verlangen ihm von den Augen abzulesen war.

«Achtzehn Jahre», sagte sie leise.

«Achtzehn», wiederholte er. «Und ich schwör dir, ich hab sie allesamt auf Wanderschaft verbracht. Macht's dir was, wenn ich es dir nachtu?» Er deutete mit dem Kopf auf ihre Füße und begann seine Schuhe aufzuschnüren.

«Willst du sie baden? Komm, ich hol dir eine Schüssel Wasser.» Sie näherte sich ihm, um ins Haus zu gehen.

«Nein, ä-ä. Darf sie nicht verwöhnen. Müssen noch viel, viel rumlaufen.»

«Du kannst doch nicht gleich wieder fort, Paul D. Du mußt ein Weilchen bleiben.»

«Lang genug jedenfalls, um Baby Suggs zu sehen. Wo ist sie?»

«Tot.»

«O nein. Seit wann?»

«Acht Jahre sind's. Fast neun.»

«War's schwer? Hoffentlich hat sie keinen schweren Tod gehabt.»

Sethe schüttelte den Kopf. «Leicht wie Rahm. Nicht schwerer als das Leben. Tut mir leid, daß du sie nicht mehr sehen kannst. Bist du deshalb gekommen?»

«Teils deshalb. Ansonsten wegen dir. Aber wenn schon die ganze Wahrheit heraus soll, ich geh dieser Tage überallhin. Wo immer ich mich hinsetzen darf.»

«Gut siehst du aus.»

«Werk des Teufels. Der macht, daß ich gut aussehe, wenn mir was fehlt.» Jetzt sah er sie an, und das «was fehlt» nahm eine andere Bedeutung an.

Sethe lächelte. So waren sie – waren sie gewesen. Alle Männer von Sweet Home, vor und nach Halle, hatten auf so eine stille, brüderliche Weise mit ihr geflirtet, so zart, daß es einem kaum auffiel.

Abgesehen von einer Menge mehr Haar und etwas Abwartendem im Blick sah er genauso aus wie damals in Kentucky. Pfirsichkernhaut, gerader Rücken. Bei einem Mann mit einem so unbeweglichen Gesicht war es überraschend, wie bereitwillig es lächelte, aufleuchtete oder Mitleid empfand. Als brauche man nur sein Augenmerk auf sich zu lenken, und schon regte sich in ihm das Gefühl, das man selbst auch empfand. Durch weniger als einen Lidschlag schien sein Gesicht sich zu verändern – doch die eigentliche Beweglichkeit lag unter der Haut.

«Ich brauch sicher nicht nach ihm fragen, oder? Du würdest es mir sagen, wenn's was zu sagen gäbe, nicht?» Sethe schaute auf ihre Füße hinunter und sah wieder die Platanen vor sich.

«Ich würd's dir sagen. Natürlich würd ich's dir sagen. Ich weiß heute auch nicht mehr als damals.» Ausgenommen das mit dem Butterfaß, dachte er, und das brauchst du nicht zu erfahren. «Du glaubst bestimmt, er lebt noch.»

«Nein, ich glaube, daß er tot ist. Bloß die Unsicherheit erhält ihn am Leben.»

«Was hat Baby Suggs gedacht?»

«Das gleiche, aber nach dem, was die sagt, sind alle ihre Kinder tot. Sie meinte, sie hätte auf den Tag und die Stunde genau gespürt, wie sie gingen, jedes einzelne.»

«Wann hat sie gemeint wär Halle gegangen?»

«Achtzehnfünfundfünfzig. Am Tag, als mein Baby auf die Welt kam.»

«Das Baby hast du wirklich gekriegt? Hätt nie gedacht, daß du es schaffst.» Er gluckste. «Schwanger wegzulaufen!»

«Mußt ich ja. Warten hätt ich nicht können.» Sie senkte den Kopf und dachte, wie unwahrscheinlich es war, daß sie es geschafft hatte. Und wäre nicht das Mädchen gewesen, das den Samt suchte, dann hätte sie es nie geschafft.

«Und ganz allein!» Er war stolz auf sie und verärgert. Stolz darauf, daß sie es getan hatte; verärgert, weil sie weder Halle noch ihn dazu gebraucht hatte.

«Fast allein. Nicht ganz allein. Ein Weißenmädchen hat mir geholfen.»

«Dann hat sie auch sich selbst geholfen, Gott segne sie.»

«Du könntest über Nacht bleiben, Paul D.»

«Sehr überzeugend klingt deine Einladung nicht.»

Sethe warf einen Blick über die Schulter auf die geschlossene Tür. «O doch, ich mein es schon ernst. Ich hoff bloß, daß dir das Haus nichts ausmacht. Komm rein. Red mit Denver, während ich dir was koche.»

Paul D band seine Schuhe zusammen, hängte sie sich über

die Schulter und folgte ihr durch die Tür direkt in einen Teich aus wallendem rotem Licht, das ihn an Ort und Stelle verharren ließ.

«Hast du Gesellschaft?» flüsterte er mit gerunzelter Stirn.

«Dann und wann», sagte Sethe.

«Barmherziger.» Er machte einen Schritt zurück durch die Tür auf die Veranda. «Was für was Böses hast du denn da drin?»

«Nichts Böses, nur was Trauriges. Komm nur. Geh einfach durch.»

Da besah er sie sich genauer. Genauer als vorher, als sie mit nassen und glänzenden Beinen ums Haus gekommen war, die Schuhe und Strümpfe in der einen Hand, ihre Röcke in der anderen. Halles Mädchen – die mit dem eisernen Blick und dem entsprechenden Rückgrat. In Kentucky hatte er nie ihr Haar gesehen. Und obwohl ihr Gesicht achtzehn Jahre älter war als damals, da er sie zum letztenmal gesehen hatte, war es jetzt weicher. Wegen des Haares. Ein Gesicht, so ruhig, daß es einen unruhig machte; die Iris von der gleichen Farbe wie ihre Haut, was ihn in diesem ruhigen Gesicht immer an eine Maske mit ausgestanzten Augen hatte denken lassen. Halles Frau. Jedes Jahr schwanger, auch in dem Jahr, in dem sie am Feuer gesessen und ihm erzählt hatte, daß sie weglaufen wollte. Ihre drei Kinder hatte sie schon zusammen mit anderen auf einen Fuhrwerk-Treck von Negern geladen, die über den Fluß wollten. Sie sollten zu Halles Mutter in der Nähe von Cincinnati gebracht werden. Selbst in dieser winzigen Hütte, in der sie sich so dicht ans Feuer beugte, daß man die Hitze in ihrem Kleid roch, hatten ihre Augen nicht einen Funken davon aufgefangen. Sie waren wie zwei Brunnen, in die zu schauen ihm schwerfiel. Sogar ausgestanzt verlangten sie noch danach, verdeckt, versteckt oder mit irgendeinem Zeichen versehen zu werden, das die Menschheit vor dem warnte, was diese Leere enthielt. Drum hatte er statt dessen ins Feuer geschaut, während sie es ihm erzählte, weil ihr Mann nicht da war zum Erzählen. Mr. Garner war tot, und seine Frau hatte einen Klumpen so groß wie eine Süßkartoffel im Hals und war unfähig, mit irgend jemandem zu sprechen. Sie beugte sich so dicht ans Feuer, wie ihr schwangerer Körper es zuließ, und erzählte es ihm, Paul D, dem letzten der Männer von Sweet Home.

Zu sechst waren sie auf der Farm gewesen. Sethe war die einzige Frau. Mrs. Garner hatte Paul Ds Bruder verkauft und dabei geheult wie ein Baby, um die Schulden zu bezahlen, die auftauchten, kaum daß sie Witwe geworden war. Dann kam der Schullehrer, um Ordnung zu schaffen. Aber was der tat, zerbrach drei weitere Männer von Sweet Home und stanzte das glitzernde Eisen aus Sethes Augen, so daß zwei offene Brunnen blieben, die den Schein des Feuers nicht widerspiegelten.

Jetzt war das Eisen wieder da, aber das von ihrem Haar besänftigte Gesicht flößte ihm so viel Vertrauen zu ihr ein, daß er über ihre Schwelle trat und direkt in ein Meer pulsierenden roten Lichts.

Sie hatte recht. Es war etwas Trauriges. Als er hindurchging, ergoß sich eine solche Welle von Kummer über ihn, daß er hätte weinen mögen. Es schien ein weiter Weg bis hin zu dem gewöhnlichen Licht, das den Tisch umspielte, aber er schaffte es – trockenen Auges und mit Glück.

«Du hast doch gesagt, sie ist leicht gestorben. Leicht wie Rahm», erinnerte er sie.

«Das ist nicht Baby Suggs», sagte sie.

«Wer dann?»

«Meine Tochter. Die, die ich mit den Jungen vorausgeschickt hatte.»

«Hat sie's nicht überlebt?»

«Nein. Die, die ich unterm Herzen trug, als ich weglief, ist die einzige, die ich noch hab. Auch die Jungen sind fort. Beide weggelaufen, kurz bevor Baby Suggs starb.»

Paul D schaute an die Stelle, wo der Kummer sich über ihn ergossen hatte. Das Rot war verschwunden, aber so etwas wie ein weinerliches Säuseln hing jetzt dort in der Luft.

Wohl am besten so, dachte er. Wenn ein Neger Beine hat, soll er sie auch gebrauchen. Bleib zu lang an einem Fleck sitzen, und schon fällt irgend jemandem ein, wie er sie dir fesseln kann. Andererseits... wenn ihre Jungen fort waren...

«Kein Mann? Wohnst du ganz allein hier?»

«Ich und Denver», sagte sie.

«Ist dir das recht so?»

«Das ist mir recht so.»

Sie sah seinen skeptischen Blick und sprach weiter. «Ich koche in einem Lokal in der Stadt. Und nebenbei nähe ich ein wenig.»

Da lächelte Paul D und dachte an das Bettzeugkleid. Sethe war dreizehn gewesen, als sie nach Sweet Home kam, schon mit dem eisernen Blick. Sie war ein passendes Geschenk für Mrs. Garner, die Baby Suggs an die hehren Prinzipien ihres Mannes verloren hatte. Die fünf Männer von Sweet Home sahen das neue Mädchen an und beschlossen, es in Ruhe zu lassen. Sie waren jung und litten so unter dem Frauenmangel, daß sie sich schon an Kälber herangemacht hatten. Und doch ließen sie das Mädchen mit dem eisernen Blick in Ruhe, damit es seine Wahl treffen konnte, obwohl jeder von ihnen die anderen zu Brei geschlagen hätte, um es zu bekommen. Sie brauchte ein Jahr, um sich zu entscheiden – ein langes hartes Jahr, in dem sie mit den Fäusten auf Strohpritschen eindroschen, verzehrt von Träumen von ihr. Ein Jahr des Verlangens, wo eine Vergewaltigung ein Gottesgeschenk zu sein schien. Diese Selbstbeherrschung war nur möglich, weil sie die *Männer* von Sweet Home waren – die Männer, mit denen Mr. Garner sich brüstete, während andere Farmer über diese Bezeichnung den Kopf schüttelten.

«Eure sind Jungs», sagte er zu ihnen. «Kleine Jungs, große Jungs, schmächtige Jungs, kräftige Jungs. Meine Nigger auf Sweet Home dagegen, das sind richtige Männer, durch die Bank. Hab sie so gekauft. Hab sie so erzogen. Männer, durch die Bank.»

«Jetzt mal langsam, Garner. Nigger und Männer – das gibt's doch gar nicht.»

«Nicht, wenn man sich in die Hosen macht, dann nicht.» Garners Lächeln war breit. «Aber wenn du selber ein Mann bist, dann willst du auch, daß deine Nigger Männer sind.»

«Ich hätt ungern Niggermänner um meine Frau rum.»

Das war die Reaktion, die Garner liebte und auf die er wartete. «Ich auch», sagte er. «Ich auch», und es gab stets eine Pause, bevor der Nachbar oder der Fremde oder der Hausierer oder Schwager oder wer immer schaltete. Dann ein erbitterter Streit, manchmal eine Schlägerei, und Garner kam mit blauen Flecken und hochzufrieden nach Hause, da er einmal wieder gezeigt hatte, was in Kentucky ein richtiger Kerl war: einer, der Manns genug und gewitzt genug war, aus seinen Niggern Männer zu machen und sie auch so zu nennen.

Und das waren sie: Paul D Garner, Paul F Garner, Paul A Garner, Halle Suggs und Sixo, der wilde Mann. Alle zwischen zwanzig und dreißig, frauenlos, Ficker von Kühen, die von Vergewaltigungen träumten, auf ihre Pritschen eindroschen, sich die Schenkel rieben und auf das neue Mädchen warteten – das Mädchen, das den Platz von Baby Suggs einnahm, nachdem Halle sie mit den Sonntagen von fünf Jahren freigekauft hatte. Vielleicht hatte sich das Mädchen deshalb ihn ausgesucht. Ein Zwanzigjähriger, der seine Mutter so liebte, daß er die Feiertage von fünf Jahren opferte, bloß um sie abwechslungshalber mal sitzen zu sehen – das war eine ernst zu nehmende Empfehlung.

Sie wartete ein ganzes Jahr. Und die Männer von Sweet Home mißbrauchten Kühe und warteten ebenfalls. Sie suchte sich Halle aus, und für ihr erstes geteiltes Lager nähte sie sich heimlich ein Kleid.

«Willst du nicht ein Weilchen bleiben? Achtzehn Jahre, das kann doch keiner an einem Tag aufholen.»

Aus der Dämmerung des Raumes, in dem sie saßen, führte eine weiße Treppe hinauf zu der blauweißen Tapete im ersten Stock. Paul D konnte den Beginn der Tapete gerade noch erkennen; vereinzelte gelbe Sprenkel in einem Schneesturm von Anemonen vor einem tiefblauen Hintergrund. Das leuchtende Weiß des Geländers und der Stufen zog seinen Blick immer wieder auf sich. All seine Sinne gaben ihm zu verstehen, daß die Luft über der Treppe verzaubert und sehr dünn war. Das Mädchen jedoch, das aus dieser Luft heraustrat, war rund und braun und hatte das Gesicht einer wachsamen Puppe.

Paul D schaute erst das Mädchen an und dann Sethe, die lächelnd sagte: «Da ist ja meine Denver. Das, Schätzchen, ist Paul D von Sweet Home.»

«Guten Morgen, Mr. D.»

«Garner, mein Kind. Paul D Garner.»

«Ja, Sir.»

«Schön, dich mal zu Gesicht zu bekommen. Als ich deine Mama das letzte Mal gesehen hab, hast du ihr vorn das Kleid aufgebläht.»

«Macht sie immer noch», lächelte Sethe, «vorausgesetzt, sie kommt rein.»

Denver stand auf der untersten Stufe und war plötzlich erhitzt und schüchtern. Es war lange her, daß jemand Fremdes (freundliche Weißenfrau, Prediger, Redner oder Zeitungsmann) an ihrem Tisch gesessen hatte, und die Ablehnung in deren Blick hatte ihre teilnahmsvollen Stimmen Lügen gestraft. Seit zwölf Jahren – lange vor Baby Suggs' Tod – gab es keinerlei Besucher mehr und gewiß keine Freunde. Keine Farbigenleute. Gewiß keinen haselnußbraunen Mann mit zu langem Haar und ohne Notizbuch, ohne Holzkohle, ohne Orangen, ohne Fragen. Einen, mit dem ihre Mutter gern und unbefangen redete, sogar barfuß. Wobei sie aussah und sich benahm wie ein junges Mädchen und nicht wie die stille, majestätische Frau, die Denver ihr Leben lang gekannt hatte: die, die nie wegschaute; die nicht wegsah, wenn ein

Mann vor Sawyers Restaurant von einem Pferd zu Tode getrampelt wurde, und auch nicht, wenn eine Muttersau ihren Wurf aufzufressen begann. Und selbst als der Geist des Babys Here Boy hochgehoben und ihn so fest an die Wand geschleudert hatte, daß er sich zwei Beine brach und ihm ein Auge heraushing, so fest, daß er sich krümmte und sich in die Zunge biß, selbst da hatte ihre Mutter nicht weggeschaut. Sie hatte einen Hammer genommen, den Hund bewußtlos geschlagen, Blut und Speichel abgewischt, ihm das Auge zurück in die Höhle gedrückt und ihm die Läufe geschient. Er erholte sich, stumm und ein wenig aus dem Gleichgewicht, aber mehr seines unzuverlässigen Auges als der krumm zusammengewachsenen Beine wegen, und weder Winter noch Sommer, weder Nieselregen noch Trockenheit konnten ihn je wieder dazu bewegen, das Haus zu betreten.

Und hier saß diese Frau, die geistesgegenwärtig genug war, einen vor Schmerzen toll gewordenen Hund zusammenzuflicken, wiegte ihre gekreuzten Knöchel und sah den Körper ihrer eigenen Tochter nicht an. Als sei seine Fülle mehr, als ihre Augen ertragen könnten. Und weder sie noch er hatten Schuhe an. Erhitzt und schüchtern fühlte Denver sich allein gelassen. All diese Abschiede: zuerst ihre Brüder, dann die Großmutter – schwere Verluste, denn es gab keine Kinder, die sie bei einem Kreisspiel mittun oder sich an den Kniekehlen von ihrem Verandageländer baumeln ließen. Nichts davon war schlimm gewesen, solange ihre Mutter nicht weggesehen hatte, wie sie es jetzt tat, so daß Denver sich regelrecht nach dem Groll des Babygeistes sehnte.

«Hübsches Fräulein», sagte Paul D. «Hübsch sieht sie aus. Hat das sanfte Gesicht von ihrem Daddy.»

«Sie kennen meinen Vater?»

«Kannte ihn. Kannte ihn gut.»

«Stimmt das, Ma'am?» Denver kämpfte gegen ein Bedürfnis an, ihn ins Herz zu schließen.

«Natürlich kannte er deinen Daddy. Ich hab dir doch gesagt, daß er von Sweet Home ist.»

Denver setzte sich auf die unterste Stufe. Nirgendwo sonst hätte sie mit Anstand hingehen können. Die beiden waren Verbündete; sie sagten «dein Daddy» und «Sweet Home» auf eine Weise, die klarstellte, daß beides ihnen zustand und nicht ihr. Daß nicht einmal ihre eigene Vaterlosigkeit ihr zustand. Einst hatte diese Einsamkeit Grandma Baby zugestanden – denn der tief betrauerte Sohn war derjenige, der sie dort freigekauft hatte. Danach war er der abwesende Ehemann ihrer Mutter gewesen. Jetzt war er der abwesende Freund dieses haselnußbraunen Fremden. Nur die, die ihn kannten («ihn gut kannten»), konnten diese Einsamkeit für sich in Anspruch nehmen. Genauso, wie nur die, die in Sweet Home gewohnt hatten, sich an die Farm erinnern, ihren Namen flüstern und einander dabei von der Seite anschauen konnten. Wieder wünschte sie den Babygeist herbei – sein Zorn elektrisierte sie jetzt, während er sonst an ihren Nerven gezerrt hatte. Sie zur Weißglut getrieben hatte.

«Wir haben einen Geist hier», sagte sie, und es funktionierte. Sie waren keine Verschworenen mehr. Ihre Mutter hörte auf, die Beine baumeln zu lassen und wie ein junges Mädchen zu tun. Die Erinnerung an Sweet Home wich aus den Blick des Mannes, dessentwegen sie tat wie ein junges Mädchen. Er schaute rasch die blitzweiße Treppe hinter ihr hinauf.

«Das hab ich gehört», sagte er. «Aber einen traurigen, sagt deine Mama. Keinen bösen.»

«Nein, Sir», sagte Denver, «keinen bösen. Aber auch keinen traurigen.»

«Was denn?»

«Einen verstoßenen. Einsam und verstoßen.»

«Stimmt das?» Paul D wandte sich an Sethe.

«Ob einsam, weiß ich nicht», sagte Denvers Mutter. «Zornig vielleicht, aber ich kann mir nicht vorstellen, daß er einsam sein könnte, wo er doch ständig mit uns zusammen ist.»

«Muß wohl was wollen, was ihr habt.»
Sethe zuckte die Achseln. «Ist doch bloß ein Baby.»
«Meine Schwester», sagte Denver. «Sie ist in diesem Haus gestorben.»
Paul D kratzte sich die Stoppeln unterm Kinn. «Da fällt mir die Braut ohne Kopf ein damals, draußen hinter Sweet Home. Weißt du noch, Sethe? Die immer in den Wäldern umgegangen ist.»
«Wie könnte ich die vergessen? Gruselig...»
«Wie kommt's bloß, daß keiner, der von Sweet Home weggelaufen ist, je den Mund davon halten kann? Wenn's so schön gewesen wär, wärt ihr doch geblieben.»
«Mädchen, weißt du, mit wem du redest?»
Paul D lachte. «Stimmt, stimmt. Sie hat ja recht, Sethe. Sweet Home, trautes Heim! Sweet Home war nicht traut und schon gar kein Heim.» Er schüttelte den Kopf.
«Aber wir waren halt dort», sagte Sethe. «Alle zusammen. Es kommt uns eben wieder in den Sinn, ob wir wollen oder nicht.» Sie fröstelte ein wenig. Ein leichtes Kräuseln der Haut am Arm, das sie durch Streicheln wieder beruhigte. «Denver», sagte sie, «mach den Herd an. Besuch von einem Freund bekommen und ihm nichts zu essen geben, das geht doch nicht.»
«Macht wegen mir keine Umstände», sagte Paul D.
«Brot macht keine Umstände. Das übrige hab ich von der Arbeit mitgebracht. Ist ja wohl das mindeste, wenn ich schon vom Morgengrauen bis mittags koche, daß ich das Essen mit heimbringe. Hast du was gegen Hecht?»
«Wenn er nichts gegen mich hat, hab ich auch nichts gegen ihn.»
Geht schon wieder los, dachte Denver. Mit dem Rücken zu ihnen stieß sie gegen das Spanholz, daß das Feuer fast ausgegangen wäre. «Warum bleiben Sie nicht bis morgen, Mr. Garner? Dann können Sie und Ma'am die ganze Nacht von Sweet Home erzählen.»
Sethe tat zwei rasche Schritte auf den Herd zu, aber noch

bevor sie Denver am Kragen packen konnte, beugte sich das Mädchen vor und fing an zu weinen.

«Was ist bloß los mit dir? So hast du dich noch nie aufgeführt.»

«Laß sie nur», sagte Paul D. «Ich bin eben ein Fremder für sie.»

«Genau das. Sie hat keinen Grund, vor einem Fremden so zu tun. Mein Kleines, was ist denn? Ist was passiert?»

Aber jetzt schüttelten die Schluchzer Denver so, daß sie nicht sprechen konnte. Tränen, die sie neun Jahre lang nicht vergossen hatte, netzten ihre fast schon zu fraulichen Brüste.

«Ich kann nicht mehr. Ich kann nicht mehr.»

«Kannst was nicht? Was kannst du nicht?»

«Ich kann hier nicht leben. Ich weiß nicht, wo ich hin soll und was ich tun soll, aber hier kann ich nicht leben. Keiner spricht mit uns. Keiner kommt vorbei. Die Jungen mögen mich nicht. Und die Mädchen auch nicht.»

«Mein Schätzchen, mein Schätzchen.»

«Was redet sie da von wegen keiner spricht mit euch?» fragte Paul D.

«Es ist wegen dem Haus. Die Leute wollen nicht –»

«Nein! Nicht wegen dem Haus. Wegen uns! Und wegen dir!»

«Denver!»

«Laß doch, Sethe. Es ist schwer für ein junges Mädchen, in einem Haus zu wohnen, in dem es spukt. Das kann nicht leicht sein.»

«Leichter als manches andere.»

«Denk doch mal nach, Sethe. Ich bin ein erwachsener Mann, ich hab alles mögliche gesehen und erlebt, und ich sage dir, es ist nicht leicht. Vielleicht solltet ihr ausziehen. Wem gehört das Haus?»

Sethe warf Paul D über Denvers Schulter einen eisigen Blick zu. «Was geht dich das an?»

«Wollen sie euch nicht gehen lassen?»

«Nein.»
«Sethe.»
«Es wird nicht umgezogen. Es wird nicht weggegangen. Es ist recht so, wie es ist.»
«Willst du behaupten, es ist recht, daß das Kind hier fast den Verstand verliert?»
Etwas im Haus wappnete sich, und in die darauffolgende lauschende Stille hinein sprach Sethe.
«Ich hab einen Baum auf dem Rücken und einen Spuk im Haus, und sonst nichts als die Tochter, die ich in den Armen halte. Es wird nicht mehr weglaufen – vor nichts. Vor nichts auf dieser Welt werde ich je wieder weglaufen. Ich hab eine Reise gemacht und das Fahrgeld bezahlt, aber eins will ich dir sagen, Paul D Garner: es war zu teuer! Hörst du? Zu teuer. Jetzt setz dich her und iß mit uns oder laß uns in Frieden.»
Paul D angelte in seiner Weste nach einem kleinen Tabaksbeutel – er konzentrierte sich auf dessen Inhalt und den Knoten in der Schnur, während Sethe Denver in die Kammer führte, die von dem großen Raum abging, in dem er saß. Er hatte kein Zigarettenpapier, deshalb spielte er mit dem Beutel herum und hörte durch die offene Tür zu, wie Sethe ihre Tochter beruhigte. Als sie zurückkam, mied sie seinen Blick und ging stracks zu einem kleinen Tisch neben dem Herd. Sie kehrte ihm den Rücken zu, und er konnte soviel Haar betrachten wie er wollte, ohne von ihrem Gesicht abgelenkt zu werden.
«Was für ein Baum auf deinem Rücken?»
«Ha.» Sethe stellte eine Schüssel auf den Tisch und suchte darunter nach Mehl.
«Was war das mit dem Baum auf deinem Rücken? Wächst was auf deinem Rücken? Ich seh nichts auf deinem Rücken wachsen.»
«Trotzdem ist er da.»
«Wer hat dir das erzählt?»
«Das Weißenmädchen. So hat sie's genannt. Ich hab ihn

nie gesehen und werd ihn nie sehen. Aber so, hat sie gesagt, sieht's aus. Wie eine Wildkirsche. Stamm, Äste und sogar Blätter. Winzige kleine Wildkirschenblätter. Aber das war vor achtzehn Jahren. Könnten inzwischen auch Kirschen dran sein, wer weiß.»

Sethe nahm mit dem Zeigefinger ein wenig Spucke von ihrer Zungenspitze. Rasch tippte sie auf die Herdplatte. Dann zog sie die Finger durch das Mehl, teilte es, trennte auf der Suche nach Milben kleine Hügel und Bergkämme ab. Als sie keine fand, schüttete sie Soda und Salz in die Falte ihrer aufgehaltenen Hand und streute beides über das Mehl. Dann griff sie in die Büchse und schöpfte eine Handvoll Schmalz heraus. Sie drückte das Mehl kräftig durch das Schmalz und knetete dann den Teig, wobei sie mit der linken Hand Wasser darüberspritzte.

«Ich hatte Milch», sagte sie. «Ich war mit Denver schwanger, aber ich hatte Milch für meine Kleine. Ich hatte sie noch nicht abgestillt, als ich sie mit Howard und Buglar vorausschickte.»

Jetzt wellte sie den Teig mit einem hölzernen Nudelholz aus. «Man roch mich schon, bevor man mich sah. Und wenn man mich sah, dann sah man gleich die Tropfen vorn auf dem Kleid. War nichts gegen zu machen. Ich wußte bloß, daß ich meiner Kleinen die Milch bringen mußte. Niemand konnte sie so stillen wie ich. Niemand konnte ihr schnell genug die Brust geben und sie ihr dann wegnehmen, wenn sie genug hatte und es nicht merkte. Keiner wußte, daß sie kein Bäuerchen machen konnte, wenn man sie sich über die Schulter legte, sondern bloß, wenn sie auf meinen Knien lag. Keiner außer mir wußte das, und keiner außer mir hatte Milch für sie. Ich hab es den Frauen auf dem Fuhrwerk gesagt. Ich hab ihnen gesagt, sie sollen ihr Zuckerwasser auf ein Tuch träufeln zum Saugen, damit sie mich in den paar Tagen, bis ich hinkäme, nicht vergaß. Dann wäre die Milch wieder da und ich auch.»

«Viel wissen die Männer ja nicht», sagte Paul D und

steckte seinen Beutel zurück in die Westentasche, «aber das wissen sie, daß man einen Säugling nicht lange von seiner Mutter trennen kann.»

«Dann wissen sie auch, wie es ist, die eigenen Kinder wegzuschicken, wenn die Brüste voll sind.»

«Wir haben doch von einem Baum gesprochen, Sethe.»

«Nachdem ich von dir weggegangen war, kamen diese Jungen rein und haben mir meine Milch weggenommen. Drum kamen sie rein. Hielten mich nieder und nahmen sie mir weg. Ich hab's Mrs. Garner erzählt. Sie hatte diesen Klumpen und konnte nicht sprechen, aber die Tränen kullerten ihr aus den Augen. Dann haben die Jungen rausgekriegt, daß ich sie verpetzt hatte. Der Schullehrer hat zu einem der beiden gesagt, er soll mir den Rücken aufschlagen, und wie er wieder zuging, wuchs ein Baum drauf. Er wächst immer noch.»

«Sie haben dich ausgepeitscht?»

«Und mir meine Milch genommen.»

«Du warst schwanger, und die haben dich geschlagen?»

«Und mir meine Milch genommen!»

Die dicken weißen Teigkringel lagen in Reihen auf dem Blech. Noch einmal tippte Sethe mit dem feuchten Zeigefinger an den Herd. Sie öffnete die Herdklappe und schob das Blech mit den Brötchen hinein. Als sie sich von der Glut erhob, fühlte sie Paul D hinter sich und seine Hände unter ihren Brüsten. Sie richtete sich auf und wußte, obwohl sie es nicht fühlen konnte, daß seine Wange sich in die Zweige ihrer Wildkirsche drückte.

Ohne sein Zutun war er zu einem jener Männer geworden, die ein Haus betreten und die Frauen darin zum Weinen bringen. Weil sie es bei ihm, in seiner Gegenwart, konnten. Es war etwas Segensreiches in seiner Art. Die Frauen sahen ihn und wollten weinen – wollten ihm erzählen, daß ihnen die Brust weh tat und auch die Knie. Starke Frauen und weise sahen ihn gleichermaßen an und erzählten ihm, was sie sonst nur einander erzählten: daß lange nach den

Wechseljahren das Verlangen in ihnen plötzlich ungeheuer, unersättlich geworden war, wilder als damals mit fünfzehn, und daß sie das beschämte und traurig machte; daß sie sich insgeheim danach sehnten zu sterben – um es los zu sein; daß der Schlaf ihnen kostbarer war als jeder wachend verbrachte Tag. Junge Mädchen näherten sich ihm verstohlen, um ihm zu beichten oder zu beschreiben, wie gut die Traumfiguren aussahen, die sie im Schlaf heimsuchten. Und obwohl er nicht verstand, warum das so war, überraschte es ihn nicht, daß Denvers Tränen ins Herdfeuer tropften. Und auch nicht, daß ihre Mutter fünfzehn Minuten später, nachdem sie ihm von der gestohlenen Milch erzählt hatte, ebenfalls in Tränen ausbrach.

Er stand hinter ihr, beugte sich voller Zärtlichkeit vor und hielt ihre Brüste in den Händen. Er rieb seine Wange an ihrem Rücken und machte sich so mit ihrem Kummer bekannt, mit den Wurzeln ihres Kummers, mit seinem breiten Stamm und den verzweigten Ästen. Als er die Finger an die Haken ihres Kleides hinaufführte, wußte er, ohne es zu sehen oder ein Schluchzen zu hören, daß ihre Tränen schnell herabliefen. Und als das Oberteil ihres Kleides um ihre Hüften lag und er die Skulptur sah, zu der ihr Rücken geworden war, wie der Zierat eines Eisenschmieds, jedoch zu leidenschaftlich zum Vorzeigen, da konnte er bloß denken, aber nicht sagen: «O Gott, Mädchen.» Und er konnte keinen Frieden finden, bevor er nicht jede Kerbe und jedes Blatt mit dem Mund berührt hatte, und Sethe spürte nichts von alledem, denn die Haut auf ihrem Rücken war seit Jahren gefühllos. Sie wußte nur, daß die Verantwortung für ihre Brüste nun endlich in den Händen eines anderen lag.

Würde es eine Möglichkeit geben, fragte sie sich, ein wenig Zeit, einen Weg, den Lauf der Dinge aufzuhalten, die Geschäftigkeit in die Zimmerecke zu verbannen und ein Minütchen lang oder zwei einfach nur so dazustehen, nackt von den Schulterblättern bis zur Taille, vom Gewicht ihrer

Brüste befreit, um noch einmal die gestohlene Milch zu riechen und das Vergnügen beim Brotbacken auszukosten? Vielleicht würde sie dieses eine Mal mitten im Kochen innehalten – ohne auch nur den Herd zu verlassen – und den Schmerz spüren können, den sie eigentlich auf ihrem Rücken spüren müßte. Dingen vertrauen und sich an Dinge erinnern können, weil der letzte der Männer von Sweet Home da war, um sie aufzufangen, wenn sie hinsänke?

Der Herd bebte nicht, während er sich langsam erhitzte. Denver rührte sich nicht im Nebenzimmer. Das pulsierende rote Licht war nicht wiedergekommen, und Paul D hatte seit 1856 nicht mehr gezittert, und damals hatte es volle dreiundachtzig Tage angedauert. Eingesperrt und angekettet wie er war, hatten seine Hände so schlimm gezittert, daß er weder rauchen noch sich richtig kratzen konnte.

Jetzt zitterte er wieder, aber diesmal waren es die Beine. Er brauchte eine Weile, um zu merken, daß sie nicht vor Kummer zitterten, sondern weil die Dielenbretter bebten und weil der stampfende und sich verziehende Boden noch nicht alles war. Das ganze Haus schwankte. Sethe glitt zu Boden und kämpfte sich in ihr Kleid. Und während sie noch auf allen vieren lag, als wolle sie das Haus am Erdboden festhalten, stürzte Denver aus der Kammer herein, Entsetzen in den Augen, ein flüchtiges Lächeln auf den Lippen.

«Verdammt noch mal! Still jetzt!» schrie Paul D im Fallen und streckte die Hände nach einem Halt aus. «Laß das Haus in Ruhe! Scher dich zum Teufel!» Ein Tisch sauste auf ihn zu, und er packte ihn an einem Bein. Irgendwie gelang es ihm, auf der Schräge zum Stehen zu kommen; er hielt den Tisch an zwei Beinen fest und schlug damit um sich, zertrümmerte alles und brüllte dem brüllenden Haus zu: «Wenn du kämpfen willst, dann los. Gottverdammt noch mal! Sie hat ohne dich schon genug auf dem Buckel. Sie hat genug!»

Das Beben ebbte ab zu einem gelegentlichen Hupfer, aber

Paul D hörte nicht auf, den Tisch zu schwingen, bis alles mucksmäuschenstill war. Schwitzend und schweratmend lehnte er sich dort, wo die Anrichte gestanden hatte, an die Wand. Sethe kauerte noch immer neben dem Herd und drückte ihre in Sicherheit gebrachten Schuhe an die Brust. Alle drei, Sethe, Denver und Paul D, atmeten im selben Rhythmus, wie ein einziger erschöpfter Mensch. Ein weiteres atmendes Etwas war genauso erschöpft.

Er war fort. Denver wanderte durch die Stille zum Herd. Sie warf Asche auf die Glut und zog das Blech mit den Brötchen aus dem Ofen. Der Geleeschrank lag auf dem Rücken, sein Inhalt auf einem Haufen in der Ecke des untersten Faches. Sie nahm ein Glas heraus, schaute sich nach einem Teller um und fand einen halben neben der Tür. Sie trug alles zusammen hinaus auf die Verandastufen, wo sie sich setzte.

Die beiden anderen waren nach oben gegangen. Leise auftretend, leichtfüßig waren sie die weißen Treppen hinaufgestiegen und hatten sie unten zurückgelassen. Sie löste den Draht von dem Glas und nahm den Deckel ab. Darunter war ein Stückchen Stoff und unter dem Stoff eine dünne Wachsschicht. Sie hob alles ab und schüttete den Gelee liebevoll auf die eine Hälfte des halben Tellers. Sie nahm ein Brötchen und kratzte die schwarze Kruste ab. Dampf kräuselte aus dem weichen weißen Innern.

Sie vermißte ihre Brüder. Buglar und Howard würden jetzt zweiundzwanzig und dreiundzwanzig sein. In den stillen Zeiten waren sie höflich zu ihr gewesen und hatten ihr das ganze obere Bettende überlassen, aber sie erinnerte sich auch daran, wie es vorher gewesen war: wie vergnügt sie dicht nebeneinander – sie zwischen Howards oder Buglars Knien – auf der weißen Treppe gesessen und sich ausgemalt hatten, daß böse Hexen mit bewährten Mittelchen abgemurkst wurden; und wie Baby Suggs ihr in der Kammer Geschichten erzählt hatte. Baby Suggs roch tags nach Rinde und nachts nach Blättern. Denver wollte nicht mehr in ihrem alten Zimmer schlafen, nachdem ihre Brüder weggelaufen waren.

Und jetzt war ihre Mutter da oben mit dem Mann, der ihr die einzige Gesellschaft genommen hatte, die sie noch besaß. Denver tunkte ein Stückchen Brot in den Gelee. Langsam, mechanisch und kreuzunglücklich aß sie es auf.

Nicht gerade in Eile, aber ohne Zeit zu verlieren stiegen Sethe und Paul D die weiße Treppe hinauf. Überwältigt von dem schieren Glück, das Haus, und sie darin, gefunden zu haben, und ebenso von der Gewißheit, daß er ihr nun seine Lust schenken würde, strich Paul D fünfundzwanzig Jahre aus seinem Gedächtnis. Eine Treppenstufe vor ihm ging der Ersatz für Baby Suggs, das neue Mädchen, von dem sie nachts träumten und um derentwillen sie in der Morgendämmerung Kühe fickten, während sie darauf warteten, daß sie ihre Wahl traf. Schon ein Kuß auf das Schmiedeeisen auf ihrem Rücken hatte das Haus erbeben lassen, hatte ihn gezwungen, es kurz und klein zu schlagen. Jetzt würde er noch weiter gehen.

Sie führte ihn auf den oberen Treppenabsatz, wo das Licht geradewegs vom Himmel einfiel, denn die Fenster im ersten Stockwerk dieses Hauses waren in die Dachschräge eingebaut und nicht in die Wände. Es gab dort zwei Zimmer, und sie nahm ihn in eines davon mit in der Hoffnung, es würde ihm nichts ausmachen, daß sie unvorbereitet war; daß sie sich zwar an das Verlangen erinnerte, aber vergessen hatte, wie das vor sich ging: das Anklammern und die Hilflosigkeit, die den Händen innewohnte; wie die Verblendung die Wahrnehmung so verschob, daß unversehens nur Stellen ins Auge sprangen, an denen man sich hinlegen konnte, und alles andere – Türknaufe, Träger, Haken, die in den Ecken nistende Traurigkeit und das Vergehen der Zeit – bloß noch störte.

Es war vorbei, noch bevor sie die Kleider abstreifen konnten. Halb ausgezogen und atemlos lagen sie Seite an Seite, zornig aufeinander und auf das Oberlicht über ihnen. Zu lange hatte er von ihr geträumt, zu lange war es her. Und ihr war das Träumen ganz versagt gewesen. Jetzt tat es ihnen leid, und sie waren zu scheu, um miteinander zu reden.

Sethe lag auf dem Rücken, den Kopf von ihm abgewandt. Aus den Augenwinkeln sah Paul D den weichen Fall ihrer Brüste und mochte sie nicht, diese ausgebreiteten flachen Rundungen, die ihm gestohlen bleiben konnten, auch wenn er sie zuvor umfaßt gehalten hatte, als seien sie sein wertvollster eigener Körperteil. Und der schmiedeeiserne Irrgarten, den er in der Küche erforscht hatte wie ein Goldgräber, der mit den Händen durch erzhaltiges Erdreich fährt, war in Wirklichkeit ein abscheulicher Klumpen von Narben. Nicht, wie sie sagte, ein Baum. Vielleicht in der Form ähnlich, aber kein bißchen wie die Bäume, die er kannte, denn Bäume waren einladend, waren Wesen, denen man trauen und nahe sein konnte, mit denen man sprechen konnte, wenn man wollte, was er häufig tat, seit er damals vor langer Zeit sein Mittagsmahl auf den Feldern von Sweet Home verzehrt hatte. Immer am selben Platz, wenn er konnte, und den Platz auszuwählen war schwer gewesen, denn in Sweet Home gab es mehr schöne Bäume als auf allen anderen Farmen drumherum. Bruder nannte er den Baum seiner Wahl, und er saß darunter, zuweilen allein, zuweilen mit Halle oder den anderen Pauls, aber häufiger mit Sixo, der damals sanft war und noch Englisch sprach. Indigoblau war Sixo, mit einer flammendroten Zunge, und er experimentierte mit über Nacht gegarten Kartoffeln, versuchte genau den richtigen Zeitpunkt zu finden, zu dem man rauchendheiße Steine in ein Loch schieben, die Kartoffeln darauf legen und das Ganze mit Zweigen bedecken mußte, damit die Kartoffeln durchgegart waren, wenn sie ihre Essenspause einlegten, die

Tiere festbanden, das Feld verließen und zu Bruder gingen. Es kam vor, daß er mitten in der Nacht aufstand, den ganzen Weg dorthin lief und bei Sternenlicht den Erdofen in Gang brachte; oder er erhitzte die Steine nicht ganz so sehr und legte gleich nach dem Essen die Kartoffeln für den nächsten Tag darauf. Es klappte nie richtig. Dennoch aßen sie lachend und ausspuckend die zu kurz oder lang gekochten, die verschrumpelten oder noch rohen Kartoffeln und gaben ihm gute Ratschläge.

Die Zeit verging nie so, wie Sixo dachte, deshalb kriegte er es auch niemals richtig hin. Einmal plante er bis auf die Minute genau einen Marsch von dreißig Meilen, um eine Frau zu treffen. Er ging am Sonnabend los, als der Mond dort stand, wo er ihn haben wollte, kam am Sonntagmorgen bei ihrer Hütte an und hatte gerade Zeit genug, guten Morgen zu sagen, bevor er sich auf den Rückweg machen mußte, um am Montagmorgen rechtzeitig zum Feldruf zurück zu sein. Er war siebzehn Stunden lang marschiert, hatte sich eine Stunde lang ausgeruht, dann kehrtgemacht und war weitere siebzehn gegangen. Halle und die Pauls verbrachten den ganzen Tag damit, Sixos Erschöpfung vor Mr. Garner zu verbergen. An diesem Tag aßen sie keine Kartoffeln, weder süße noch weiße. In der Nähe von Bruder ausgestreckt, die flammendrote Zunge vor ihnen verborgen, das indigoblaue Gesicht verschlossen, verschlief Sixo die Essenspause wie ein Toter. *Das* war noch ein Mann, und *das* war ein Baum. Er selbst hier im Bett und der «Baum» neben ihm konnten da nicht mithalten.

Paul D schaute durch das Fenster über seinen Füßen und verschränkte die Hände hinter dem Kopf. Ein Ellbogen streifte Sethes Schulter. Als der Stoff ihre Haut berührte, schrak sie auf. Sie hatte vergessen, daß er sein Hemd nicht ausgezogen hatte. Mistkerl, dachte sie und erinnerte sich dann, daß sie ihm gar keine Zeit gelassen hatte, es auszuziehen. Und sich selbst keine Zeit, ihren Unterrock auszuziehen, und wenn man bedachte, daß sie mit dem Ausziehen schon begonnen hatte, bevor sie ihn auf der Veranda sah, daß sie Schuhe und Strümpfe schon in der Hand gehabt und sie nicht mehr angezogen hatte; daß er ihre nassen bloßen Füße angeschaut und darum gebeten hatte, es ihr gleichtun zu dürfen; daß er sie, als sie zu kochen begonnen hatte, noch weiter entkleidet hatte; wenn man bedachte, wie schnell sie auf das Nacktsein hingearbeitet hatten, dann hätte man erwarten können, daß sie es jetzt gewesen wären. Aber vielleicht waren und blieben Männer eben Männer, wie Baby Suggs immer gesagt hatte. Sie ermutigten dich dazu, etwas von deiner Last in ihre Hände zu legen, und sobald du spürtest, wie leicht und herrlich das war, studierten sie deine Narben und Leiden, und danach taten sie, was er getan hatte: verjagten deine Kinder und schlugen das Haus kurz und klein.

Sie hatte das Bedürfnis, aufzustehen, nach unten zu gehen und alles wieder in Ordnung zu bringen. Sie solle das Haus verlassen, hatte er ihr geraten, als sei ein Haus ein unbedeutender Gegenstand – wie eine Bluse oder ein Nähkorb, die man jederzeit stehen- und liegenlassen oder einfach weggeben kann. Sie, die nie ein Haus besessen hatte außer diesem; sie, die von gestampftem Lehm weggelaufen war, um in dieses Haus zu kommen; sie, die jeden Tag eine Handvoll Schwarzwurzeln in Mrs. Garners Küche hatte mitbringen müssen, um darin arbeiten und das Gefühl haben zu können, daß ein Teil davon ihr gehörte, weil sie ihre Arbeit gern tun und ihr damit das Häßliche nehmen wollte. Sie hatte sich nur dann in Sweet Home zu Hause fühlen können, wenn sie draußen irgendein hübsches Gewächs pflückte und mitbrachte. An Tagen, an denen sie das vergaß, wollte die Butter nicht gelingen oder sie bekam Blasen von der Salzlake im Faß.

Zumindest schien es so. Ein paar gelbe Blumen auf dem Tisch, ein wenig Myrte um den Griff des Bügeleisens gewunden, mit dem sie die Tür offenhielt, um ein Lüftchen hereinzulassen – das beruhigte sie, und wenn Mrs. Garner und sie sich hinsetzten, um Borsten zu sortieren oder Tinte zu machen, fühlte sie sich wohl. Pudelwohl. Dann hatte sie keine Angst vor den Männern dort draußen. Den fünfen, die in Unterkünften in ihrer Nähe schliefen, aber in der Nacht nie kamen. Nur an ihre zerfetzten Mützen tippten, wenn sie sie sahen, und sie anstarrten. Und wenn sie ihnen Essen aufs Feld brachte, in ein Stück sauberes Tuch eingeschlagenen Speck mit Brot, nahmen sie es ihr nie aus den Händen. Sie blieben in einiger Entfernung stehen und warteten, bis sie es (unter einem Baum) auf den Boden gelegt hatte und gegangen war. Entweder wollten sie von ihr nichts nehmen, oder sie wollten nicht, daß sie sie essen sah. Zwei- oder dreimal blieb sie in der Nähe. Hinter dem Geißblatt versteckt sah sie ihnen zu. Wie anders sie ohne sie waren, wie sie lachten und spielten und Wasser ließen und sangen. Alle außer Sixo, der nur einmal lachte – ganz am Schluß. Halle war natürlich der Netteste. Baby Suggs' achtes und letztes Kind, der Sohn, der sich in der ganzen Gegend verdingte, um sie von Sweet Home loszukaufen. Aber auch er war, wie sich herausstellte, nur ein Mann.

«Männer sind und bleiben eben Männer», sagte Baby Suggs. «Aber ein Sohn? Das ist was ganz *Besonderes*.»

Das leuchtete aus vielerlei Gründen ein, denn in Babys ganzem Leben, und auch in Sethes, wurden Männer und Frauen herumgeschoben wie Damesteine. Alle Menschen, die Baby Suggs kannte oder gar liebte und die nicht weggelaufen oder aufgehängt worden waren, wurden vermietet, verliehen, aufgekauft, zurückgebracht, eingepfercht, verpfändet, gewonnen, gestohlen oder festgenommen. Drum hatten Babys acht Kinder sechs Väter. Die Widerwärtigkeit des Lebens, wie sie es nannte, war die schockartige Erkenntnis, daß keiner aufhörte, Dame zu spielen, nur weil ihre Kinder zu den Steinen gehörten. Halle hatte sie am längsten behalten dürfen. Zwanzig Jahre lang. Ein Menschenleben. Ihr zweifellos nur als Entschädigung belassen, weil sie *im nachhinein* hatte erfahren müssen, daß ihre beiden Töchter, von denen noch keine die zweiten Zähne hatte, verkauft und fort waren, und weil sie ihnen nicht einmal zum Abschied hatte winken können. Als Entschädigung, weil sie sich vier Monate lang mit einem Aufseher eingelassen hatte, um ihr drittes Kind, einen Jungen, behalten zu dürfen – nur um erleben zu müssen, daß er im Frühling des nächsten Jahres gegen Bauholz eingetauscht wurde und sie von dem Mann geschwängert worden war, der versprochen hatte, es nicht zu tun. Dieses Kind konnte sie nicht lieben, und die anderen wollte sie nicht mehr lieben. «Soll Gott doch nehmen, was er will», sagte sie. Und er tat es und tat es und tat es wieder, und dann schenkte er ihr Halle, der ihr die Freiheit schenkte, als sie ihr nichts mehr bedeutete.

Sethe hatte das erstaunliche Glück, ganze sechs Jahre mit diesem «besonderen» Sohn verheiratet zu sein, der der Vater aller ihrer Kinder war. Ein Segen, den für selbstverständlich zu halten und auf den zu bauen sie unbekümmert genug war, so als sei Sweet Home tatsächlich ein trautes Heim. Als könne eine Handvoll Myrten am Griff eines Bügeleisens, das in der Küche einer Weißenfrau an der Tür lehnte, diese Küche zu der ihren machen. Als könne ein Minzezweiglein im Mund an der Luft, die man atmete, ebenso etwas ändern wie am Mundgeruch. Eine größere Närrin konnte es gar nicht geben.

Sethe war im Begriff, sich auf den Bauch zu drehen, besann sich dann aber anders. Sie wollte Paul Ds Aufmerksamkeit nicht erneut auf sich lenken, deshalb beschränkte sie sich darauf, die Füße zu kreuzen.

Doch Paul D bemerkte sowohl, daß sie sich bewegte, als auch, daß sich ihr Atem veränderte. Er fühlte sich verpflichtet, es noch einmal zu versuchen, langsamer diesmal, aber die Lust war vergangen. Es war sogar ein gutes Gefühl – sie nicht zu begehren. Fünfundzwanzig Jahre und klick! So wie bei Sixo damals, als er sich mit Patsy, der Dreißig-Meilen-Frau, verabredet hatte. Er brauchte drei Monate und zwei Vierunddreißig-Meilen-Märsche dazu. Um sie dazu zu überreden, ihm ein Drittel des Wegs entgegenzukommen bis zu einem Ort, den er kannte. Einem verlassenen Steingebäude, das vor langer Zeit Indianer benutzt hatten, als sie noch glaubten, das Land gehöre ihnen. Sixo hatte es bei einem seiner nächtlichen Streifzüge entdeckt und es um Erlaubnis gebeten, eintreten zu dürfen. Als er drinnen ausprobiert hatte, wie es sich anfühlte, fragte er die unsichtbar anwesenden Indianer, ob er sein Mädchen mit herbringen dürfe. Die Antwort war ja, und Sixo erklärte der Frau in allen Einzelheiten, wie sie dorthin käme, wann genau sie sich auf den Weg machen müsse und wie seine Willkommens- oder Warnpfiffe klingen würden. Da keiner von ihnen in eigener Sache irgendwohin gehen durfte und da die Dreißig-Meilen-Frau schon vierzehn und für die Arme eines anderen bestimmt war, bestand wirklich Gefahr. Als er ankam, war sie noch nicht da. Er pfiff und bekam keine Antwort. Er ging zu der verlassenen Wohnstatt der Indianer. Sie war auch dort nicht. Er kehrte zu ihrem Treffpunkt zurück. Sie war nicht da. Er wartete. Sie kam immer noch nicht. Er bekam Angst um sie und ging auf der Straße in die Richtung weiter, aus der sie kommen mußte. Drei oder vier Meilen, dann blieb er stehen. Es war unsinnig, weiterzugehen, deshalb stellte er sich in den Wind und bat um Hilfe. Als er auf ein Zeichen lauschte, hörte er ein Wimmern. Er drehte sich in die Richtung, aus der es gekommen war, wartete und hörte es wieder. Unvorsichtig geworden, schrie er jetzt laut ihren Namen. Sie antwortete mit einer Stimme, die nach einem lebenden Wesen klang – nicht nach einer Toten. «Nicht bewegen!» rief er. «Schnauf laut, dann find ich dich.» Er fand sie wirklich. Sie hatte gedacht, sie sei schon am Treffpunkt angekommen, und weinte, weil sie glaubte, er hätte sein Versprechen nicht gehalten. Jetzt war es zu spät für das Rendezvous im Haus der Indianer, deshalb sanken sie an Ort und Stelle zu Boden. Später ritzte er ihr Löcher in die Wade, um einen Schlangenbiß vorzutäuschen, den sie irgendwie als Entschuldigung dafür benützen konnte, daß sie nicht rechtzeitig zurück war, um Ungeziefer von den Tabakblättern zu schütteln. Er beschrieb ihr haarklein, wie sie den Rückweg am Fluß entlang abkürzen konnte, und begleitete sie ein Stück. Als er wieder auf die Straße gelangte, war es schon ganz hell, und er hatte seine Kleider noch in der Hand. Plötzlich kam um eine Kurve ein Wagen auf ihn zugezockelt. Der Kutscher riß die Augen auf und hob die Peitsche, während die Frau, die neben ihm saß, die Hände vors Gesicht schlug. Aber Sixo war schon in den Bäumen verschwunden, bevor das Peitschenleder auf seinen indigoblauen Hintern niedersausen konnte.

Er erzählte die Geschichte Paul F, Halle, Paul A und Paul D auf seine komische Art, die ihnen die Lachtränen in die Augen trieb. Sixo ging nachts unter Bäume. Zum Tanzen, sagte er, um seine Blutströme offenzuhalten. Allein, ganz für sich tat er das. Keiner der anderen hatte ihn je dabei gesehen, aber sie konnten es sich vorstellen, und das Bild, das sie sich davon machten, reizte sie, über ihn zu lachen – nur bei Tageslicht allerdings, wenn es geheuer war.

Aber das war, bevor er aufhörte, Englisch zu sprechen, weil er sich nichts mehr davon versprach. Wegen der Dreißig-Meilen-Frau war Sixo der einzige, den nicht das Verlangen nach Sethe lähmte. Nichts konnte so gut sein wie die Liebe mit ihr, die Paul D sich nun schon seit fünfundzwanzig Jahren immer wieder vorstellte. Sein närrisches Verhalten entlockte ihm ein amüsiertes Lächeln über sich selbst, als er sich jetzt auf die Seite und ihr zudrehte. Sethes Augen waren geschlossen, ihr Haar war zerzaust. Wenn man es so ansah, ohne die blankpolierten Augen, war ihr Gesicht nicht so anziehend. Wegen ihrer Augen also war er so auf der Hut und zugleich so erregt gewesen. Ohne die Augen war ihr Gesicht zu ertragen – ein Gesicht, mit dem er leben konnte. Vielleicht, wenn sie sie so geschlossen ließe... Aber nein, da war ihr Mund. Hübsch. Ob Halle überhaupt gewußt hatte, was er an ihr hatte?

Obwohl sie die Augen geschlossen hielt, wußte Sethe, daß sein Blick auf ihrem Gesicht ruhte, und ein papierenes Bild davon, wie schlecht sie aussehen mußte, stieg vor ihrem inneren Auge auf. Es war aber nichts Spöttisches in seinem Blick. Sanft war er. Sanft fühlte sich der Blick an, auf eine abwartende Weise sanft. Er beurteilte sie nicht – oder vielmehr, er beurteilte sie, stellte aber keine Vergleiche an. Seit Halle hatte kein Mann sie mehr so angesehen: nicht liebevoll oder leidenschaftlich, sondern interessiert, als untersuche er einen Maiskolben auf seine Qualität. Halle glich mehr einem Bruder als einem Ehemann. Seine Fürsorge ließ eher an eine Verwandtschaftsbeziehung denken als an den Besitzanspruch eines Mannes. Jahrelang hatten sie sich nur sonntags bei Tageslicht gesehen. Die restliche Zeit über sprachen oder aßen und berührten sie einander nur bei Dunkelheit. In der Dunkelheit vor der Morgendämmerung oder im Dämmerlicht nach Sonnenuntergang. Einander in Ruhe anzuschauen war also ein Sonntagmorgenvergnügen, und Halle betrachtete sie, als wolle er von dem, was er bei Licht sah, einen Vorrat anlegen für den Schatten, den er den Rest der Woche über sah. Und er hatte so wenig Zeit. Zu seiner Arbeit in Sweet Home kam an Werktagen und an den Sonntagnachmittagen die Arbeit hinzu, die er noch wegen seiner Mutter schuldig war. Als er Sethe fragte, ob sie seine Frau werden wollte, stimmte sie glücklich zu, aber danach wußte sie nicht weiter. Es müßte doch eine Zeremonie geben, oder? Einen Pfarrer, Tanz, ein Fest, irgend etwas. Sie und Mrs. Garner waren die einzigen Frauen dort, deshalb faßte sie den Entschluß, sie zu fragen.

«Halle und ich, wir wollen heiraten, Mrs. Garner.»

«Das habe ich gehört.» Sie lächelte. «Er hat mit Mr. Garner darüber gesprochen. Bist du schon guter Hoffnung?»

«Nein, Ma'am.»

«Nun, dann wirst du es bald sein. Das weißt du doch, nicht wahr?»

«Ja, Ma'am.»

«Halle ist nett, Sethe. Er wird gut zu dir sein.»

«Aber ich meine: wir wollen heiraten.»

«Das hast du ja eben schon gesagt. Und ich habe gesagt, es ist recht.»

«Gibt es eine Hochzeit?»

Mrs. Garner legte den Kochlöffel hin. Sie lachte ein wenig, legte Sethe die Hand auf den Kopf und sagte: «Du bist mir ein Herzchen, du.» Und dann nichts weiter.

Sethe machte sich heimlich ein Kleid, und Halle hängte seine Fangschnur an einen Nagel in der Wand ihrer Hütte. Und dort, auf einer Matratze auf dem Lehmboden der Hütte, paarten sie sich zum drittenmal, nach den beiden ersten Malen auf dem kleinen Maisfeld, das Mrs. Garner sich hielt, weil Mais ein Getreide war, das sich für Menschen ebenso eignete wie für Tiere. Sowohl Halle als auch Sethe waren der festen Überzeugung, daß sie gut verborgen seien. Zwischen die Halme gekauert, konnten sie selbst nichts sehen, auch nicht die Maiskolben, die über ihren Köpfen wogten und für alle anderen sichtbar waren.

Sethe mußte über ihrer beider Dummheit lächeln. Sogar die Krähen wußten es und kamen zum Zuschauen. Sie nahm ihre gekreuzten Füße auseinander und unterdrückte ein lautes Gelächter.

Der Sprung, dachte Paul D, von einem Kalb zu einem Mädchen war nicht allzu groß. Nicht so gewaltig, wie Halle annahm. Und mit ihr ins Maisfeld zu gehen anstatt in ihre Unterkunft, nur einen Meter von den Hütten der anderen entfernt, die leer ausgegangen waren, war eine einfühlsame Geste. Halle wollte Abgeschiedenheit für Sethe und bekam Öffentlichkeit. Wem konnte denn an einem windstillen, wolkenlosen Tag ein Wogen im Maisfeld entgehen? Er, Sixo und die beiden anderen Pauls saßen unter Bruder und schütteten sich aus einer Kürbisflasche Wasser über den Kopf, und mit vor Brunnenwasser triefenden Augen, beobachteten sie den Aufruhr der Rispen im Feld unten. Es war hart gewesen, dort zu sitzen, aufrecht wie Hunde, hart, sehr hart, am Mittag die Maisstengel tanzen zu sehen. Das Wasser, das ihnen über den Kopf lief, machte es noch schlimmer.

Paul D seufzte und drehte sich um. Sethe nahm diese Gelegenheit wahr, um sich ihrerseits umzudrehen. Als sie Paul Ds Rücken anschaute, fiel ihr wieder ein, daß einige der Maishalme abgeknickt und über Halles Rücken heruntergebrochen waren, und unter dem, was ihre Finger umklammert hielten, waren Maishülsen und seidiges Maishaar gewesen.

Wie schlüpfrig die Seide. Wie gefangen der Saft.

Die eifersüchtige Bewunderung der zuschauenden Männer schmolz dahin bei dem Festschmaus aus jungem Mais, den sie sich an diesem Abend gönnten. Gepflückt von den abgeknickten Halmen, was Mrs. Garner zweifelsohne für das Werk der Waschbären halten mußte. Paul F wollte seinen geröstet; Paul A wollte seinen gekocht, und heute konnte Paul D sich nicht mehr daran erinnern, wie sie schließlich diese Maiskolben zubereitet hatten, die eigentlich noch zu jung zum Essen waren. Erinnern tat er sich daran, wie er das Haar geteilt hatte, um an die Spitze zu kommen, die Fingernagelkante vorsichtig daruntergeschoben, um ja kein Korn aufzuritzen.

Das Abziehen der engen Hülle, das reißende Geräusch, hatte sie immer glauben lassen, es müsse weh tun.

Sobald ein Streifen Blattwerk abgezogen war, gehorchte auch der Rest, und der Kolben bot ihm seine schüchternen Reihen dar, endlich freigelegt. Wie schlüpfrig die Seide. Wie schnell der darin gefangene duftende Saft zu fließen begann.

Was immer die Zähne und nassen Finger vorkosteten – es war unmöglich zu erklären, warum diese einfache Freude einen so erschüttern konnte.

Wie schlüpfrig die Seide. Wie fein und schlüpfrig und frei.

Denvers Geheimnisse waren süß. Stets umspielt vom Duft wilder Veronika, bis sie das Parfum entdeckte. Das erste Fläschchen war ein Geschenk, das nächste stahl sie ihrer Mutter und versteckte es unter Buchsbaumholz, bis es gefror und platzte. Das war in dem Jahr, als der Winter zur Abendessenszeit hereinbrach und acht Monate blieb. Eines der Kriegsjahre, als Miss Bodwin, die Weißenfrau, ihrer Mutter und ihr selbst zu Weihnachten Parfum schenkte, den Jungen Orangen und Baby ein weiteres Umschlagtuch aus guter Wolle. Sie erzählte von einem Krieg voller Toter, sah dabei aber glücklich aus, ja sie glühte, und obwohl sie mit gewichtiger Stimme sprach wie ein Mann, duftete sie wie ein ganzes Zimmer voller Blumen – ein erregendes Erlebnis, das Denver im Buchsbaumgehölz ganz für sich allein haben konnte. Hinter der 124 gab es ein schmales Feld, das kurz vor einem Wald aufhörte. Auf der anderen Seite des Waldes dann ein Fluß. In diesem Wald, zwischen Feld und Fluß, versteckt hinter Säuleneichen, hatten fünf im Kreis gepflanzte Buchsbaumbüsche vier Fuß über dem Boden ineinander zu verwachsen begonnen und bildeten einen runden, freien, sieben Fuß hohen Raum mit fünfzig Zoll dicken Wänden aus murmelnden Blättern.

Wenn sie sich tief bückte, konnte Denver in diesen Raum hineinschlüpfen, und wenn sie drinnen war, konnte sie in smaragdgrünem Licht aufrecht stehen.

Es begann als Mutter-und-Kind-Spiel eines kleinen Mädchens, aber mit ihren Bedürfnissen wandelte sich auch das Spiel. Lautlos, göttlich und in aller Heimlichkeit, abgesehen von dem stark riechenden Parfum-Signal, das die Hasen erst erregte und dann verwirrte. Zuerst ein Spielzimmer (wo die Stille sanfter war), dann eine Zuflucht (vor der Furcht ihrer Brüder), wurde der Ort bald als Ort selbst wichtig. In dieser Laube, abgeschirmt vor der Pein der gepeinigten Welt, schuf Denvers Vorstellungskraft sich ihren eigenen Hunger und ihre eigene Nahrung, die sie nötig brauchte, denn die Einsamkeit machte sie kaputt. *Kaputt.* Von den lebenden grünen Wänden eingehüllt und geschützt, fühlte sie sich reif und abgeklärt, und die Erlösung war leicht herbeizuwünschen.

Als sie einmal, in einem Herbst lange bevor Paul D zu ihrer Mutter ins Haus zog, in dem Buchsbaumgehölz stand, ließ eine Mischung aus Wind und Parfum auf ihrer Haut sie plötzlich frösteln. Sie zog sich an, bückte sich, um hinauszuschlüpfen, und stand im Schneegestöber: ein dünner, peitschender Schnee, sehr ähnlich dem auf dem Bild, das entstanden war, als ihre Mutter ihr beschrieben hatte, wie Denver in einem Kanu auf die Welt gekommen war, über dem mit gespreizten Beinen das Weißenmädchen stand, nach dem sie hieß.

Fröstelnd näherte sich Denver dem Haus, das sie stets eher für ein Lebewesen als für ein Gebäude gehalten hatte. Ein Wesen, das weinen, seufzen, zittern und Wutausbrüche haben konnte. Ihre Schritte und ihr Blick glichen denen eines vorsichtigen Kindes, das auf einen nervösen, eitlen Verwandten zugeht (einen, der abhängig ist, aber stolz). Alle Fenster außer einem waren hinter einem Harnisch aus Dunkelheit verborgen. Dessen matter Schimmer kam aus Baby Suggs' Zimmer. Als Denver hineinschaute, sah sie ihre Mutter betend auf den Knien, was nicht ungewöhnlich war. Ungewöhnlich allerdings war (sogar für ein Mädchen, das sein ganzes Leben in einem von der lebhaften Betriebsamkeit der Toten erfüllten Haus verbracht hatte), daß neben ihrer Mutter ein weißes Kleid kniete und seinen Ärmel um deren Taille gelegt hatte. Diese zärtliche Umarmung brachte Denver die Einzelheiten ihrer Geburt in Erinnerung – das und der dünne, peitschende Schnee, in dem sie stand und der ihr vorkam wie die Sporen einer weitverbreiteten Pflanze. Das Kleid und ihre Mutter sahen zusammen aus wie zwei befreundete erwachsene Frauen – von denen die eine (das Kleid) der anderen half. Und auch die erstaunliche Tatsache, genaugenommen das Wunder ihrer eigenen Geburt, ebenso wie ihr Name, zeugten von einer solchen Freundschaft.

Ohne Schwierigkeiten betrat sie die ausgetretenen Pfade der Geschichte, die auf dem Weg, den sie vom Fenster aus einschlug, vor ihr lag. Es gab nur eine Tür ins Haus, und um von hinten dorthin zu gelangen, mußte man ganz herum zur Vorderfront der 124 gehen, am Vorratsschuppen vorbei, am Kühlhaus, am Abort, am Schuppen, und dann weiter bis zur Veranda. Und um zu dem Teil der Geschichte zu gelangen, der ihr am besten gefiel, mußte sie ganz vorn anfangen: die Vögel im dichten Wald hören, das Rascheln der Blätter unter den Füßen; mußte sich vorstellen, wie ihre Mutter sich einen Weg in die Hügel suchte, wo keine menschlichen Behausungen zu erwarten waren. Wie Sethe auf zwei Füßen ging, die dazu bestimmt waren, stillzustehen. Wie geschwollen sie waren, so geschwollen, daß sie die Fußwölbung nicht mehr erkennen und ihre Knöchel nicht mehr fühlen konnte. Ihre Beine endeten in einer fleischigen Masse, an deren vorderer Rundung fünf Zehennägel saßen. Aber sie konnte und wollte nicht stehenbleiben, denn wenn sie das tat, rammte die kleine Antilope sie mit ihren Hörnern und trat mit ungeduldigen Hufen auf den Grund ihres Schoßes. Wenn sie weiterging, schien die Antilope ruhig zu grasen – also ging sie weiter, auf zwei Füßen, die in diesem sechsten Monat der Schwangerschaft dazu bestimmt waren, stillzustehen. Stillzustehen neben einem Kessel; stillzustehen am

Butterfaß; stillzustehen am Waschzuber und am Bügelbrett. Die klebrige und saure Milch an ihrem Kleid zog sämtliche kleinen geflügelten Wesen an, von Mücken bis zu Grashüpfern. Als sie endlich den Saum der Hügel erreichte, hatte sie es schon längst aufgegeben, sie wegzuwedeln. Das Läuten in ihrem Kopf, das als fernes Kirchenglockengeläut begonnen hatte, war zu diesem Zeitpunkt schon eine straff um ihre Ohren sitzende Kappe aus dröhnenden Glocken. Sie sackte weg und mußte nach unten schauen, um zu sehen, ob sie in ein Loch geraten oder in die Knie gegangen war. Nichts lebte außer ihren Brustwarzen und der kleinen Antilope. Schließlich lag sie flach – bestimmt tat sie das, denn Blattspreiten von wilden Zwiebeln zerkratzten ihr Stirn und Wangen. Obschon besorgt um das Leben der Mutter ihrer Kinder, so hatte Sethe Denver erzählt, wußte sie noch genau, daß sie gedacht hatte: «Wenigstens brauch ich jetzt keinen Schritt mehr zu tun.» Wenn das kein Todesgedanke war, und sie wartete darauf, daß die kleine Antilope aufbegehrte, und warum sie gerade an eine Antilope dachte, wußte Sethe selbst nicht, denn sie hatte noch nie eine gesehen. Es mußte wohl eine Eingebung sein, an der sie noch aus der Zeit von vor Sweet Home festhielt, als sie noch sehr klein gewesen war. Von dem Ort, an dem sie geboren war (in Carolina vielleicht? Oder war es Louisiana?), erinnerte sie sich nur an Singen und Tanzen. Nicht einmal an ihre eigene Mutter, die das achtjährige Mädchen, das die Kleinsten hütete, ihr einmal gezeigt hatte – gezeigt als einen unter vielen von ihr abgewandten Rücken, die gebückt in einem bewässerten Feld standen. Geduldig wartete Sethe, bis dieser eine Rücken das Ende der Reihe erreicht hatte und sich aufrichtete. Dann sah sie einen Hut aus Stoff, nicht aus Stroh, Einzigartigkeit genug in dieser Welt von rufenden Frauen, die ausnahmslos Ma'am hießen.

«See-thee.»
«Ma'am.»
«Halt das Kleine gut fest.»

«Ja, Ma'am.»
«See-thee.»
«Ma'am.»
«Hol Feuerholz rein.»
«Ja, Ma'am.»

Oh, aber wenn sie sangen. Und oh, wenn sie tanzten, und manchmal tanzten sie die Antilope. Die Männer und auch die Ma'ams, von denen eine bestimmt die ihre war. Sie veränderten ihre Gestalt und wurden etwas anderes. Ein befreites, forderndes Etwas, dessen Füße ihren Herzschlag besser kannten als sie selbst. Genau wie dieses Etwas hier in ihrem Bauch.

«Ich glaub, die Ma'am dieses Kleinen wird in den Wildzwiebeln auf der blutbefleckten Seite des Ohio sterben.» Das ging ihr durch den Sinn, und das erzählte sie Denver. Genau in diesen Worten. Und das schien gar keine so schlechte Aussicht zu sein, alles in allem, in Anbetracht des nächsten Schrittes, den sie jetzt nicht mehr zu tun brauchte, aber der Gedanke daran, wie sie selbst tot daläge, während die kleine Antilope in ihrem leblosen Körper weiterlebte – eine Stunde lang? Einen Tag? Einen Tag und eine Nacht? –, bekümmerte sie so sehr, daß sie laut aufstöhnte, worauf die auf dem kaum zehn Schritt entfernten Pfad gehende Person anhielt und ganz still stehenblieb. Sethe hatte sie nicht gehen hören, aber plötzlich hörte sie sie stillstehen, und dann roch sie das Haar. Die Stimme, die sagte: «Wer ist da?» war alles, was sie noch brauchte, um zu wissen, daß sie im Begriff stand, von einem Weißenjungen entdeckt zu werden. Daß auch er ein hungriger Mooszahn war. Daß sie auf einem föhrenbewachsenen Kamm in der Nähe des Ohio beim Versuch, zu ihren drei Kindern zu kommen, von denen eines nach der Nahrung hungerte, die sie trug, daß sie – nachdem ihr Ehemann verschwunden, ihre Milch gestohlen, ihr Rücken zu Brei geschlagen und ihre Kinder zu Waisen gemacht worden waren – nicht einmal hier einen friedlichen Tod sterben würde. Nein.

Sie erzählte Denver, etwas sei aus der Erde heraus in sie hineingekrochen – etwas wie ein Erstarren, aber es habe sich auch in ihr bewegt, wie Kiefer. «Mir war, als sei ich nur noch eiskaltes Zähneknirschen», sagte sie. Plötzlich verlangte es sie nach seinen Augen; verlangte es sie danach hineinzubeißen, seine Wange anzunagen.

«Ich war hungrig», erzählte sie Denver, «sterbenshungrig nach seinen Augen. Ich konnte es kaum erwarten.»

Also stützte sie sich auf den Ellbogen und schleppte sich, eins, zwei, drei, vier, auf die junge weiße Stimme zu, die da herumtönte: «Wer is'n das da drinnen?»

«‹Komm doch gucken›, dachte ich. ‹Soll das letzte sein, wo dein Auge drauffällt›, und tatsächlich, da kommen die Füße, worauf ich dachte, na, dann werd ich halt damit anfangen müssen, komme, was da wolle, ich werd ihm die Füße zerfleischen. Heut muß ich drüber lachen, aber es stimmt. Ich war nicht bloß entschlossen, es zu tun. Mich hungerte danach. Wie eine Schlange. Nichts als Zähne und Hunger... Es war aber überhaupt kein Weißenjunge. War ein Mädchen. Die zerlumpteste Schlamperliese, die du je gesehen hast. ‹Schau an. Ein Nigger. Das schlägt doch alles.›»

Und dann kam der Teil, der Denver am besten gefiel.

Sie hieß Amy, und wenn jemand auf der Welt Fleisch und Soße dringend brauchen konnte, dann sie. Arme wie Stöckchen und genug Haar für vier oder fünf Köpfe. Träge Augen. Sie ließ sich Zeit mit dem Schauen. Redete so viel, daß unbegreiflich war, wie sie gleichzeitig atmen konnte. Und diese Stöckchenarme waren, wie sich später herausstellte, stark wie Eisen.

«Hu, vor dir kann man ja Angst kriegen. Was machst'n du da drin?»

Unten im Gras riß Sethe wie die Schlange, die sie zu sein glaubte, das Maul auf, und statt Giftzähnen und einer gespaltenen Zunge schoß die Wahrheit heraus.

«Weglaufen», sagte Sethe. Es war das erste Wort, das sie

an diesem Tag sprach, und ihre Stimme klang belegt wegen ihrer schmerzenden Zunge.

«Und auf den Füßen da läufst du weg? Mei, Jessas, mei.» Sie hockte sich auf den Boden und starrte Sethes Füße an. «Hast du vielleicht was Eßbares bei dir, Mädchen?»

«Nein.» Sethe versuchte sich aufzurichten, schaffte es aber nicht.

«Ich könnt sterben, so hungrig bin ich.» Das Mädchen ließ langsam den Blick schweifen und musterte prüfend das Grün rings um sie. «Dachte, hier gäb's vielleicht Blaubeeren. Sah danach aus. Drum bin ich hier raufgekommen. Hab doch keine Niggerfrau hier vermutet. Wenn's welche gehabt hat, haben die Vögel sie gefressen. Magst du Blaubeeren?»

«Ich krieg ein Kind, Miss.»

Amy schaute sie an. «Heißt das, du hast keinen Hunger? Na, aber ich muß was zwischen die Zähne kriegen.»

Sie fuhr sich mit den Fingern durch die Haare und betrachtete noch einmal genau die Umgebung. Als sie sich vergewissert hatte, daß nichts Eßbares zu sehen war, sprang sie auf, um zu gehen, und auch Sethes Herz sprang fast beim Gedanken, ohne einen Giftzahn im Maul allein im Gras liegengelassen zu werden.

«Wo willst du denn hin, Miss?»

Sie drehte sich um und sah Sethe mit leuchtenden Augen an. «Boston. Mir Samt holen. Da gibt's einen Laden, der heißt Wilson. Ich hab Bilder davon gesehen, und da gibt's den allerhübschesten Samt. Die glauben nicht, daß ich ihn krieg, aber ich krieg ihn.»

Sethe nickte und stützte sich auf den anderen Ellbogen. «Weiß deine Ma'am, daß du auf der Suche nach Samt bist?»

Das Mädchen schüttelte sich das Haar aus dem Gesicht. «Meine Ma hat doch für die Leute da geschafft, damit sie ihre Überfahrt zahlen kann. Aber dann hat sie mich gekriegt, und weil sie gleich drauf gestorben ist, da haben die gesagt, ich muß für sie arbeiten und es abzahlen. Hab ich auch gemacht, aber jetzt will ich mir meinen Samt holen.»

Sie sahen einander nicht direkt an, jedenfalls nicht direkt in die Augen. Trotzdem waren sie unversehens am Plaudern über dies und jenes und nichts Besonderes – bloß daß eine von ihnen auf dem Boden lag.

«Boston», sagte Sethe. «Ist das weit?»

«Ooooo ja. Hundert Meilen. Vielleicht auch weiter.»

«Muß doch auch Samt mehr in der Nähe geben.»

«Keinen wie in Boston. In Boston gibt's den besten. Hübsch wird der an mir aussehen. Hast schon mal welchen angefaßt?»

«Nein, Miss. So was wie Samt hab ich noch nie angefaßt.» Sethe wußte nicht, ob es die Stimme war oder Boston oder der Samt, aber solange das Weißenmädchen redete, schlief das Baby. Kein Tritt, kein Schlag, und daraus schloß sie, daß ihr Schicksal sich gewendet hatte.

«Schon mal welchen gesehen?» fragte Amy. «Wetten, du hast noch nie welchen gesehen.»

«Wenn ja, dann hab ich's nicht gewußt. Wie ist er, der Samt?»

Amy ließ ihren Blick so schleppend über Sethes Gesicht wandern, als könne sie eine dermaßen vertrauliche Information unmöglich einer völlig Fremden anvertrauen.

«Wie heißen sie dich?» fragte sie.

So weit sie auch von Sweet Home entfernt sein mochte, es gab keinen Grund, dem erstbesten Menschen ihren richtigen Namen zu sagen. «Lu», sagte Sethe. «Lu heißen sie mich.»

«Also Lu, Samt ist so, wie wenn die Welt grad frisch geboren ist. Sauber und neu und ganz glatt. Der Samt, den ich gesehen hab, war braun, aber in Boston haben sie alle Farben. Karmin. Das ist rot, aber wenn du von Samt redest, mußt du ‹Karmin› sagen.» Sie hob den Blick zum Himmel, und dann, als habe sie nun genügend Zeit fern von Boston verschwendet, ging sie fort mit den Worten: «Ich muß los.»

Während sie sich den Weg durchs Gebüsch bahnte, rief sie Sethe noch über die Schulter zu: «Und was machst du, willst da liegenbleiben und dein Junges werfen?»

«Ich kann nicht aufstehn», sagte Sethe.

«Was?» Sie hielt an und schaute zurück, um zu verstehen.

«Ich hab gesagt, ich kann nicht aufstehen.»

Amy zog den Arm unter der Nase vorbei und kam langsam dorthin zurück, wo Sethe lag. «Da is'n Haus, da drüben», sagte sie.

«Ein Haus?»

«Mhm. Bin dran vorbeigekommen. Kein so'n richtiges Haus mit Leuten drin. So'ne Art Schuppen.»

«Wie weit?»

«Doch Wurst, hm? Wenn du hierbleibst über Nacht, kommt der Schlang.»

«Soll er doch. Ich kann eh nicht aufstehen und gehen schon gar nicht, und Gott helf mir, Miss, krabbeln bestimmt nicht.»

«Wohl kannst du, Lu. Los», sagte Amy, und indem sie ihr für fünf Köpfe ausreichendes Haar schüttelte, ging sie auf den Weg zu.

Also krabbelte Sethe, und Amy ging neben ihr her, und wenn Sethe sich ausruhen mußte, blieb auch Amy stehen und erzählte noch ein bißchen mehr von Boston, Samt und leckerem Essen. Diese Stimme, die so sehr wie die eines sechzehnjährigen Jungen klang und pausenlos plapperte, bewirkte, daß die kleine Antilope ruhig weitergraste. Während der ganzen entsetzlichen Krabbelei zu dem Schuppen bockte sie nicht ein einziges Mal.

Nichts an Sethe war mehr heil, als sie endlich bei dem Gebäude ankamen, mit Ausnahme des Tuchs, das ihr Haar bedeckte. Unterhalb ihrer blutigen Knie fühlte sie überhaupt nichts mehr; ihre Brust bestand aus zwei Nadelkissen. Nur die Litanei von Boston, Samt und leckerem Essen trieb sie vorwärts und legte ihr den Gedanken nahe, daß sie vielleicht doch nicht nur ein krabbelnder Friedhof für die letzte Ruhe eines Sechsmonatskindes war.

Der Schuppen war voller Blätter, die Amy zu einem Haufen zusammenschob, damit Sethe sich darauflegen konnte. Dann sammelte sie Steine, bedeckte sie mit noch mehr Laub, ließ Sethe die Beine darauflegen und sagte: «Ich weiß von einer Frau, der hat man die Füße abschneiden müssen, so geschwollen waren die.» Und sie machte mit der Hand Sägebewegungen über Sethes Knöchel. «Sss Sss Sss Sss.»

«Ich war immer eine ordentliche Portion. Schöne Arme und alles. Würdst du nicht denken, oder? Das war, bevor sie mich in die Rübenmiete gesperrt haben. Ich hab mal im Beaver geangelt. Die Hechte im Beaver sind süß wie Hähnchen. Na, ich hab da also gefischt, und da kam ein Nigger vorbeigetrieben. Ich mag keine Ertrunkenen, du? Bei deinen Füßen muß ich an den denken. Genauso geschwollen.»

Dann vollbrachte sie das Wunder: hob Sethes Füße und Beine an und massierte sie, bis Sethe salzige Tränen weinte.

«Es muß jetzt weh tun», sagte Amy. «Alles, was tot ist und wieder zum Leben erwacht, tut weh.»

Kann man wohl sagen, dachte Denver. Vielleicht hatte das weiße Kleid, das den Arm um die Taille ihrer Mutter legte, auch Schmerzen. Wenn ja, so konnte das heißen, daß der Babygeist etwas aushecke. Als sie die Haustür aufmachte, kam Sethe gerade aus der Kammer.

«Ich hab ein weißes Kleid gesehen, das hat sich an dir festgehalten», sagte Denver.

«Weiß? Vielleicht war's mein Brautkleid. Beschreib es mir.»

«Hochgeschlossen. Ganze Masse Knöpfe am Rücken runter.»

«Knöpfe. Dann kann's nicht mein Brautkleid gewesen sein. Ich hab nie an irgendwas Knöpfe gehabt.»

«Und Grandma Baby?»

Sethe schüttelte den Kopf. «Die konnte nicht damit umgehen. Auch an den Schuhen nicht. Was noch?»
«Einen Bausch im Rücken. Da, wo man sitzt.»
«Eine Turnüre? Hat es eine Turnüre gehabt?»
«Ich weiß nicht, was das ist.»
«So wie gerafft? Unter der Taille im Rücken?»
«Mhm.»
«Das Kleid von einer reichen Dame. Seide?»
«Eher Baumwolle.»
«Flor wahrscheinlich. Weißer Baumwollflor. Du sagst, es hat sich an mir festgehalten. Wie?»
«Wie du. Sah genauso aus wie du. Hat neben dir gekniet, wie du gebetet hast. Hatte den Arm um deine Taille.»
«Hm, merkwürdig.»
«Wofür hast du gebetet, Ma'am?»
«Nicht *für* etwas. Ich bete nicht mehr. Ich rede bloß.»
«Worüber hast du geredet?»
«Das verstehst du nicht, Kleines.»
«Versteh ich wohl.»
«Ich hab über die Zeit geredet. Es ist so schwer für mich, dran zu glauben. Manches vergeht. Geht vorbei. Manches bleibt einfach. Ich hab immer gedacht, es läg an meinem Gedächtnis. Weißt du. Daß man manches einfach vergißt. Und anderes nie. Aber das ist es nicht. Die Orte, die Stellen sind immer noch da. Wenn ein Haus abbrennt, ist es fort, aber die Stelle – das Bild davon – bleibt, und nicht nur in meinem Gedächtnis, sondern auch dort draußen in der Welt. Meine Erinnerung ist wie ein Bild, das dort draußen herumschwebt, außerhalb von meinem Kopf. Ich meine, auch dann, wenn ich gar nicht dran denk oder sogar, wenn ich sterbe, dann ist das Bild von dem, was ich getan oder gewußt oder gesehen hab, immer noch da draußen. Genau an der Stelle, wo es passiert ist.»
«Können andere Leute es auch sehen?» fragte Denver.
«O ja. O ja, ja, ja. Eines Tages gehst du die Straße runter und hörst oder siehst, daß da was ist. Ganz deutlich. Und du

glaubst, das bist du, du denkst es dir aus. Ein Gedankenspiel. Aber nein. Das passiert, wenn du auf eine Erinnerung stößt, die jemand anderem gehört. Da, wo ich war, bevor ich hierherkam, der Ort ist wirklich. Er verschwindet nie. Selbst wenn die ganze Farm – jeder einzelne Baum und Grashalm – stirbt. Das Bild ist immer noch da, und zudem: wenn *du* da hingehst – du, die du nie dort gewesen bist –, wenn du hingehst und dich dorthin stellst, wo es passiert ist, dann wird es wieder passieren; es wird immer für dich dasein und dort auf dich warten. Drum, Denver, darfst du niemals da hingehen. Nie. Denn obwohl alles vorbei ist – aus und vorbei –, wird es immer dort sein und auf dich warten. Deshalb hab ich auch all meine Kinder von dort wegbringen müssen. Koste es, was es wolle.»

Denver machte an ihren Fingernägeln herum. «Wenn es immer noch dort ist und wartet, dann muß das bedeuten, daß nichts je stirbt.»

Sethe schaute Denver direkt ins Gesicht. «So ist es, nichts stirbt je», sagte sie.

«Du hast mir nie alles erzählt, was passiert ist. Bloß, daß sie dich ausgepeitscht haben und du fortgelaufen bist, als du schwanger warst. Mit mir.»

«Da gibt's weiter nichts zu erzählen außer von dem Schullehrer. Der war ein kleiner Mann. Kurz gewachsen. Trug immer einen Kragen, auch auf dem Feld. Ein Schullehrer, hat sie gesagt. Sie war froh darüber, daß der Mann der Schwester ihres Mannes aus Büchern gelernt hatte und gewillt war, die Landwirtschaft auf Sweet Home zu übernehmen, nachdem Mr. Garner verschieden war. Die Männer hätten es auch allein geschafft, selbst nachdem Paul F verkauft war. Aber es war, wie Halle sagte. Sie wollte nicht die einzige Weiße auf der Farm sein und noch dazu eine Frau. Deshalb war sie froh, als der Schullehrer sich bereit erklärte zu kommen. Er brachte zwei Jungen mit. Söhne oder Neffen. Ich weiß nicht. Sie nannten ihn Onka und hatten feine Manieren, alle zusammen. Sprachen ganz leise und spuckten ins Taschentuch. Vornehm auf vielerlei Weise. Von der Sorte, weißt du, die Jesus beim Vornamen kennen, ihn aber aus Höflichkeit nie benutzen, nicht einmal wenn sie Ihn direkt ansprechen. Ein recht guter Farmer, meinte Halle. Nicht kräftig wie Mr. Garner, aber gescheit genug. Ihm gefiel die Tinte, die ich machte. Es war ihr Rezept, aber er mochte die Tinte lieber, die ich mischte, und er brauchte sie, weil er sich nachts hinsetzte, um in sein Buch zu schreiben. Es war ein Buch über uns, aber das wußten wir anfangs nicht. Wir dachten, es wäre eben so seine Art, daß er uns ausfragte. Dann fing er an, ein Notizbuch mit sich rumzutragen und aufzuschreiben, was wir sagten. Ich glaub immer noch, daß es die Fragen waren, die Sixo kaputtgemacht haben. Endgültig kaputtgemacht.»

Sie hielt inne.

Denver wußte, daß ihre Mutter zum Ende gekommen war – jedenfalls für diesmal. Das einmalige träge Blinzeln; die Unterlippe, die langsam nach oben glitt, um die obere abzudecken; und dann ein Seufzer durch die Nase, wie das Verlöschen einer Kerzenflamme – Zeichen dafür, daß Sethe an dem Punkt angekommen war, über den sie nicht hinausgehen wollte.

«Also, ich glaube, das Baby hat was vor», sagte Denver.

«Was soll es denn vorhaben?»

«Ich weiß nicht, aber das Kleid, das sich an dir festgehalten hat, muß doch was bedeuten.»

«Vielleicht», sagte Sethe. «Vielleicht plant es wirklich was.»

Was immer das für Pläne waren oder sein mochten, Paul D brachte sie gründlich durcheinander. Mit einem Tisch und einer lauten Männerstimme hatte er die 124 um die Ursache ihrer lokalen Berühmtheit gebracht. Denver hatte gelernt, stolz auf die Verachtung zu sein, die die Neger ihnen entgegenbrachten; stolz auf die Vermutung, daß der Spuk von etwas Bösem stammte, das auf noch Schlimmeres aus war.

Keiner von ihnen wußte um das regelrechte Vergnügen daran, wußte, was es hieß, verzaubert zu sein, die Dinge hinter den Dingen nicht nur zu mutmaßen, sondern zu *kennen*. Ihre Brüder hatten darum gewußt, aber es hatte sie verschreckt; Grandma Baby hatte darum gewußt, aber es hatte sie traurig gemacht. Keiner wußte, wie sicher man sich mit einem Geist im Haus fühlte. Nicht einmal Sethe mochte den Geist. Sie nahm ihn einfach nur hin – wie einen plötzlichen Wetterwechsel.

Doch jetzt war er fort. Verscheucht vom dröhnenden Aufschrei eines haselnußbraunen Mannes, und Denvers Welt blieb verödet zurück, von einem smaragdgrünen, sieben Fuß hohen Versteck im Wald einmal abgesehen. Ihre Mutter hatte Geheimnisse – Dinge, die sie gar nicht erzählte; Dinge, die sie nur halb erzählte. Nun, dann hatte Denver eben auch welche. Und die waren süß – süß wie Maiglöckchenparfum.

Sethe hatte kaum über das weiße Kleid nachgedacht, bis Paul D kam; erst da fiel ihr Denvers Deutung wieder ein: Pläne. Am Morgen nach der ersten Nacht mit Paul D mußte Sethe lächeln beim Gedanken daran, was das Wort bedeuten konnte. Es war ein Luxus, den sie achtzehn Jahre lang nicht gehabt hatte und auch damals nur einmal. Vorher und seither war all ihr Bemühen nur darauf gerichtet gewesen, Schmerz nicht gerade zu vermeiden, aber so schnell wie möglich durchzustehen. Die einzigen Pläne, die sie je geschmiedet hatte – von Sweet Home fortzukommen –, waren so vollständig gescheitert, daß sie das Leben nie wieder durch weiteres Pläneschmieden herausforderte.

Doch als sie an dem Morgen neben Paul D aufwachte, ging ihr das Wort, das ihre Tochter vor ein paar Jahren benutzt hatte, wieder durch den Sinn, und sie dachte nach über das, was Denver neben ihr hatte knien sehen, und zugleich dachte sie an die Versuchung, ihm zu vertrauen und sich zu erinnern, die sie überkommen hatte, als sie vor dem Herd in seinen Armen gestanden hatte. Würde es recht sein? Würde es recht sein, sich einfach den Gefühlen hinzugeben? Sich einfach *auf etwas zu verlassen*?

Sie konnte nicht klar denken, solange sie neben ihm lag und auf seinen Atem horchte, deshalb verließ sie ganz, ganz vorsichtig das Bett.

Als sie in der Kammer kniete, in die sie gewöhnlich zum lauten Denken ging, wurde deutlich, warum es Baby Suggs so sehr nach Farbe verlangt hatte. Es gab nämlich keine außer zwei orangeroten Flicken auf einer Steppdecke, die das Fehlen jeglicher Farbe schreiend betonten. Die Zimmerwände waren schieferfarben, der Boden erdbraun, die Holzkommode aus braunem Holz, die Vorhänge weiß, und der auffälligste Gegenstand, die Steppdecke über der eisernen Bettstelle, war aus Flicken von blauem Serge und schwarzer, brauner und grauer Wolle gemacht – dem gesamten Spektrum des Dunklen und Stummen, das Sparsamkeit und Bescheidenheit zuließen. In dieser nüchternen Umgebung sahen die zwei orangeroten Flicken wild aus – wie das nackte, grausame Leben selbst.

Sethe betrachtete ihre Hände, ihre flaschengrünen Ärmel und dachte daran, wie wenig Farbe es in dem Haus gab und wie merkwürdig es war, daß sie die Farben nie so vermißt hatte wie Baby. Absicht, dachte sie, es mußte Absicht gewesen sein, denn die letzte Farbe, an die sie sich erinnerte, waren die rosaroten Sprenkel auf dem Grabstein ihrer Kleinen gewesen. Danach war sie so farbenblind wie ein Huhn geworden. Tag für Tag arbeitete sie an Obstaufläufen, Kartoffelgerichten und Gemüsen, während der Koch die Suppe, das Fleisch und alles andere machte. Und sie konnte sich nicht erinnern, sich je an einen roten Apfel oder einen gelben Kürbis erinnert zu haben. Tag für Tag sah sie die Morgendämmerung, aber nie nahm sie deren Farben wahr oder wußte sie gar zu schätzen. Da stimmte etwas nicht. Es war, als hätte sie eines Tages das rote Babyblut gesehen, eines anderen die rosaroten Grabsteineinschlüsse, und damit Schluß.

Die 124 war so voller heftiger Gefühle, daß Sethe es vielleicht gar nicht merkte, wenn etwas verlorenging. Es hatte eine Zeit gegeben, in der sie jeden Morgen und jeden Abend mit den Augen die Felder nach ihren Söhnen absuchte. Wenn sie am offenen Fenster stand, der Insekten nicht achtend, neigte sich ihr Kopf zur linken Schulter, und ihr Blick wanderte suchend nach rechts. Wolkenschatten auf der Straße, eine alte Frau, eine streunende Ziege, die nicht angepflockt war und an Brombeerblättern nagte: alles sah auf den ersten Blick aus wie Howard – nein, Buglar. Nach und nach hörte sie damit auf, und die Züge der beiden Dreizehnjährigen verblaßten vollständig hinter ihren Babygesichtern, die ihr aber auch nur noch im Schlaf erschienen. Wenn ihre Träume ungehindert von der 124 fortschweiften, sah sie die beiden manchmal in wunderschönen Bäumen, die kleinen Beinchen in den Blättern kaum sichtbar. Manchmal liefen sie die Bahngleise entlang und lachten dabei, offensichtlich so laut, daß sie Sethe nicht hörten, denn sie drehten sich nie um. Wenn sie aufwachte, stürmte das Haus auf sie ein: Dort war die Tür, vor der die Kekse gelegen hatten; die weiße Treppe, die ihre Kleine so gern hinaufgeklettert war; die Ecke, in der Baby Suggs Schuhe geflickt hatte, von denen noch immer ein Haufen im Kühlhaus lag; die Stelle am Ofen, an der Denver sich die Finger verbrannt hatte. Und natürlich die Tücke des Hauses selbst. Es gab keinen Platz für etwas anderes oder jemand anderen, bis Paul D ankam und alles kurz und klein schlug, Raum schuf, Dinge wegschob und woanders hinrückte und sich dann an den Platz stellte, den er geschaffen hatte.

Als sie jetzt am Morgen nach Paul Ds Ankunft in der Kammer kniete, beschäftigten sie die beiden orangefarbenen Vierecke, die ihr zeigten, wie kahl die 124 in Wirklichkeit war.

Und daran war er schuld. In seiner Gegenwart drängten Gefühle an die Oberfläche. Die Dinge wurden, was sie waren: Trostlosigkeit sah trostlos aus; Hitze war heiß, Fenster hatten plötzlich einen Ausblick. Und natürlich sang er auch. Er sang nach Herzenslust.

> Wenig Bohnen, wenig Reis,
> Harte Arbeit und viel Schweiß,
> Fleisch kriegt keiner je zu sehn,
> Trocken Brot macht Wangen schön.

Er war jetzt auf und sang, während er reparierte, was er am Tag zuvor kaputtgeschlagen hatte. Alte Fetzen eines Liedes, das er im Sträflingslager oder später im Krieg gelernt hatte. Ganz anders als das, was man auf Sweet Home gesungen hatte, wo die Sehnsucht jeden Ton bestimmte.

Die Lieder, die er aus Georgia kannte, waren wie Nägel zum Draufklopfen und Klopfen und Klopfen.

> Leg nur den Kopf auf die Schienen hin,
> Kommt dann der Zug, bringt dir Frieden in den Sinn.
> Hätt ich mein Gewicht in Stein,
> Würd ich den Hauptmann zu Mus verbleun.
> Fünf Cent Nickel,
> Zehn Cent Zinn‹
> An Felsen haun hat keinen Sinn.

Doch sie paßten nicht, diese Lieder. Sie waren zu laut, hatten zuviel Gewicht für die kleinen Reparaturarbeiten, mit denen er sich beschäftigte – Tischbeine anleimen; Scheiben einsetzen.

Zu «Sturm über den Wassern», das sie unter den Bäumen von Sweet Home gesungen hatten, reichte es bei ihm nicht mehr, deshalb gab er sich mit mmmmmmmmmmmmmm zufrieden und warf gelegentlich eine Zeile ein, die ihm in den Sinn kam, und immer wieder in den Sinn kam ihm: «Bloße Füße, Kamillensud. Warf weg meine Schuhe, nahm ab meinen Hut.»

Er war versucht, die Worte abzuwandeln (Gib her meine Schuhe; ich nehm meinen Hut), da er nicht glaubte, daß er mit einer – mit irgendeiner – Frau länger als zwei von drei Monaten zusammenleben konnte. So lange etwa hielt er es an einem Ort aus. Nach Delaware und vor Alfred, Georgia, wo er unter der Erde geschlafen hatte und ausschließlich ans Sonnenlicht gekrochen war, um Steine zu brechen, war das Weglaufen, wenn er soweit war, seine einzige Möglichkeit gewesen, sich davon zu überzeugen, daß er nie mehr in Ketten schlafen, pissen, essen oder einen Vorschlaghammer würde führen müssen.

Doch dies war keine normale Frau in einem normalen Haus. Sobald er durch das rote Licht geschritten war, wußte er, daß der Rest der Welt im Vergleich zur 124 leer war. Nach Alfred hatte er einen ziemlichen Teil seines Gehirns einfach verschlossen und nur noch mit dem Teil funktioniert, der ihm gehen, essen, schlafen und singen half. Wenn er das konnte – und zwischendurch mal ein wenig Arbeit und ein wenig Sex hatte –, dann brauchte er nicht mehr, denn dieses Mehr erforderte, daß er bei Halles Gesicht verweilte und bei dem lachenden Sixo. Sich daran erinnerte, wie er in einer in die Erde versenkten Kiste gezittert hatte. Wie dankbar er für jeden Tag gewesen war, den er bei Schwerstarbeit in einem Steinbruch verbrachte, weil er nicht mehr zitterte, wenn er einen Hammer in der Hand hielt. Die Kiste hatte das geschafft, was Sweet Home und schuften wie ein Esel und leben wie ein Hund nicht geschafft hatten: ihn zum Wahnsinn getrieben, damit er nicht den Verstand verlor.

Als er schließlich nach Ohio kam, und dann nach Cincinnati, und dann zum Haus von Halle Suggs' Mutter, glaubte er, alles gesehen und alles empfunden zu haben. Selbst jetzt, als er den Fensterrahmen, den er zerschmettert hatte, wieder einsetzte, konnte er sich die Freude noch nicht recht erklären, die ihn ergriffen hatte, als Halles Frau überraschend lebendig, barfuß, mit unbedecktem Haar und Schuhen und Strümpfen in der Hand um die Hausecke gekommen war.

Der verschlossene Teil seines Kopfes hatte sich aufgetan wie ein geöltes Schloß.

«Ich dachte, ich könnt mich hier in der Gegend nach Arbeit umsehen. Was denkst du?»

«Gibt nicht viel. Den Fluß hauptsächlich. Und Schweine.»

«Ich hab noch nie auf dem Wasser gearbeitet, aber ich kann alles schleppen, was nicht mehr wiegt als ich, auch Schweine.»

«Die Weißenleute sind hier besser als in Kentucky, aber vielleicht mußt du dich schinden.»

«Es geht nicht drum, *ob* ich mich schinden muß; es geht drum, *wo*. Heißt das, du meinst, es ist dir recht, wenn ich mich hier schinde?»

«Mehr als recht.»

«Deine Tochter, Denver. Scheint, sie ist andern Sinns.»

«Wie kommst du darauf?»

«Sie hat was Zurückhaltendes an sich. Als würd sie auf was warten, aber bestimmt nicht auf mich.»

«Wüßte nicht, auf was.»

«Egal, was es ist; sie glaubt, daß ich im Weg steh.»

«Sorg dich nicht wegen ihr. Sie ist ein gefeites Kind. Immer gewesen.»

«Ach ja?»

«Mhm. Der kann nichts Schlimmes was anhaben. Schau doch mal. Alle, die ich kannte, sind tot oder weg oder tot und weg. Bloß sie nicht. Bloß meine Denver nicht. Schon als ich sie unterm Herzen trug, als klar wurde, daß ich es nicht schaffen würde – und das hieß, daß auch sie es nicht schaffen würde –, da hat sie ein Weißenmädchen aus den Bergen hergezaubert. Die letzte, von der man Hilfe erwartet hätte. Und wie der Schullehrer uns fand und hier reingestürmt kam mit dem Ordnungshüter und der Flinte –»

«Der Schullehrer hat euch gefunden?»

«Hat ein Weilchen gedauert, aber er hat's geschafft. Zu guter Letzt.»

«Und er hat dich nicht mit zurückgenommen?»

«O nein. Dahin wär ich nicht zurück. Egal, wer da wen gefunden hatte. Jedes Leben, bloß das nicht. Lieber bin ich ins Gefängnis. Denver war ja noch ein Baby, deshalb kam sie mit mir. Die Ratten da drinnen haben alles angeknabbert, bloß sie nicht.»

Paul D wandte sich ab. Er wollte mehr darüber wissen, aber wenn die Rede vom Gefängnis war, erinnerte ihn das an Alfred, Georgia.

«Ich brauch ein paar Nägel. Gibt's hier in der Nähe jemand, von dem ich sie borgen kann, oder soll ich in die Stadt?»

«Kannst auch gleich in die Stadt gehen. Brauchst bestimmt noch was anderes.»

Eine Nacht, und sie sprachen schon wie ein Ehepaar. Sie hatten die Liebe und die Versprechungen übersprungen und waren schon bei: «Heißt das, es ist dir recht, wenn ich mich hier schinde?»

Für Sethe bestand die Zukunft darin, die Vergangenheit fernzuhalten. Das «bessere Leben», das sie und Denver ihrer Meinung nach führten, zeichnete sich lediglich dadurch aus, daß es nicht jenes andere war.

Die Tatsache, daß Paul D aus «jenem anderen» Leben in ihr Bett gekommen war, war auch ein Teil des besseren; und die Vorstellung einer Zukunft mit ihm oder vielleicht auch ohne ihn begann sie zu beschäftigen. Und was Denver anging, so war Sethes Aufgabe, nämlich sie vor der noch immer auf sie wartenden Vergangenheit zu bewahren, das einzig Wichtige.

Mit angenehm schlechtem Gewissen mied Sethe die Kammer und Denvers scheele Blicke. Wie sie schon erwartet hatte – so war das Leben nun einmal –, half das nichts. Denver trieb gewaltig quer, und am dritten Tag fragte sie Paul D geradeheraus, wie lange er sich hier noch herumzutreiben gedächte.

Der Ausdruck kränkte ihn so sehr, daß er den Tisch verfehlte. Die Kaffeetasse fiel zu Boden und rollte über die geneigten Dielenbretter auf die Tür zu.

«Herumtreiben?» Paul D warf nicht einmal einen Blick auf die Bescherung, die er angerichtet hatte.

«Denver! Was ist denn in dich gefahren?» Sethe schaute ihre Tochter an und war eher verlegen als zornig.

Paul D kratzte sich die Kinnstoppeln. «Vielleicht sollte ich mich trollen.»

«Nein!» Sethe war überrascht, wie laut sie das sagte.

«Er weiß schon, was gut für ihn ist», sagte Denver.

«Du aber scheint's nicht», belehrte Sethe sie, «und du scheinst auch nicht zu wissen, was gut für dich ist. Ich will kein Wort mehr von dir hören.»

«Ich hab doch nur gefragt, ob –»

«Still! Troll *du* dich jetzt. Geh, setz dich woanders hin.»

Denver nahm ihren Teller und verließ den Tisch, nicht ohne der ordentlichen Portion, die sie wegtrug, noch ein Stück Hähnchenrücken und Brot hinzuzufügen. Paul D beugte sich hinunter, um den verschütteten Kaffee mit seinem blauen Taschentuch aufzuwischen.

«Ich mach's schon.» Sethe sprang auf und ging zum Ofen. Dahinter hingen verschiedene Tücher zum Trocknen. Stumm wischte sie den Boden sauber und hob die Tasse auf. Dann goß sie ihm eine frische Tasse ein und stellte sie vorsichtig vor ihn hin. Paul D berührte den Tassenrand, sagte aber nichts – als sei sogar ein «Danke» eine Verpflichtung, der er sich nicht beugen, und der Kaffee selbst ein Geschenk, das er nicht annehmen könne.

Sethe setzte sich wieder, und das Schweigen dauerte an. Endlich merkte sie, daß es wohl an ihr war, es zu brechen, falls es denn gebrochen werden sollte.

«So hab ich sie nicht erzogen.»

Paul D strich über den Tassenrand.

«Und ich bin genauso überrascht über ihr Benehmen wie du verletzt.»

Paul D schaute Sethe an. «Steckt hinter ihrer Frage eine Geschichte?»

«Geschichte? Wie meinst du das?»

«Ich meine, mußte oder wollte sie das schon mal jemanden vor mir fragen?»

Sethe ballte die Hände zu Fäusten und stemmte sie in die Hüften. «Du bist genauso schlimm wie sie.»

«Komm schon, Sethe.»

«Oh, ich komme schon. Keine Sorge!»

«Du weißt, was ich meine.»

«Ich weiß es, und es paßt mir nicht.»

«Jesus Christus», flüsterte er.

«Wer?»

«Jesus Christus! Ich hab gesagt, Jesus Christus! Ich hab doch nichts getan wie mich zum Essen hinsetzen! Und werd zweimal beschimpft. Erst, weil ich da bin, und dann, weil ich frage, warum ich das erste Mal beschimpft worden bin!»

«Sie hat dich nicht beschimpft.»

«Nein? Hat sich aber so angehört.»

«Schau her. Ich entschuldige mich für sie. Es tut mir wirklich –»

«Das kannst du nicht. Du kannst dich für keinen entschuldigen. Das muß sie schon selbst.»

«Dann sorg ich eben dafür, daß sie's tut.» Sethe seufzte. «Ich will ja nur wissen: Fragt sie da was, was auch dir auf der Seele liegt?»

«O nein. Nein, Paul D. O nein.»

«Dann ist sie eines Sinnes und du eines anderen? Wenn man das, was sie im Kopf hat, Sinn nennen kann.»

«Tut mir leid, aber ich mag kein Wort gegen sie hören. Ich werd ihr die Leviten lesen. Aber laß du sie in Frieden.»

Riskant, dachte Paul D, sehr riskant. Irgend etwas so sehr zu lieben war gefährlich für eine ehemalige Sklavin, besonders wenn es die eigenen Kinder waren. Am besten, das wußte er, war es, nur ein klein wenig zu lieben; alles nur ein klein wenig zu lieben, so daß man, wenn sie einem das Rückgrat brachen oder einen in den Sack steckten, vielleicht noch ein klein wenig Liebe für etwas anderes übrig hatte.

«Warum?» fragte er sie. «Warum glaubst du, daß du für sie geradestehen mußt? Dich für sie entschuldigen mußt? Sie ist doch erwachsen.»

«Mir egal, was sie ist. Erwachsen oder nicht, das heißt nichts für eine Mutter. Kinder bleiben Kinder. Sie werden größer, älter, aber erwachsen? Was soll das heißen? In meinem Herzen heißt das gar nichts.»

«Es heißt, daß sie es selbst ausbaden muß, wenn sie aufmüpfig ist. Du kannst sie nicht dauernd beschützen. Was soll denn passieren, wenn du mal stirbst?»

«Gar nichts! Ich werd sie beschützen, solange ich lebe, und auch noch, wenn ich nicht mehr lebe.»

«Na gut, ich bin am Ende», sagte er. «Ich geb's auf.»

«So ist es eben, Paul D. Ich kann's dir nicht besser erklären, aber so ist es eben. Wenn ich die Wahl hätte – das wär überhaupt keine Wahl.»

«Genau darum geht's. Genau darum. Ich verlang doch

gar nicht von dir, daß du eine Wahl triffst. Keiner täte das. Ich dachte... na, ich dachte, du könntest... es gäbe hier ein wenig Platz für mich.»

«Sie verlangt es aber.»

«Danach kannst du dich nicht richten. Du mußt es ihr sagen. Sag ihr, es hat nichts damit zu tun, daß du jemand anderem den Vorzug vor ihr gibst – es geht darum, jemand neben ihr Platz zu machen. Du mußt es ihr sagen. Und wenn du's sagst und es auch aufrichtig meinst, dann mußt du auch wissen, daß du mir nicht den Mund verbieten kannst. Ganz bestimmt werd ich ihr nicht weh tun oder ihr was nicht geben, was sie braucht, falls ich's kann, aber keiner kann mir vorschreiben, daß ich den Mund halten soll, wenn sie sich schlecht benimmt. Wenn du mich hierbehalten willst, dann verbiet mir nicht den Mund.»

«Vielleicht sollt ich alles so lassen, wie's war», sagte sie.

«Wie war's denn?»

«Wir sind zurechtgekommen.»

«Und was ist mit da drinnen?»

«Da dran rühr ich nicht.»

«Sethe, wenn ich bei dir bin, zusammen mit Denver, dann kannst du anrühren, was du willst. Hineinspringen, wenn du willst, weil ich dich auffange, Mädchen. Ich fang dich, bevor du fällst. Geh nur immer so weit in dich, wie du mußt, ich halt dich an den Beinen fest. Ich paß auf, daß du wieder rauskommst. Ich sag das nicht, weil ich eine Bleibe brauche. Das ist das letzte, was ich brauch. Ich hab dir schon gesagt, ich bin ein Wanderer, aber hierher bin ich schon seit sieben Jahren unterwegs. Bin immer um diesen Ort herumgegangen. Staatauf, staatab, nach Osten, nach Westen; ich war in Gegenden, die nicht mal einen Namen haben, bin nirgends lang geblieben. Aber wie ich hierhergekommen und draußen auf der Veranda gesessen bin und auf dich gewartet hab, da wußte ich, nicht nach dem Ort hab ich gesucht, sondern nach dir. Wir könnten ein Leben zusammen verbringen, Mädchen. Ein Leben.»

«Ich weiß nicht. Ich weiß nicht.»

«Überlaß das nur mir. Wart ab, wie's geht. Keine Versprechungen, wenn du keine machen willst. Wart einfach nur ab, wie's geht. Abgemacht?»

«Abgemacht.»

«Willst du es mir überlassen?»

«Na ja – einiges.»

«Einiges?» lächelte er. «Na schön. Hier ist schon mal einiges: In der Stadt ist Jahrmarkt. Morgen, am Donnerstag, ist für Farbige geöffnet, und ich hab zwei Dollar. Ich und du und Denver, wir werden sie bis zum letzten Penny ausgeben. Was sagst du dazu?»

«Nein», sagte sie dazu. Zumindest setzte sie dazu an (was würde ihr Boss sagen, wenn sie einen Tag Urlaub nahm?), aber noch im Reden fiel ihr auf, wie sehr ihre Augen sich freuten, in sein Gesicht zu sehen.

Die Grillen zirpten schrill am Donnerstag, und der Himmel, seiner Bläue beraubt, war schon um elf Uhr morgens weißglühend. Sethe war zu warm angezogen für die Hitze, aber da dies seit achtzehn Jahren ihr erster Ausflug in die Öffentlichkeit war, fühlte sie sich verpflichtet, ihr einziges gutes Kleid anzuziehen, so dick es auch war, und einen Hut aufzusetzen. Den Hut unbedingt. Sie wollte Lady Jones oder Ella nicht mit einem Kopftuch auf dem Kopf begegnen, als ginge sie zur Arbeit. Das Kleid, ein getragenes Stück aus guter Wolle, war einmal ein Weihnachtsgeschenk für Baby Suggs gewesen, von Miss Bodwin, der Weißenfrau, die Baby Suggs so mochte. Denver und Paul D taten sich leichter mit der Hitze, da beide nicht fanden, daß der Anlaß besondere Kleidung erforderte. Denvers Haube baumelte ihr auf dem Rücken gegen die Schulterblätter; Paul D trug seine Weste offen, keine Jacke und die Hemdsärmel bis über die Ellbogen aufgekrempelt.

Sie hielten sich nicht an den Händen, aber ihre Schatten taten es. Sethe schaute nach links, und dort glitten sie alle drei mit angefaßten Händen über den Staub. Vielleicht hatte er recht. Ein Leben zusammen verbringen. Als sie ihre Hand in Hand gehenden Schatten betrachtete, war es ihr peinlich, wie für die Kirche gekleidet zu sein. Die anderen, vor und hinter ihnen, würden denken, sie tue vornehm und wolle zu verstehen geben, daß sie anders sei, weil sie in einem zweistöckigen Haus wohnte; daß sie zäher sei, weil sie Dinge tun und überleben konnte, die man in den Augen anderer weder tun noch überleben durfte. Jetzt war sie froh, daß Denver ihrem Drängen, sich feinzumachen – zumindest ihr Haar neu zu flechten – widerstanden hatte. Andererseits tat Denver nichts, um diese Unternehmung zu einem Vergnügen zu machen. Sie hatte sich – mürrisch – einverstanden erklärt mitzukommen, aber ihre Haltung drückte aus: «Na los, nun macht mich schon glücklich, versucht's doch.»

Glücklich war nur Paul D. Er grüßte jedermann im Umkreis von zwanzig Fuß. Scherzte über das Wetter und darüber, wie es sich auf ihn auswirkte, johlte zurück, wenn ein Rabe krächzte, und war der erste, der die todgeweihten Rosen roch. Die ganze Zeit, egal was sie taten – ob Denver sich den Schweiß von der Stirn wischte oder sich bückte, um ihre Schuhe neu zu binden; ob Paul D einen Stein vor sich her kickte oder die Hand ausstreckte, um einem Kind, das sich an die Schulter seiner Mutter schmiegte, das Gesicht zu streicheln –, die ganze Zeit über hielten die drei Schatten, die aus ihren Füßen nach links wuchsen, einander an den Händen. Keiner merkte es außer Sethe, und sie hörte auf hinzuschauen, nachdem sie entschieden hatte, daß es ein gutes Zeichen sei. Ein Leben zusammen verbringen. Schon möglich.

Den ganzen Sägewerkszaun entlang waren die Rosen im Verblühen begriffen. Der Sägewerker, der sie vor zwölf Jahren gepflanzt hatte, um seinem Arbeitsplatz einen freundlichen Anstrich zu geben – etwas, das dem Zersägen von Bäumen um des Lebensunterhalts willen das Sündige nehmen sollte –, war selbst überrascht über ihr reichliches Wachstum; wie rasch sie den ganzen Lattenzaun überwucherten, der das Sägewerk von dem freien Feld daneben abgrenzte, wo heimatlose Männer schliefen, Kinder herumtollten und, einmal im Jahr, die Jahrmarktsleute ihre Zelte aufschlugen. Je mehr sich die Rosen dem Tod näherten, desto durchdringender ihr Geruch, und für jeden Jahrmarktgänger verband sich dieses Ziel mit dem Gestank der verfaulenden Rosen. Der Geruch machte die auf der Straße dahinziehenden Farbigenleute ein wenig schwindelig und sehr durstig, schmälerte aber keineswegs ihre Vorfreude. Manche gingen auf den grasbewachsenen Straßenrändern, andere wichen den Fuhrwerken aus, die über die staubige Straßenmitte quietschten. Alle waren, wie Paul D, bester Stimmung, und auch der Geruch der sterbenden Rosen (auf den Paul D alle Welt aufmerksam machte) konnte ihre gute Laune nicht dämpfen. Während sie dem mit Seilen abgesperrten Eingang entgegendrängelten, strahlten sie wie Lichter, atemlos vor Gespanntheit, die Weißenleute los zu sehen: als Zauberer, als Clowns, ohne Kopf oder mit zwei Köpfen, zwanzig Fuß groß oder zwei Fuß klein, eine Tonne schwer, über und über tätowiert, als Glasfresser, Feuerschlucker, Bänderspeier, zu Knoten verknäuelt, Pyramiden formend, mit Schlangen spielend und einander verprügelnd.

All das war angekündigt und wurde vorgelesen von denen, die lesen konnten, und gehört von denen, die es nicht konnten, und die Tatsache, daß nichts davon stimmte, verringerte ihr Verlangen kein bißchen.

Der Ausrufer warf ihnen und ihren Kindern Schimpfwörter an den Kopf («Für Pickaninchen Eintritt frei!»), aber angesichts der Essensreste auf seiner Weste und des Lochs in seiner Hose klang das ziemlich harmlos. Jedenfalls war es ein geringer Preis für einen Spaß, den sie vielleicht nie wieder erleben würden. Zwei Pennies und eine Beleidigung waren gut angelegt, wenn man dafür das Spektakel von Weißenleuten zu sehen bekam, die sich selbst zum Spektakel machten. Und obwohl die Truppe mehr als mittelmäßig war (weshalb sie sich auch zu einem Farbigen Donnerstag bereit erklärt hatte), erlebten die vierhundert schwarzen Menschen im Zuschauerraum eine prickelnde Aufregung nach der anderen.

Die Dame, die eine Tonne wog, spuckte sie an, kam aber wegen ihrer Körpermasse nicht weit genug, und sie amüsierten sich riesig über die hilflose Boshaftigkeit in ihren kleinen Augen. Die Tänzerin aus Tausendundeine Nacht verkürzte ihre Vorführung auf drei Minuten anstatt der üblichen fünfzehn, die sie gewöhnlich tanzte – und erntete dadurch die Dankbarkeit der Kinder, die den nach ihr kommenden Schlangenbeschwörer Abu kaum erwarten konnten.

Denver kaufte Johannisbrot, Lakritze, Pfefferminz und Limonade an einem Tisch mit einem kleinen Weißenmädchen in hochhackigen Damenschuhen dahinter. Von den Süßigkeiten besänftigt, von einer Menge Menschen umringt, die nicht sie für die Hauptattraktion hielten und sogar gelegentlich «Hallo Denver» zu ihr sagten – das gefiel ihr immerhin so sehr, daß sie die Möglichkeit in Betracht zog, Paul D sei vielleicht doch gar nicht so schlecht. Er hatte etwas an sich – als die drei zusammenstanden und der Liliputanerin beim Tanzen zuschauten –, was den Blicken der anderen Neger einen freundlichen, sanften Ausdruck verlieh, den Denver, soweit sie sich erinnerte, bisher nie in ihren Gesichtern gesehen hatte. Manche nickten sogar und lächelten ihrer Mutter zu; offenbar war keiner fähig, sich Pauls guter Laune zu entziehen. Er schlug sich auf die Schenkel, als der Riese mit der Liliputanerin tanzte; als der Mann mit den zwei Köpfen mit sich selbst sprach. Er kaufte alles, worum Denver bat, und vieles, worum sie nicht bat. Er beschwatzte Sethe, mit in Zelte zu gehen, die zu betreten sie zögerte. Steckte ihr Süßigkeiten, die sie nicht wollte, zwischen die Lippen. Und als der Wilde Mann aus Afrika an seinen Gitterstäben rüttelte und *wa wa* sagte, erzählte Paul D aller Welt, den kenne er von früher, von Roanoke her.

Paul D schloß einige Bekanntschaften; sprach mit den Leuten darüber, was für eine Arbeit er wohl finden könnte. Sethe erwiderte das ihr geschenkte Lächeln. Denver taumelte vor Entzücken. Und auf dem Heimweg hielten die jetzt vor ihnen hergehenden Schatten sich immer noch an den Händen.

Eine vollbekleidete Frau stieg aus dem Wasser. Kaum hatte sie das trockene Flußufer erreicht, setzte sie sich und lehnte sich an einen Maulbeerbaum. Den ganzen Tag und die ganze Nacht saß sie da, den Kopf so gleichgültig an den Stamm gelehnt, daß der Rand ihres Strohhuts einknickte. Alles tat ihr weh, aber am meisten die Lunge. Tropfnaß und flach atmend verbrachte sie Stunden mit dem Versuch, gegen die Schwere ihrer Augenlider anzukämpfen. Der Tagwind trocknete ihr Kleid; der Nachtwind zerknitterte es. Keiner hatte sie aus dem Wasser steigen sehen, keiner kam zufällig vorbei. Wäre jemand gekommen, so hätte er wohl gezögert, sich ihr zu nähern. Nicht weil sie naß war oder döste oder etwas hatte, das wie Asthma klang, sondern weil sie trotz alledem lächelte. Sie brauchte den ganzen folgenden Morgen dazu, sich vom Boden zu erheben und sich durch den Wald an einem riesigen Tempel aus Buchsbaum vorbei zum Feld und dann zum Garten des schiefergrauen Hauses zu schleppen. Von neuem erschöpft setzte sie sich auf den erstbesten Platz – einen Baumstumpf nicht weit von der Treppe zur 124. Inzwischen kostete es sie weniger Anstrengung, die Augen offenzuhalten. Sie schaffte es ganze zwei Minuten oder länger. Ihr Hals, der nicht umfänglicher war als der Unterteller eines Sammeltäßchens, sank immer wieder nach vorn, und ihr Kinn streifte den Spitzenbesatz am Ausschnitt ihres Kleides.

Frauen, die Sekt trinken, wenn es gar nichts zu feiern gibt, können so aussehen: oft sitzt ihnen ein Strohhut mit kaputtem Rand schief auf dem Kopf; sie nicken in der Öffentlichkeit vor sich hin; ihre Schuhe sind offen. Aber ihre Haut ist anders als die der Frau, die in der Nähe der Treppe zur 124 vor sich hin schnaufte. Ihre Haut war neu, ohne Falten und ganz glatt, sogar an den Knöcheln ihrer Hände.

Am späten Nachmittag, als der Jahrmarkt vorüber war und die Neger sich hoch zu Wagen mit heimnehmen ließen, wenn sie Glück hatten – und zu Fuß gingen, wenn sie keins hatten –, war die Frau wieder eingeschlafen. Die Sonnenstrahlen schienen ihr voll ins Gesicht, so daß Sethe, Denver und Paul D, als sie um die Kurve kamen, nur ein schwarzes Kleid, zwei aufgeschnürte Schuhe darunter und keinen Here Boy weit und breit sahen.

«Schaut mal», sagte Denver. «Was ist denn das?»

Und aus einem Grund, den Sethe sich gar nicht sofort erklären konnte, füllte sich in dem Augenblick, als sie nahe genug war, um das Gesicht zu sehen, ihre Blase bis zum Zerspringen. Sie sagte: «Oh, Entschuldigung», und lief nach hinten zur Rückseite der 124. Seit ihrer frühen Kindheit, als sie von dem achtjährigen Mädchen, das ihr ihre Mutter gezeigt hatte, gehütet wurde, hatte sie kein solch unaufschiebbares Bedürfnis mehr verspürt. Sie schaffte es nicht einmal bis zum Abort. Direkt vor der Klotür mußte sie die Röcke heben, und das Wasser hörte gar nicht wieder auf herauszuströmen. Wie ein Pferd, dachte sie, aber als es andauerte und andauerte, dachte sie, nein, eher wie damals bei Denvers Geburt, als sie das Boot überschwemmt hatte. So viel Wasser, daß Amy gesagt hatte: «Halt ein, Lu. Du versenkst uns noch, wenn du so weitermachst.» Doch es gab kein Halten für Wasser, das aus einer geplatzten Fruchtblase brach, und auch jetzt gab es kein Halten. Sie hoffte bloß, es würde Paul D nicht einfallen, nach ihr schauen zu kommen und sie vor ihrem eigenen Abort hocken und eine Pfütze machen zu sehen, die so tief war, daß man nicht ohne Scham zuschauen konnte. Als sie schon überlegte, ob die vom Jahrmarkt wohl eine weitere Sehenswürdigkeit willkommen heißen würden, hörte es auf. Sie brachte sich in Ordnung und lief nach vorn zur Veranda. Keiner war da. Alle drei waren drinnen – Paul D und Denver standen vor der Fremden und sahen zu, wie sie eine Tasse Wasser nach der anderen trank.

«Sie hat gesagt, sie ist durstig», sagte Paul D. Er nahm seine Mütze ab. «Ganz schön durstig, wie's aussieht.»

Die Frau trank das Wasser hastig aus einer fleckigen Blechtasse und hielt sie um mehr hin. Viermal füllte Denver sie, und viermal trank die Frau, als habe sie eine Wüste durchquert. Als sie fertig war, hingen ihr noch ein paar Wassertropfen am Kinn, aber sie wischte sie nicht ab. Statt dessen sah sie aus schläfrigen Augen Sethe an. Schlecht ernährt, dachte Sethe, und jünger, als ihre Kleider vermuten ließen – gute Spitze am Hals und der Hut einer reichen Frau. Ihre Haut war makellos, mit Ausnahme von drei senkrecht verlaufenden Kratzern auf ihrer Stirn, die so fein und dünn waren, daß sie zuerst wie Haare aussahen, wie Babyhaar, das dann in Flaum überging und sich schließlich zu dem schwarzen Wollfilz unter ihrem Hut kräuselte.

«Bist du hier aus der Gegend?» fragte Sethe sie.

Sie schüttelte den Kopf und streckte die Hand aus, um sich die Schuhe auszuziehen. Sie zog ihr Kleid bis zu den Knien hoch und rollte die Strümpfe hinunter. Als sie die Strümpfe in die Schuhe gesteckt hatte, sah Sethe, daß ihre Füße wie ihre Hände waren, weich und neu. Sie mußte wohl auf einem Wagen mitgenommen worden sein, dachte Sethe. Wahrscheinlich eins von diesen Mädchen aus West Virginia, die etwas Besseres als ein Leben lang Tabak und Zuckerrohr suchten. Sethe bückte sich, um ihre Schuhe aufzuheben.

«Wie heißt du denn wohl?» fragte Paul D.

«Menschenkind», sagte sie, und ihre Stimme war so leise und heiser, daß die drei einander abwechselnd anschauten. Zuerst hörten sie nur die Stimme – erst dann den Namen.

«Menschenkind. Hast du auch einen Nachnamen, Menschenkind?» fragte Paul D.

«Nachnamen?» Sie schien verwirrt. Dann: «Nein», und sie buchstabierte ihren Namen, langsam, als erfinde sie die Buchstaben erst beim Aussprechen.

Sethe ließ die Schuhe fallen; Denver setzte sich, und Paul D lächelte. Er erkannte die vorsichtige Aussprache derer, die wie er selbst nicht lesen konnten, sondern die Buchstaben ihres Namens auswendig gelernt hatten. Er war im Begriff, sie zu fragen, wer ihre Leute seien, besann sich aber anders. Eine junge Farbigenfrau, die ohne Ziel unterwegs war, mußte unterwegs sein, um dem Verderben zu entkommen. Vor vier Jahren war er in Rochester gewesen und hatte fünf Frauen mit vierzehn weiblichen Kindern ankommen sehen. All ihre Männer – Brüder, Onkel, Väter, Ehemänner, Söhne – waren einer nach dem anderen geschnappt worden. Die Frauen hatten nichts als ein einziges Stückchen Papier, das sie zu einem Prediger in der DeVore Street wies. Der Krieg war damals schon vier oder fünf Jahre zu Ende, aber weder Weiße noch Schwarze schienen es zu wissen. Immer wieder wanderten Grüppchen und Häuflein von Negern über die verschwiegenen Pfade und Kuhwege von Schenectady nach Jackson. Benommen, aber beharrlich forschten sie einander aus, nach einer Nachricht von einem Vetter, einer Tante, einem Freund, der einmal gesagt hatte: «Besuch mich doch. Wenn du mal in die Nähe von Chicago kommst, such mich auf.» Manche von ihnen liefen von Familien fort, die sie nicht ernähren konnten, manche zu einer Familie; manche flohen vor mißlungenen Ernten, toten Verwandten, Morddrohungen und enteignetem Land. Knaben jünger als Buglar und Howard; aus Frauen und Kindern zusammengesetzte und neu zusammengewürfelte Familien, während an anderen Orten – einsam, Gejagte und Jagende – Männer waren, Männer, nichts als Männer. In öffentlichen Verkehrsmitteln nicht geduldet, von Schulden und zotigen Afterreden verjagt, folgten sie Nebenstraßen, suchten den Horizont nach Zeichen ab und verließen sich aufeinander. Stumm bis auf die nötigsten Höflichkeiten, redeten sie, wenn sie einander trafen, weder von ihrem eigenen Kummer, der sie von Ort zu Ort trieb, noch fragten sie nach dem der anderen. Über Weiße wußte man Bescheid. Über die brauchte keiner ein Wort zu verlieren.

Deshalb bedrängte er die junge Frau mit dem zerdrückten Hut nicht nach ihrem Woher und Weshalb. Wenn sie wollte, daß sie es erführen, und stark genug war, die Sache durchzustehen, würde sie es ihnen schon sagen. Im Augenblick beschäftigte alle die Frage, was sie brauchen mochte. Neben dieser wichtigsten Frage hatte jeder von ihnen noch eine andere im Hinterkopf. Paul D wunderte sich über ihre neuen Schuhe. Sethe war tief berührt von ihrem schönen Namen; die Erinnerung an den glitzernden Grabstein weckte in ihr besonders freundliche Gefühle der jungen Frau gegenüber. Denver hingegen zitterte. Sie schaute diese schläfrige Schönheit an und wollte mehr.

Sethe hängte ihren Hut an einen Haken und wandte sich huldvoll dem Mädchen zu. «Das ist ein hübscher Name, Menschenkind. Nimm doch deinen Hut ab, und ich mach uns was zu essen. Wir kommen grad vom Jahrmarkt drüben bei Cincinnati zurück. Alles sehr sehenswert, wirklich.»

Kerzengerade auf dem Stuhl sitzend, war Menschenkind mitten in Sethes Willkommensrede wieder eingeschlafen.

«Miss. Miss.» Paul D schüttelte sie sanft. «Willst du dich ein wenig hinlegen?»

Sie öffnete die Augen einen Spalt weit und stellte sich auf ihre weichen neuen Füße, die sie, kaum dieser Aufgabe gewachsen, langsam in die Kammer trugen. Dort angelangt, brach sie auf Baby Suggs' Bett zusammen. Denver nahm ihr den Hut ab und legte ihr die Decke mit den zwei bunten Flicken über die Füße. Sie schnaufte wie eine Dampfmaschine.

«Klingt wie Krupp», sagte Paul D, als er die Tür schloß.

«Hat sie Fieber, Denver, hast du was gemerkt?»

«Nein. Sie fühlt sich kühl an.»
«Dann hat sie Fieber. Das wechselt zwischen heiß und kalt.»
«Könnte Cholera haben», sagte Paul D.
«Meinst du?»
«All das Wasser. Sicheres Zeichen.»
«Armes Ding. Und nichts hier im Haus, was man ihr dagegen geben könnte. Sie wird es einfach durchstehen müssen. Das ist eine der teuflischsten Krankheiten, die es gibt.»
«Sie ist nicht krank!» sagte Denver, und die Leidenschaft in ihrer Stimme entlockte den beiden anderen ein Lächeln.

Vier Tage lang schlief sie, wachte und setzte sich nur auf, um Wasser zu trinken. Denver betreute sie, bewachte ihren tiefen Schlaf, horchte auf ihren angestrengten Atem und verheimlichte aus jäh über sie gekommener Liebe und einem hartnäckigen Besitzanspruch heraus Menschenkinds Bettnässen wie einen persönlichen Makel. Sie wusch die Laken heimlich aus, wenn Sethe ins Lokal gegangen war und Paul D sich aufgemacht hatte, um nach Kähnen Ausschau zu halten, deren Ladung er löschen helfen konnte. Sie kochte die Unterwäsche aus, spülte sie in Bleiche und betete darum, daß das Fieber ohne Schaden für Menschenkind vorbeigehen möge. Sie pflegte sie so eifrig, daß sie vergaß zu essen und ihren smaragdgrünen Schrein zu besuchen.

«Menschenkind?» flüsterte Denver, «Menschenkind?», und wenn sich die schwarzen Augen einen Spalt weit auftaten, dann war alles, was sie sagen konnte: «Ich bin hier. Ich bin immer noch hier.»

Manchmal, wenn Menschenkind sehr lange mit verträumtem Blick dalag, ohne zu sprechen, sich die Lippen leckte und tiefe Seufzer ausstieß, geriet Denver in Panik.

«Was ist?» fragte sie dann.

«Schwer», murmelte Menschenkind. «Dieser Ort ist schwer.»

«Würdest du dich gern aufsetzen?»

«Nein», sagte die heisere Stimme.

Menschenkind brauchte drei Tage, um die orangefarbenen Flicken auf dem Dunkel der Decke zu entdecken. Denver freute sich darüber, weil das ihre Patientin länger wach hielt. Sie schien ganz versunken in diese verblichenen Stückchen orangefarbenen Stoffes, unternahm sogar eine Anstrengung, sich auf die Ellbogen aufzustützen und sie zu streicheln. Eine Anstrengung, die sie rasch erschöpfte, worauf Denver die Decke so hinlegte, daß der aufmunternde Teil im Blickfeld des kranken Mädchens lag.

Denver wappnete sich in Geduld, etwas, was sie früher nie gekonnt hatte. Solange ihre Mutter sich heraushielt, war sie ein Muster an Hilfsbereitschaft; sie wurde nur giftig, wenn Sethe sich einzumischen versuchte.

«Hat sie heute einen Happen gegessen?» erkundigte sich Sethe.

«Mit Cholera sollte sie nichts essen.»

«Bist du sicher, daß es das ist? War doch bloß so eine Idee von Paul D.»

«Ich weiß nicht, aber trotzdem sollte sie vorerst nichts essen.»

«Ich denke, Cholerakranke kotzen ständig.»

«Um so mehr ein Grund, oder?»

«Verhungern soll sie aber auch nicht, Denver.»

«Laß uns in Frieden, Ma'am. Ich sorg schon für sie.»

«Hat sie was gesagt?»

«Ich würd's dir schon sagen, wenn was wär.»

Sethe schaute ihre Tochter an und dachte: Ja, sie ist einsam. Sehr einsam.

«Wo Here Boy wohl hin ist?» Sethe fand einen Themawechsel angebracht.

«Der kommt nicht zurück», sagte Denver.

«Wie willst du das wissen?»

«Ich weiß es halt.» Denver nahm ein Stück süßes Brot vom Teller.

Wieder in der Kammer, wollte Denver sich eben hinsetzen, als Menschenkind die Augen weit aufriß. Denver spürte ihr Herz rasen. Nicht daß sie zum erstenmal dieses Gesicht ohne eine Spur von Schläfrigkeit darin gesehen hätte, und auch nicht, weil die Augen groß und schwarz waren. Und auch nicht, weil das Weiße darin viel zu weiß war – bläulichweiß. Sondern weil im tiefsten Inneren dieser schwarzen Augen überhaupt kein Ausdruck lag.

«Kann ich dir was holen?»

Menschenkind schaute das süße Brot in Denvers Hand an, und Denver hielt es ihr hin. Da lächelte sie, und Denvers Herz hörte auf zu hüpfen und kam zur Ruhe – erleichtert und wohlig wie ein Reisender, der sein Zuhause erreicht hat.

Von diesem Augenblick an und bei allem Folgenden konnte man immer darauf zählen, daß Zucker sie erfreute. Es war, als sei sie für Süßes geboren. Honig ebenso wie das Wachs, in dem er steckte, Zuckerbrote, die klumpige Melasse, die in der Büchse hart und grob geworden war, Limonade, Bonbons und jede Art von Nachtisch, die Sethe aus dem Lokal mit nach Hause brachte. Sie zerkaute ein Stück Zuckerrohr zu Flachs und behielt noch lange, nachdem sie den Sirup herausgelutscht hatte, die Fasern im Mund. Denver lachte, Sethe grinste und Paul D sagte, ihm werde übel davon.

Sethe glaubte, es sei das Bedürfnis des von einer Krankheit genesenden Körpers nach rascher Stärkung. Aber das Bedürfnis hielt und hielt sich, bis Menschenkind vor Gesundheit strotzte, denn sie ging nicht fort. Sie schien kein Ziel zu haben. Sie erwähnte keines und wußte auch nicht recht, was sie in dieser Gegend überhaupt tat oder wo sie hergekommen war. Sie glaubten, das Fieber sei schuld an ihren Gedächtnislücken, wie auch an ihren immer noch langsamen Bewegungen. Sie war jung, etwa neunzehn oder zwanzig, und schlank, bewegte sich aber schwerfällig wie eine ältere Frau, hielt sich an den Möbeln fest, stützte den Kopf in die Hand, als könne ihr Hals allein ihn nicht tragen.

«Wollt ihr sie so einfach mit durchfüttern? Von jetzt an?»
Paul D, der sich engherzig vorkam und darüber überrascht war, bemerkte die Gereiztheit in seinem Ton.

«Denver mag sie. Sie ist eigentlich keine Last. Ich dachte, wir warten vielleicht, bis ihr Atem besser klingt. Es hört sich an, als hätt sie's immer noch ein wenig auf den Bronchien.»

«Irgendwas ist komisch an dem Mädchen», sagte Paul D, mehr zu sich selbst.

«Wieso komisch?»

«Benimmt sich wie eine Kranke, hört sich an wie eine Kranke, sieht aber nicht krank aus. Gute Haut, glänzende Augen und kräftig wie ein Bulle.»

«Kräftig ist sie nicht. Sie kann kaum laufen, ohne sich irgendwo festzuhalten.»

«Genau das mein ich. Kann nicht laufen, aber ich hab gesehen, wie sie mit einer Hand den Schaukelstuhl hochgehoben hat.»

«Hast du nicht.»

«Erzähl mir nichts. Frag Denver. Sie war dabei.»

«Denver! Komm mal kurz her.»

Denver hörte auf, die Veranda zu schrubben und steckte den Kopf zum Fenster herein.

«Paul D sagt, ihr beide hättet gesehen, wie Menschenkind mit einer Hand den Schaukelstuhl hochgehoben hat. Stimmt das?»

Lange, schwere Wimpern ließen Denvers Augen unruhiger erscheinen, als sie waren; verschlagen gar, selbst wenn sie einem Blick standhielt, so wie jetzt dem von Paul D. «Nein», sagte sie. «Hab ich nichts von gesehen.»

Paul D runzelte die Stirn, sagte aber nichts. Wäre zwischen ihnen eine offene Tür gewesen, so wäre sie jetzt zugefallen.

Regenwasser klammerte sich an die Kiefernnadeln wie ums liebe Leben, und Menschenkind konnte den Blick nicht von Sethe wenden. Wenn Sethe sich bückte, um an der Aschenklappe zu rütteln oder Zweige zum Feueranmachen kleinzubrechen, wurde sie von Menschenkinds Blicken abgeleckt, gekostet, verschlungen. Wie ein Schutzengel war sie immer in der Nähe und verließ niemals den Raum, in dem Sethe sich aufhielt, es sei denn auf Bitte oder Befehl. Sie stand früh in der Dunkelheit auf und wartete in der Küche, bis Sethe herunterkam, um Brot zu backen, bevor sie zur Arbeit ging. Im Schein der Lampe und über den Flammen des Herdes stießen ihre beiden Schatten aneinander und kreuzten sich an der Decke wie schwarze Schwerter. Um zwei, wenn Sethe zurückkam, stand sie am Fenster oder auf der Türschwelle; dann auf der Veranda, auf den Stufen, auf dem Gartenweg, auf der Straße, bis sie schließlich, der Gewohnheit gehorchend, jeden Tag ein Stückchen weiter die Bluestone Road entlanglief, um Sethe entgegenzugehen und sie in die 124 zurück zu begleiten. Es war, als zweifle sie jeden Nachmittag von neuem an der Rückkehr der älteren Frau.

Menschenkinds offene, stumme Anbetung schmeichelte Sethe. Dieselbe Hingabe, wäre sie von ihrer Tochter gekommen, hätte sie erzürnt, hätte ihr Schauer über den Rücken gejagt beim Gedanken, ein lächerlich abhängiges Kind aufgezogen zu haben. Doch über die Gesellschaft dieses lieben, wenn auch sonderbaren Gastes freute sie sich, so wie ein Lehrer sich über einen Musterschüler freut.

Es kam die Zeit, in der man beizeiten Licht anzünden mußte, weil die Nacht früher und früher hereinbrach. Sethe machte sich noch im Dunkeln zur Arbeit auf; Paul D kam im Dunkeln nach Hause. Eines solchen dunklen, kühlen Abends schnitt Sethe eine Kohlrübe in vier Stücke und setzte sie zum Kochen auf. Sie gab Denver einen Achtelscheffel Erbsen zum Ausklauben und Einweichen über Nacht. Dann setzte sie sich hin, um sich auszuruhen. Die Hitze des Ofens machte sie schläfrig, und sie war im Begriff einzunicken, als sie spürte, daß Menschenkind sie anfaßte. Eine Berührung, nicht schwerer als eine Feder, und doch aufgeladen mit Verlangen. Sethe fuhr zusammen und sah um sich. Zuerst auf Menschenkinds weiche neue Hand auf ihrer Schulter, dann in ihre Augen. Die Sehnsucht, die sie darin erblickte, war grenzenlos. Ein kaum beherrschtes Flehen. Sethe tätschelte Menschenkind die Finger und warf einen kurzen Blick zu Denver hinüber, die sich aufs Erbsenlesen konzentrierte.

«Wo sind deine Diamanten?» Menschenkind schaute suchend in Sethes Gesicht.

«Diamanten? Was sollte ich wohl mit Diamanten?»

«An die Ohren.»

«Ich wollt, ich hätt welche. Ich hatte mal welche aus Kristall. Geschenk von der Dame, bei der ich gearbeitet hab.»

«Erzähl's mir», sagte Menschenkind mit einem breiten, glücklichen Lächeln. «Erzähl mir von deinen Diamanten.»

Damit konnte man sie füttern. So wie Denver die herrliche Wirkung von Süßigkeiten auf Menschenkind entdeckt hatte und auf sie zählte, erfuhr Sethe, was für eine tiefe Befriedigung Menschenkind aus Geschichten bezog, die man ihr erzählte. Sethe staunte darüber (ebensosehr wie Menschenkind sich freute), weil ihr jede Erwähnung ihrer Vergangenheit weh tat. Alles daran war Schmerz oder Verlust. Sie und Baby Suggs hatten, ohne es ausdrücklich zu sagen, darin übereingestimmt, daß sie unaussprechlich sei; auf Denvers Fragen antwortete Sethe mit knappen Erwiderungen oder weitschweifigen, zusammenhanglosen Phantasien. Sogar bei Paul D, der doch einiges davon miterlebt hatte und mit dem sie zumindest in einiger Ruhe darüber sprechen konnte, war der Schmerz immer gegenwärtig – wie eine wunde Stelle am Mundwinkel, die das Mundeisen zurückgelassen hat.

Doch als sie sich anschickte, von den Ohrringen zu erzählen, merkte sie, daß sie Lust dazu hatte, daß es ihr Spaß machte. Vielleicht weil Menschenkind den Ereignissen so fern war oder so danach hungerte, davon zu hören – jedenfalls war es ein unerwartetes Vergnügen.

Zum Geklingel der ausgelesenen Erbsen im Topf und dem scharfen Geruch der kochenden Kohlrüben erzählte Sethe von den Kristallen, die einmal an ihren Ohren gehangen hatten.

«Die Herrin, bei der ich in Kentucky gearbeitet hab, hat sie mir geschenkt, als ich heiratete. Was man so heiraten nannte damals dort drunten. Ich glaub, sie merkte, wie enttäuscht ich war, als ich erfuhr, daß es keine Zeremonie geben würde, keinen Pfarrer. Nichts. Ich fand, es hätte was stattfinden müssen – was zur Bekräftigung, daß es rechtens und in Ordnung war. Es paßte mir nicht, daß er bloß eine dünne Schlafdecke voller Maisstroh in meine Hütte bringen sollte. Oder seinen Nachteimer rübertragen. Ich fand, es müßte eine Feier geben. Vielleicht einen Tanz. Ein paar Nelken im Haar.» Sethe lächelte. «Ich hatte nie eine Hochzeit erlebt, aber ich sah Mrs. Garners Hochzeitskleid im Wäscheschrank und hörte sie endlos davon erzählen, wie die Hochzeit gefeiert wurde. Zwei Pfund Korinthen im Kuchen, sagte sie, und vier ganze Schafe. Tags darauf aßen die Leute immer noch. So was wollt ich. Ein besonderes Mahl vielleicht, zu dem ich und Halle und alle Männer von Sweet Home uns zusammengesetzt hätten. Ein paar andere Farbigenleute einladen von drüben bei Covington oder High

Trees – von dort, wohin Sixo sich immer davonstahl. Aber es sollte nichts draus werden. Sie sagte, es sei recht, daß wir Mann und Frau würden, und das war's. Schluß aus.

Da setzte ich mir in den Kopf, daß ich zumindest ein Kleid haben wollte, was anderes als das Sackleinen, in dem ich arbeitete. Also fing ich an, Stoff zu stehlen, und hatte schließlich ein Kleid zusammen, ihr werdet's nicht glauben. Das Oberteil war aus zwei Kopfkissenbezügen aus ihrem Flickkorb. Das Vorderteil des Rockes ein Kommodendeckchen, in das eine umgefallene Kerze ein Loch gebrannt hatte, dazu eine von ihren alten Schärpen, die wir benützten, um auszuprobieren, wie heiß das Bügeleisen war. Tja, mit dem Rückenteil war's lange schwierig. Sah aus, als sei kein Stückchen Stoff mehr aufzutreiben, das nicht sofort vermißt würde. Weil ich es danach ja wieder auseinandertrennen und alle Stücke dorthin zurückbringen mußte, wo sie hingehörten. Aber Halle, der war geduldig und wartete, bis ich alles beisammen hatte. Er wußte, daß ich ohne das Kleid nicht loslegen würde. Schließlich nahm ich das Moskitonetz draußen in der Scheune vom Nagel. Wir benutzten es zum Durchseihen von Gelee. Ich wusch und bleichte es, so gut ich konnte, und heftete es als Rückenteil des Rockes an. Und so stand ich dann da in dem fürchterlichsten Kleid, das man sich denken kann. Und wär mein wollenes Umschlagtuch nicht gewesen, ich hätt ausgesehen wie ein Gespenst, das hausieren geht. Ich war erst vierzehn Jahre alt, drum war ich wohl so stolz auf mich.

Jedenfalls muß Mrs. Garner mich mit dem Kleid gesehen haben. Ich dachte, ich hätt das mit dem Stehlen schlau angefangen, aber sie wußte von allem, was ich tat. Sogar von unserem Hochzeitslager: als ich mit Halle ins Maisfeld ging. Denn da sind wir beim erstenmal hin. An einem Samstagnachmittag. Er hatte sich krank gemeldet, damit er an dem Tag nicht zur Arbeit in die Stadt mußte. Sonst arbeitete er samstags und sonntags, um Baby Suggs freizukaufen. Aber er meldete sich krank, und ich zog mein Kleid an, und wir gingen Hand in Hand in den Mais. Ich riech noch die Maiskolben über dem Feuer, da wo die Pauls und Sixo waren. Tags darauf winkte Mrs. Garner mich mit dem Finger herbei und ging mit mir nach oben in ihr Schlafzimmer. Sie machte ein Holzkästchen auf und nahm ein Paar Kristallohrringe heraus. Sie sagte: ‹Die will ich dir schenken, Sethe.› Ich sagte: ‹Ja, Ma'am.› ‹Hast du Löcher in den Ohrläppchen?› Ich sagte: ‹Nein, Ma'am.› ‹Dann laß dir welche stechen, damit du sie tragen kannst. Ich will sie dir schenken, und ich will, daß ihr beide, du und Halle, glücklich seid.› Ich bedankte mich bei ihr, aber ich hab sie dort nie getragen, erst als ich fort war. Am Tag, nachdem ich in dies Haus gekommen war, hat Baby Suggs meinen Unterrock aufgeknotet und sie rausgenommen. Ich saß genau hier neben dem Herd mit Denver in den Armen und ließ mir von Baby Suggs die Ohrläppchen durchstechen, damit ich sie tragen konnte.»

«Ich hab dich nie mit Ohrringen gesehen», sagte Denver. «Wo sind sie denn?»

«Fort», sagte Sethe. «Schon lange fort», und dann wollte sie kein Wort mehr sagen. Bis zum nächstenmal, als sie alle drei durch den Wind zurück zum Haus liefen, mit regenfeuchten Bettüchern und Unterröcken. Keuchend, lachend breiteten sie die Wäsche über Stühlen und Tischen aus. Menschenkind ließ sich mit Wasser aus dem Eimer vollaufen und sah zu, wie Sethe Denvers Haar mit einem Stück Handtuch trockenrubbelte.

«Vielleicht sollten wir's neu flechten?» fragte Sethe.

«Ä-ä. Morgen.» Denver krümmte sich beim Gedanken an den feinzinkigen Kamm, der an ihrem Haar ziepen würde.

«Heute ist immer bei der Hand», sagte Sethe. «Morgen nie.»

«Es tut weh», sagte Denver.

«Wenn du's jeden Tag kämmst, tut's auch nicht weh.»

«Autsch.»

«Deine Frau, hat sie dir nie die Haare gemacht?» fragte Menschenkind.

Sethe und Denver sahen zu ihr hoch. Auch nach vier Wochen hatten sie sich noch nicht an die rauhe Stimme und an die Melodie gewöhnt, die darin zu liegen schien. Fast war die Stimme Musik, und der Tonfall war anders als der ihre.

«Deine Frau, hat sie dir nie die Haare gemacht?» war eindeutig eine Frage an Sethe, denn die schaute sie an.

«Meine Frau? Meinst du meine Mutter? Wenn ja, ist's mir entfallen. Ich hab sie ja nur ein paarmal draußen auf dem Feld gesehen und einmal, als sie Indigo gemacht hat. Wenn ich morgens aufwachte, stand sie schon in der Schlange. Wenn der Mond hell genug war, arbeiteten sie noch bei Mondlicht. Sonntags schlief sie wie ein Stein. Sie muß mich zwei oder drei Wochen lang gestillt haben – so taten's jedenfalls die anderen. Dann ging sie zurück in den Reis, und ich wurde von einer anderen Frau gestillt, deren Aufgabe das war. Um dir also zu antworten: nein. Wohl nicht. Sie hat mir nie die Haare gemacht oder sonstwas. Die meisten Nächte, an die ich mich entsinne, schlief sie nicht mal in derselben Hütte. Zu weit weg vom Sammelplatz, nehm ich an. Eins hat sie aber mal getan. Sie hob mich auf und trug mich hinters Räucherhaus. Dahinter machte sie dann ihr Kleid vorne auf, hob ihre Brust und zeigte drunter. Genau auf der Rippe waren ein Kreis und ein Kreuz in die Haut eingebrannt. Sie sagte: ‹Das ist deine Ma'am. Das hier›, und sie deutete darauf. ‹Ich bin die einzige, die dieses Mal noch hat. Die andern sind tot. Wenn mir was zustößt und du mich nicht am Gesicht erkennst, kannst du mich an diesem Mal erkennen.› Das hat mich so erschreckt. Ich konnte nur noch denken, wie bedeutsam das war, und daß ich was Bedeutsames antworten müßte, aber mir fiel nichts ein, drum sagte ich, was ich dachte. ‹Ja, Ma'am›, sagte ich. ‹Aber woran wirst du mich erkennen? Woran wirst du mich erkennen? Mach mir auch ein Mal›, sagte ich. ‹Mach das Mal auch bei mir.›» Sethe kicherte.

«Und hat sie's getan?» fragte Denver.
«Sie hat mir eine runtergehauen.»
«Weswegen?»
«Das hab ich damals nicht verstanden. Erst als ich selbst ein Mal hatte.»
«Was ist aus ihr geworden?»
«Aufgehängt. Als man sie abschnitt, konnte keiner mehr erkennen, ob sie einen Kreis und ein Kreuz hatte oder nicht, am wenigsten ich, und ich hab nachgeschaut.» Sethe sammelte die Haare aus dem Kamm, warf sie ins Feuer und lehnte sich zurück. Sie explodierten zu Sternchen, und der Gestank stach allen dreien in die Nase. «Herrgott», sagte Sethe und stand so plötzlich auf, daß der Kamm, den sie in Denvers Haar hatte steckenlassen, zu Boden fiel.

«Ma'am? Was ist mit dir, Ma'am?»

Sethe ging zu einem der Stühle hinüber, hob ein Laken auf und spannte es, so weit ihre Arme reichten. Dann faltete sie es einmal und noch einmal und noch einmal. Sie nahm ein weiteres. Keines war ganz trocken, aber das Zusammenlegen fühlte sich zu gut an, als daß sie hätte aufhören können. Sie mußte ihre Hände beschäftigen, weil sie sich an etwas erinnerte, von dem sie vergessen hatte, daß sie es wußte. Etwas zutiefst Beschämendes, das hinter dem Schlag ins Gesicht und dem eingekreisten Kreuz in einen Spalt ihres Gedächtnisses geschlüpft war.

«Warum haben sie deine Ma'am aufgehängt?» fragte Denver. Zum erstenmal hatte sie etwas über die Mutter ihrer Mutter erfahren. Sie hatte nie eine andere Großmutter als Baby Suggs gekannt.

«Das hab ich nie rausgekriegt. Es waren viele», sagte sie, aber deutlicher und deutlicher stand jetzt, während sie die feuchte Wäsche einschlug und faltete, das Bild der Frau namens Nan vor ihr, die sie an der Hand genommen und von dem Haufen weggezogen hatte, bevor sie das Mal ausmachen konnte. Nan war die Frau, die sie am besten kannte, die den ganzen Tag da war, die die Babies stillte, kochte, die einen guten Arm hatte und einen Armstumpf. Und die andere Wörter benutzte. Wörter, die Sethe verstand, die sie aber heute weder erinnern noch wiederholen konnte. In ihren Augen schien das der Grund dafür zu sein, warum ihr von vor Sweet Home so wenig einfiel außer dem Singen und Tanzen und den vielen Menschen. Was Nan ihr erzählte, hatte sie vergessen, zusammen mit der Sprache, in der sie es erzählt hatte. Dieselbe Sprache, die ihre Ma'am sprach und die nie zurückkommen würde. Aber die Botschaft – die war noch da und war immer dagewesen. Während sie die feuchten weißen Bettücher an die Brust drückte, entschlüsselte sie die Bedeutung eines Codes, den sie nicht mehr verstand: Nacht. Nan, die sie mit ihrem guten Arm hielt, während sie mit dem Stumpf des anderen in der Luft herumfuchtelte. «Ich sag's dir. Das sag ich dir, kleine Sethe», und das tat sie. Sie erzählte Sethe, daß ihre Mutter und sie schon zusammen übers Meer gekommen waren. Beide wurden viele Male von der Besatzung geschändet. «Sie hat alle weggetan, außer dir. Das eine von der Mannschaft auf der Insel. Die andern von andern Weißen auch. Namenlos hat sie sie weggetan. Dich nannte sie nach dem schwarzen Mann. Ihm hat sie die Arme umgelegt. Den andern nie. Nie. Nie. Ich sag's dir. Das sag ich dir, kleine Sethe.»

Als kleine Sethe war sie nicht beeindruckt gewesen. Als erwachsene Sethe war sie zornig, aber nicht sicher, worüber. Große Sehnsucht nach Baby Suggs brandete über sie herein. In der Stille, die dem Rauschen folgte, schaute Sethe die beiden Mädchen an, die vor dem Herd saßen: ihren kränklichen beschränkten Gast und ihre reizbare einsame Tochter. Sie kamen ihr klein und weit entfernt vor.

«Paul D wird gleich hier sein», sagte sie.

Denver seufzte erleichtert auf. Einen Augenblick lang hatte sie, während ihre Mutter dastand und gedankenverloren die Wäsche faltete, mit den Zähnen geknirscht und darum gebetet, daß sie aufhören möge. Denver haßte die Geschichten, die ihre Mutter erzählte, wenn sie nicht von ihr selbst handelten; deshalb fragte sie immer nur nach Amy. Der Rest war eine schillernde, übermächtige Welt, die nur noch schillernder und übermächtiger wurde, weil Denver nicht in ihr vorkam. Und weil sie nicht darin vorkam, verabscheute sie sie und wollte, daß auch Menschenkind diese Welt verabscheute, obwohl das aussichtslos war. Menschenkind nahm jede Gelegenheit wahr, irgendeine komische Frage zu stellen und Sethe damit zum Reden zu bringen. Denver fiel auf, wie begierig Menschenkind darauf war, Sethe reden zu hören. Und jetzt fiel ihr noch etwas auf. Die Fragen, die Menschenkind stellte: «Wo sind deine Diamanten?» «Deine Frau, hat sie dir nie die Haare gemacht?» Und am überraschendsten: Erzähl mir von deinen Ohrringen.

Woher wußte sie das?

Menschenkind glänzte, und das behagte Paul D nicht. Frauen taten das, was auch Erdbeerpflanzen taten, bevor sie ihre Ranken ausstreckten: die Beschaffenheit ihres Laubes veränderte sich. Dann kamen die Rankenfäden, schließlich die Knospen. Wenn dann die weißen Blütenblätter abstarben und sich die minzgrünen Beeren herausreckten, war der Blattglanz fest und wächsern vergoldet. So sah Menschenkind aus – vergoldet und glänzend. Paul D gewöhnte sich an, Sethe beim Aufwachen zu nehmen, so daß sein Kopf klar war, wenn er später die weißen Stufen herunterkam, wo sie unter Menschenkinds unverwandtem Blick Brot buk.

Abends, wenn er heimkam und alle drei den Tisch für das Abendessen richteten, war Menschenkinds Glanz so deutlich, daß er sich wunderte, warum Denver und Sethe ihn nicht sahen. Vielleicht sahen sie ihn auch. Bestimmt merkten es Frauen, wie Männer auch, wenn eine aus ihrer Mitte erregt war. Paul D schaute Menschenkind vorsichtig an, um zu sehen, ob sie sich dessen bewußt war, aber sie achtete gar nicht auf ihn – oft antwortete sie nicht einmal auf direkte Fragen, die er ihr stellte. Sie sah ihn bloß an, ohne den Mund aufzumachen. Fünf Wochen war sie nun schon bei ihnen, und sie wußten immer noch nicht mehr über sie als damals, als sie sie schlafend auf dem Baumstumpf gefunden hatten.

Sie saßen an dem Tisch, den Paul D am Tag seiner Ankunft in der 124 kaputtgeschlagen hatte. Die reparierten

Beine hielten besser denn je. Der Kohl war aufgegessen, und die glänzenden Knöchel der geräucherten Schweinshaxen waren auf ihren Tellern zu einem Haufen zusammengeschoben. Sethe tischte einen Brotpudding auf und gab murmelnd ihrer Hoffnung Ausdruck, er möge gut sein, entschuldigte sich schon im voraus, wie erfahrene Köchinnen das immer tun, als etwas in Menschenkinds Gesicht, eine unterwürfige Anbetung, die bei Sethes Anblick von ihr Besitz ergriff, Paul D veranlaßte zu sprechen.

«Hast du denn keine Geschwister?»

Menschenkind spielte mit ihrem Löffel herum, schaute ihn jedoch nicht an. «Ich hab niemand.»

«Was hast du denn gesucht, wie du herkamst?» fragte er sie.

«Das Haus hier. Ich hab das Haus hier gesucht, damit ich hier sein kann.»

«Hat dir wer davon erzählt?»

«Sie hat's mir erzählt. Wie ich an der Brücke war, hat sie's mir erzählt.»

«Muß jemand aus den alten Tagen gewesen sein», sagte Sethe. Aus den Tagen, als die 124 eine Wegstation gewesen war, wo Nachrichten ankamen und später auch ihre Absender. Wo Neuigkeiten sich vollsogen wie Bohnen in Frühlingswasser – bis sie weich genug zum Verdauen waren.

«Wie bist du hergekommen? Wer hat dich gebracht?»

Jetzt sah sie ihm unverwandt ins Gesicht, antwortete aber nicht.

Er spürte, daß sowohl Sethe als auch Denver den Bauch einzogen, die Magenmuskeln anspannten und klebrige Spinnweben heimlicher Verständigung sponnen. Er beschloß, es mit Gewalt zu versuchen.

«Ich hab gefragt, wer dich hergebracht hat.»

«Ich bin hergelaufen», sagte sie. «Einen langen, langen, langen Weg. Keiner hat mich gebracht. Keiner hat mir geholfen.»

«Du hattest neue Schuhe. Wenn du so weit gegangen bist, warum sieht man's dann deinen Schuhen nicht an?»

«Paul D, hör auf, auf ihr rumzuhacken.»

«Ich will's aber wissen», sagte er und hielt den Messergriff in der Faust wie einen Knüppel.

«Ich hab mir die Schuh genommen! Ich hab mir das Kleid genommen! Die Senkel sind nicht zugegangen!» rief sie und warf ihm einen so bösen Blick zu, daß Denver sie am Arm faßte.

«Ich bring dir bei», sagte Denver, «wie man sich die Schuhe zubindet», und wurde von Menschenkind mit einem Lächeln belohnt.

Paul D fühlte sich, als sei ihm ein großer silbriger Fisch aus den Händen geglitten, kaum daß er ihn am Schwanz gepackt hatte. Als sei er jetzt wieder zurück ins dunkle Wasser geschossen und verschwunden bis auf das Glitzern, das seine Bahn erkennen ließ. Aber wenn ihr Glanz nicht für ihn da war, für wen dann? Er hatte noch nie eine Frau kennengelernt, die nicht für einen bestimmten Mann erstrahlte, sondern es nur als allgemeine Ankündigung tat. Das Licht tauchte seiner Erfahrung nach immer dann auf, wenn es einen Brennpunkt gab. Wie die Dreißig-Meilen-Frau, die mausgrau war, während er mit ihr im Bach wartete, und Sterngefunkel wurde, als Sixo ankam. Seines Wissens hatte er diesen Glanz noch nie verkannt. Er war auch in dem Augenblick dagewesen, als er Sethes nasse Beine angeschaut hatte, sonst hätte er sich niemals getraut, sie an jenem Tag in die Arme zu schließen und ihr in den Rücken zu flüstern.

Menschenkind, dieses Mädchen ohne Heimat und Familie, stellte alles in den Schatten, obwohl er nicht genau sagen konnte, warum, wenn er die Farbigenleute betrachtete, denen er in den vergangenen zwanzig Jahren begegnet war. Während, vor und nach dem Krieg hatte er Neger gesehen, die so benommen oder hungrig, müde oder leidgeprüft waren, daß man sich wunderte, wenn sie überhaupt noch etwas erinnerten oder sagten. Die sich, wie er, in Höhlen versteckt und mit Eulen um Nahrung gekämpft hatten; die, wie er, Schweine bestohlen hatten; die, wie er, tagsüber auf Bäumen schliefen und nachts wanderten; die sich, wie er, im Schlamm vergraben hatten und in Brunnen gesprungen waren, um Ku-Klux-Klan-Angehörigen, Sklavenhehlern, Patrouillen, Veteranen, Desperados, Hilfssheriffs und Schlägern aus dem Weg zu gehen. Einmal war er einem etwa vierzehnjährigen Neger begegnet, der allein im Wald lebte und sagte, er könne sich nicht daran erinnern, je woanders gelebt zu haben. Er hatte mitangesehen, wie eine schwachsinnige Farbigenfrau ins Gefängnis geworfen und aufgehängt wurde, weil sie ein paar Enten gestohlen hatte, von denen sie glaubte, sie seien ihre Kinder.

Weiterziehen. Gehen. Weglaufen. Verstecken. Stehlen und weiterziehen. Nur einmal war es ihm möglich gewesen, länger als ein paar Monate an einem Ort – bei einer Frau oder einer Familie – zu bleiben. Dieses eine Mal hatte fast zwei Jahre gedauert, bei einer Webersfrau in Delaware, dem übelsten Pflaster für Neger, das er außerhalb von Pulaski County in Kentucky und natürlich dem Sträflingslager in Georgia je kennengelernt hatte.

Von all diesen Negern unterschied sich Menschenkind. Ihr Glanz, ihre neuen Schuhe. Das beunruhigte ihn. Vielleicht war es nur die Tatsache, daß sie sich nicht von ihm beirren ließ. Vielleicht lag es auch an dem Zeitpunkt. Sie war genau an jenem Tag aufgetaucht und aufgenommen worden, als Sethe und er ihren Streit beigelegt hatten, dann ausgegangen waren und sich richtig amüsiert hatten – wie eine Familie. Er hatte Denver richtiggehend rumgekriegt; Sethe hatte gelacht; er hatte eine feste Anstellung versprochen bekommen, die 124 war frei von Geistern. Es hatte angefangen, nach Leben auszusehen. Und dann wurde Teufel noch mal eine wassertrinkende Frau krank, im Haus aufgenommen, gesund gepflegt und hatte sich seither nicht vom Fleck gerührt.

Er wollte sie weghaben, aber Sethe hatte sie aufgenommen, und er konnte sie nicht aus einem Haus vertreiben, das nicht ihm gehörte. Es war eine Sache, einen Geist hinauszuprügeln, aber ganz etwas anderes, ein hilfloses Farbigenmädchen vor die Tür zu setzen, und das in einer vom Klan verseuchten Gegend. Wild auf schwarzes Blut, ohne das er nicht leben konnte, schwamm dieser Drache durch den Ohio, wie es ihm gerade gefiel.

Während er noch am Tisch saß und wie immer nach dem Essen an einem Strohhalm kaute, beschloß Paul D, sie anderweitig unterzubringen. Sich mit den Negern in der Stadt zu besprechen und eine eigene Bleibe für sie zu finden.

Kaum war ihm dieser Gedanke gekommen, als sich Menschenkind an einer der Rosinen verschluckte, die sie aus dem Brotpudding herausgepult hatte. Sie fiel rücklings vom Stuhl und schlug wild um sich, wobei sie sich krampfhaft den Hals hielt. Sethe klopfte ihr auf den Rücken, während Denver ihr die Finger vom Hals löste. Menschenkind gab auf Händen und Knien ihr Essen von sich und rang nach Atem.

Als sie sich beruhigt und Denver das Erbrochene aufgewischt hatte, sagte sie: «Ich geh jetzt schlafen.»

«Komm zu mir ins Zimmer», sagte Denver. «Dann kann ich auf dich aufpassen.»

Kein Augenblick hätte geeigneter sein können. Denver hatte schon hin und her überlegt, wie sie Menschenkind dazu bringen könnte, mit ihr das Zimmer zu teilen. Es war schwer, im Zimmer über ihr schlafen und sich Gedanken darüber machen zu müssen, ob es ihr vielleicht noch einmal schlecht werden würde, ob sie einschlafen und nicht wieder aufwachen würde, oder ob sie (bitte nicht, lieber Gott) aufstehen und durch den Garten davongehen würde, so wie sie hereingekommen war. In ihrem Zimmer würden sie besser miteinander reden können: nachts, wenn Sethe und Paul D schliefen; oder tagsüber, bevor die beiden heimkamen. Süße, verrückte Gespräche voller unvollendeter Sätze, voller Tagträume und Mißverständnisse, die aufregender waren, als Übereinstimmung es je sein konnte.

Als die Mädchen gegangen waren, begann Sethe den Tisch abzuräumen. Sie stellte die Teller neben einer Schüssel mit Wasser zusammen.

«Was ist denn an ihr, was dich so ärgert?»

Paul D runzelte die Stirn, sagte aber nichts.

«Wir haben schon einen anständigen Krach wegen Denver hinter uns. Brauchen wir noch einen wegen ihr?» fragte Sethe.

«Ich versteh bloß nicht, worum's eigentlich geht. Warum sie sich so an dich klammert, ist klar; ich seh bloß nicht ein, warum *du* dich so an sie klammerst.»

Sethe kehrte den Tellern den Rücken und wandte sich ihm zu. «Wieso kümmert's dich, wer sich an wen klammert? Sie mit durchzufüttern ist kein Problem. Ich nehm ein bißchen mehr aus dem Lokal mit, das ist schon alles. Und sie ist eine nette Gesellschaft für Denver. Das weißt du, und ich weiß, daß du's weißt, also was macht dich daran so kribbelig?»

«Ich kann's nicht sagen. Es ist ein Gefühl in mir.»

«Gut, dann fühl doch mal das: Fühl mal, wie es sich anfühlt, ein Bett zum Drinschlafen zu haben und jemand, der dir nicht endlos vorschreibt, was du jeden Tag tun mußt, damit du es dir auch verdienst. Fühl mal, wie sich das anfühlt. Und wenn das noch nicht weiterhilft, dann fühl mal, wie es sich anfühlt, eine Farbigenfrau zu sein, die sich auf der Straße rumtreibt, wo weiß Gott was und wer sie jederzeit anfallen kann. Fühl das mal.»

«Ich kenn das doch zur Genüge, Sethe. Ich leb nicht erst seit gestern und hab noch nie in meinem Leben eine Frau mißhandelt.»

«Dann wärst du der erste auf der Welt», antwortete Sethe.

«Nicht der zweite?»

«Nein, nicht der zweite.»

«Was hat Halle dir denn getan? Halle hat immer zu dir gehalten. Er hat dich nie verlassen.»

«Wen hat er denn verlassen, wenn nicht mich?»

«Ich weiß nicht, wen, aber jedenfalls nicht dich. Soviel ist sicher.»

«Dann hat er was Schlimmeres getan; er hat seine Kinder verlassen.»

«Das weißt *du* doch nicht.»

«Er war nicht da. Er war nicht da, wo er gesagt hat.»

«Er war da.»

«Warum hat er sich dann nicht gezeigt? Warum mußt ich meine Babies auf den Wagen packen und selbst bleiben, um ihn zu suchen?»

«Er konnte nicht vom Heuboden runter.»

«Heuboden? Welchem Heuboden?»

«Dem über dir. Im Stall.»

Langsam, ganz langsam, sich alle Zeit der Welt nehmend, trat Sethe an den Tisch.

«Er hat's gesehen?»

«Er hat's gesehen.»

«Hat er dir das erzählt?»

«Du hast's mir erzählt.»

«Was?»

«Am Tag, als ich herkam. Da hast du gesagt, sie hätten dir deine Milch gestohlen. Ich hab nie erfahren, was ihm so übel zugesetzt hat. Das muß es gewesen sein. Ich wußte nur, daß ihn was zerbrochen hat. Nicht die ganzen Jahre zusätzlicher Samstagsarbeit, Sonntagsarbeit und Nachtarbeit, das hat ihn gar nicht gekratzt. Aber was immer er damals an dem Tag im Stall sah, das hat ihn geknickt wie einen Strohhalm.»

«Er hat's gesehen?» Sethe hielt ihre Ellbogen umfaßt, als wolle sie sie daran hindern wegzufliegen.

«Er hat's gesehen. Muß er haben.»

«Er hat gesehen, daß die Jungen mir das antun, und zugelassen, daß sie am Leben bleiben? Er hat's gesehen? Er hat's gesehen? Er hat's gesehen?»

«He, he! Jetzt hör doch mal. Ich will dir was sagen. Ein Mann ist doch keine Axt, verdammt noch mal. Kann doch nicht den ganzen Tag lang hacken, schneiden und zuschlagen, verdammt noch mal. So was geht ihm doch nahe. Es gibt Sachen, die kann er nicht kurz und klein schlagen, weil sie innen drin sind.»

Sethe ging auf und ab, auf und ab im Lampenlicht. «Die Frau im Mais sagte: Am Sonntag. Sie haben mir meine Milch genommen, und er hat's gesehen und kam nicht runter? Der Sonntag kam, und er war nicht da. Der Montag kam, und kein Halle. Ich dachte, er wär tot, daran läg's; dann dachte ich, sie hätten ihn geschnappt, daran läg's. Dann dachte ich, nein, tot ist er nicht, weil wenn er tot wär, dann wüßt ich es, und dann kommst du her nach all der Zeit und sagst auch nicht, daß er tot ist, weil du's auch nicht gewußt hast, also hab ich gedacht, dann hat er wohl ein beßres Leben gefunden. Weil wenn er irgendwo in der Nähe gewesen wär, dann wär er doch zu Baby Suggs gekommen, wenn schon nicht zu mir. Aber ich hab nicht gewußt, daß er's gesehen hat.»

«Was macht das denn jetzt?»

«Wenn er am Leben ist und das gesehen hat, dann wird er nie den Fuß über meine Schwelle setzen. Nicht Halle.»

«Es hat ihn gebrochen, Sethe.» Paul D sah zu ihr hoch und seufzte. «Jetzt kannst du auch gleich alles erfahren. Das letzte Mal, als ich ihn sah, da saß er am Butterfaß. Er hatte Butter im ganzen Gesicht.»

Nichts geschah, und sie war dankbar dafür. Gewöhnlich sah sie immer gleich ein Bild von dem, was sie hörte. Aber was Paul D sagte, konnte sie sich nicht vorstellen. Nichts trat vor ihr inneres Auge. Vorsichtig, ganz vorsichtig tastete sie sich an eine nüchterne Frage heran.

«Was hat er gesagt?»

«Nichts.»

«Kein Wort?»

«Kein Wort.»

«Hast du was zu ihm gesagt? Hast du nichts zu ihm gesagt? Irgendwas!»

«Ich konnte nicht, Sethe. Ich ... konnte eben nicht.»

«Warum nicht!»
«Ich hatte ein Mauleisen im Mund.»
Sethe öffnete die Haustür und setzte sich auf die Verandastufen. Der Tag stellte, jetzt ohne die Sonne, ein trauriges Blau zur Schau, aber sie konnte noch die schwarzen Silhouetten der Bäume drüben auf der Wiese erkennen. Ihrem rebellischen Hirn ausgeliefert, schüttelte sie den Kopf. Warum gab es nichts, was es verweigerte? War denn kein Elend, kein Schmerz, kein widerliches Bild zu gemein, um es im Gedächtnis zu behalten? Wie ein gieriges Kind riß dieses Hirn alles an sich. Konnte es denn nicht ein einziges Mal sagen, nein danke? Ich hab schon gegessen und bring keinen Bissen mehr runter. Ich hab genug, verdammt noch mal, genug von zwei Jungen mit Mooszähnen; der eine saugt an meiner Brust, der andere hält mich fest, und ihr bücherlesender Lehrer sieht zu und schreibt alles auf. Ich hab noch genug davon, Herrgott noch mal, ich kann nicht zurück und noch mehr dazutun. Etwa meinen Mann, der über mir auf dem Heuboden zuschaut, ganz in der Nähe versteckt am einzigen Ort, an dem, so glaubt er, keiner nach ihm suchen wird, und hinunterschaut auf das, was ich niemals mitansehen könnte. Und geht nicht dazwischen – schaut zu und läßt es geschehen. Aber mein gieriges Hirn sagt: O danke, ich hätt gern noch mehr – also füge ich noch mehr hinzu. Und kaum tu ich das, gibt's kein Halten mehr. Da kommt mein Mann dazu, der neben dem Butterfaß hockt und sich die Butter samt der Molke ins Gesicht schmiert, weil er an die Milch denken muß, die sie mir genommen haben. Und was ihn angeht, so kann die Welt das ruhig erfahren. Und wenn er damals so gebrochen war, dann ist er jetzt gewiß auch tot. Und wenn Paul D ihn gesehen hat und ihn nicht retten oder trösten konnte, weil er das Mauleisen im Mund hatte, dann gibt es noch mehr, was Paul D mir erzählen könnte, und mein Hirn würde immer schön weitermachen und es fressen und niemals sagen, nein danke. Ich will's nicht wissen und will mich auch

nicht daran erinnern müssen. Ich hab andres zu tun: mir zum Beispiel Gedanken zu machen über morgen, über Denver, über Menschenkind, über Alter und Krankheit, von der Liebe ganz zu schweigen.

Doch ihr Hirn interessierte sich nicht für die Zukunft. Vollgestopft mit Vergangenheit und gierig nach mehr, ließ es ihr keinen Raum, sich den nächsten Tag auch nur vorzustellen, geschweige denn ihn zu planen. Genau wie an dem Nachmittag damals in den wilden Zwiebeln – als der nächste Schritt das Äußerste an Zukunft war, was sie vor sich gesehen hatte. Andere Menschen wurden wahnsinnig, warum konnte sie das nicht? Bei anderen hörte das Denken einfach auf, wandte sich ab und ging zu etwas Neuem über; so etwas mußte Halle wohl widerfahren sein. Und wie schön wäre das gewesen: sie beide dort beim Milchschuppen, neben dem Butterfaß hockend, sich kalte, klumpige Butter ins Gesicht schmierend, ganz und gar sorgenfrei. Die glitschige, klebrige Butter zu fühlen – sie sich ins Haar zu schmieren, zuzuschauen, wie sie durch die Finger quoll. Welche Erleichterung, genau dort aufzuhören. Aus. Abgeschlossen. Die Butter quetschen. Aber ihre drei Kinder lutschten unter einer Decke auf dem Weg nach Ohio an Zuckerschnullern, und kein Butterspiel der Welt konnte daran etwas ändern.

Paul D trat durch die Tür und faßte sie an der Schulter.

«Ich hatte nicht vor, dir das zu erzählen.»

«Ich hatte nicht vor, mir's anzuhören.»

«Ich kann's nicht zurücknehmen, aber ich kann davon aufhören», sagte Paul D.

Er will mir's erzählen, dachte sie. Er will, daß ich ihn frage, wie es für ihn war – daß ich ihn frage, wie beleidigt die Zunge ist, die von einem Eisen festgehalten wird, wie stark der Drang auszuspucken ist, nämlich so, daß man heulen muß. Sie wußte Bescheid, hatte es auch schon da, wo sie vor Sweet Home gewesen war, viele Male gesehen. Bei Männern, Jungen, kleinen Mädchen, Frauen. Das Wilde, das in die Augen schoß, sobald die Lippen zurückgepreßt wurden. Tage, nachdem es heraus war, rieb man sich noch Gänsefett in die Mundwinkel, aber es gab nichts, um die Zunge zu beschwichtigen oder die Wildheit aus dem Blick zu entfernen.

Sethe schaute Paul D in die Augen, um zu sehen, ob noch eine Spur davon zurückgeblieben war.

«Leute, die ich als Kind gesehen hab», sagte sie, «sahen immer wild aus, wenn sie das Mundeisen bekommen hatten. Gleich, weshalb man's ihnen verpaßte, es kann unmöglich funktioniert haben, weil es eine Wildheit hinbrachte, wo vorher keine war. Wenn ich dich anschaue, seh ich keine. In deinem Blick ist nichts Wildes, keine Spur.»

«Es gibt einen Weg, die Wildheit reinzubringen, und einen, sie auszutreiben. Ich kenn beide, und ich weiß noch nicht, welcher von beiden schlimmer ist.» Er setzte sich neben sie. Sethe schaute ihn an. In diesem glanzlosen Tageslicht besänftigte sein bronzebraunes Gesicht, von dem bloß die Umrisse der Knochen zu sehen waren, ihr Herz.

«Magst du mir davon erzählen?» fragte sie ihn.

«Ich weiß nicht. Ich hab noch nie drüber gesprochen. Zu keiner Menschenseele. Hab's manchmal hinausgesungen, aber nie einer Menschenseele erzählt.»

«Nur zu. Ich kann's mir anhören.»

«Vielleicht. Vielleicht kannst du's dir anhören. Ich bin bloß nicht sicher, ob ich's sagen kann. Richtig sagen, meine ich, weil es nicht das Mundeisen war – daran lag's nicht.»

«Woran dann?» fragte Sethe.

«An den Hähnen», sagte er. «An den Hähnen vorbeigehen und sehen zu müssen, wie sie mich anschauten.»

Sethe lächelte. «In dem Kiefernwäldchen?»

«Jaha.» Paul D lächelte gleichfalls. «Müssen Stücker fünf gewesen sein, die da oben saßen, und mindestens fünfzig Hennen.»

«Mister auch?»

«Anfangs nicht. Aber ich hatte noch keine zwanzig

Schritt getan, da sah ich auch ihn. Er kam vom Zaunpfahl runter und setzte sich auf den Waschzuber.»

«Er mochte den Waschzuber», sagte Sethe und dachte: Nein, jetzt gibt's kein Halten mehr.

«Ja, nicht? Wie einen Thron. Ich selbst hab ihn aus der Schale geholt, weißt du ja. Krepiert wär er, wenn ich nicht gewesen wär. Die Glucke war mit all ihren ausgeschlüpften Pieperchen hinter sich wegstolziert. Das eine Ei war übrig. Sah aus wie 'ne Niete, aber dann merkte ich, daß es sich bewegte, also hab ich es aufgeklopft, und da kommt Mister raus mit seinen verformten Klauen. Ich hab zugeschaut, wie dieses Miststück aufwuchs und alles auf dem ganzen Hof tyrannisierte.»

«Er war immer schon abscheulich», sagte Sethe.

«Jaha, richtig abscheulich war er. Blutrünstig dazu, und böse. Mit seinen krallenden krummen Klauen. Seinem Kamm so groß wie meine Hand, und wie rot der war. Da saß er oben auf dem Zuber und schaute mich an. Ich schwör's dir, er hat gegrinst. Mein Kopf war voll mit dem, was ich grad bei Halle gesehen hatte. Ich dachte gar nicht an das Mauleisen. Nur an Halle, und an Sixo vor ihm, aber wie ich Mister sah, wußt ich, daß auch ich dran war. Nicht bloß sie, auch ich. Einer verrückt, einer verkauft, einer vermißt, einer verbrannt, und ich leckte am Eisen, die Hände auf den Rücken gebunden. Der letzte der Männer von Sweet Home. Mister sah so...so frei aus. Besser wie ich. Stärker, zäher. Mistkerl der, kam nicht mal allein aus seinem Ei, aber er war immer noch der König, und ich war...» Paul D hielt inne und drückte seine linke Hand mit der rechten. Er hielt sie so lange fest, bis die Hand und die Welt sich beruhigt hatten und ihn weiterreden ließen.

«Mister durfte sein und bleiben, was er war. Ich durfte nicht sein und bleiben, was ich war. Selbst wenn du ihn in den Kochtopf gesteckt hättest – du hättest einen Hahn namens Mister in den Kochtopf gesteckt. Aber ich konnte unmöglich wieder Paul D sein, lebendig oder tot. Der Schullehrer hatte mich verändert. Ich war was anderes geworden, und das war weniger wert als ein Huhn auf einem Zuber in der Sonne.»

Sethe legte ihm die Hand aufs Knie und streichelte es.

Paul D hatte erst begonnen, und was er ihr erzählte, war nur der Anfang gewesen, als ihre sanften und beruhigenden Finger auf seinem Knie ihn innehalten ließen. Schon gut so. Schon gut. Mehr zu sagen mochte sie beide an einen Ort versetzen, von dem sie nicht wieder fort konnten. Den Rest würde er dort lassen, wo er hingehörte: in der Tabaksdose, die da in seiner Brust begraben lag, wo einmal ein rotes Herz gewesen war. Der Deckel war zugerostet. Er würde ihn in Gegenwart dieser lieben robusten Frau nicht mit Gewalt öffnen, denn wenn ihr der Geruch des Inhalts entgegenschlüge, würde ihn das beschämen. Und ihr würde es weh tun zu erfahren, daß kein rotes Herz, leuchtend wie Misters Kamm, mehr in ihm schlug.

Sethe rieb, rieb und drückte den Arbeitsstoff und die steinernen Kurven seines Knies. Sie hoffte, es würde ihn so beruhigen wie sie. Wie Brotteigkneten im Halblicht der Küche des Lokals. Bevor der Koch kam und wo sie an einer Stelle stand, die nicht breiter war als eine Bank lang, links hinter den Milchkannen. Und Brotteig knetete. Knetete und knetete. Nichts besser geeignet als das, um die schwere Arbeit anzupacken, Tag für Tag erneut die Vergangenheit abzuwehren.

Oben tanzte Menschenkind. Vorwärts – vorwärts – noch ein Schritt – schleifen – schleifen – vorwärts gehn.

Denver saß lächelnd auf dem Bett und machte den Rhythmus dazu.

Sie hatte Menschenkind noch nie so glücklich erlebt. Wohl hatte sie ihren Schmollmund weit aufgehen sehen vor Freude über etwas Süßes oder irgendeine Neuigkeit, die Denver ihr mitgeteilt hatte. Wohl hatte sie gespürt, daß Menschenkinds Haut warme Zufriedenheit ausstrahlte, wenn sie ihrer Mutter zuhörte, wie sie von alten Zeiten erzählte. Aber Fröhlichkeit hatte sie nie bemerkt. Noch keine zehn Minuten waren vergangen, seit Menschenkind mit vorquellenden Augen, um sich schlagend und sich den Hals haltend rücklings hingeschlagen war. Jetzt, nachdem sie ein paar Minuten in Denvers Bett gelegen hatte, war sie wieder auf den Beinen und tanzte herum.

«Wo hast du tanzen gelernt?» fragte Denver sie.

«Nirgends. Guck mal, was ich kann.» Menschenkind stemmte die Fäuste in die Hüften und begann auf bloßen Füßen zu hopsen. Denver lachte.

«Jetzt du. Los, komm», sagte Menschenkind. «Komm doch, komm, mach mit.» Ihr schwarzer Rock schwang von einer Seite zur anderen.

Denver überlief es eisig, als sie sich vom Bett erhob. Sie wußte, daß sie doppelt so schwer wie Menschenkind war, doch sie schwebte kalt und leicht wie eine Schneeflocke dahin.

Menschenkind nahm Denver an der Hand und legte ihr die andere Hand auf die Schulter. Dann tanzten sie. Rundherum in dem winzigen Zimmer, und vielleicht lag es am Schwindelgefühl oder daran, daß sie sich so leicht und zugleich so eisig fühlte, daß Denver so lachen mußte. Ein ansteckendes Lachen, in das Menschenkind einstimmte. Die beiden wirbelten hin und her, hin und her, lustig wie die Kätzchen, bis sie erschöpft zu Boden sanken. Menschenkind ließ den Kopf nach hinten auf den Bettrand fallen, während sie nach Atem rang, und Denver sah das Ding hervorspitzen, das sie stets zur Gänze sah, wenn Menschenkind sich vor dem Schlafengehen auszog. Sie sah es unverwandt an und flüsterte: «Warum nennst du dich Menschenkind?»

Menschenkind schloß die Augen: «Im Dunkel heiß ich Menschenkind.»

Denver rückte rasch ein wenig näher. «Wie ist es dort drüben, wo du vorher warst? Kannst du mir das sagen?»

«Dunkel», sagte Menschenkind. «Ich bin klein an dem anderen Ort. So bin ich da.» Sie hob den Kopf vom Bett, legte sich auf die Seite und rollte sich eng zusammen.

Denver hob die Hand vor die Lippen. «War dir kalt?»

Menschenkind rollte sich noch enger zusammen und schüttelte den Kopf. «Heiß. Keine Luft zum Atmen da unten und kein Platz, sich zu bewegen.»

«Hast du jemand gesehen?»

«Massen. Da unten sind viele. Manche sind tot.»

«Hast du Jesus gesehen? Baby Suggs?»

«Ich weiß nicht. Ich kenn die Namen nicht.» Sie setzte sich auf.

«Sag, wie bist du hierhergekommen?»

«Ich hab gewartet; dann bin ich auf die Brücke. Da war ich im Dunkel, bei Tag, im Dunkel, bei Tag. Es war lang.»

«Und die ganze Zeit warst du auf einer Brücke?»

«Nein. Danach. Als ich rauskam.»

«Warum bist du zurückgekommen?»
Menschenkind lächelte. «Um ihr Gesicht zu sehen.»
«Ma'ams? Sethes?»
«Ja, Sethes.»

Denver war ein wenig verletzt, beleidigt, daß sie nicht der Hauptgrund für Menschenkinds Rückkehr war. «Weißt du nicht mehr, daß wir am Fluß zusammen gespielt haben?»

«Ich war auf der Brücke», sagte Menschenkind. «Hast du mich auf der Brücke gesehen?»

«Nein, am Fluß. Am Wasser, hinten im Wald.»

«Oh, ich war im Wasser. Ich hab ihre Diamanten da unten gesehen. Ich hätt sie anfassen können.»

«Warum hast du nicht?»

«Sie hat mich verlassen. Allein gelassen», sagte Menschenkind. Sie hob den Blick, um Denver in die Augen zu sehen, und runzelte die Stirn, vielleicht. Vielleicht auch nicht. Es mochte nur so aussehen wegen der winzigen Kratzer auf ihrer Stirn.

Denver schluckte. «Nicht», sagte sie. «Nicht. Du verläßt uns doch nicht, oder?»

«Nein. Nie. Ich bin jetzt hier.»

Plötzlich schnellte Denver, die mit gekreuzten Beinen dasaß, vor und packte Menschenkind am Handgelenk. «Erzähl's ihr nicht. Sag Ma'am nicht, wer du bist. Bitte, hörst du?»

«Sag mir nicht, was ich tun soll. Sag mir ja nicht, was ich tun soll.»

«Aber ich bin auf deiner Seite, Menschenkind.»

«Sie ist's. Sie ist die, die ich brauch. Du kannst weggehen, aber sie ist die, die ich haben muß.» Ihre Augen, schwarz wie der allnächtliche Himmel, weiteten sich, bis es nicht weiter ging.

«Ich hab dir nichts getan. Ich hab dir nie weh getan. Ich hab noch nie jemand weh getan», sagte Denver.

«Ich auch nicht. Ich auch nicht.»

«Was wirst du tun?»

«Hierbleiben. Ich gehör hierher.»
«Ich auch.»
«Dann bleib, aber sag mir ja nicht, was ich tun soll. Tu das ja nie wieder.»
«Wir haben doch getanzt. Vor einer Minute haben wir doch noch getanzt. Woll'n wir noch mal?»
«Ich will nicht.» Menschenkind stand auf und legte sich aufs Bett. Das Schweigen flatterte gegen die Wände wie Vögel in Panik. Schließlich beruhigte sich Denvers Atem, denn sie hatte Angst, etwas Unersetzliches zu verlieren.
«Erzähl mir», sagte Menschenkind, «erzähl mir, wie Sethe dich im Boot gemacht hat.»
«Sie hat's mir selbst nie ganz erzählt», sagte Denver.
«Erzähl's mir.»
Denver kletterte aufs Bett und verschränkte die Arme unter ihrer Schürze. Sie war kein einziges Mal in ihrem Buchsbaumzimmer gewesen, seit Menschenkind nach dem Jahrmarkt auf dem Baumstumpf gesessen hatte, und es war ihr auch gar nicht aufgefallen, daß sie nicht mehr dort gewesen war, bis jetzt, bis zu diesem verzweifelten Augenblick. Es gab dort draußen nichts, was diese Mädchen-Schwester nicht im Überfluß bot: rasendes Herzklopfen, Verträumtheit, Gesellschaft, Gefahr, Schönheit. Sie schluckte zweimal, um sich aufs Erzählen vorzubereiten, um aus den Strängen der Geschichte, die sie ihr Leben lang gehört hatte, ein Netz zu knüpfen, das Menschenkind halten würde.
«Sie hatte gute Hände, hat sie gesagt. Das Weißenmädchen, hat sie gesagt, hatte dünne, mickrige Ärmchen, aber gute Hände. Sie hätte das gleich gesehen, hat sie gesagt. Haar genug für fünf Schöpfe und gute Hände, hat sie gesagt. Wegen den Händen wird sie gedacht haben, daß sie es hinkriegen würde: uns beide über den Fluß zu schaffen. Aber daß sie keine Angst hatte, lag am Mund. Bei den Weißenleuten gibt's nichts, wonach du gehen kannst, hat sie gesagt. Du weißt nie, was denen plötzlich einfällt. Sagen dies, tun das. Aber wenn man den Mund anschaut, kann man's

manchmal erkennen. Sie hat gesagt, dieses Mädchen hätt geredet wie ein Wasserfall, aber es sei nichts Gemeines um ihren Mund gewesen. Sie hat Ma'am zu dem Schuppen gebracht und ihr die Füße massiert, das war schon mal das eine. Und Ma'am hat nicht geglaubt, daß das Weißenmädchen sie anzeigen würde. Man konnte Geld kriegen, wenn man einen weggelaufenen Sklaven verriet, und sie war sich nicht sicher, ob Amy, dieses Mädchen, nicht Geld mehr als sonstwas nötig hatte, zumal sie von nichts anderem redete als von ihrem Samt, den sie sich besorgen wollte.»

«Was ist Samt?»

«Ein Stoff, ziemlich dick und weich.»

«Erzähl weiter.»

«Jedenfalls hat sie durch das Rubbeln Ma'ams Füße wiederbelebt, so daß sie geschrien hat, sagt sie, weil es so weh tat. Aber von da an hat sie wieder geglaubt, es bis dorthin schaffen zu können, wo Grandma Baby Suggs war, und...»

«Wer ist das?»

«Hab ich doch grad gesagt. Meine Oma.»

«Ist das Sethes Mutter?»

«Nein. Die Mutter von meinem Vater.»

«Erzähl weiter.»

«Da waren nämlich die anderen. Meine Brüder und... die Kleine. Sie hat sie vorausgeschickt, damit sie bei Grandma Baby auf sie warten. Drum mußte sie alles dransetzen, hinzukommen. Und dieses Mädchen, diese Amy, hat ihr geholfen.»

Denver hielt inne und seufzte. Dies war der Teil der Geschichte, den sie liebte. Jetzt näherte sie sich ihm, und sie liebte ihn, weil er ganz von ihr handelte; aber sie haßte ihn auch, weil sie dabei ein Gefühl hatte, als stehe irgendwo eine Rechnung offen und sie, Denver, müsse sie bezahlen. Aber wem sie etwas schuldete oder womit sie die Schuld begleichen sollte, entzog sich ihrer Kenntnis. Jetzt, wo sie Menschenkinds aufmerksames, hungriges Gesicht bemerkte – wie sie jedes Wort in sich aufnahm, sich nach der Farbe und

Größe von Gegenständen erkundigte und alles ganz genau wissen wollte –, begann Denver auch vor sich zu sehen, was sie sagte, und es nicht mehr bloß zu hören: Da geht dieses neunzehnjährige Sklavenmädchen – ein Jahr älter als sie selbst – durch den dunklen Wald, um zu ihren Kindern zu kommen, die weit fort sind. Sie ist müde, hat vielleicht Angst und weiß vielleicht nicht einmal, wo sie ist. Vor allem aber ist sie mutterseelenallein, und in sich trägt sie ein weiteres Baby, an das sie auch noch denken muß. Hinter ihr Hunde, gut möglich; Schußwaffen, wahrscheinlich; und gewiß Mooszähne. In der Nacht hat sie nicht so große Angst, weil deren Farbe auch die ihre ist, aber am Tag ist jeder Laut ein Schuß oder der leise Tritt eines Sklavenjägers.

Denver sah das jetzt und spürte es – dank Menschenkind. Spürte, wie ihre Mutter sich gefühlt haben mußte. Sah, wie es ausgesehen haben mußte. Und je mehr Einzelheiten sie erwähnte, je mehr sie ins Detail ging, desto besser gefiel es Menschenkind. Denver nahm die Fragen schon vorweg, indem sie den Bruchstücken, die ihre Mutter und ihre Großmutter ihr erzählt hatten, Leben einhauchte – und einen Herzschlag. Und der Monolog wurde zum Duett, während sie sich zusammen hinlegten und Denver Menschenkinds Neugier Nahrung gab, wie ein Liebhaber, dem es ein Vergnügen ist, die Geliebte mit Leckerbissen zu verwöhnen. Die dunkle Decke mit den beiden orangeroten Flicken war auch dabei, weil Menschenkind sie dicht bei sich haben wollte, wenn sie schlief. Sie duftete nach Gras und fühlte sich an wie Hände – die rastlosen Hände fleißiger Frauen: trocken, warm und schwielig rauh. Denver sprach, Menschenkind hörte zu, und beide zusammen taten ihr Bestes, um das, was geschehen war, so zu erschaffen, wie es wirklich geschehen war, was ja nur Sethe wußte, da sie allein sich daran erinnerte und später die Zeit hatte, es zu formen: die Beschaffenheit von Amys Stimme, ihr Atem wie brennendes Holz. Das wechselhafte Wetter dort oben in den Bergen – kühl bei Nacht, heiß am Tage, plötzlicher Nebel. Wie unbekümmert sie mit diesem Weißenmädchen umging – eine aus der Verzweiflung geborene Unbekümmertheit, zu der Amys Flüchtlingsaugen und ihr weichherziger Mund sie ermutigt hatten.

«Du hast hier in den Bergen nichts zu suchen, Miss.»

«Nun guck mal, wie sie den Mund aufreißt. Ich hab hier mehr zu suchen wie du. Wenn sie dich kriegen, haun sie dir den Kopf ab. Hinter mir ist keiner her, aber ich weiß, daß wer hinter dir her ist.» Amy drückte ihre Finger in die Fußsohlen der Sklavenfrau. «Wem sein Kind ist das?»

Sethe antwortete nicht.

«Du weißt's nicht mal. Herrjemine», seufzte Amy und schüttelte den Kopf. «Tut's weh?»

«Ein wenig.»

«Gut für dich. Je mehr 's weh tut, desto besser. Nichts kann heilen ohne Schmerz, weißt du? Was zappelst du denn?»

Sethe stützte sich auf die Ellbogen. Vom langen Liegen auf dem Rücken tobte ein Aufruhr zwischen ihren Schulterblättern. Das Feuer in ihren Füßen und das im Rücken brachten sie zum Schwitzen.

«Mir tut der Rücken weh», sagte sie.

«Der Rücken? Mädchen, du bist ein Bild des Jammers. Dreh dich um und laß sehen.»

Mit einer Anstrengung, die ihr Übelkeit verursachte, drehte Sethe sich auf die rechte Seite. Amy löste ihr das Kleid vom Rücken und sagte: «Herrjemine», als sie es sah. Sethe nahm an, daß es schlimm sein mußte, denn nachdem Amy Gott den Herrn angerufen hatte, sagte sie eine ganze Weile nichts mehr. Während die zur Abwechslung einmal sprachlose Amy schwieg, spürte Sethe, wie die Finger dieser guten Hände leicht über ihren Rücken fuhren. Sie konnte Amy atmen hören, aber noch immer sagte das Weißenmädchen nichts. Sethe war unfähig, sich zu rühren. Sie konnte weder auf dem Bauch noch auf dem Rücken liegen, und auf der Seite liegen zu bleiben bedeutete Druck auf ihre schreienden

Füße. Schließlich sprach Amy mit ihrer Traumwandlerstimme.

«Das ist ein Baum, Lu. Eine Wildkirsche. Schau, hier ist der Stamm – er ist rot und aufgeplatzt und voller Saft, und hier fangen die Äste an. Du hast mächtig viele Äste. Und Blätter auch, wie's aussieht, und wenn das nicht gar Blüten sind! Winzig kleine Kirschblüten, genauso weiß. Auf deinem Rücken ist 'n ganzer Baum. In voller Blüte. Was hat Gott sich dabei wohl gedacht. Ich hab auch schon ziemlich Prügel gekriegt, aber an so was kann ich mich nicht erinnern. Mr. Buddy ist auch leicht die Hand ausgerutscht. Hat einen schon ausgepeitscht, wenn man ihn mal direkt angeguckt hat. Da kannte er nichts. Ich hab ihm mal in die Augen geguckt, da hat er ausgeholt und den Schürhaken nach mir geworfen. Muß wohl geahnt haben, was ich grad so dachte.»

Sethe stöhnte, und Amy unterbrach ihre Tagträumerei – jedenfalls lange genug, um Sethes Füße umzubetten, so daß die Last oberhalb der Knöchel auf die laubbedeckten Steine zu liegen kam.

«Besser so? Gott, so zu sterben. Du wirst hier sterben, weißt du das? Führt kein Weg dran vorbei. Dank deinem Schöpfer, daß ich vorbeigekommen bin, sonst hättst du am Ende da draußen im Gras sterben müssen. Wär der Schlang gekommen, hätt dich gebissen. Der Bär dich aufgefressen. Vielleicht hättst du bleiben sollen, wo du warst, Lu. Ich seh an deinem Rücken, warum du's nicht getan hast, haha. Wer den Baum da gepflanzt hat, der übertrifft Mr. Buddy meilenweit. Ein Glück, daß ich nicht du bin. Hm, Spinnweben ist alles, was ich für dich tun kann. Was hier drin ist, reicht nicht. Ich schau mal draußen. Moos könnt auch gehen, aber manchmal sind Käfer und so drin. Vielleicht sollt ich die Blüten aufbrechen. Den Eiter zum Fließen bringen, meinst du? Möcht bloß wissen, was Gott sich dabei gedacht hat. Mußt ja was Schlimmes getan haben. Lauf jetzt aber nicht weg.»

Sethe hörte sie in den Büschen summen, während sie Jagd auf Spinnweben machte. Ein Summen, auf das sie sich konzentrierte, denn sobald Amy hinausgeschlüpft war, begann das Baby sich zu regen. Gute Frage, dachte sie. Was hat Er sich bloß dabei gedacht? Amy hatte Sethes Kleid hinten offengelassen, und jetzt strich ein leiser Windhauch über ihren Rücken und linderte den Schmerz ein wenig. Eine Erleichterung, die sie den schwächeren Schmerz auf ihrer wunden Zunge empfinden ließ. Amy kehrte mit zwei Händen voller Spinnweben zurück, die sie von der Beute säuberte und dann auf Sethes Rücken verteilte, wobei sie sagte, das sei, wie wenn man einen Baum für Weihnachten schmückte.

«Wir haben da ein altes Niggermädchen, das immer zu uns kommt. Die hat keinen Schimmer. Näht manchmal was für Mrs. Buddy – richtig schöne Spitze –, aber kriegt kaum zwei Worte am Stück raus. Die hat überhaupt keinen Schimmer, genau wie du. Du hast auch keinen Schimmer. Wirst als Leiche enden, so wird's kommen. Ich nicht. Ich schaff das schon nach Boston und hol mir meinen Samt. Karmin. Noch nicht mal davon hast du einen Schimmer, stimmt's? Wirst auch nie einen haben. Wetten, daß du noch nie mit der Sonne im Gesicht geschlafen hast? Ich hab's ein paarmal gemacht. Meistens fütter ich das Vieh vor Tagesanbruch und komm erst ins Bett, wenn's schon lang dunkel ist. Aber einmal war ich hinten im Wagen und bin eingeschlafen. Mit der Sonne im Gesicht schlafen, das ist das schönste Gefühl, wo's gibt. Zweimal hab ich's gemacht. Einmal, wie ich klein war. Da hat mich damals keiner gestört. Das nächste Mal, hinten im Wagen, ist's wieder passiert, holdrio, da war aber der Teufel los. Mr. Buddy hat mir mit der Peitsche den Arsch versohlt. Kentucky ist nicht schön zum Leben. Boston, da müßt man sein. Da war auch meine Mutter, bevor jemand sie Mr. Buddy geschenkt hat. Joe Nathan hat gesagt, Mr. Buddy ist mein Daddy, aber das glaub ich nicht. Du?»

Sethe sagte, sie glaube auch nicht, daß Mr. Buddy ihr Daddy sei.

«Kennst du deinen Daddy?»
«Nein», sagte Sethe.
«Ich auch nicht. Ich weiß bloß, daß er's nicht ist.» Dann, nach Beendigung ihrer Flickarbeiten, stand sie auf und begann im Schuppen auf und ab zu gehen, und während ihre trägen Augen matt in der Sonne leuchteten, die ihr Haar erstrahlen ließ, begann sie zu singen.

> Wenn das Tagwerk ist vollbracht
> Und mein müdes Kindlein sacht
> Schaukelt in der Wiege sein
> Wenn der Nachtwind weht herein
> Und die Grillen in dem Tal
> Zirpen abertausendmal
> Dort wo auf dem Zaubergrün
> Elfen umtanzen die Königin
> Dann aus dunstgem Himmelsschein
> Steigt die Dame Augenfein.

Plötzlich hörte sie auf, herumzulaufen und sich zu wiegen, setzte sich, schlang die mageren Arme um die Knie und legte ihre guten Hände um die Ellbogen. Ihre trägen Augen verharrten und starrten den Lehm zu ihren Füßen an. «Das ist das Lied von meiner Mama. Sie hat's mir beigebracht.»

> Durch der Erde dunstgen Schein
> In das stille, liebe Heim
> Wo zu süßem, leisem Lied
> Eine Wiege mild sich wiegt
> Wo das stete Uhrenticken
> Kündet, daß der Tag verstrichen
> Wo des Mondes Strahlen spielen
> Über Spielzeug auf den Dielen
> Zu dem müden Kindelein
> Kommt die Dame Augenfein.

> Legt die Hände weiß und rein
> Auf mein müdes Kindelein
> Und die weichen Hände decken
> Wie ein Schleier seine Locken
> Wollen, scheint es, gar nicht lassen
> Jedes Härlein zärtlich fassen
> Und dann glättet sie die Lider
> Senkt sie auf die Augen nieder
> Mit solch zarten Streicheleien
> Kommt die Dame Augenfein.

Nach dem Lied saß Amy still da, dann wiederholte sie die letzte Zeile, bevor sie aufstand, den Schuppen verließ und ein Stückchen fortging, um sich gegen eine junge Esche zu lehnen. Als sie zurückkam, stand die Sonne unten im Tal, und sie befanden sich weit über ihr, im blauen Licht von Kentucky.

«Bist du noch nicht tot, Lu? Lu?»

«Nein, noch nicht.»

«Ich mach eine Wette. Wenn du die Nacht durchhältst, hältst du den ganzen Weg durch.» Amy ordnete die Blätter bequemer an und kniete nieder, um erneut die geschwollenen Füße zu massieren. «So, die werden jetzt noch mal schön gerubbelt», sagte sie, und als Sethe die Luft durch die Zähne einsog, sagte sie: «Still jetzt. Du mußt den Mund zumachen.»

Vorsichtig, um nicht die Zunge zu treffen, biß Sethe sich auf die Lippen und ließ die guten Hände zur Melodie von «Ihr Bienen, singt leis, ihr Bienen singt fein» an die Arbeit gehen. Danach begab sich Amy in die andere Schuppenhälfte, wo sie sich hinsetzte, den Kopf auf die Schulter senkte und ihr Haar flocht, wobei sie sagte: «Daß du mir ja nicht hier vor meinen Augen stirbst in der Nacht, hörst du? Ich will dein häßliches schwarzes Gesicht nicht vor mir sehen. Wenn du schon sterben mußt, dann geh gefälligst wo hin, wo ich dich nicht seh, hörst du?»

«Ja», sagte Sethe. «Ich werd tun, was ich kann, Miss.»

Sethe rechnete nicht damit, jemals wieder die Augen aufzutun, drum brauchte sie eine Weile, um aus einem Schlaf aufzutauchen, den sie für den Tod hielt, als sie spürte, daß Zehen gegen ihre Hüfte stießen. Sie setzte sich steif und fröstelnd auf, während Amy ihren nässenden Rücken betrachtete.

«Sieht teuflisch aus», sagte Amy. «Aber du hast durchgehalten. Herrjemine, Lu hat durchgehalten. Und zwar wegen mir. Ich versteh mich auf Kranke. Meinst du, du kannst gehen?»

«Ich muß irgendwie mal Wasser lassen.»

«Laß mal schauen, ob du gehen kannst.»

Es ging nicht gut, aber es ging, also humpelte Sethe, indem sie sich erst auf Amy stützte, dann auf einen jungen Ast.

«Das war wegen mir, ich hab das fertiggebracht. Ich versteh mich auf Kranke, stimmt's?»

«Mhm», sagte Sethe, «stimmt.»

«Wir müssen von dem Berg hier runter. Los. Ich bring dich runter zum Fluß. Das müßte dir recht sein. Ich geh zum Pike. Da komm ich gradewegs nach Boston. Was ist das da vorn auf deinem Kleid?»

«Milch.»

«Du bist ein Bild des Jammers.»

Sethe sah auf ihren Bauch hinunter und berührte ihn. Das Baby war tot. Sie selbst war nicht gestorben in der Nacht, aber das Baby. Wenn dem so war, dann gab es jetzt kein Halten mehr. Sie würde die Milch ihrem kleinen Mädchen bringen, und wenn sie hinschwimmen müßte.

«Bist du nicht hungrig?» fragte Amy sie.

«Ich bin gar nichts, nur pressiert mir's, Miss.»

«Brrr. Schön langsam. Willst du Schuhe?»

«Was?»

«Ich hab da eine Idee», sagte Amy, und das hatte sie. Sie riß zwei Stücke von Sethes Schultertuch ab, füllte sie mit

Blättern und band sie ihr um die Füße, wobei sie unaufhörlich quasselte.

«Wie alt bist du, Lu? Ich blute schon vier Jahre, aber ich krieg kein Kind von jemand. Mich wirst du nicht Milch schwitzen sehen, weil...»

«Ich weiß», sagte Sethe. «Du gehst nach Boston.»

Mittags sahen sie ihn; dann waren sie dicht genug, um ihn zu hören. Am späten Nachmittag hätten sie daraus trinken können, wenn sie gewollt hätten. Vier Sterne waren zu sehen, als sie schließlich etwas fanden – keinen Flußdampfer, auf dem man Sethe hätte verstecken können, und auch keinen Fährmann, der willig gewesen wäre, einen auf der Flucht befindlichen Passagier an Bord zu nehmen; nichts dergleichen, sondern gleich ein ganzes Boot, das man sich unter den Nagel reißen konnte. Darin waren ein Ruder, viele Löcher und zwei Vogelnester.

«Da schau her, Lu. Jesus sieht dich.»

Sethe wiederum sah meilenweit dunkles Wasser, das mit einem einzigen Ruder in einem nutzlosen Boot zu durchteilen war, gegen eine Strömung, die dem Hunderte von Meilen entfernten Mississippi zustrebte. Es kam ihr vor wie eine Heimstatt, und das Baby (das keineswegs tot war) mußte wohl ebenso empfunden haben. Sobald Sethe sich dem Fluß näherte, begann ihr eigenes Wasser zu fließen, um sich mit dem des Flusses zu vereinigen. Das Platzen der Fruchtblase, gefolgt von der überflüssigen Ankündigung der Wehen, wölbte ihr den Rücken.

«Was soll das?» fragte Amy. «Hast du denn kein Hirn im Kopf? Hör sofort auf. Ich hab gesagt, hör auf, Lu! Du bist das dümmste Wesen auf dieser Welt. Lu! Lu!»

Sethe fiel keine andere Zuflucht ein als das Boot. Sie wartete auf die süße Pause, die auf den explodierenden Schmerz folgte. Wieder auf den Knien, krabbelte sie ins Boot. Es schwankte unter ihr, und sie hatte gerade eben Zeit genug, ihre blätterbeschuhten Füße gegen die Bank zu stemmen, als ein nächstes Reißen ihr den Atem nahm. Keuchend warf sie unter vier Sommersternen die Beine über die Seiten, denn da kam schon der Kopf, wie Amy ihr kundtat, als wüßte sie das nicht selber – als käme das Reißen vom Aufbrechen von Walnußstämmen im Stützband oder von der wilden Jagd eines gezackten Blitzes durch einen zähen Himmel.

Es steckte fest. Das Gesicht nach oben, ertrank es im Blut seiner Mutter. Amy hörte auf, Jesus anzurufen und begann dessen Daddy zu verfluchen.

«Preß doch!» schrie Amy.

«Zieh doch», flüsterte Sethe.

Und die starken Hände gingen ein viertes Mal zu Werke, keinen Augenblick zu früh, denn das durch alle möglichen Löcher eindringende Flußwasser umspülte schon Sethes Hüften. Sie griff mit einem Arm nach hinten und umklammerte das Seil, während Amy den Kopf fest packte. Als ein Fuß aus dem Flußbett hochkam und dem Bootsboden und Sethes Kehrseite einen Tritt versetzte, wußte sie, daß es geschafft war, und gönnte sich eine kurze Ohnmacht. Als sie wieder zu sich kam, hörte sie keine Schreie, nur Amys aufmunterndes Gurren. So lange, daß beide schon dachten, sie hätten den Kampf doch verloren, geschah nichts. Dann wölbte Sethe plötzlich den Rücken, und die Nachgeburt schoß heraus. Und dann wimmerte das Baby, und Sethe machte die Augen auf. Zwanzig Zoll Nabelschnur hingen an seinem Bauch, und es zitterte in der kühler werdenden Abendluft. Amy wickelte es in ihren Rock, und die nassen, verklebten Frauen krochen ans Ufer, um zu sehen, was Gott als nächstes vorhatte.

Sporen vom Blaufarn, der in den Höhlen am Flußufer wächst, treiben in silberblauen Bahnen aufs Wasser zu, schwer erkennbar, es sei denn, man ist mittendrin oder in ihrer Nähe, und liegen dann unmittelbar am Rande des Wassers, wenn die Sonnenpfeile schräg und erschöpft einfallen. Oft werden sie für Insekten gehalten – doch es sind Samen, in denen eine ganze Generation schläft, auf eine Zukunft vertrauend. Und einen Augenblick lang ist es leicht zu glauben, daß jeder von ihnen eine Zukunft haben und all das werden wird, was schon in den Sporen enthalten ist; daß er seine Tage wie geplant verbringen wird. Diese Gewißheit existiert nicht länger als diesen einen Augenblick; und doch vielleicht länger als die Sporen selbst.

An einem Flußufer in der Kühle eines Sommerabends kämpften zwei Frauen unter einem silberblauen Schleier einen gemeinsamen Kampf. Sie rechneten nicht damit, einander je wieder zu begegnen, und im Augenblick war ihnen das völlig egal. Doch in dieser Sommernacht vollbrachten sie, inmitten des Blaufarns, gemeinsam etwas Angemessenes und Gutes. Wäre ein Patroller gekommen, so hätte er vielleicht über diese beiden Wegwerfmenschen gelacht, zwei gesetzlose Ausgestoßene – eine Sklavin und eine barfüßige Weißenfrau mit losem Haar –, die ein zehn Minuten altes Baby in die Lumpen hüllten, die sie anhatten. Aber es kam kein Patroller, und es kam auch kein Prediger. Das Wasser gurgelte und schluckte unter ihnen. Nichts störte sie bei ihrer Arbeit. Deshalb verrichteten sie sie angemessen und gut.

Das Zwielicht kam, und Amy sagte, sie müsse gehen; um nichts in der Welt wolle sie sich am hellichten Tag auf einem vielbefahrenen Fluß zusammen mit einer weggelaufenen Sklavin erwischen lassen. Nachdem sie sich Hände und Gesicht im Fluß gewaschen hatte, stand sie auf und schaute auf das vor Sethes Brust gebundene Baby hinunter.

«Sie wird nie erfahren, wer ich bin. Wirst du's ihr sagen? Wer sie auf die Welt gebracht hat hier?» Sie hob das Kinn und schaute dorthin, wo die Sonne gestanden hatte. «Sag's ihr doch. Hörst du? Sag, Miss Amy Denver. Aus Boston.»

Sethe spürte, wie sie in einen Schlaf sank, von dem sie wußte, daß er tief sein würde. Ganz am Rande, kurz bevor sie eintauchte, dachte sie: «Das ist hübsch. Denver. Richtig hübsch.»

Es war an der Zeit, alles abzulegen. Bevor Paul D gekommen war und sich auf ihre Verandastufen gesetzt hatte, hatten die Worte, die sie in der Kammer flüsterte, sie durchhalten lassen. Hatten ihr geholfen, den strafenden Geist zu ertragen; hatten die Erinnerung an Howards und Buglars Babygesichter wieder aufgefrischt und sie ihr erhalten, zumindest im Wachen, denn in ihren Träumen sah sie nur ihre Glieder in den Bäumen baumeln; und hatten ihren Mann, schemenhaft, aber immerhin – irgendwo – gegenwärtig bleiben lassen. Jetzt schwoll Halles Gesicht zwischen der Butterpresse und dem Butterfaß mehr und mehr an, stach ihr in die Augen und verursachte ihr Kopfschmerzen. Sie sehnte sich nach Baby Suggs' Fingern, die ihren Nacken kneteten, ihn wieder in Form brachten, und nach ihren Worten: «Leg sie ab, Sethe. Schwert und Schild. Ab. Ab. Beides ab. Drunten am Fluß. Schwert und Schild. Trachte nicht mehr nach Krieg. Leg all die Unvernunft ab. Und Schwert und Schild dazu.» Und unter dem Druck der Finger und dem Eindruck der leisen, eindringlichen Stimme tat sie es. Eines nach dem anderen legte sie die schweren Messer der Verteidigung gegen Elend, Reue, Bitterkeit und Schmerz an einem Ufer ab, unter dem klares Wasser vorbeiströmte.

Neun Jahre ohne die Finger und die Stimme von Baby Suggs waren zuviel. Und die in der Vorratskammer geflüsterten Worte waren zuwenig. Für das butterbeschmierte

Gesicht eines Mannes, wie Gott keinen zweiten hätte erschaffen können, war mehr vonnöten: eine Blumengirlande zu binden oder ein Gewand zu nähen. Eine Vereinigungszeremonie. Sethe beschloß, zur Lichtung zu gehen, dorthin, wo Baby Suggs im Sonnenlicht getanzt hatte.

Bevor die 124 samt allen, die darin waren, sich verschlossen, verschleiert und eingesperrt hatte; bevor sie der Spielball von Geistern und die Heimstatt der Verhärmten wurde, war es ein fröhliches, mit Leben erfülltes Haus gewesen, in dem Baby Suggs, die Heilige, liebte, ermahnte, fütterte, zur Buße rief und tröstete. In dem nicht ein, sondern zwei Töpfe auf dem Herd köchelten; in dem die Lampe die ganze Nacht hindurch brannte. Fremde ruhten sich dort aus, während Kinder deren Schuhe anprobierten. Nachrichten wurden dort hinterlassen, denn jeder, der eine erwartete, sprach mit Sicherheit eines Tages dort vor. Gesprochen wurde leise und knapp – denn Baby Suggs, die Heilige, schätzte kein Zuviel. «Alles hängt davon ab, daß man weiß, wieviel», sagte sie, und: «Gut sein heißt wissen, wann man aufhören muß.»

Vor *dieser* 124 kletterte Sethe von einem Wagen, ihr Neugeborenes vor die Brust gebunden, und bekam zum erstenmal die weiten Arme ihrer Schwiegermutter zu spüren, die es bis nach Cincinnati geschafft hatte. Und die, da das Sklavenleben ihr «Beine, Rücken, Kopf, Augen, Hände, Nieren, Schoß und Zunge kaputtgemacht hatte», beschloß, daß ihr nun nichts mehr geblieben war, mit dem sie ihren Lebensunterhalt verdienen konnte, außer ihrem Herzen – welches sie sofort zur Arbeit antrieb. Sie ließ keinen Ehrentitel vor ihrem Namen gelten, gestattete sich allerdings die kleine Liebkosung dahinter und wurde eine Predigerin ohne eigene Kirche, eine, die Kanzeln aufsuchte und ihr großes Herz denen öffnete, die es brauchen konnten. Im Winter und Herbst trug sie es zur African Methodist Episcopal Church und den Baptisten, den Holiness- und Sanctified-Kirchen, der Kirche des Erlösers und der Erlösten. Unberufen, ohne Talar und ungeweiht ließ sie dort ihr großes Herz in Gegenwart der

Menschen schlagen. Wenn die warme Zeit kam, trug Baby Suggs, die Heilige, gefolgt von allen schwarzen Männern, Frauen und Kindern, die so weit gehen konnten, ihr großes Herz auf die Lichtung – einen großen weiten Platz, der am Ende eines Pfades, der nur dem Wild bekannt war und demjenigen, der diesen Ort einst gerodet hatte, tief in den Wald gehauen war, wozu, das wußte keiner. Jeden Samstagnachmittag saß sie auf der Lichtung in der Hitze, und die Leute warteten unter den Bäumen.

Nachdem sie sich auf einem riesigen flachen Stein niedergelassen hatte, neigte Baby Suggs den Kopf und betete stumm. Die Gesellschaft beobachtete sie von den Bäumen aus. Man wußte, daß sie bereit war, wenn sie ihren Stock auf die Erde legte. Dann rief sie: «Lasset die Kinder kommen!», und sie liefen unter den Bäumen hervor zu ihr.

«Lasset eure Mütter hören, wie ihr lacht», sagte sie zu ihnen, und es erschallte im Wald. Die Erwachsenen schauten zu und konnten sich ein Lächeln nicht verkneifen.

«Lasset die erwachsenen Männer zu mir kommen», rief sie dann. Sie traten einer nach dem anderen unter den Bäumen hervor, in denen es widerhallte.

«Lasset eure Frauen und Kinder sehen, wie ihr tanzt», sagte sie zu ihnen, und das Erdgetier erzitterte unter ihren Füßen.

Schließlich rief sie die Frauen zu sich. «Weint», sagte sie zu ihnen. «Um die Lebendigen und die Toten. Weint nur.» Und ohne die Augen zu bedecken ließen die Frauen ihren Tränen freien Lauf.

So fing es an: lachende Kinder, tanzende Männer, weinende Frauen, und dann vermischte es sich. Frauen hörten auf zu weinen und tanzten; Männer setzten sich hin und weinten; Kinder tanzten, Frauen lachten, Kinder weinten, bis schließlich alle und jeder erschöpft und hin- und hergerissen irgendwo auf der Lichtung lagen, erhitzt und nach Luft ringend. In der darauf folgenden Stille tat Baby Suggs, die Heilige, ihnen ihr großes weites Herz auf.

Sie ermahnte sie nicht, ihr Leben in Ordnung zu bringen oder hinzugehen und hinfort nicht mehr zu sündigen. Sie erzählte ihnen nicht, sie seien die Gesegneten der Erde, ihre sanftmütigen Besitzer oder ihre reinherzigen Gottschauenden.

Sie sagte ihnen, daß sie nur der Gnade teilhaftig werden würden, die sie sich vorstellen könnten. Wenn sie sie nicht vor sich sähen, würden sie ihrer nicht teilhaftig werden.

«Hier», sagte sie, «an diesem Ort hier, sind wir Fleisch; Fleisch, das weint und lacht. Fleisch, das barfuß im Gras tanzt. Liebt es. Liebt es nach Kräften. Dort drüben lieben sie euer Fleisch nicht. Sie verachten es. Sie lieben eure Augen nicht; sie würden sie euch am liebsten auskratzen. Genausowenig lieben sie die Haut auf eurem Rücken. Dort drüben peitschen sie sie aus. Und oh, mein Volk, sie lieben deine Hände nicht. Deine Hände benützen sie nur, sie binden, fesseln sie, schlagen sie ab und lassen sie leer. Liebt eure Hände! Liebt sie. Erhebt sie und küßt sie. Berührt andere damit, klatscht in die Hände, streichelt euer Gesicht damit, denn auch das lieben sie nicht. *Ihr* müßt es lieben, *ihr*! Und o nein, sie lieben auch euren Mund nicht. Drüben, da draußen wollen sie sehen, wie er gebändigt wird, und ihn von neuem bändigen. Was ihr mit eurem Mund sagt, wollen sie nicht achten. Was ihr mit ihm herausschreit, hören sie nicht. Was ihr hineinsteckt, um euren Körper zu ernähren, das schnappen sie euch weg und geben euch statt dessen Abfälle. Nein, euren Mund lieben sie nicht. *Ihr* müßt ihn lieben. Über das Fleisch rede ich hier. Fleisch, das geliebt werden muß. Füße, die ausruhen und tanzen müssen. Rücken, die Unterstützung brauchen; Schultern, die Arme brauchen, und zwar starke Arme, das sage ich euch. Und oh, mein Volk, dort draußen, hört mich, mögen sie auch euren Hals nicht ohne Schlinge und nicht aufrecht. Liebt also euren Hals; legt eine Hand darauf, erweist ihm Gunst, streichelt ihn und haltet ihn hoch. Und all eure Organe, die sie am liebsten den Schweinen vorwerfen würden, ihr müßt sie lieben. Die dunkle, dunkle Leber – liebt sie, liebt sie, und das schlagende, schlagende Herz, liebt auch das. Mehr als die Augen oder die Füße. Mehr als die Lungen, die erst noch freie Luft atmen müssen. Mehr als euren Leben tragenden Schoß und eure Leben gebenden Geschlechtsteile, hört mich an, liebt euer Herz. Denn dies ist der Preis.» Dann sagte sie nichts mehr, sondern stand auf und tanzte mit ihrer schiefen Hüfte heraus, was ihr Herz sonst noch zu sagen hatte, während die anderen den Mund auftaten und ihr die Musik dazu machten. Lange Noten, die gehalten wurden, bis die vierstimmige Harmonie vollkommen genug war für ihr innigst geliebtes Fleisch.

Dort wollte Sethe jetzt sein. Zumindest um der Leere zu lauschen, die der lang verklungene Gesang hinterlassen hatte. Höchstens vielleicht, um von der toten Mutter ihres Mannes einen Hinweis zu bekommen, was sie jetzt mit ihrem Schwert und ihrem Schild tun sollte, lieber Herr Jesus, jetzt, neun Jahre nachdem Baby Suggs, die Heilige, sich als Lügnerin entpuppt, ihr großes Herz aus der Pflicht entlassen, sich in der Kammer niedergelegt hatte und nur hin und wieder noch von einem heftigen Verlangen nach Farbe und sonst gar nichts ergriffen wurde.

«Diese weißen Kreaturen haben mir alles genommen, was ich hatte und wovon ich träumte», sagte sie, «und mir noch dazu das Herz gebrochen. Das Unglück der Welt sind die Weißenleute.» Die 124 verschloß sich und fand sich mit der Tücke des Geistes ab. Kein Licht mehr, das die ganze Nacht brannte, keine Nachbarn, die vorbeischauten. Keine leisen Unterhaltungen nach dem Abendessen. Keine barfüßigen Kinder, die unter Aufsicht mit fremder Leute Schuhen spielten. Baby Suggs, die Heilige, glaubte gelogen zu haben. Es gab keine Gnade – weder in der Einbildung noch in der Wirklichkeit – und kein sonnenheller Tanz auf einer Lichtung konnte daran etwas ändern. Ihr Glaube, ihre Liebe, ihre Vorstellungskraft und ihr großes altes Herz begannen zusammenzubrechen, achtundzwanzig Tage nachdem ihre Schwiegertochter angekommen war.

Trotzdem beschloß Sethe, zur Lichtung zu gehen – um Halle Anerkennung zu zollen. Bevor das Licht sich veränderte, solange es noch der gesegnete grüne Ort war, an den sie sich erinnerte: feucht vom Dampf der Pflanzen und vom Zerfall der Beeren.

Sie legte sich ein Tuch um und befahl Denver und Menschenkind, das gleiche zu tun. Alle drei machten sich eines späten Sonntagmorgens auf, Sethe voran, die Mädchen hinterher, und keine Seele weit und breit.

Als sie an den Waldrand kamen, fand sie den Pfad, der hineinführte, im Nu, denn inzwischen wurden dort regelmäßig Großstadterweckungen abgehalten mit allem Drum und Dran wie Tischen voller Essen, Banjos und einem Zelt. Der alte Pfad war jetzt ein ausgefahrener Weg, wenngleich noch immer torbogenförmig von Bäumen überhangen, von denen die Kastanien ins Gras darunter fielen.

Sie hätte nichts anderes tun können als das, was sie getan hatte, aber trotzdem gab Sethe sich die Schuld an Baby Suggs' Zusammenbruch. Wie oft Baby Suggs auch widersprach, Sethe wußte, daß das Leid in der 124 Einzug gehalten hatte, als sie vom Wagen gesprungen war, vor der Brust ihr Neugeborenes, gewickelt in die Unterwäsche eines Weißenmädchens, das auf der Suche nach Boston war.

Während ihr die beiden Mädchen durch einen leuchtendgrünen Korridor aus Eichen und Roßkastanien folgten, begann Sethe eine Hitze auszuschwitzen, die jener anderen damals glich, als sie schlammbedeckt am Ufer des Ohio aufgewacht war.

Amy war fort. Sethe war allein und schwach, aber sie lebte, und ihr Baby auch. Sie wanderte ein Stück flußabwärts und blieb dann stehen, um auf das schimmernde Wasser zu schauen. Allmählich glitt ein Lastkahn in ihr Blickfeld, aber sie konnte nicht erkennen, ob die Gestalten darauf Weißenleute waren oder nicht. Sie begann an einem Fieber zu schwitzen, für das sie Gott dankte, da es zumindest ihr Baby warm halten würde. Als der Kahn nicht mehr zu sehen war, stolperte sie weiter und befand sich plötzlich in der Nähe von drei angelnden Farbigen – zwei Jungen und einem älteren Mann. Sie blieb stehen und wartete darauf, angesprochen zu werden. Einer der Jungen deutete auf sie, und der Mann warf ihr einen Blick über die Schulter zu – nur flüchtig, denn alles, was er über sie wissen mußte, sah er sofort.

Eine Weile lang sagte keiner etwas. Dann sagte der Mann: «Auf dem Weg nach drüben?»

«Ja, Sir», sagte Sethe.

«Weiß jemand, daß du kommst?»

«Ja, Sir.»

Er warf ihr noch einen Blick zu und nickte zu einem Felsen hinüber, der wie eine Unterlippe aus dem Boden hinter ihm hervorwuchs. Sethe ging hin und setzte sich. Der Fels hatte die Strahlen der Sonne in sich aufgesogen, war aber dennoch nicht annähernd so erhitzt wie sie. Zu müde, um sich zu rühren, blieb sie dort sitzen, obwohl die Sonne in ihren Augen sie schwindelig machte. Schweiß überströmte sie und durchnäßte das Baby. Sie mußte wohl im Sitzen eingeschlafen sein, denn als sie die Augen wieder aufmachte, stand der Mann vor ihr, ein rauchendheißes Stück gebratenen Aals in den Händen. Es war eine Anstrengung, danach zu greifen, eine noch größere, daran zu riechen, und unmöglich, ihn zu essen. Sie bat den Mann um Wasser, und er gab ihr ein wenig Ohio-Wasser in einem Glas. Sethe trank es aus und bat um mehr. Wieder war das Geläut in ihrem Kopf, aber sie weigerte sich zu glauben, daß sie den ganzen weiten Weg gekommen war und all das erduldet hatte, um jetzt auf der falschen Flußseite sterben zu müssen.

Der Mann betrachtete ihr schweißüberströmtes Gesicht und rief einen der Jungen herüber.

«Zieh deine Jacke aus», befahl er ihm.

«Sir?»

«Du hast gehört, was ich gesagt hab.»

Der Junge schlüpfte aus seiner Jacke und jammerte: «Was woll'n Sie denn damit? Und was soll ich anziehen?»

Der Mann band das Baby von ihrer Brust und wickelte es in die Jacke des Jungen, deren Ärmel er vorn zusammenknotete.

«Und was soll ich anziehn?»

Der alte Mann seufzte, und nach einer Pause sagte er: «Wenn du sie zurückwillst, dann geh und nimm sie dem Neugeborenen weg. Leg es nackt ins Gras und zieh deine Jacke wieder an. Und wenn du das schaffst, dann geh nur, und zwar recht weit fort, und komm nie mehr zurück.»

Der Junge schlug die Augen nieder und gesellte sich dann wieder zu dem anderen Jungen. Den Aal in der Hand, das Baby zu ihren Füßen, döste Sethe, verschwitzt und mit trokkenem Mund. Der Abend kam, und der Mann faßte sie an der Schulter.

Anders, als sie angenommen hatte, stakten sie flußaufwärts, weit fort von dem Ruderboot, das Amy gefunden hatte. Als sie schon dachte, er wolle sie zurück nach Kentucky bringen, wendete er den Kahn und querte den Ohio wie ein Pfeil. Auf der anderen Seite half er ihr das steile Ufer hinauf, während der Junge ohne Jacke das Baby trug, das die Jacke jetzt anhatte. Der Mann führte sie zu einem mit Ästen bedeckten Verschlag mit gestampftem Lehmboden.

«Warte hier. Gleich wird jemand herkommen. Geh nicht fort. Die finden dich schon.»

«Danke», sagte sie. «Ich wüßt gern Ihren Namen, damit ich mich richtig an Sie erinnern kann.»

«Stamp heiß ich», sagte er. «Stamp Paid. Paß auf dein Baby auf, hörst du?»

«Ja, ja», sagte sie, aber sie hörte nichts. Stunden später stand eine Frau direkt vor ihr, noch bevor sie irgend etwas gehört hatte. Eine untersetzte junge Frau mit einem Jutesack in der Hand begrüßte sie.

«Hab das Zeichen schon vor einer Weile gesehen», sagte sie. «Konnt aber nicht schneller herkommen.»

«Was für ein Zeichen?» fragte Sethe.

«Stamp läßt immer den alten Schweinestall offen, wenn

er wen rübergebracht hat. Knüpft 'nen weißen Fetzen an den Pfahl, wenn ein Kind dabei ist.»

Sie kniete nieder und leerte den Sack aus. «Ich heiß Ella», sagte sie und nahm dabei eine Wolldecke, ein Baumwolltuch, zwei gebackene Süßkartoffeln und ein Paar Männerschuhe aus dem Sack. «John, mein Mann, ist da drüben, ein Stück weiter. Wo willst du hin?»

Sethe erzählte ihr von Baby Suggs, zu der sie ihre drei Kinder geschickt hatte.

Ella wickelte einen Stoffstreifen fest um den Nabel des Babys, während sie auf die Lücken horchte – auf das, was die Flüchtlinge nicht sagten; die Fragen, die sie nicht stellten. Horchte auch auf die ungenannten, unerwähnten Menschen, die zurückgeblieben waren. Sie schüttelte Kies aus den Männerschuhen und versuchte, Sethes Füße hineinzuzwängen. Es ging nicht. Voller Bedauern schlitzten sie die Schuhe bis zur Ferse auf, ganz traurig darüber, solch eine Kostbarkeit kaputtmachen zu müssen. Sethe zog die Jacke des Jungen an und wagte nicht zu fragen, ob es Nachricht von den Kindern gebe.

«Sie haben's geschafft», sagte Ella. «Stamp hat ein paar von denen übergesetzt. Hat sie in die Bluestone Road gebracht. Ist nicht allzuweit.»

Sethe wußte nicht wohin vor Dankbarkeit, deshalb schälte sie eine Kartoffel, aß, erbrach sie und aß noch mehr zur stillen Feier des Ereignisses.

«Die werden froh sein, dich zu sehen», sagte Ella. «Wann ist das hier geboren?»

«Gestern», sagte Sethe und wischte sich den Schweiß unterm Kinn ab. «Ich hoff, sie kommt durch.»

Ella sah das winzige schmutzige Gesicht an, das aus der Wolldecke schaute, und schüttelte den Kopf. «Schwer zu sagen», sagte sie. «Wenn man mich fragt, würd ich sagen: ‹Lieb nie was zu sehr.›» Dann lächelte sie Sethe an, wie um ihre Aussage zu entschärfen. «Hast du das Kind da allein zur Welt gebracht?»

«Nein. Ein Weißenmädchen hat geholfen.»
«Dann sehen wir lieber zu, daß wir weiterkommen.»

Baby Suggs küßte sie auf den Mund und weigerte sich, sie zu den Kindern zu lassen. Sie schliefen schon, sagte sie, und Sethe sähe zu schlimm aus, um sie mitten in der Nacht zu wecken. Sie nahm das Neugeborene, gab es einer jungen Frau mit Haube und wies sie an, ihm die Augen erst sauberzumachen, wenn sie den Urin der Mutter hätte.

«Hat es schon geschrien?» fragte Baby.
«Ein wenig.»
«Hat noch Zeit. Laß uns erst mal die Mutter gesund kriegen.»

Sie führte Sethe in die Kammer und wusch sie dort beim Licht einer Spirituslampe Stück für Stück vom Gesicht abwärts. Während sie wartete, bis der nächste Topf Wasser heiß war, setzte sie sich neben sie und nähte etwas aus grauem Baumwollstoff. Sethe döste vor sich hin und wachte wieder auf, als ihre Hände und Arme gewaschen wurden. Nach jeder Waschung deckte Baby sie mit einer Steppdecke zu und setzte in der Küche einen neuen Topf Wasser auf. Sie zerriß Laken, nähte das graue Baumwollzeug, beaufsichtigte die Frau mit der Haube, die das Baby versorgte und über den Kochtöpfen Tränen vergoß. Als Sethes Beine gewaschen waren, schaute Baby ihre Füße an und wischte sie nur ganz leicht ab. Sie säuberte Sethe zwischen den Beinen mit zwei getrennten Töpfen heißen Wassers und verband ihr dann den Bauch und die Scheide mit Laken. Zuletzt machte sie sich an die kaum als solche zu erkennenden Füße.

«Spürst du das?»
«Was denn?» fragte Sethe.
«Nichts. Zieh dich hoch.» Sie half Sethe in einen Schaukelstuhl und steckte ihre Füße in einen Eimer mit Salzwasser und Wacholder. Den Rest der Nacht saß Sethe da und badete ihre Füße. Die Kruste an ihren Brustwarzen weichte Baby mit Schmalz auf und wusch sie dann ab. Gegen Mor-

gen wachte das stumme Baby auf und nahm die Brust seiner Mutter an.

«Hilf Gott, daß sie nicht schlecht geworden ist», sagte Baby. «Und wenn du fertig bist, ruf mich.» Als sie sich zum Gehen wandte, fiel Baby Suggs' Blick auf etwas Dunkles auf dem Laken. Stirnrunzelnd schaute sie ihre Schwiegertochter an, die sich über das Baby beugte. Rosen von Blut blühten auf dem Tuch, das Sethes Schultern bedeckte. Baby Suggs hielt die Hand vor den Mund. Als Sethe mit dem Stillen fertig war und das Neugeborene schlief – mit halboffenen Augen, im Traum noch mit der Zunge saugend –, rieb die ältere Frau wortlos den blühenden Rücken mit Fett ein und heftete noch eine doppelte Lage Stoff in das neu genähte Kleid.

Es war noch nicht Wirklichkeit. Noch nicht. Aber als ihre verschlafenen Jungen und ihr (schon krabbelndes?) Mädchen hereingebracht wurden, spielte es keine Rolle mehr, ob es Wirklichkeit war oder nicht. Sethe lag unter, hinter, über, zwischen, vor allem aber mit ihnen allen im Bett. Die Kleine sabberte ihr klare Spucke ins Gesicht, und Sethes entzücktes Lachen war so laut, daß das Kind verwundert blinzelte. Buglar und Howard spielten mit Sethes häßlichen Füßen, nachdem sie sich gegenseitig angestachelt hatten, sie als erster zu berühren. Sie küßte sie wieder und wieder. Sie küßte sie auf den Nacken, auf den Kopf und mitten auf ihre Händchen, und dann entschieden die Jungen, genug sei genug, als sie ihre Hemden lüftete, um sie auf ihre festen runden Bäuchlein zu küssen. Sie hörte auf, als und weil sie sagten: «Kommt Papi?»

Sie weinte nicht. Sie sagte: «Bald» und lächelte, damit sie dachten, der Glanz in ihren Augen sei nur Liebe. Es dauerte einige Zeit, bis Sethe Baby Suggs erlaubte, die Jungen zu verscheuchen, damit sie das graue Baumwollkleid anziehen konnte, das zusammenzunähen ihre Schwiegermutter in der Nacht zuvor begonnen hatte. Schließlich legte sie sich zurück und wiegte das (schon krabbelnde?) Mädchen in den Armen. Sie ergriff mit zwei Fingern ihrer rechten Hand ihre linke Brustwarze, und das Kind machte den Mund auf. Sie fanden einander.

Baby Suggs kam herein und lachte über sie und erzählte Sethe, wie kräftig die Kleine sei, wie gescheit, und daß sie schon krabbele. Dann bückte sie sich, um das Knäuel von Lumpen, das einmal Sethes Kleidung gewesen war, aufzusammeln.

«Lohnt sich wohl kaum, da was aufzubewahren», sagte sie.

Sethe sah auf. «Warte», rief sie. «Schau mal nach, ob noch was in den Unterrock geknotet ist.»

Baby Suggs ließ den schmutzigen und zerrissenen Stoff Stückchen für Stückchen durch die Finger gleiten und stieß auf etwas, das sich anfühlte wie Kieselsteine. Sie hielt sie Sethe hin. «Abschiedsgeschenk?»

«Hochzeitsgeschenk.»

«Wär schön, wenn's auch einen Bräutigam dazu gäbe.» Sie betrachtete ihre Handfläche. «Was glaubst du ist mit ihm passiert?»

«Ich weiß nicht», sagte Sethe. «Er war nicht da, wo ich ihn treffen sollte. Ich mußte weg. Mußte einfach weg.» Sethe betrachtete einen Augenblick lang die schläfrigen Augen des saugenden Mädchens und sah dann Baby Suggs ins Gesicht. «Er wird's schaffen. Wenn ich's geschafft hab, schafft Halle es bestimmt.»

«Dann mach die hier dran. Vielleicht leuchten sie ihm her.» In der Überzeugung, daß ihr Sohn tot sei, gab sie Sethe die Steine.

«Ich brauch erst noch Löcher in den Ohrläppchen.»

«Ich stech dir welche», sagte Baby Suggs. «Sobald's dir gut genug geht.»

Sethe klimperte mit den Ohrringen, zum Vergnügen des (schon krabbelnden?) Mädchens, das wieder und wieder die Händchen danach ausstreckte.

Auf der Lichtung fand Sethe Babys alten Predigtstein und erinnerte sich an den Geruch von Blättern, die in der Sonne dünsteten, an das donnernde Fußgetrampel und das Geschrei, das die runden Kastanien aus den Schalen platzen ließ. Wenn Baby Suggs' Herz sich aufschwang, ließen die Leute sich gehen.

Sethe hatte achtundzwanzig Tage – einen ganzen Mondzyklus – unversklavten Lebens genossen. Von dem reinen klaren Strom von Speichel, den die Kleine ihr ins Gesicht sabberte, bis zu ihrem öligen Blut waren es achtundzwanzig Tage. Tage der Heilung, der Entspannung und richtiger Gespräche. Tage der Gesellschaft: Sie lernte die Namen von vierzig, fünfzig anderen Negern kennen, ihre Ansichten, Gewohnheiten, erfuhr, wo sie gewesen waren und was sie getan hatten. Tage, in denen sie die Freuden und die Leiden dieser Menschen mitempfand, zusätzlich zu ihren eigenen, was ihr Erleichterung verschaffte. Eine Frau brachte ihr das Alphabet bei, eine andere einen Zierstich. Alle brachten ihr bei, wie es sich anfühlt, wenn man bei Tagesanbruch aufwacht und *selbst* entscheidet, was man mit dem Tag anfangen will. So überstand sie das Warten auf Halle. Nach und nach hatte sie in der 124 und auf der Lichtung zusammen mit den anderen Anspruch auf sich selbst erhoben. Sich zu befreien war eine Sache; von diesem befreiten Selbst Besitz zu ergreifen eine andere.

Jetzt saß sie auf Baby Suggs' Stein, und Denver und Menschenkind schauten ihr aus den Bäumen heraus zu. Nie wird der Tag kommen, dachte sie, an dem Halle an die Tür klopft. Das nicht zu wissen war schwer gewesen; es zu wissen war noch schwerer.

Nur die Finger, dachte sie. Laß mich nur deine Finger noch einmal im Nacken spüren, und dann laß ich alles fahren und such mir einen Ausweg aus der Ausweglosigkeit. Sethe beugte den Nacken, und tatsächlich, da waren sie. Leichter jetzt, kaum merklicher als das Streicheln von Vogelfedern, aber unverkennbar zärtlich streichelnde Finger.

Sie mußte sich ein wenig entspannen, um sie ihre Arbeit tun lassen zu können, so leicht war die Berührung, kindlich fast, mehr Fingerküsse als ein Kneten. Und doch war sie dankbar für die Mühe; Baby Suggs' Liebe aus der Ferne war jeglicher hautnahen Liebe, die sie erfahren hatte, ebenbürtig. Die Bereitschaft allein – von der Geste ganz zu schweigen –, ihre Bedürfnisse zu befriedigen, tat ihr gut genug, um ihre Lebensgeister so weit zu beflügeln, daß sie den nächsten Schritt tun konnte: um ein klärendes Wort bitten; um einen Rat, wie man mit einem Hirn umgehen sollte, das nach Neuigkeiten gierte, mit denen in einer Welt, die diese Neuigkeiten nur allzugern lieferte, kein Mensch leben konnte.

Sie wußte, daß Paul D ihrem Leben etwas hinzufügte – etwas, worauf sie sich gern verlassen hätte, aber davor, das zu tun, fürchtete sie sich. Jetzt hatte er noch etwas hinzugefügt: neue Bilder und alte Erinnerungen, die ihr das Herz brachen. In dem leeren Raum des Nichtwissens um Halle – einem Raum, den manchmal selbstgerechter Ärger über das, was möglicherweise seine Feigheit, seine Dummheit oder sein Pech war, erfüllte – in diesem leeren Raum ohne eindeutige Nachricht wohnte nun ein brandneuer Schmerz, und wer wußte schon, wieviel Schmerz noch auf sie wartete. Vor Jahren – als in der 124 noch Leben gewesen war – hatte sie Freundinnen und Freunde ringsumher gehabt, mit denen sie ihren Kummer teilen konnte. Aber seither war keiner mehr da, denn sie wollten sie nicht besuchen, solange der Geist des Babys das Haus erfüllte, und sie erwiderte ihre Mißbilligung mit dem übermächtigen Stolz der schlecht Behandelten. Doch jetzt war da jemand, mit dem man den Kummer teilen konnte; er hatte noch am Tag seiner Ankunft den Geist vertrieben, und seitdem hatte der sich nicht mehr gemeldet. Ein Segen, aber statt dessen hatte er eine andere Art von Geist mitgebracht: Halles Gesicht, mit Butter beschmiert und auch mit Molke; seinen eigenen Mund, in den das Eisen gerammt war; und Gott weiß, was er ihr noch alles erzählen konnte, wenn er wollte.

Die Finger, die ihren Nacken berührten, waren jetzt stärker – das Streicheln beherzter, als sammle Baby Suggs Kräfte: die Daumen in der Mitte, während die Finger an den Seiten drückten. Kräftiger und kräftiger arbeiteten sich die Finger in kleinen Kreisen langsam nach vorn auf ihre Luftröhre zu. Sethe war eigentlich eher überrascht als erschrocken, als sie merkte, daß sie gewürgt wurde. Zumindest kam es ihr so vor. Jedenfalls hatten Baby Suggs' Finger sie so im Griff, daß sie nicht mehr atmen konnte. Sie taumelte von ihrem Platz auf dem Stein, stürzte und zerrte an den nicht vorhandenen Händen. Als Denver und dann auch Menschenkind bei ihr waren, schlug sie wild mit den Beinen um sich.

«Ma'am! Ma'am!» schrie Denver. «Mami!» und drehte ihre Mutter auf den Rücken.

Die Finger ließen von ihr ab, und Sethe mußte in ungeheuren Zügen Luft holen, bis sie das Gesicht ihrer Tochter neben dem ihren und das von Menschenkind über sich erkannte.

«Ist's wieder gut?»

«Jemand hat mich gewürgt», sagte Sethe.

«Wer?»

Sethe rieb sich den Hals und setzte sich mühsam auf. «Grandma Baby, nehm ich an. Ich hab sie bloß gebeten, mir den Nacken zu massieren, so wie früher, und sie hat es schön gemacht, und dann ist es einfach mit ihr durchgegangen, glaub ich.»

«Das würde sie dir nicht antun, Ma'am. Grandma Baby? Ä-ä.»

«Hilf mir hoch.»

«Schau mal.» Menschenkind deutete auf Sethes Hals.

«Was ist denn? Was siehst du da?» fragte Sethe.

«Blaue Flecken», sagte Denver.

«An meinem Hals?»

«Hier», sagte Menschenkind. «Hier und hier auch.» Sie streckte die Hand aus und berührte die Flecken, die jetzt eine noch dunklere Farbe als Sethes dunkler Hals annahmen, und ihre Finger waren sehr, sehr kühl.

«Das nützt doch nichts», sagte Denver, aber Menschenkind beugte sich vor und strich mit beiden Händen über die feuchte Haut, die sich wie Sämischleder anfühlte und wie Taft aussah.

Sethe stöhnte. Die Finger des Mädchens waren so kühl und erfahren. Sethes verwickeltes, einsames, einem Wandel über das Wasser gleichendes Leben wurde ein wenig nachgiebiger, weicher, und der kurze Glücksmoment, den sie auf der Straße zum Jahrmarkt angesichts der Hand in Hand gehenden Schatten erlebt hatte, schien ganz nahe zu rücken – wenn sie bloß mit den Neuigkeiten, die Paul D gebracht, und denen, die er für sich behalten hatte, fertig werden könnte. Bloß damit fertig würde. Und nicht jedesmal, wenn so ein abscheuliches Bild vor ihr inneres Auge trat, zusammenbräche, hinfiele oder weinte. Sich nicht so eine dauerhafte Macke zulegte wie Baby Suggs' Freundin, jene junge Frau mit Haube, deren Essen voller Tränen war. Wie Tante Phyllis, die mit weit offenen Augen schlief. Wie Jackson Till, der unter dem Bett schlief. Sie wollte doch bloß weitermachen. So wie bisher. Allein mit ihrer Tochter in einem Haus, in dem es spukte, war sie doch verdammt noch mal mit allem fertig geworden. Warum brach sie dann jetzt, wo Paul D an die Stelle des Geistes getreten war, zusammen, bekam Angst, brauchte Baby? Das Schlimmste war doch vorbei, oder? Sie hatte es doch hinter sich, oder? Als noch der Geist in der 124 waltete, hatte sie alles ertragen, tun, lösen können. Jetzt bloß ein Hinweis darauf, was Halle zugestoßen war, und schon drehte sie durch wie ein Karnickel, das seine Mutter sucht.

Menschenkinds Finger waren himmlisch. Dank ihrer und des jetzt wieder ruhigen Atems fielen die Sorgen von ihr ab. Der Frieden, den zu finden Sethe hergekommen war, breitete sich in ihr aus.

Wir müssen ja einen Anblick bieten, dachte sie und schloß

die Augen, um es sich vorzustellen: die drei Frauen mitten auf der Lichtung am Fuß des Steins, auf dem Baby Suggs, die Heilige, ihre Liebe verströmt hatte. Die eine sitzend, ihre Kehle den liebevollen Händen einer der beiden anderen ausgeliefert, die vor ihr knieten.

Denver betrachtete die Gesichter der beiden. Menschenkind betrachtete die Arbeit, die ihre Daumen verrichteten, und fand den Anblick wohl schön, denn sie beugte sich vor und küßte die empfindliche Stelle unter Sethes Kinn.

So verharrten sie eine Weile, da weder Denver noch Sethe wußten, wie sie hätten anders können: Wie sich dem Anblick oder Gefühl dieser küssenden Lippen entziehen, anstatt sie zu genießen? Schließlich griff Sethe Menschenkind ins Haar, blinzelte heftig und löste sich von ihr. Später glaubte sie, sie habe nur deswegen ernst und stirnrunzelnd zu ihr gesagt: «Dafür bist du zu alt», weil der Atem des Mädchens genau wie frisch eingeschossene Milch gerochen hatte.

Sie schaute Denver an, und da sie in ihr eine Panik sah, die im Begriff stand, auszubrechen, erhob sie sich rasch und zerstörte das malerische Bild.

«Kommt, steht auf! Los!» Sethe winkte die Mädchen auf die Beine. Sie verließen die Lichtung fast genauso, wie sie sie betreten hatten: Sethe vorneweg, die Mädchen ein gutes Stück hinterher. Alle schweigend wie zuvor, doch mit einem Unterschied: Sethe war beunruhigt, nicht wegen des Kusses, sondern weil die geliebten Finger, die sie gestreichelt hatten, bevor sie sie würgten, sie kurz zuvor – als sie sich unter Menschenkinds schmerzlindernder Massage so wohl gefühlt hatte – weil diese Finger sie da an etwas erinnert hatten, das ihr jetzt wieder entgleiten wollte. Nur eines war sicher. Nicht Baby Suggs hatte sie gewürgt, wie sie zunächst gedacht hatte. Denver hatte recht, und während sie jetzt mit klarerem Kopf im dämmrigen Licht unter den Bäumen dahinging – fort vom Zauberbann der Lichtung –, erinnerte Sethe sich an die Berührung jener Finger, die sie besser als ihre eigenen kannte. Sie hatten sie Stück für Stück gewaschen, ihr den Schoß verbunden, ihr die Haare gekämmt, ihr die Brustwarzen eingeölt, ihr Kleider genäht, ihr die Füße gesäubert, ihr den Rücken eingefettet und alles stehen- und liegengelassen, um Sethe den Nacken zu massieren, wenn ihr, besonders in den frühen Tagen, der Mut sank unter der Last der Dinge, an die sie sich erinnerte oder nicht erinnerte: der Schullehrer, der mit der von ihr selbst hergestellten Tinte schrieb, während seine Neffen an ihr herumspielten; das Gesicht der Frau mit dem Filzhut, die sich im Feld aufrichtete, um sich zu strecken. Selbst wenn alle Hände der Welt auf ihr gelegen hätten, würde sie Baby Suggs' Hände herausgekannt haben, genau wie die guten Hände des Weißenmädchens, das nach Samt suchte. Aber achtzehn Jahre lang hatte sie in einem Haus gelebt, in dem es von Berührungen aus dem Jenseits nur so wimmelte. Und die Daumen, die sich in ihren Nacken gepreßt hatten, glichen ihnen. Vielleicht war er dorthin gegangen. Nachdem Paul D ihn aus der 124 vertrieben hatte, mochte er sich auf der Lichtung wieder aufgerappelt haben. Wäre erklärlich, dachte sie.

Warum sie Denver und Menschenkind mitgenommen hatte, darüber rätselte sie jetzt nicht mehr – im ersten Augenblick schien es eine Eingebung gewesen zu sein, verbunden mit dem unbestimmten Wunsch, beschützt zu werden. Und die Mädchen hatten sie tatsächlich gerettet; Menschenkind war dabei so aufgewühlt gewesen, daß sie sich wie eine Zweijährige benommen hatte.

Wie ein schwacher Brandgeruch, der verschwindet, wenn man das Feuer erstickt oder das Fenster öffnet, um Luft hereinzulassen, verflüchtigte sich jetzt ihr Verdacht, daß die Berührung des Mädchens ebenfalls der des Babygeistes glich. Er hatte sie ohnehin nur ein kleines bißchen beunruhigt – nicht genug, um sie von dem Verlangen abzulenken, das sie jetzt in sich aufsteigen fühlte: sie wollte Paul D. Egal, was er erzählte und was er wußte, sie wollte, daß er ihr Leben teilte. Nicht so sehr um Halle ein ehrenvolles Andenken zu bewahren war sie auf die Lichtung gekommen, sondern um sich darüber klarzuwerden, und jetzt war es ihr klar. Vertrauen und Erinnerung, ja, so wie es möglich zu sein schien, als er sie vor dem Herd in den Armen gewiegt hatte. Sein Gewicht und seine Kantigkeit; sein richtiger Bart; der gewölbte Rücken, die feinfühligen Hände. Sein abwartender Blick und seine wunderbaren menschlichen Qualitäten. Seine Gedanken, die die ihren kannten. Ihre Geschichte war erträglich, weil sie auch die seine war – man konnte sie erzählen, Einzelheiten hinzufügen und erneut erzählen. Die Dinge, die keiner vom anderen wußte – für die keiner von ihnen Worte hatte –, auch die würden noch kommen, wenn es an der Zeit war: wo sie ihn hingeführt hatten, als er am Eisen lutschte; wie vollendet ihre (schon krabbelnde?) Kleine gestorben war.

Sie wollte wieder zu Hause sein – und zwar schnell. Diesen Faulstricken von Mädchen eine Arbeit geben, die ihre Gedanken vom Herumschweifen abhielte. Während sie durch den grünen Korridor eilte, in dem es jetzt kühler wurde, weil die Sonne weitergezogen war, fuhr es ihr durch den Sinn, daß die beiden sich wie Schwestern glichen: Beide waren gehorsam und vollkommen zuverlässig, und dennoch steckten sie voller Überraschungen. Sethe verstand Denver. Die Einsamkeit hatte sie verschlossen gemacht – selbstgenügsam. Jahrelange Nachstellungen durch den Geist hatten sie auf geradezu unvorstellbare Weise abstumpfen und auf ebenso unvorstellbare Weise feinfühlig werden lassen. Die Folge war eine schüchterne, aber zähe Tochter, zu deren Schutz Sethe durchs Feuer gegangen wäre. Über die andere, Menschenkind, wußte sie weniger, rein gar nichts – ausgenommen, daß sie für Sethe alles getan hätte und daß Denver und sie gern zusammen waren. Jetzt glaubte sie zu wissen warum. Sie verschwendeten oder hegten ihre Gefühle in harmonischem Gleichklang. Was die eine zu geben hatte, nahm die andere freudig an. Sie waren in den Bäumen rings um die Lichtung zurückgeblieben und dann mit Geschrei und Küssen in die Mitte geeilt, als Sethe am Ersticken war – jedenfalls erklärte Sethe sich das so, denn ihr waren weder Rivalität noch Herrschsucht zwischen den beiden aufgefallen. In Gedanken beschäftigte sie sich nun mit dem Abendessen, das sie Paul D kochen wollte: ein aufwendiges Gericht, das sie nach allen Regeln der Kunst zubereiten würde – zum Beginn ihres neueren, gesicherteren Lebens mit einem liebevollen Mann. Winzige, auf allen Seiten angebratene und stark gepfefferte Kartöffelchen; Brechbohnen mit Speckschwarte gewürzt; gelben Kürbis mit Essig und Zucker darauf. Vielleicht frischen Mais, direkt vom Kolben, in grünen Zwiebeln und Butter angebraten. Vielleicht sogar ein Hefeteigbrot.

In Gedanken suchte sie schon die Küche ab, bevor sie überhaupt hinkam, und war so beschäftigt mit ihrem Opfermahl, daß sie den hölzernen Badezuber unter der weißen Treppe und Paul D darin zunächst gar nicht bemerkte. Sie lächelte ihn an, und er lächelte zurück.

«Der Sommer scheint vorbei zu sein», sagte sie.

«Komm mit hier rein.»

«Ä-ä. Die Mädchen kommen gleich.»

«Ich hör niemand.»

«Ich muß kochen, Paul D.»

«Ich auch.» Er stand auf und hielt sie fest, indem er sie in die Arme schloß. Ihr Kleid saugte das Wasser von seinem Körper auf. Seine Wange lag dicht an ihrem Ohr. Ihr Kinn berührte seine Schulter.

«Was willst du denn kochen?»

«Ich dachte an Brechbohnen.»

«Hm, ja.»

«Bißchen gebratenen Mais dazu?»

«Mhm.»

Es stand außer Frage, daß sie es konnte. Genau wie an dem Tag, als sie in der 124 angekommen war – aber ja, sie hatte genügend Milch für alle.

Menschenkind kam zur Tür herein, und eigentlich hätten sie ihre Schritte hören müssen, aber sie taten es nicht.

Schnaufen und wispern, schnaufen und wispern. Menschenkind hörte sie, sobald die Tür hinter ihr ins Schloß gefallen war. Bei dem Knall fuhr sie zusammen, und dann wandte sie den Kopf in Richtung des Geflüsters, das hinter der weißen Treppe hervorkam. Sie machte einen Schritt vorwärts und hätte am liebsten losgeheult. Sie war ihr so nahe gewesen, und jetzt war sie ihr noch näher. Und das war so viel schöner als der Ärger, der sie überkam, wenn Sethe etwas dachte oder tat, das sie ausschloß. Sie konnte die Stunden ertragen – neun oder zehn jeden Tag, mit Ausnahme von einem –, in denen Sethe fort war. Und sogar die Nächte, wenn sie in der Nähe, aber außer Sichtweite war, wenn sie hinter Wänden und Türen neben ihm lag. Aber jetzt – jetzt wurde sogar die Zeit untertags, mit der Menschenkind fest gerechnet, mit der zufriedenzugeben sie sich gezwungen hatte, eingeschränkt und beschnitten durch Sethes Bereitschaft, anderen Dingen Aufmerksamkeit zu schenken. Ihm zumeist. Ihm, der etwas zu ihr sagte, das sie veranlaßte, hinaus in den Wald zu laufen und auf einem Stein Selbstgespräche zu führen. Ihm, der sie nachts hinter Türen versteckt hielt. Und ihm, der sie jetzt hinter der Treppe festhielt und mit ihr flüsterte, nachdem Menschenkind ihr den Hals gerettet hatte und bereit war, ihr Schicksal mit dem dieser Frau zu verbinden.

Menschenkind drehte sich um und ging hinaus. Denver war noch nicht da; vielleicht wartete sie auch irgendwo draußen. Menschenkind ging nachschauen und hielt inne, um einen Kardinalsvogel zu beobachten, der von Ästchen zu Zweigchen hüpfte. Sie verfolgte den blutroten Farbfleck, der sich in den Blättern bewegte, bis sie ihn aus den Augen verlor, und selbst dann noch ging sie rückwärts weiter, begierig nach einem weiteren Blick.

Schließlich wandte sie sich um und rannte durch den Wald zum Fluß. Dicht am Rand stehend, betrachtete sie darin ihr Spiegelbild. Als Denvers Gesicht neben dem ihren auftauchte, starrten sie einander im Wasser an.

«Du warst's, ich hab dich gesehen», sagte Denver.

«Was?»

«Ich hab dein Gesicht gesehen. Du hast sie gewürgt.»

«Hab ich nicht.»

«Du hast mir erzählt, du liebst sie.»

«Ich hab sie wieder in Ordnung gebracht, oder? Hab ich ihren Hals nicht wieder in Ordnung gebracht?»

«Danach. Nachdem du ihn ihr zugedrückt hattest.»

«Ich hab ihn geküßt. Ich hab ihn nicht zugedrückt. Der Ring aus Eisen war's.»

«Ich hab dich gesehen.» Denver packte Menschenkind am Arm.

«Paß auf, Mädchen», sagte Menschenkind, riß sich los und lief voraus, so schnell sie konnte, immer am Fluß entlang, der jenseits des Waldes rauschte.

Allein gelassen fragte Denver sich, ob sie sich wirklich getäuscht haben konnte. Sie und Menschenkind hatten flüsternd unter den Bäumen gestanden, während Sethe auf dem Stein saß. Denver wußte, daß die Lichtung der Ort war, an dem Baby Suggs gepredigt hatte, aber damals war sie noch ein Baby gewesen. Sie konnte sich nicht daran erinnern, selbst dabeigewesen zu sein. Die 124 und das Feld dahinter waren alles, was sie von der Welt kannte und wollte.

Früher einmal hatte sie mehr gekannt und gewollt. War den Weg entlanggegangen, der zu einem anderen richtigen Haus führte. Hatte lauschend vor dem Fenster gestanden. Viermal hatte sie es getan, aus eigenem Antrieb – sich aus der 124 fortgeschlichen, am frühen Nachmittag, wenn ihre Mutter und Großmutter nicht so wachsam waren, oder kurz vor dem Abendessen, nach Erledigung ihrer Pflichten im Haus; in der müßigen Stunde, bevor alle sich auf den langsameren Ablauf der abendlichen Beschäftigungen einstellten. Da war Denver losgelaufen und hatte das Haus gesucht, zu dem andere Kinder gingen, aber nicht sie. Als sie es fand, war sie zu schüchtern, um zur Haustür zu gehen, deshalb spähte sie zum Fenster hinein. Lady Jones saß auf einem Stuhl mit gerader Lehne; mehrere Kinder saßen im Schneidersitz vor ihr auf dem Boden. Lady Jones hatte ein Buch. Die Kinder hatten Tafeln. Lady Jones sagte etwas so leise, daß Denver es nicht verstand. Die Kinder sprachen ihr nach. Viermal ging Denver zuschauen. Beim fünftenmal erwischte Lady Jones sie und sagte: «Komm zur Haustür herein, Miss Denver. Dies ist keine Jahrmarktsbude.»

So genoß sie fast ein ganzes Jahr lang die Gesellschaft von Gleichaltrigen und lernte mit ihnen schreiben und zählen. Sie war sieben, und diese zwei Stunden am Nachmittag waren ihr kostbar. Vor allem, weil sie die Sache ganz allein in Angriff genommen hatte und erfreut und überrascht war über die Freude und Überraschung, die sie damit bei ihrer Mutter und ihren Brüdern hervorrief. Für einen Groschen im Monat tat Lady Jones etwas, was die Weißenleute für unnötig, wenn nicht gar für gesetzwidrig hielten: Sie bevölkerte ihre Stube mit den farbigen Kindern, die Zeit und Interesse fürs Lernen aufbrachten. Das Geldstück, das Denver, in ein Taschentuch geknotet, an ihrem Gürtel festgebunden zu Lady Jones trug; die Mühe, die Kreide sachkundig zu handhaben und den Quietschton zu vermeiden, den sie von sich geben konnte; das große W, das kleine i; die Schönheit der Buchstaben in ihrem Namen; die zutiefst traurigen Sätze aus der Bibel, die Lady Jones als Lesebuch benutzte – all das entzückte sie. Denver übte jeden Morgen, glänzte jeden Nachmittag. Sie war so glücklich, daß sie nicht einmal merkte, wie ihre Klassenkameraden sie schnitten – daß sie sich Entschuldigungen ausdachten und das Tempo wechselten, um nicht zusammen mit ihr gehen zu müssen. Nelson Lord – der Junge, der genauso gescheit war wie sie – war derjenige, der der Sache ein Ende setzte, der ihr die Frage über ihre Mutter stellte, die schließlich die Kreide, das kleine i und alles andere, was jene Nachmittage beinhalteten, auf ewig in unerreichbare Ferne rücken ließ. Sie hätte lachen sollen, als er das sagte, oder ihn fortschubsen, aber in seinem Gesicht oder seinem Ton war keine Bosheit. Nur Neugier. Aber das Etwas, das in ihr hochsprang, als er die Frage stellte, hatte schon die ganze Zeit dort gelegen.

Sie ging nie wieder hin. Als sie den zweiten Tag nicht losging, fragte Sethe sie warum. Denver gab keine Antwort. Sie hatte zu große Angst, ihren Brüdern oder sonst jemandem Nelson Lords Frage zu stellen, weil sich gewisse merkwürdige und erschreckende Gefühle ihrer Mutter gegenüber um das Etwas zu sammeln begannen, das in ihr hochsprang. Später, nachdem Baby Suggs gestorben war, fragte sie sich nicht, warum Howard und Buglar weggelaufen waren. Sie war nicht wie Sethe der Meinung, sie seien wegen des Spuks weggelaufen. Wenn dem so gewesen wäre, warum hatten sie dann so lange dazu gebraucht? Sie hatten genau so lange damit gelebt wie sie. Aber wenn Nelson Lord recht hatte – dann nahm es nicht wunder, daß sie so mürrisch waren und so oft wie möglich von zu Hause fortblieben.

In der Zwischenzeit fanden Denvers ungeheuerliche und unerträgliche Träume von Sethe ein Ventil in der gespannten Aufmerksamkeit, die sie dem Babygeist zu schenken begann. Vor Nelson Lord hatte sie sich kaum für seine Mätzchen interessiert. Die Geduld ihrer Mutter und Großmutter in seiner Gegenwart hatten sie gleichgültig werden lassen. Doch dann begann der Geist sie zu ärgern, ihr mit seiner Tücke auf die Nerven zu gehen. Zu der Zeit war sie losgegangen, um den Kindern zu Lady Jones' Heimschule zu folgen. Mit dem Geist verband sich nun all das an Ärger, Liebe und Furcht, von dem sie nicht wußte, wohin damit. Und als sie schließlich den Mut aufbrachte, Nelson Lords Frage zu stellen, konnte sie weder Sethes Antwort hören noch Baby Suggs' Worte, noch hinfort irgend etwas anderes. Zwei Jahre lang ging sie in einer Stille umher, die so massiv war, daß nichts hindurchdrang, die aber ihr Sehvermögen so schärfte, daß sie selbst es kaum glauben konnte. Die schwarzen Nasenlöcher eines Spatzen beispielsweise, der auf einem Zweig dreißig Meter über ihrem Kopf saß, erkannte sie leicht. Zwei Jahre lang hörte sie gar nichts, und dann hörte sie ein donnerndes Gepolter, das ganz in ihrer Nähe die Treppe hinaufkam. Baby Suggs dachte, es sei Here Boy, der an Stellen herumstöberte, die er sonst nie aufsuchte. Sethe dachte, der Gummiball, mit dem die Jungen spielten, hüpfe die Treppe hinunter.

«Ist dieser verdammte Hund von Sinnen?» schrie Baby Suggs.

«Er ist auf der Veranda», sagte Sethe. «Schau selbst nach.»

«Und was hör ich dann da?»

Sethe schlug die Herdklappe zu. «Buglar! Buglar! Ich hab euch doch gesagt, ihr sollt hier drin nicht Ball spielen.» Sie schaute zu der weißen Treppe hinüber und sah Denver oben stehen.

«Sie hat versucht, hier raufzukommen.»

«Was?» Das Tuch, das Sethe benützte, um die Herdringe anzufassen, lag zusammengeknüllt in ihrer Hand.

«Die Kleine», sagte Denver. «Hast du sie nicht krabbeln gehört?»

Womit sich zuerst befassen, das war das Problem: daß Denver überhaupt etwas gehört hatte oder daß die (schon krabbelnde?) Kleine immer noch zugange war, nur jetzt heftiger.

Die Rückkehr von Denvers Hörvermögen – zerstört von einer Antwort, die sie nicht ertragen konnte, und nun wiederhergestellt vom Lärm, den ihre tote Schwester beim Versuch machte, die Treppe zu erklimmen – signalisierte eine neuerliche Veränderung in den Geschicken der Menschen, die in der 124 wohnten. Von da an steckte die Erscheinung voller Bosheit. An die Stelle von Seufzern und Ungemach traten jetzt unverblümte gezielte Beleidigungen. Buglar and Howard begannen sich über die Anwesenheit der Frauen im Haus aufzuregen; sie verbrachten jedwede Zeit, die ihnen neben ihren Gelegenheitsarbeiten in der Stadt – Wassertragen und Viehfüttern – blieb, vorwurfsvoll im Schmollwinkel. Bis die Beleidigungen so persönlich wurden, daß die beiden das Weite suchten. Baby Suggs wurde müde, legte sich ins Bett und blieb dort, bis ihr großes altes Herz aufgab. Abgesehen von einer gelegentlichen Bitte um Buntes brachte sie so gut wie nichts mehr vor – bis zum Nachmittag ihres letzten Lebenstages, als sie aus dem Bett stieg, langsam zur Kammertür humpelte und Sethe und Denver die Lehre verkündete, die sie aus ihren sechzig Jahren als Sklavin und zehn Jahren als Freie gezogen hatte: daß es nichts Schlimmeres auf der Welt gebe als die Weißenleute. «Die wissen einfach nicht, wann sie aufhören müssen», sagte sie, kehrte in ihr Bett zurück, zog die Decke hoch und ließ die beiden mit diesem Gedanken auf ewig allein.

Kurz darauf versuchten Sethe und Denver, den Babygeist anzurufen und mit ihm zu reden, erreichten aber nichts. Ein Mann, Paul D, war nötig, um ihn mit Gebrüll und Prügeln in die Flucht zu schlagen und selbst an seine Stelle zu treten. Und Jahrmarkt hin oder her, Denver zog ihm das heimtückische Baby jederzeit vor. Die ersten Tage nach Paul Ds Einzug blieb Denver solange sie konnte in ihrem Smaragdgelaß, einsam wie ein Berg und fast ebenso stolz, und dachte nur immer, daß jeder außer ihr irgend jemanden hatte; daß ihr sogar die Gesellschaft eines Geistes versagt war. Als sie dann das schwarze Kleid mit den ungeschnürten Schuhen darunter sah, zitterte sie insgeheim vor Dankbarkeit. Gleichgültig, was für eine Macht sie hatte, gleich wie sie sie benutzte, Menschenkind gehörte *ihr*. Denver war sehr beunruhigt über das Leid, das Menschenkind, wie sie glaubte, ihrer Mutter antun wollte, fühlte sich aber nicht imstande, es zu verhindern, so grenzenlos war ihr Verlangen, ein anderes Wesen zu lieben. Das Schauspiel, dessen Zeugin sie auf der Lichtung geworden war, beschämte sie, denn vor die Wahl zwischen Sethe und Menschenkind gestellt, mußte sie nicht mit sich ringen.

Während sie an ihrem grünen Buschhaus vorbei auf den

Fluß zuging, erlaubte sie sich, daran zu denken, was wäre, wenn Menschenkind wirklich beschlösse, ihre Mutter zu erwürgen. Würde sie das zulassen? Mord, hatte Nelson Lord gesagt. «Hat deine Mutter nicht wegen Mordes gesessen? Warst du nicht zusammen mit ihr da drinnen?»

An der zweiten Frage lag es, daß es so lange unmöglich war, Sethe die erste zu stellen. Das Etwas, das hochsprang, hatte an einem ebensolchen Ort zusammengerollt gelegen: Dunkelheit, Stein und dazu ein anderes Etwas, das sich bewegte. Sie wurde lieber taub, als die Antwort hören zu müssen, und wie die kleinen Mittagsblumen, die sich auf der Suche nach der Sonne öffnen und sich fest schließen, sobald sie fortgeht, achtete Denver nur noch auf das Baby und entzog sich allem anderen. Bis Paul D kam. Aber den Schaden, den er anrichtete, machte Menschenkinds wundersame Auferstehung wieder gut.

Ein kleines Stück vor sich, am Flußufer, sah Denver ihre Silhouette, wie sie barfuß im Wasser stand, die schwarzen Röcke über die Waden gerafft, den hübschen Kopf in tiefer Versunkenheit gesenkt.

Durch frische Tränen blinzelnd näherte Denver sich ihr – begierig nach einem Wort, einem Zeichen der Vergebung.

Sie zog die Schuhe aus und trat zu ihr ins Wasser. Sie brauchte einen Augenblick, bis sie den Blick vom herrlichen Anblick von Menschenkinds Kopf abwenden konnte, um zu sehen, was sie da so unverwandt anstarrte.

Eine Schildkröte schwamm langsam am Ufer entlang, wendete und erklomm trockenen Boden. Nicht weit hinter ihr schlug eine weitere die gleiche Richtung ein. Vier genau ausgerichtete Teller unter einer reglos darüber schwebenden Schüssel. Im Gras folgte ihr die andere schnell, schnell, um sie zu besteigen. Die unerschütterliche Kraft des Männchens – wie es die Füße neben ihren Schultern in die Erde stemmte. Die sich umschlingenden Hälse – ihrer, der zu seinem sich vorneigenden emporstrebte, das leise tapp, tapp, tapp ihrer sich berührenden Köpfe. Nichts war zu hoch für ihren sehnsüchtig gereckten Hals, der sich wie ein Finger dem seinen entgegenstreckte und jedes außerhalb der Schüssel denkbare Risiko in Kauf nahm, nur um das Gesicht des Männchens zu berühren. Die Schwerfälligkeit ihrer Panzer, die aneinanderstießen, stand in lächerlichem Gegensatz zur fließenden Bewegung der sich berührenden Köpfe.

Menschenkind ließ die Falten ihres Rocks los. Er breitete sich um sie aus. Der Saum wurde im Wasser dunkler.

Außerhalb von Misters Blickfeld, fort von dem grinsenden Herrn der Hähne, begann Paul D zu zittern. Nicht sogleich, und nicht so, daß man es ihm anmerkte. Als er den Kopf wandte, um einen letzten Blick auf Bruder zu werfen, ihn so weit wandte, wie es das Seil zuließ, das seinen Hals mit der Radachse eines Zweispänners verband, und später, als sie das Eisen um seine Fußknöchel befestigten und auch die Handgelenke fesselten, da gab es kein äußerliches Anzeichen des Zitterns. Und auch achtzehn Tage später nicht, als er die Gräben sah; die eintausend Fuß Erde – fünf Fuß tief, fünf Fuß breit, in die hölzerne Kisten eingelassen worden waren. Eine Gittertür, die man an Angeln heben konnte wie bei einem Käfig, öffnete sich auf drei Wände und ein Dach aus Holzresten und rotem Lehm. Zwei Fuß Luft über seinem Kopf; drei Fuß offener Graben vor ihm, und alles, was da krabbelte, war eingeladen, dieses Grab mit ihm zu teilen, das sich Unterkunft nannte. Es gab noch fünfundvierzig weitere. Er wurde dort hingeschickt, nachdem er versucht hatte, Brandywine umzubringen, den Mann, an den der Schullehrer ihn verkauft hatte. Brandywine hatte ihn, mit zehn anderen zusammengekettet, quer durch Kentucky nach Virginia geführt. Er wußte nicht genau, was ihn veranlaßt hatte, es zu versuchen – was, wenn nicht Halle, Sixo, Paul A, Paul F und Mister. Aber bis er merkte, daß das Zittern da war, hatte es sich schon festgesetzt.

Immer noch wußte kein anderer davon, denn es begann innen. Eine Art Flattern in der Brust, dann in den Schulterblättern. Es fühlte sich an wie ein Beben – sanft zunächst und später wild. Als begänne sein Blut, das zwanzig Jahre lang gefroren gewesen war wie ein Eisweiher, zu tauen, je tiefer sie ihn in den Süden führten, und in Schollen zu zerbrechen, denen, einmal geschmolzen, nichts anderes übrigblieb als wild durcheinanderzuwirbeln. Manchmal war es in seinem Bein. Dann wieder zog es an den Ansatz seiner Wirbelsäule. Als sie ihn schließlich vom Wagen losbanden und er nichts sah als Hunde und zwei Hütten in einer Welt voller knisterndem Gras, schüttelte ihn das aufgebrachte Blut hin und her. Aber keiner merkte es. Die Handgelenke, die er an diesem Abend den Handschellen entgegenstreckte, waren so ruhig wie die Beine, auf denen er stand, als die Ketten an den Beineisen befestigt wurden. Doch als sie ihn in die Kiste stießen und die Käfigtür zufallen ließen, hörten seine Hände auf, Befehle anzunehmen. Sie gingen ihrer eigenen Wege. Nichts konnte sie aufhalten oder zum Gehorchen bringen. Sie wollten weder seinen Penis halten, damit er urinieren konnte, noch einen Löffel, damit er sich klumpige Limabohnen in den Mund schaufeln konnte. Das Wunder ihres Gehorsams kam mit dem Hammer im Morgengrauen.

Alle sechsundvierzig Mann wurden von Gewehrschüssen geweckt. Alle sechsundvierzig. Drei Weißenmänner marschierten den Graben entlang und schlossen nacheinander die Türen auf. Keiner kam heraus. Wenn das letzte Schloß aufgeschlossen war, kehrten die drei zurück und hoben nacheinander die Gittertüren hoch. Und einer nach dem anderen traten die schwarzen Männer heraus – prompt und ohne den Puff eines Gewehrkolbens, wenn sie länger als einen Tag hier waren; prompt mit dessen Hilfe, wenn sie wie Paul D gerade angekommen waren. Wenn alle sechsundvierzig in einer Reihe im Graben standen, gab ein weiterer Gewehrschuß das Signal zum Hinausklettern auf die Erde, wo sich eintausend Fuß lang die beste handgeschmiedete

Kette in ganz Georgia erstreckte. Alle Männer bückten sich und warteten. Der erste Mann hob das Ende auf und zog es durch den Ring an seinem Beineisen. Dann richtete er sich auf und brachte, ein wenig schlurfend, den Kettenanfang dem nächsten Gefangenen, der dasselbe tat. Indem die Kette weitergegeben wurde und ein jeder an die Stelle des nächsten trat, drehte sich die ganze Reihe um und stand nun mit dem Gesicht zu den Kisten, aus denen die Männer gekommen waren. Nicht einer sprach mit dem anderen. Zumindest nicht mit Worten. Die Augen mußten sagen, was es zu sagen gab: «Hilf mir heut früh; es steht schlimm»; «Ich werd's schaffen»; «Neuer Mann»; «Ruhig, ganz ruhig».

Wenn das Anketten beendet war, knieten sie nieder. Der Tau war inzwischen in der Regel zu Nebel geworden. Dicht manchmal, und wenn die Hunde still wurden und nur noch hechelten, konnte man Tauben hören. Im Nebel kniend erduldeten sie die Launen eines Wärters, oder die von zweien oder dreien. Vielleicht wollten sie es auch alle. Von einem bestimmten Gefangenen oder von gar keinem – oder von allen.

«Frühstück? Willst was essen, Nigger?»
«Ja, Sir.»
«Hungrig, Nigger?»
«Ja, Sir.»
«Da hast was.»

Gelegentlich entschied sich einer der knienden Männer für einen Kopfschuß als Preis dafür, daß er möglicherweise ein Stückchen Vorhaut mit auf die Reise in den Himmel nahm. Paul D wußte das damals noch nicht. Er schaute auf seine gelähmten Hände, roch den Wärter und lauschte seinem leisen Grunzen, das dem Gurren der Tauben so ähnlich war. Der Wärter stand vor dem Mann, der rechts neben Paul D im Nebel kniete. Überzeugt davon, daß er der nächste sein würde, würgte Paul D – und erbrach, ohne etwas von sich zu geben. Ein Wärter, der es bemerkte, ließ das Gewehr auf seine Schulter krachen, und derjenige, der beschäftigt war, beschloß, den Neuen für diesmal zu überspringen, damit ihm Hosen und Schuhe nicht mit Niggerkotze besudelt würden.

«Haiiiiiii!»

Es war der erste Ton außer «Ja, Sir», den ein Schwarzer am Morgen von sich geben durfte, und der Kettenführer legte alles hinein, was er hatte. «Ha-iiiii!» Es wurde Paul D nie ganz klar, woher er wußte, wann er diesen Gnadenruf ausstoßen durfte. Sie nannten ihn Hi Man, und anfangs dachte Paul D, die Wärter würden ihm sagen, wann er das Signal geben sollte, das die Gefangenen von den Knien aufstehen und dann zur Musik des handgeschmiedeten Eisens den Two-Step tanzen ließ. Später kamen ihm Zweifel. Bis in die Gegenwart hinein glaubte er, daß das «Haiiii» bei Tagesanbruch und das «Huuuu!», wenn der Abend kam, eine Verantwortung war, die Hi Man von sich aus übernahm, weil nur er wußte, was genug war, was zuviel war, wann etwas vorbei war, wann die Zeit gekommen war.

In Ketten tanzten sie über die Felder, durch den Wald zu einem Pfad, der in der überraschenden Schönheit eines Feldspat-Steinbruchs endete, und dort verweigerten Paul Ds Hände sich dem wütenden Pulsieren seines Blutes und gehorchten. Mit einem Vorschlaghammer in der Hand und unter Hi Mans Führung standen die Männer den Tag durch. Sie sangen und schlugen drauflos, nuschelten die Worte, daß keiner sie verstehen konnte; verdrehten sie, daß ihre Silben einen anderen Sinn ergaben. Sie besangen die Frauen, die sie kannten; die Kinder, die sie gewesen waren; die Tiere, die sie selbst gezähmt hatten oder andere hatten zähmen sehen. Sie sangen von Herren und Meistern und deren Frauen; von Maultieren und Hunden und der Schamlosigkeit des Lebens. Sie sangen voller Zärtlichkeit von Friedhöfen und längst verstorbenen Schwestern. Von Schweinefleisch im Wald; Maismehl im Topf; Fisch an der Leine; Zuckerrohr, Regen und Schaukelstühlen.

Und sie schlugen: die Frauen – die hatten sie einst gekannt, doch nicht mehr, nicht mehr; die Kinder – die waren sie einst gewesen, doch nie mehr. Sie erschlugen ihren Herrn so oft und so gründlich, daß sie ihn wiederbeleben mußten, um ihn ein weiteres Mal zusammenzuschlagen. Wenn sie unter Kiefern den Geschmack von heißen Maisfladen auf der Zunge hatten, schlugen sie drauflos, wenn sie Liebeslieder an den Gevatter Tod sangen, schlugen sie ihm dabei den Schädel ein. Und gründlicher als alles andere erschlugen sie das Flittchen, das die Leute Leben nennen, weil es sie an der Nase herumführte. Sie glauben machte, der nächste Sonnenaufgang sei es wert; ein nächster Uhrenschlag bringe es endlich. Erst wenn dieses Wesen tot war, würden sie ihre Ruhe haben. Die Erfolgreichen – diejenigen, die schon so viele Jahre hier waren, daß sie das Leben in sich verstümmelt, verkrüppelt, vielleicht sogar begraben hatten – hielten Wache über die anderen, die sich noch in seiner verführerischen Umarmung befanden, denen noch etwas wichtig war, die sich auf etwas freuten, sich erinnerten und zurückschauten. Sie waren es, deren Augen sagten: «Hilf mir. Es steht heut schlimm», oder: «Paß auf», was bedeutete, *vielleicht ist es heute soweit, daß ich schrei, oder ich freß meine eigene Scheiße, oder ich hau ab*, und vor letzterem mußte man sich hüten, denn wenn einer losrannte, würden alle, alle sechsundvierzig von der Kette mitgezogen werden, die sie verband, und wer weiß, wer und wie viele dabei ums Leben kämen. Man konnte sein eigenes Leben riskieren, aber nicht das eines Bruders. Drum sagten die Augen: «Ruhig jetzt», und: «Bleib hier bei mir.»

Sechsundachtzig Tage und fertig: Das Leben war tot. Paul D prügelte dem Flittchen Leben tagaus, tagein die Seele aus dem Leib, bis es nicht einmal mehr wimmerte. Sechsundachtzig Tage, und seine Hände waren still, warteten gelassen jede rattenraschelnde Nacht auf das «Haiiiii» im Morgengrauen und die gierige Umklammerung des Hammerstiels. Das Leben wälzte sich auf die Seite und war tot. Das dachte er jedenfalls.

Es regnete.

Schlangen kamen von den Grannenkiefern und aus dem Schierling.

Es regnete.

Zypressen, Goldpappel, Esche und Fächerpalme ächzten unter fünf Tagen Regen ohne Wind. Am achten Tag waren die Tauben nirgends mehr zu sehen, am neunten waren sogar die Salamander weg. Die Hunde legten die Ohren an und starrten über ihre Pfoten. Die Männer konnten nicht arbeiten. Das Anketten ging träge, das Frühstück fiel aus, der Two-Step schleppte sich träge über suppiges Gras und unzuverlässige Erde dahin.

Es wurde beschlossen, alle in ihre Kisten einzuschließen, bis es entweder aufhörte oder so weit aufhellte, daß ein Weißer verdammt noch mal rumlaufen konnte, ohne daß ihm die Knarre absoff, und die Hunde nicht mehr zu zittern brauchten. Die Kette wurde durch sechsundvierzig Ringe des besten handgeschmiedeten Eisens in ganz Georgia gezogen.

Es regnete.

In den Kisten hörten die Männer das Wasser im Graben ansteigen und hielten nach Wasserschlangen Ausschau. Sie hockten im schlammigen Wasser, schliefen darüber, pißten hinein. Paul D glaubte zu schreien; sein Mund stand offen, und er hörte das laute, ohrenbetäubende Geräusch – aber es konnte auch jemand anderes sein. Dann glaubte er zu weinen. Etwas lief ihm über die Wangen. Er hob die Hände, um die Tränen abzuwischen, und sah dunkelbraunen Schlamm. Über ihm kamen Schlammrinnsale durch die Deckenbretter geflossen. Wenn das runterkommt, dachte er, dann werd ich zerquetscht wie eine Wanze. Es ging so schnell, daß er keine Zeit zum Überlegen hatte. Jemand zog einmal so fest an der Kette, daß es ihm die Beine wegzog und er in den Schlamm fiel. Ihm wurde nie ganz klar, woher er es wußte – oder wie die anderen es erfuhren –, aber jedenfalls wußte er es – er wußte es – und zog mit beiden Händen an dem Teil der

Kette zu seiner Linken, damit es auch der nächste Mann erfuhr. Das Wasser stand ihm bis über die Knöchel, floß über das Brett, auf dem er schlief. Und dann war es kein Wasser mehr. Der Graben brach ein, und Schlamm drang zuerst unter den Gitterstäben herein und dann durch sie hindurch.

Es begann wie das Anketten, aber die Macht der Kette änderte alles. Einer nach dem anderen, von Hi Man nach hinten die Reihe entlang, tauchten sie. Hinunter in den Schlamm unter den Gitterstäben, blind, sich den Weg ertastend. Einige waren schlau genug, sich ihr Hemd um den Kopf zu wickeln, sich das Gesicht mit Lumpen zu bedecken, sich die Schuhe anzuziehen. Andere stürzten sich nur hinein, tauchten und schoben sich nach draußen, kämpften sich nach oben, reckten sich nach Luft. Einige verloren die Orientierung, und ihre Nachbarn, die das verwirrte Reißen an der Kette spürten, zogen sie zurecht. Denn einer verloren, alle verloren. Die Kette, die sie hielt, würde alle retten oder keinen, und Hi Man war die Erlösung von dem Übel. Sie verständigten sich mit dieser Kette wie Sam Morse, und großer Gott, sie kamen alle hoch. Wie ohne Absolution Verstorbene, wie losgelassene Zombies, die Kette in der Hand, vertrauten sie dem Regen und der Dunkelheit, ja, aber vor allem Hi Man und einander.

Vorbei an den Schuppen, wo die Hunde in tiefer Schwermut lagen, vorbei an den beiden Wachhäusern, vorbei am Stall mit den schlafenden Pferden, vorbei an den Hühnern, deren Schnäbel tief im Gefieder steckten, wateten sie. Der Mond war keine Hilfe, denn er war nicht zu sehen. Das Feld war ein Sumpf, der Pfad eine Rinne. Ganz Georgia schien wegzurutschen, sich aufzulösen. Moos strich an ihren Gesichtern vorbei, als sie sich durch die Äste der Lebenseichen kämpften, die ihnen den Weg versperrten. Georgia umfaßte damals ganz Alabama und Mississippi, deshalb war keine Staatsgrenze zu überqueren, aber das wäre ohnehin egal gewesen. Hätten sie davon gewußt, so hätten sie nicht nur

Alfred und den schönen Feldspat umgangen, sondern auch Savannah, und wären auf dem Fluß, der sich von den Blue Ridge Mountains herabschlängelte, auf die Sea Islands zugesteuert. Aber sie wußten es nicht.

Das Tageslicht kam, und sie kauerten sich in ein Dickicht aus Judasbäumen. Die Nacht kam, und sie erklommen höher gelegenes Gelände und beteten, der Regen möge ihnen weiterhin Schutz bieten und die Leute in ihren Häusern festhalten. Sie hofften auf eine einsame, in einiger Entfernung von dem dazugehörigen Haus abseits gelegene Hütte, in der vielleicht ein Sklave Seile drehte oder Kartoffeln auf dem Rost briete. Was sie fanden, war ein Lager von kranken Cherokee, nach denen später eine Rosensorte benannt wurde.

An Zahl vermindert, aber unbeugsam, hatten diese Cherokee zu jenen Indianern gehört, die das Leben von Flüchtlingen einem Leben in Oklahoma vorzogen. Die Krankheit, die sie jetzt befallen hatte, erinnerte an jene andere, die zweihundert Jahre zuvor die Hälfte von ihnen dahingerafft hatte. Zwischen jener Katastrophe und der jetzigen hatten sie George III. in London besucht, eine Zeitung herausgegeben, Körbe geflochten, General Oglethorpe durch die Wälder geführt, Andrew Jackson geholfen, die Krik-Indianer zu bekämpfen, Mais gekocht, eine Verfassung entworfen, eine Bittschrift an den König von Spanien geschickt, dem Earl von Dartmouth als Versuchskaninchen gedient, Zufluchtsorte geschaffen, Schriftzeichen für ihre Sprache erfunden, den Siedlern Widerstand geleistet, Bären geschossen und die Bibel übersetzt. All das vergebens. Die erzwungene Umsiedelung an den Arkansas River, auf der derselbe Präsident bestanden hatte, für den sie gegen die Krik gekämpft hatten, erledigte ein weiteres Viertel ihres schon reduzierten Häufleins.

Das reichte, meinten sie und trennten sich von jenen Cherokee, die den Vertrag unterzeichneten, um sich in die Wälder zurückzuziehen und das Ende der Welt abzuwarten. Die Krankheit, an der sie jetzt litten, war eine bloße Unannehmlichkeit verglichen mit den Schrecken, an die sie sich erinnerten. Immerhin schützten sie einander so gut sie konnten. Die Gesunden wurden ein paar Meilen weiter geschickt; die Kranken blieben zurück, bei den Toten – um sie zu überleben oder sich ihnen zuzugesellen.

Die Gefangenen aus Alfred, Georgia, ließen sich im Halbkreis nahe dem Lager nieder. Keiner kam, aber sie blieben sitzen. Stunden vergingen, und der Regen ließ nach. Endlich streckte eine Frau den Kopf aus ihrer Hütte. Die Nacht kam, und nichts geschah. Im Morgengrauen näherten sich ihnen zwei Männer, deren schöne Haut mit Entenmuscheln bedeckt war. Einen Augenblick lang sprach keiner, dann hob Hi Man die Hand. Die Cherokee sahen die Ketten und gingen fort. Als sie wiederkamen, trug jeder eine Handvoll kleiner Äxte. Zwei Kinder folgten ihnen mit einem Kessel voller Brei, den der Regen abkühlte und verdünnte.

Büffelmänner sagten sie zu ihnen, während sie langsam mit den Gefangenen redeten, Maisbrei austeilten und auf ihre Ketten einhämmerten. Keiner, der aus einer Kiste in Alfred, Georgia, kam, scherte sich um die Krankheit, vor der die Cherokee sie warnten, und so blieben alle, alle sechsundvierzig, ruhten sich aus und planten ihren nächsten Schachzug. Paul D hatte keine Ahnung, was er tun sollte, und wußte offenbar auch weniger als alle anderen. Er hörte seine Mitgefangenen kenntnisreich über Flüsse und Staaten, Städte und Territorien reden. Hörte Cherokee-Männer den Anfang und das Ende der Welt beschreiben. Hörte sich Geschichten von anderen Büffelmännern an, die sie kannten – drei davon hielten sich im Lager der Gesunden ein paar Meilen entfernt auf. Hi Man wollte sich ihnen anschließen; andere wollten sich ihm anschließen. Einige wollten fort; einige wollten bleiben. Wochen später war Paul D als einziger Büffelmann übrig – noch immer ohne Plan. Er konnte an nichts anderes denken als an Spürhunde, obwohl Hi Man sagte, die hätten wegen des Regens, in dem sie weggelaufen waren, keine Chance. Allein, als letzter Mann mit Büffelhaar unter den von Schmerzen geplagten Cherokee, wachte Paul D schließlich auf und fragte, sein Unwissen eingestehend, wie er wohl in den Norden komme. Den freien Norden. Den Wundernorden. Den einladenden, wohlwollenden Norden. Der Cherokee lächelte und schaute sich um. Die sintflutartigen Regenfälle vor einem Monat hatten alles in Dunst und Blüten verwandelt.

«Dorthin», sagte er und wies mit dem Finger. «Geh der Baumblüte nach», sagte er. «Immer der Baumblüte. So wie sie geht, geh auch du. Du wirst sein, wo du hinwillst, wenn sie vorbei ist.»

So eilte er von Kornelkirschen zu blühenden Pfirsichbäumen. Als die spärlicher wurden, suchte er die Kirschblüte, dann die von Magnolie, Seifenbaum, Pekannuß, Walnuß und Opuntie. Endlich kam er an ein Feld mit Apfelbäumen, deren Blüten sich gerade in winzige Fruchtknötchen verwandelten. Der Frühling zog in den Norden, aber er mußte wie der Teufel laufen, um als Reisegenosse mit ihm Schritt zu halten. Von Februar bis Juli hielt er nach Blüten Ausschau. Als er sie aus den Augen verlor und kein einziges Blütenblättchen mehr fand, das ihn hätte weiterleiten können, hielt er inne, kletterte auf einem Hügel auf einen Baum und suchte in der ihn umgebenden Blätterwelt den Horizont nach leuchtendem Rosa oder Weiß ab. Weder berührte er die Blüten, noch blieb er stehen, um an ihnen zu riechen. Er lief ihnen nur hinterher, eine dunkle, abgerissene Gestalt, von blühenden Pflaumen geleitet.

Die Apfelbaumgegend stellte sich als Delaware heraus, wo die Weberin wohnte. Sie schnappte sich ihn, kaum daß er die Wurst gegessen hatte, die sie ihm vorsetzte, und er kroch weinend in ihr Bett. Sie gab ihn als ihren Neffen aus Syracuse aus, indem sie ihn einfach bei dessen Namen nannte. Achtzehn Monate, und schon war er wieder auf der Suche nach Blüten, nur begann er seine Suche diesmal auf einem Karren.

Es dauerte eine Zeit, bis er Alfred in Georgia, Sixo, den Schullehrer, Halle, seine Brüder, Sethe, Mister, den Geschmack von Eisen, den Anblick von Butter, den Geruch von Hickoryholz, Notizbuchpapier, eines nach dem anderen in die Tabaksdose gezwängt hatte, die in seiner Brust saß. Als er endlich in die 124 kam, hätte nichts auf der Welt die Dose mehr öffnen können.

Sie vertrieb ihn.

Nicht so, wie er den Geist des Babys ausgetrieben hatte – Knall auf Fall, mit kaputten Fensterscheiben und auf den Boden rollenden Geleegläsern. Nichtsdestoweniger vertrieb sie ihn, und Paul D wußte nicht, wie er dem Einhalt gebieten sollte, denn es sah aus, als dränge er selbst hinaus. Fast unmerklich und ganz Herr seiner Sinne, zog er langsam aus der 124 aus.

Der Anfang war so einfach. Eines Abends nach dem Essen saß er neben dem Herd im Schaukelstuhl, hundemüde, vom Fluß erschlagen, und schlief ein. Er wachte von Sethes Schritten auf, als sie die weiße Treppe herunterkam, um Frühstück zu machen.

«Ich dachte, du wärst weggegangen», sagte sie.

Paul D stöhnte, überrascht, sich an genau demselben Ort wiederzufinden, an dem er zuletzt die Augen aufgehabt hatte.

«Erzähl mir nicht, ich hätt die ganze Nacht in diesem Stuhl geschlafen.»

Sethe lachte. «Ich? Ich werd kein Wort sagen.»

«Warum hast du mich nicht geweckt?»

«Ich hab's versucht, hab dich zwei-, dreimal gerufen. Um Mitternacht hab ich's aufgegeben, und dann dachte ich, du wärst weggegangen.»

Er stand in der Erwartung auf, seinen Rücken zu spüren.

Aber nichts. Nirgends ein Knacken, kein steifes Gelenk. Er fühlte sich sogar erfrischt. Es gibt eben solche Stellen, dachte er, gute Schlafplätze. Manchmal Wurzeln und Stamm eines bestimmten Baumes, eine Werft, eine Bank, einmal ein Ruderboot, Heuhaufen meistens, Betten nicht immer, und hier jetzt ein Schaukelstuhl, was merkwürdig war, denn seiner Erfahrung nach waren Möbel der schlimmste Ort für einen guten Schlafplatz-Schlaf.

Am nächsten Abend geschah dasselbe, und dann wieder. Er war an die fast tägliche Liebe mit Sethe gewöhnt, und um der Verwirrung, die Menschenkinds Glanz in ihm hervorrief, zu entgehen, folgte er noch immer der Regel, Sethe morgens noch einmal mit hinaufzunehmen oder sich nach dem Abendessen mit ihr hinzulegen. Aber er fand einen Weg und einen Grund, den größten Teil der Nacht im Schaukelstuhl zu verbringen. Er redete sich ein, es läge an seinem Rücken – daß der irgendeine Stütze brauche gegen die Schwäche, die er vom Schlafen in der Kiste in Georgia zurückbehalten hatte.

So ging es fort, und vielleicht wäre es auch so geblieben, doch eines Abends, nach dem Essen, nach Sethe, kam er herunter, setzte sich in den Schaukelstuhl und mochte dort nicht sein. Er stand auf und merkte, daß er auch nicht nach oben gehen wollte. Kribbelig und sich nach Ruhe sehnend öffnete er die Tür zu Baby Suggs' Zimmer und schlief auf dem Bett ein, in dem die alte Frau gestorben war. Damit war die Sache geregelt – so schien es jedenfalls. Es wurde sein Zimmer, und Sethe hatte keine Einwände – ihr für zwei gemachtes Bett war achtzehn Jahre lang von nur einem Menschen belegt gewesen, bevor Paul D zu Besuch kam. Und vielleicht war es auch besser so, mit jungen Mädchen im Haus und wo er doch gar nicht ihr richtiger Ehemann war. Jedenfalls bekam er, da sich sein Vorfrühstücks- oder Nachessensverlangen nicht verringerte, keine Klagen von ihr zu hören.

So ging es fort, und vielleicht wäre es auch so geblieben,

nur daß er eines Abends, nach dem Essen, nach Sethe, herunterkam und sich auf Baby Suggs' Bett legte und dort nicht sein mochte.

Er glaubte, er habe Anfälle von Hausangst, jene glasklare Wut, die Männer manchmal spüren, wenn das Haus einer Frau sie zu binden beginnt, wenn sie aufschreien wollen und etwas zerschlagen oder wenigstens weglaufen. Damit kannte er sich aus – das hatte er oft verspürt, im Haus der Weberin in Delaware zum Beispiel. Doch brachte er die Hausangst immer mit der Frau in Verbindung, die in dem Haus wohnte. Diesmal hatte das Kribbeln nichts mit der Frau zu tun, die er jeden Tag ein klein wenig mehr liebte: ihre Hände inmitten des Gemüses; ihren Mund, wenn sie ein Fadenende ableckte, bevor sie es durch ein Nadelöhr schob oder den Faden abbiß, wenn die Naht fertig war; das Blut in ihren Augen, wenn sie ihre Mädchen (und Menschenkind gehörte jetzt dazu) oder sonst eine Farbigenfrau vor Verunglimpfungen in Schutz nahm. Mit dieser Hausangst verband sich auch keine Wut, nichts Erstickendes, keine Sehnsucht, woanders zu sein. Nur konnte und wollte er einfach nicht oben schlafen oder im Schaukelstuhl, und jetzt eben auch nicht mehr in Baby Suggs' Bett. Deshalb verzog er sich in den Vorratsraum.

So ging es fort, und vielleicht wäre es auch so geblieben, nur daß er eines Abends, nach dem Essen, nach Sethe, auf einer Pritsche im Vorratsraum lag und dort nicht sein mochte. Dann war es das Kühlhaus, und dort draußen, abseits von der eigentlichen 124, während er zusammengerollt auf zwei Jutesäcken voller Süßkartoffeln lag und die Seite eines Schmalzfasses anstarrte, wurde ihm klar, daß der Auszug unfreiwillig geschah. Er war nicht kribbelig; er wurde ferngehalten.

Also wartete er. Besuchte Sethe morgens, schlief nachts im Kühlhaus und wartete.

Sie kam, und er hätte sie am liebsten niedergeschlagen.

In Ohio sind die Jahreszeiten theatralisch. Sie treten auf wie Primadonnen, in der festen Überzeugung, allein ihrer jeweiligen Leistung sei es zu verdanken, daß auf der Welt Menschen lebten. Als Paul D sich aus der 124 in einen Schuppen dahinter verdrängt sah, war der Sommer unter Gejohle von der Bühne abgetreten, und der Herbst mit seinen Flaschen voller Blut und Gold zog die Aufmerksamkeit aller Menschen auf sich. Selbst nachts, wenn eine Erholungspause hätte einsetzen müssen, gab es keine, denn die Stimmen einer sterbenden Landschaft waren durchdringend und laut. Paul D packte Zeitungen unter und über sich, um seiner dünnen Decke etwas nachzuhelfen. Aber die Nachtkühle beschäftigte ihn nicht weiter. Als er die Tür hinter sich aufgehen hörte, wollte er sich einfach nicht umdrehen und hinschauen.

«Was willst du hier drin? Was willst du?» Er hätte sie eigentlich atmen hören müssen.

«Ich will, daß du mich da drin anfaßt und meinen Namen sagst.»

Paul D machte sich keine Gedanken mehr um seine kleine Tabaksdose. Sie war zugerostet. Während sie die Röcke raffte und den Kopf über die Schulter drehte, so wie die Schildkröten es getan hatten, schaute er deshalb nur das Schmalzfaß an, das im Mondlicht silbrig glänzte, und sagte ganz ruhig:

«Wenn freundliche Menschen dich aufnehmen und gut zu dir sind, dann solltest du versuchen, auch zu ihnen gut zu sein. Man macht dann nicht... Sethe liebt dich. Wie ihre eigene Tochter. Das weißt du.»

Menschenkind ließ ihre Röcke fallen, während er sprach, und schaute ihn aus leeren Augen an. Sie tat einen Schritt, den er nicht hörte, und stand dicht hinter ihm.

«Sie hat mich nicht so lieb wie ich sie. Ich hab keinen lieb außer ihr.»

«Was kommst du dann hierher?»

«Ich will, daß du mich da drin anfaßt.»

«Mach, daß du zurück ins Haus und ins Bett kommst.»

«Du mußt mich anfassen. Da drin. Und du mußt meinen Namen sagen.»

Solange sein Blick das silbrige Schmalzfaß fixierte, war er sicher. Wenn er zitterte wie Lots Weib und einen weibischen Drang verspürte, die Natur der Sünde hinter sich mit eigenen Augen zu sehen; vielleicht Mitleid empfand mit den fluchenden Verdammten oder den Wunsch, sie aus Achtung vor der gemeinsamen Bindung in den Armen zu halten, dann würde auch er verloren sein.

«Sag meinen Namen.»

«Nein.»

«Bitte sag ihn. Ich geh, wenn du ihn sagst.»

«Menschenkind.» Er sagte ihn, aber sie ging nicht. Sie kam noch näher, mit einem Schritt, den er nicht hörte, und er hörte auch nicht das Rascheln der Rostflocken, die von den Fugen seiner Tabaksdose abfielen. Als also der Deckel nachgab, wußte er es nicht. Er wußte nur, daß er, als er da drin angelangt war, wieder und wieder sagte: «Rotes Herz. Rotes Herz.» Leise und dann so laut, daß Denver davon aufwachte, und schließlich auch Paul D selbst. «Rotes Herz. Rotes Herz. Rotes Herz.»

Zu dem ursprünglichen Hunger zurückzukehren war unmöglich. Zu Denvers Glück bot das Schauen genügend Nahrung, die vorhielt. Selbst angeschaut zu werden hingegen ging über jegliches Verlangen; es drang durch ihre Haut bis an einen Ort, an dem noch kein Hunger entdeckt worden war. Es brauchte nicht oft zu geschehen, da Menschenkind sie selten richtig anschaute, und wenn sie es tat, merkte Denver, daß ihr Gesicht nur die Stelle war, auf der jene Augen ruhten, während die Gedanken dahinter weiterwanderten. Doch gelegentlich – in Augenblicken, die Denver weder vorhersehen noch herbeirufen konnte – legte Menschenkind die Wangen auf ihre Fäuste und schaute Denver aufmerksam an.

Es war herrlich. Nicht angestarrt, nicht gesehen, sondern von den interessierten, unkritischen Augen des Gegenübers erst sichtbar gemacht zu werden. Ihr Haar als Teil ihrer selbst betrachtet zu wissen, nicht als Material oder als Frisur. Die Lippen, die Nase, das Kinn liebkost zu bekommen, als wäre sie eine Moosrose, vor der ein Gärtner bewundernd verharrt. Denvers Haut schmolz unter diesem Blick und wurde weich und leuchtend wie das Baumwollflorkleid, das den Arm um die Taille ihrer Mutter gelegt hatte. Sie schwebte herbei, aber außerhalb ihres eigenen Körpers, und fühlte sich zugleich verworren und klar. Brauchte nichts. War das, was gerade da war.

Bei diesen Gelegenheiten schien Menschenkind diejenige zu sein, die etwas brauchte – etwas wollte. Tief drin in ihren großen schwarzen Augen, hinter der Ausdruckslosigkeit, streckte sich eine Hand nach einer Münze aus, die Denver ihr gern gegeben hätte, hätte sie nur gewußt wie, oder hätte sie nur genug von ihr gewußt, Dinge, die aus den Antworten auf die Fragen, die Sethe ihr gelegentlich stellte, nicht zu erfahren waren: «Du erinnerst dich wirklich an gar nichts? Ich kannte meine Mutter ja auch nicht, aber ich hab sie ein paarmal gesehen. Du deine nie? Was für Weiße waren das? Weißt du wirklich gar nichts mehr?»

Menschenkind kratzte sich dann den Handrücken und sagte, sie erinnere sich an eine Frau, die zu ihr gehört habe, und auch daran, daß sie ihr entrissen worden sei. Abgesehen davon war ihre deutlichste Erinnerung jene, von der sie wiederholt sprach: die Brücke – wie sie auf der Brücke stand und herabschaute. Und sie kannte einen Weißenmann.

Sethe fand das bemerkenswert und meinte, es sei ein weiterer Beweis für die Richtigkeit ihrer Vermutungen, die sie Denver anvertraute.

«Wo hast du das Kleid her und die Schuhe da?»

Menschenkind sagte, sie habe sie weggenommen.

«Wem?»

Schweigen und ein schnelleres Kratzen der Hand. Sie wußte es nicht; sie hatte sie gesehen und einfach an sich genommen.

«Aaaha», sagte Sethe und vertraute Denver an, sie glaube, Menschenkind sei von einem Weißenmann zu seinem privaten Vergnügen eingesperrt worden und hätte nie zur Tür hinaus gedurft. Sie sei wohl auf eine Brücke oder so geflohen und müsse den Rest aus ihrem Gedächtnis gestrichen haben. So etwas Ähnliches hatte Ella erlebt, nur daß es da zwei Männer gewesen waren – ein Vater und ein Sohn –, und daß Ella sich an jede Einzelheit erinnerte. Länger als ein Jahr hatten sie sie in ein Zimmer eingeschlossen, um sie für sich zu haben.

«Das kann sich keiner ausdenken», hatte Ella gesagt, «was die zwei mir angetan haben.»

Sethe dachte, das erkläre Menschenkinds Verhalten gegenüber Paul D, den sie so haßte.

Denver glaubte Sethes Spekulationen weder, noch sagte sie etwas dazu, und sie senkte den Blick und erzählte auch kein Wort vom Kühlhaus. Sie war sicher, daß Menschenkind das weiße Kleid gewesen war, das neben ihrer Mutter in der Kammer gekniet hatte, die fleischgewordene Erscheinung des Babys, das ihr den größten Teil ihres Lebens über Gesellschaft geleistet hatte. Und von ihr angeschaut zu werden, wie flüchtig auch immer, erfüllte Denver auch sonst mit Dankbarkeit, wenn nur sie diejenige war, die schaute. Außerdem hatte sie selbst einen Haufen Fragen, die nichts mit der Vergangenheit zu tun hatten. Nur die Gegenwart interessierte sie, doch achtete sie sorgfältig darauf, so zu tun, als interessiere sie nicht, was sie Menschenkind so gern gefragt hätte, denn wenn sie zu sehr drängte, verlöre sie vielleicht die Münze, nach der die ausgestreckte Hand verlangte, und damit auch den Ort jenseits des Verlangens. Es war besser, die Schmausende zu sein, selbst schauen zu dürfen, denn vor dem alten Hunger – dem vor Menschenkind, der sie in das Buchsbaumgehölz und zu dem Parfum getrieben hatte, damit sie einen Vorgeschmack auf das Leben bekam, damit sie es holpern spürte, nicht flach dahingleiten – vor diesem Hunger war sie dann gefeit. Das Schauen hielt ihn fern.

Deshalb fragte sie Menschenkind nicht, woher sie von den Ohrringen wußte, nicht nach den nächtlichen Gängen ins Kühlhaus, nicht nach dem Ding, das hervorlugte, wenn Menschenkind sich hinlegte oder sich im Schlaf entblößte. Wenn der Blick kam, so kam er, wenn Denver vorsichtig gewesen war, etwas erklärt, etwas mit Menschenkind geteilt oder Geschichten erzählt hatte, um sie zu beschäftigen, solange Sethe im Lokal war. Keine Haushaltspflicht reichte aus, um das züngelnde Feuer zu löschen, das stets in ihr zu brennen schien. Nicht, wenn sie die Laken so fest auswrangen, daß ihnen das Spülwasser zurück auf die Arme lief. Nicht, wenn sie den Weg zum Abort von Schnee freischaufelten. Oder drei Zoll Eis von der Regenwassertonne brachen; die Einmachgläser vom letzten Sommer schrubbten und auskochten, Lehm in die Ritzen des Hühnerhauses strichen und die Küken mit ihren Röcken wärmten. Denver mußte fortwährend über das reden, was sie taten – über das Wie und Warum. Über Menschen, die sie einmal gekannt oder gesehen hatte, wobei sie ihnen mehr Leben gab als das Leben selbst: die duftende Weißenfrau, die ihr Orangen, Parfum und gute Wollröcke geschenkt hatte; Lady Jones, die ihnen Lieder beigebracht hatte, nach denen sie das Alphabet und die Zahlen lernten; einen hübschen Bengel, der genau so gescheit gewesen war wie sie und ein Muttermal auf der Wange gehabt hatte, das wie eine Münze aussah. Einen weißen Prediger, der für ihre Seelen gebetet hatte, während Sethe Kartoffeln schälte und Grandma Baby nach Luft schnappte. Und sie erzählte ihr von Howard und Buglar: von dem jeweiligen Teil des Betts, der ihnen gehört hatte (die obere Hälfte war ihr selbst vorbehalten gewesen); und davon, daß sie die beiden, bevor sie in Baby Suggs' Bett gezogen war, nie hatte schlafen sehen, ohne daß sie sich an den Händen hielten. Sie beschrieb sie Menschenkind ohne Eile, um sich ihrer Aufmerksamkeit zu versichern, ging ausführlich auf ihre Gewohnheiten ein, auf die Spiele, die sie ihr beigebracht hatten, doch nicht auf die Furcht, die sie öfter und öfter aus dem Haus trieb – egal wohin – und schließlich weit fort.

Heute sind sie draußen. Es ist kalt, und der Schnee ist hart wie gestampfter Lehm. Denver ist fertig mit den Abzählreimen, die Lady Jones ihren Schülern beigebracht hat. Menschenkind streckt die Arme aus, während Denver gefrorene Unterwäsche und Handtücher von der Leine nimmt. Eines nach dem anderen legt sie Menschenkind die Wäschestücke über die Arme, bis ihr der Stapel wie ein riesiges Kartenspiel unters Kinn reicht. Den Rest, Schürzen und braune

Strümpfe, trägt Denver selbst. Übermütig von der Kälte kehren sie ins Haus zurück. Die Kleider werden langsam auftauen und so feucht werden, daß sie gerade richtig für das Bügeleisen sind, und dann werden sie wie warmer Regen riechen. Während sie mit Sethes Schürze im Zimmer herumtanzt, will Menschenkind wissen, ob es in der Dunkelheit Blumen gibt. Denver legt neue Scheite aufs Herdfeuer und versichert ihr, daß es welche gibt. Im Herumwirbeln, das Gesicht von den Schürzenträgern umrahmt, die Taille in der Umarmung der Bindebänder, sagt Menschenkind, daß sie Durst hat.

Denver schlägt vor, Apfelmost heiß zu machen, während ihr Gehirn fieberhaft nach etwas sucht, was sie tun oder sagen könnte, um das Interesse der Tänzerin zu wecken und sie zu unterhalten. Denver ist jetzt Strategin und muß Menschenkind von dem Augenblick an, da Sethe zur Arbeit geht, in ihrer Nähe behalten, bis zur Stunde ihrer Rückkehr, wenn Menschenkind sich am Fenster aufzuhalten beginnt, dann zur Tür hinausschlüpft, die Treppe hinuntergeht und in die Nähe der Straße. Das Ränkeschmieden hat Denver sichtlich verändert. Wo sie früher träge war, verstimmt über jeden Auftrag, ist sie jetzt munter, rasch bei der Hand, erweitert die Aufgaben sogar noch, die Sethe ihnen aufträgt. Und alles nur, um sagen zu können: «Wir müssen», und: «Ma'am hat gesagt, daß wir.» Sonst zieht Menschenkind sich in sich selbst zurück und träumt oder wird still und mürrisch, und Denvers Chancen, von ihr angeschaut zu werden, zerrinnen zu nichts. Über die Abende hat sie keine Kontrolle. Wenn ihre Mutter irgendwo in der Nähe ist, hat Menschenkind nur Augen für Sethe. Nachts, im Bett, kann alles geschehen. Vielleicht möchte sie gern in der Dunkelheit, wenn Denver sie nicht sehen kann, eine Geschichte erzählt bekommen. Vielleicht steht sie auch auf und geht ins Kühlhaus, wo Paul D neuerdings schläft. Oder sie weint still vor sich hin. Es kann auch sein, daß sie wie ein Stein schläft, mit süßlichem Atem von Fingern voller Melasse oder den Krümeln von

Sandplätzchen. Dann dreht sich Denver zu ihr um, und wenn Menschenkind ihr zugewandt liegt, atmet sie die süße Luft aus ihrem Mund tief ein. Wenn nicht, muß sie sich immer wieder einmal aufstützen und über sie beugen, um eine Nase voll davon zu erhaschen. Denn alles ist besser als das ursprüngliche Verlangen – aus der Zeit, als nach einem Jahr der wunderbaren kleinen *is*, der Sätze, die sich wie Kuchenteig auswellten, und der Gesellschaft anderer Kinder kein Laut mehr durchkam. Alles ist besser als die Stille, als sie auf gestikulierende Hände reagierte und Lippenbewegungen gegenüber gleichgültig blieb. Als sie noch das winzigste Ding sah und die Farben schwelend in ihr Blickfeld sprangen. Sie verzichtet gern auf den dramatischsten aller Sonnenuntergänge, Sterne groß wie Teller und das ganze Blut des Herbstes und gibt sich mit dem blassesten Gelb zufrieden, wenn es nur von ihrem Menschenkind kommt.

Der Mostkrug ist schwer, aber das ist er immer, selbst wenn er leer ist. Denver kann ihn leicht allein tragen, trotzdem bittet sie Menschenkind, ihr zu helfen. Er steht im Kühlhaus, neben der Melasse und sechs Pfund steinhartem Cheddar. In der Mitte steht eine Pritsche auf dem Boden, bedeckt mit Zeitungen und einer Decke am Fußende. Schon fast einen Monat lang dient sie als Schlaflager, obwohl Schnee gekommen ist und mit ihm der richtige Winter.

Es ist Mittag und draußen recht hell; drinnen nicht. Ein paar Sonnenstrahlen stehlen sich durch das Dach und die Wände, aber einmal so weit gekommen, sind sie zu schwach, um selbst weiterzuwandern. Die Dunkelheit ist stärker und schluckt sie wie kleine Fische.

Die Tür fällt zu. Denver sieht nicht, wo Menschenkind steht.

«Wo bist du?» flüstert sie halb lachend.

«Hier», sagt Menschenkind.

«Wo?»

«Komm, such mich», sagt Menschenkind.

Denver streckt den rechten Arm aus und tut ein, zwei

Schritte. Sie stolpert und fällt auf die Pritsche. Zeitungspapier knistert unter ihrem Gewicht. Sie lacht wieder. «Oh, Mist. Menschenkind?»

Keine Antwort. Denver wedelt mit den Armen und kneift die Augen zusammen, um die Schatten der Kartoffelsäcke, eines Schmalzfasses und einer geräucherten Schweinshälfte von einem Schatten, der menschlich sein könnte, zu unterscheiden.

«Hör auf mit dem Unsinn», sagt sie und schaut nach oben zum Licht, um sich zu vergewissern, daß dies immer noch das Kühlhaus ist und nicht etwas, was sich in ihrem Schlaf abspielt. Die Lichtfischchen schwimmen immer noch dort; sie schaffen es nicht bis nach unten, wo sie ist.

«Du hast doch Durst gehabt. Du willst doch Most, oder?» Denvers Stimme klingt ein klein wenig vorwurfsvoll. Nur ein ganz klein wenig. Sie will niemanden beleidigen, und sie will sich auch nicht die Panik anmerken lassen, die haarig über sie hinwegkriecht. Von Menschenkind ist nichts zu hören und zu sehen. Denver rappelt sich inmitten der knisternden Zeitungen auf. Mit ausgestreckter Hand bewegt sie sich langsam auf die Tür zu. Es ist kein Riegel oder Knauf daran – nur eine Drahtschlinge, die über einen Nagel gehängt wird. Sie drückt die Tür auf. Kaltes Sonnenlicht tritt an die Stelle der Dunkelheit. Der Raum ist genau so, wie er war, als sie ihn betreten haben – nur daß Menschenkind nicht drin ist. Es hat keinen Sinn, weiter zu suchen, denn alles in diesem Raum ist mit einem Blick zu überschauen. Denver sucht trotzdem, denn der Verlust ist unerträglich. Sie tritt zurück in den Schuppen und läßt die Tür rasch hinter sich zufallen. Dunkel oder nicht – sie bewegt sich schnell, mit ausgestreckten Händen, berührt Spinnweben, Käse, schiefe Regale, und die Pritsche ist ihr bei jedem Schritt im Weg. Wenn sie stolpert, so merkt sie es nicht, denn sie weiß nicht, wo ihr Körper aufhört, welcher Teil von ihr ein Arm, ein Fuß, ein Knie ist. Sie fühlt sich wie eine Eisscholle, die von der festen Oberfläche des Flusses abgebrochen ist, dick auf dem Dunkel dahintreibt und gegen die Ränder von Dingen ringsumher kracht. Zerbrechlich, schmelzbar und kalt.

Das Atmen fällt ihr schwer, und selbst wenn es hell wäre, könnte sie nichts sehen, weil sie weint. Genau so, wie sie dachte, daß es geschehen könnte, ist es geschehen. Einfach beim Betreten eines Raums. Ihre magische Ankunft auf einem Baumstumpf, das Gesicht vom Sonnenlicht ausgelöscht, und ihr magisches Verschwinden in einem Schuppen, bei lebendigem Leib von der Dunkelheit aufgefressen.

«Nicht», sagt sie und schluckt heftig dabei. «Nicht. Geh nicht zurück.»

Dies ist schlimmer als damals, als Paul D in die 124 kam und sie verzweifelte Tränen ins Herdfeuer vergoß. Dies ist schlimmer. Damals hat sie um sich geweint. Jetzt weint sie, weil sie kein Ich hat. Verglichen damit ist der Tod, als lasse man eine Mahlzeit aus. Sie spürt, wie ihr dicker Körper dünn wird, zu nichts zerschmilzt. Sie packt das Haar an ihren Schläfen, um es auszureißen und so den Schmelzvorgang für eine Weile aufzuhalten. Mit zusammengebissenen Zähnen würgt Denver ihre Schluchzer hinunter. Sie geht nicht zur Tür, um sie zu öffnen, weil dort draußen keine Welt ist. Sie beschließt, im Kühlhaus zu bleiben und sich von der Dunkelheit verschlucken zu lassen wie oben die Lichtfischchen. Sie will sich nicht noch einmal damit abfinden, verlassen, überlistet zu werden; aufzuwachen, um festzustellen, daß erst der eine Bruder und dann auch der andere nicht mehr am Fußende des Bettes liegt und seine Zehen in ihren Rücken bohrt; am Tisch zu sitzen und Rüben zu essen und den Saft für ihre Großmutter zum Trinken aufzusparen; die Hand ihrer Mutter an der Tür zur Kammer zu sehen und ihre Stimme zu hören, die sagt: «Baby Suggs ist nicht mehr, Denver.» Und als sie schließlich so weit ist, daß sie sich Sorgen darüber macht, was wäre, wenn Sethe stürbe oder mit Paul D fortginge, nimmt ein Traum menschliche Gestalt an, nur um sie dann auf einem Stapel Zeitungen im Dunkeln allein zu lassen.

Kein Schritt kündigt sie an, aber da ist sie, steht dort, wo vorher niemand war, als Denver hingeschaut hat. Und lächelt.

Denver packt den Saum von Menschenkinds Rock. «Ich dachte, du hättst mich verlassen. Ich dachte, du wärst zurückgegangen.»

Menschenkind lächelt: «Den Ort da mag ich nicht. Ich bin jetzt hier.» Sie setzt sich auf die Pritsche, legt sich lachend hin und schaut die Lichtspalte über sich an.

Verstohlen nimmt Denver einen Zipfel von Menschenkinds Rock zwischen die Finger und hält ihn fest. Und sie tut gut daran, denn plötzlich setzt Menschenkind sich auf.

«Was ist denn?» fragt Denver.

«Schau.» Sie deutet auf die Sonnenlichtspalte.

«Was? Ich seh gar nichts.» Denver schaut dorthin, wo der Finger hindeutet.

Menschenkind läßt die Hand fallen. «So bin ich.»

Denver schaut zu, wie Menschenkind sich vorbeugt, sich duckt und hin und her wiegt. Ihr Blick ist ins Leere gerichtet; ihr Stöhnen ist so leise, daß Denver es kaum hört.

«Geht's dir nicht gut, Menschenkind?»

Menschenkind stellt den Blick scharf. «Da drüben. Ihr Gesicht.»

Denver schaut an die Stelle, auf die Menschenkinds Blick gerichtet ist; dort ist nichts als Dunkelheit.

«Wessen Gesicht? Wer ist das?»

«Ich. Das bin ich.»

Sie lächelt wieder.

Der letzte der Männer von Sweet Home, so bezeichnet und benannt von einem, der es wissen mußte, glaubte es. Die anderen vier hatten es auch geglaubt, früher einmal, aber sie waren schon lange fort. Der Verkaufte wurde nie zurückgekauft, der Verlorene nie gefunden. Einer, das wußte er, war mit Sicherheit tot; einer war es hoffentlich, denn Butter und Molke waren kein Leben und auch kein Grund zu leben. Er war im Glauben aufgewachsen, daß unter allen Schwarzen in Kentucky nur sie fünf richtige Männer seien. Berechtigt, ja dazu aufgefordert, Garner zu korrigieren, ihm sogar die Stirn zu bieten. Herauszufinden, wie man eine Aufgabe bewältigte; selbst zu sehen, was dazu nötig war, und die Sache ohne Genehmigung anzupacken. Eine Mutter freizukaufen, ein Pferd oder sich eine Frau auszusuchen, mit Waffen umzugehen, sogar lesen zu lernen, wenn sie es wollten – aber sie wollten es nicht, da nichts, was ihnen wichtig war, sich auf Papier niederschreiben ließ.

War es das? Lag darin die Mannhaftigkeit? In der Bezeichnung durch einen Weißenmann, der es wohl wissen mußte? Der ihnen das Privileg gab, nicht zu arbeiten, sondern zu entscheiden, wie gearbeitet werden sollte? Nein. Ihre Beziehung zu Garner gründete auf etwas wirklich Greifbares: man glaubte und traute ihnen, aber vor allem hörte man ihnen zu.

Garner war der Meinung, was sie sagten, habe Hand und

Fuß, und was sie fühlten, sei ernst zu nehmen. Sich der Meinung seiner Sklaven anzuschließen, beraubte ihn keiner Autorität oder Macht. Der Schullehrer war es, der sie eines Besseren belehrte. Der ihnen eine Tatsache vermittelte, die wie eine Vogelscheuche im Roggen schwankte: Sie waren nur in Sweet Home die Männer von Sweet Home. Einen Schritt von diesem Grund und Boden fort, und schon mischten sie sich unbefugt unter die Menschheit. Wachhunde ohne Zähne waren sie; Ochsen ohne Hörner; kastrierte Arbeitspferde, deren Gewieher sich in keine von verantwortungsbewußten Menschen gesprochene Sprache übersetzen ließ. Paul Ds Stärke hatte in dem Wissen bestanden, daß der Schullehrer unrecht hatte. Inzwischen zweifelte er. Da war Alfred, Georgia, da war Delaware, da war Sixo, und dennoch zweifelte er. Wenn der Schullehrer recht hatte, dann erklärte das, wie Paul D zu so einer Schlenkerpuppe hatte werden können – die ein Mädchen, das seine Tochter hätte sein können, jederzeit nach Belieben in die Arme nehmen und wieder weglegen konnte. Warum er sie vögelte, wo er doch überzeugt davon war, daß er gar nicht wollte. Sie brauchte nur das Hinterteil zu heben, schon brachten die Kälber aus Jugendtagen (war es das?) seine guten Vorsätze durcheinander. Aber es war mehr als das Verlangen, das ihn demütigte und ihm die Frage nahelegte, ob der Schullehrer recht hatte. Es war die Tatsache, daß er vertrieben und dorthin bugsiert wurde, wo sie ihn hinhaben wollte, und daß er nichts dagegen tun konnte. Um nichts in der Welt hätte er abends die leuchtende weiße Treppe hinaufgehen können; um nichts in der Welt hätte er nachts in der Küche bleiben können, in der Kammer, im Vorratsraum. Dabei gab er sich Mühe. Er hielt den Atem an, so wie damals, als er in den Schlamm getaucht war; verschloß sein Herz, so wie damals, als das Zittern begonnen hatte. Aber es war schlimmer als das, schlimmer als der Aufruhr im Blut, den er mit einem Vorschlaghammer unter Kontrolle gebracht hatte. Wenn er vom Abendbrottisch in der 124 aufstand und sich zur

Treppe wandte, kam zunächst Übelkeit, dann Abscheu. Und das ausgerechnet ihm. Ihm, der rohes Fleisch gegessen hatte, das kaum tot war, der unter Pflaumenbäumen, die sich unter Blüten bogen, die Zähne in die Brust einer Taube versenkt hatte, noch bevor deren Herz richtig zu schlagen aufgehört hatte. Weil er ein Mann war, und weil ein Mann tun konnte, was er wollte: sechs Stunden lang in einem trokkenen Brunnen stillsitzen, bis die Nacht hereinbrach; mit bloßen Händen gegen einen Waschbären kämpfen und siegen; einen anderen Mann, den er mehr liebte als seine Brüder, tränenlos verbrennen sehen, damit die Lyncher merkten, was ein Mann war. Und er, derselbe Mann, der zu Fuß von Georgia nach Delaware gegangen war, konnte in der 124 nicht gehen, wohin er wollte, und nicht bleiben, wo er wollte – was für eine Schmach.

Paul D hatte keine Macht über seine Füße, aber er meinte, er könne immer noch reden, und faßte den Entschluß, auf diesem Weg auszubrechen. Er würde Sethe von den letzten drei Wochen erzählen: sie allein abfangen, wenn sie von der Arbeit in der Bierschwemme kam, die sie als Lokal bezeichnete, und ihr alles erzählen.

Er wartete auf sie. Der Winternachmittag sah aus wie die Abenddämmerung, als er in der Gasse hinter Sawyers Gasthaus stand, im stillen übte, sich ihr Gesicht vorstellte und die Worte im Kopf zusammenströmen ließ wie Kinder, bevor sie sich aufstellen, um dem Anführer zu folgen.

«Also, äh, dies ist nicht der, als Mann kann man nicht, weißt du, aber hör doch mal, es ist ja nicht so, daß, so ist es wirklich nicht, der alte Garner, ich will ja nur sagen, es ist keine Schwäche, die Art von Schwäche, die ich nicht bekämpfen kann, weil, weil mit mir passiert was, das Mädchen macht's, ich weiß, du wirst glauben, daß ich sie eh nie mochte, aber sie tut mir das an. Verhext mich. Sethe, sie hat mich verhext, und ich kann den Zauber nicht brechen.»

Was? Ein erwachsener Mann von einem Mädchen verhext? Aber was, wenn das Mädchen kein Mädchen war, sondern etwas Verkapptes anderes? Ein gemeines Etwas mit dem Aussehen eines lieben jungen Mädchens; und das mit dem Vögeln war nicht das Entscheidende daran, es ging drum, daß er in der 124 nicht bleiben und auch nicht gehen konnte, wohin er wollte, und es bestand Gefahr, daß er Sethe verlor, weil er nicht Manns genug war, auszubrechen, also brauchte er sie, Sethe, um ihm zu helfen, sie mußte Bescheid wissen, und es beschämte ihn, daß er die Frau, die er beschützen wollte, bitten mußte, ihm dabei zu helfen, gottverdammt noch mal.

Paul D blies sich den warmen Atem in die hohlen Hände. Der Wind pfiff so schnell durch die Gasse, daß er den vier Hunden, die auf Küchenabfälle warteten, das Fell glattlegte. Paul D schaute die Hunde an. Die Hunde schauten ihn an.

Endlich ging die Hintertür auf, und Sethe trat mit einer Schüssel voller Abfälle im Arm heraus. Als sie ihn sah, sagte sie «Oh», und ihr Lächeln verriet Freude und Überraschung.

Paul D vermeinte zurückzulächeln, aber sein Gesicht war so ausgekühlt, daß er sich nicht sicher war.

«Mann, da fühl ich mich ja wie ein junges Mädchen, wenn du mich nach der Arbeit abholen kommst. Das hat noch nie jemand getan. Paß lieber auf, sonst fang ich am Ende noch an, mich drauf zu freuen.» Rasch warf sie die größten Knochen auf die Erde, damit die Hunde wußten, daß genug da war, und nicht darum kämpften. Dann warf sie den Tieren Häute von etwas, Köpfe von etwas anderem und die Innereien von wieder etwas anderem – Dinge, die im Lokal nicht verwendet werden konnten und die sie nicht wollte – in einem dampfenden Haufen vor die Füße.

«Muß das noch ausspülen», sagte sie, «dann komm ich sofort.»

Er nickte, und sie kehrte in die Küche zurück.

Die Hunde fraßen geräuschlos, und Paul D dachte, zumindest sie kriegen das, wofür sie gekommen sind, und wenn sie für sie genug hatte...

Das Tuch, das sie auf dem Kopf trug, war aus brauner Wolle, und sie zog es gegen den Wind über den Haaransatz herunter.

«Hast du früher Schluß gehabt oder was?»

«Ich hab früher Schluß gemacht.»

«Ist irgendwas?»

«Gewissermaßen», sagte er und wischte sich über die Lippen.

«Aber keine Kurzarbeit?»

«Nein, nein. Sie haben genug Arbeit. Ich wollte nur –»

«Hm?»

«Sethe, was ich dir sagen will, wird dir nicht gefallen.»

Da blieb sie stehen und wandte ihm und dem verhaßten Wind das Gesicht zu. Eine andere Frau hätte die Augen zusammengekniffen, oder zumindest hätten ihr die Augen geträNt, wenn ihr der Wind so ins Gesicht gepeitscht wäre wie jetzt Sethe. Eine andere Frau hätte ihm einen ängstlichen, flehentlichen, vielleicht sogar wütenden Blick zugeworfen, weil das, was er sagte, ganz nach einer Vorrede zu *Lebwohl, ich geh* klang.

Sethe schaute ihn unverwandt und ruhig an, schon jetzt bereit, einen Mann, der etwas brauchte oder in Schwierigkeiten war, zu akzeptieren, freizusprechen oder zu entschuldigen. Stimmte schon im voraus zu, sagte, in Ordnung, schon gut, weil sie nicht glaubte, daß irgendein Mann – auf die Dauer – dem gewachsen war. Und was auch der Grund dafür wäre, es war in Ordnung. Keine Schuld. Niemandes Schuld.

Er wußte, was sie dachte, und obwohl sie falsch lag damit – er wollte sie nicht verlassen, würde es niemals tun –, war das, was er ihr sagen wollte, noch schlimmer. Drum war er, als er die heruntergeschraubte Erwartung in ihren Augen sah, die Melancholie ohne jeden Vorwurf, nicht imstande, es ihr zu erzählen. Zu dieser Frau, die vor dem Wind nicht einmal die Augen zusammenkniff, konnte er nicht sagen: «Ich bin kein Mann.»

«Nun sag's schon, ob's mir nun gefällt oder nicht.»

Da er nicht sagen konnte, was er sich vorgenommen hatte, sagte er etwas, von dem er gar nicht wußte, daß es ihm auf der Seele lag. «Ich möchte, daß du schwanger wirst, Sethe. Würdest du das für mich tun?»

Jetzt lachte sie, und er auch.

«Du bist hierhergekommen, um mich das zu fragen? Du verrückter Mann, du. Hast recht; es gefällt mir nicht. Findest du nicht, daß ich zu alt bin, um mit alledem noch mal anzufangen?» Sie schob ihre Hand in die seine, ganz wie die Hand in Hand gehenden Schatten am Rand der Straße.

«Überleg's dir mal», sagte er. Und plötzlich war es eine Lösung: eine Möglichkeit, an ihr festzuhalten, seine Männlichkeit zu beweisen und dem Zauber des Mädchens zu entkommen – alles auf einmal. Er legte sich Sethes Fingerspitzen auf die Wange. Lachend zog sie sie fort, damit keiner, der gerade durch die Gasse ging, sähe, daß sie sich in der Öffentlichkeit schlecht benahmen, am hellichten Tag und im Wind.

Immerhin hatte er so ein wenig mehr Zeit gewonnen oder sich vielmehr erkauft, und er hoffte, daß der Preis ihn nicht zugrunde richten würde. Als zahle man für einen Nachmittag in der Münze zukünftigen Lebens.

Sie hörten auf zu spielen, ließen sich los und beugten sich vor, als sie aus der Gasse traten und in die Straße einbogen. Der Wind war hier nicht so heftig, aber die ausgetrocknete Kälte, die er hinterließ, trieb die in ihren Mänteln steifen Fußgänger zu schneller Bewegung an. Nirgends lehnte sich ein Mann an eine Tür oder gegen ein Schaufenster. Die Räder der Wagen, die Futter oder Holz auslieferten, quietschten wie unter Schmerzen. Pferde, die vor den Saloons angebunden standen, zitterten und schlossen die Augen. Vier Frauen, je zwei und zwei, näherten sich mit lauten Schritten auf dem hölzernen Gehweg. Paul D faßte Sethe am Ellbogen, um sie zu stützen, als sie von den Bohlen auf die Erde traten, um die Frauen vorbeizulassen.

Eine halbe Stunde später, als sie den Stadtrand erreichten, nahmen Sethe und Paul D das Fang-und-Greif-Spiel ihrer Finger wieder auf und gaben sich dabei verstohlene Klapse aufs Hinterteil. Froh und verlegen, so erwachsen und zugleich so jung zu sein.

Entschlußkraft, dachte er. Das war alles, was nötig war, und kein mutterloses Mädel würde sie ihm streitig machen können. Kein faules, dahergelaufenes Schoßtier von Frau konnte ihm den Sinn verdrehen, ihn veranlassen, an sich selbst zu zweifeln, sich Gedanken zu machen, zu bitten oder etwas zu beichten. Überzeugt davon, daß er es schaffen würde, warf er die Arme um Sethes Schultern und drückte sie. Sie ließ ihren Kopf an seine Brust sinken, und da der Augenblick beiden teuer war, blieben sie stehen und standen so da – ohne zu atmen und sogar ohne sich darum zu kümmern, ob ein Passant vorbeikam. Das Winterlicht war trübe. Sethe schloß die Augen. Paul D schaute die schwarzen Bäume an, die den Straßenrand säumten, die Äste wie Arme zur Verteidigung gegen einen Angriff erhoben. Plötzlich begann es leise zu schneien, wie ein Geschenk des Himmels. Sethe öffnete die Augen und sagte: «Gnade.» Und so kam es auch Paul vor – wie eine kleine Gnade, etwas, das ihnen ganz bewußt geschenkt wurde, um ihren Gefühlen ein Zeichen zu setzen, damit sie sich später daran erinnern konnten, wenn sie es nötig hatten.

Die trockenen Flocken kamen herunter, dick und so schwer, daß sie aufschlugen wie kleine Münzen auf Stein. Stets war er überrascht, wie leise der Schnee war. Nicht wie Regen, vielmehr wie ein Geheimnis.

«Lauf!» sagte er.

«Lauf du», sagte Sethe. «Ich bin schon den ganzen Tag auf den Beinen.»

«Und wo war ich? Hab ich etwa gesessen?» Und er zog sie mit.

«Halt! Halt!» sagte sie. «Meine Beine sind für so was nicht gemacht.»

«Dann gib sie mir», sagte er, und im Handumdrehen war er vor ihr, hatte sie sich auf den Rücken geschwungen und lief die Straße hinunter, an den braunen, sich weiß einfärbenden Feldern entlang.

Außer Atem blieb er schließlich stehen, und sie ließ sich auf ihre eigenen Füße gleiten, ganz erschöpft vom Lachen.

«Du brauchst wirklich Kinder, jemand, mit dem du im Schnee spielen kannst.» Sethe zog ihr Tuch fester.

Paul D lächelte und wärmte sich mit seinem Atem die Hände. «Ich würd's auf alle Fälle gern versuchen. Brauch nur eine willige Partnerin.»

«Und ob», antwortete sie. «Eine sehr, sehr willige.»

Es war jetzt fast vier Uhr, und die 124 war noch eine halbe Meile entfernt. Kaum sichtbar im Schneetreiben kam eine Gestalt auf sie zugeschwebt, und obwohl es dieselbe Gestalt war, die Sethe schon vier Monate lang entgegenkam, waren sie und Paul D so miteinander beschäftigt, daß sie beide auffuhren, als sie merkten, daß sie nahte.

Menschenkind widmete Paul D keines Blickes; ihr Augenmerk galt Sethe. Sie hatte keinen Mantel an, kein Umschlagtuch, nichts auf dem Kopf, aber sie hielt einen langen Schal in der Hand. Sie streckte die Arme aus und versuchte ihn Sethe umzuwickeln.

«Verrücktes Huhn», sagte Sethe. «Du bist doch hier die, die nichts anhat.» Und sie trat einen Schritt nach vorn und vor Paul D, nahm den Schal und wickelte ihn Menschenkind um Kopf und Schultern. Mit den Worten: «Du mußt lernen, vernünftiger zu sein», legte sie ihr den linken Arm um. Die Schneeflocken blieben jetzt liegen. Paul D war es eiskalt an der Stelle, wo Sethe vor Menschenkinds Ankunft gewesen war. Er zockelte ein paar Schritte hinter den Frauen her und kämpfte den Ärger nieder, der ihm den ganzen restlichen Heimweg über durch den Magen schoß. Als er im Lampenlicht Denvers Silhouette am Fenster sah, konnte er nicht umhin zu denken: Und du, zu wem hältst du?

Sethe war schließlich diejenige, die es tat. Sicherlich ohne das geringste Mißtrauen löste sie alles auf einen Schlag.

«Heut nacht wirst du doch nicht da draußen schlafen wollen, Paul D, oder?» Sie lächelte ihn an, und der Kamin begann wie ein Freund in Bedrängnis unter einem kalten Lufthauch zu husten, der aus dem Himmel in ihn hereinfuhr. Fenstergardinen fröstelten in einem Schwall Winterluft.

Paul D sah von seinem Siedfleisch hoch.

«Du kommst rauf. Wo du hingehörst», sagte sie, «... und bleibst dort.»

Der unausgesprochene Groll, der von Menschenkinds Seite des Tisches aus über ihn kam, blieb angesichts von Sethes warmem Lächeln harmlos.

Schon einmal zuvor (und nur dieses eine Mal) war Paul D einer Frau dankbar gewesen. Er war glotzäugig vor Hunger und Einsamkeit aus den Wäldern gekrochen gekommen und hatte an die erstbeste Hintertür im Farbigenviertel von Wilmington geklopft. Zu der Frau, die ihm aufmachte, sagte er, er würde ihr gern Holz hacken, wenn sie etwas für ihn zu essen hätte. Sie musterte ihn von oben bis unten.

«Ein wenig später», sagte sie und öffnete die Tür weiter. Sie gab ihm eine Schweinswurst zu essen, das denkbar Schlechteste für einen Verhungernden, aber weder er noch sein Magen erhoben Einwände. Später, als er in ihrem Schlafzimmer gebleichte Baumwollaken und zwei Kopfkissen sah, mußte er sich schnell die Augen auswischen, schnell, damit sie nicht die Tränen der Dankbarkeit eines Mannes über das erste Mal sah. Erde, Gras, Schlamm, Schalen, Blätter, Heu, Maisspreu, Muscheln – auf alledem hatte er schon geschlafen. Weiße Baumwollaken waren ihm nie in den Sinn gekommen. Er fiel aufstöhnend hinein, und die Frau half ihm, so zu tun, als liebe er sie und nicht ihre Bettbezüge. In dieser Nacht, voll mit Schweinefleisch und in großem Luxus, schwor er, daß er sie nie verlassen werde. Sie würde ihn schon umbringen müssen, um ihn aus diesem

Bett zu vertreiben. Achtzehn Monate später, als ihn die Northpoint Bank und Railroad Company gekauft hatte, war er immer noch dankbar dafür, daß sie ihn mit Laken vertraut gemacht hatte.

Jetzt war er ein zweites Mal dankbar. Er fühlte sich, als sei er vom Rand einer Klippe gepflückt und auf sicheren Boden gestellt worden. In Sethes Bett konnte er, das wußte er, mit zwei verrückten Mädchen fertig werden – solange Sethe ihre Wünsche äußerte. Der Länge nach ausgestreckt, die am Fenster über seinen Füßen vorbeischwebenden Schneeflocken im Blick, war es leicht, die Zweifel beiseite zu schieben, die ihn in die Gasse hinter das Lokal geführt hatten: Seine Erwartungen an sich selbst waren hoch, zu hoch. Was er als Feigheit bezeichnete, nannten andere Leute vielleicht gesunden Menschenverstand.

In Paul Ds Armbeuge geschmiegt rief Sethe sich sein Gesicht auf der Straße in Erinnerung, als er sie gebeten hatte, ihm ein Kind zu gebären. Obwohl sie gelacht und seine Hand genommen hatte, war sie darüber erschrocken. Sie dachte kurz daran, wie schön der Geschlechtsverkehr sein würde, wenn es das war, was er wollte, aber in erster Linie erschreckte sie der Gedanke, noch einmal ein Kind zu bekommen. Gut genug, wachsam genug, stark genug und so fürsorglich sein zu müssen – noch einmal. So viel länger am Leben bleiben zu müssen. O Gott, dachte sie, errette mich. Wenn Mutterliebe nicht sorgenfrei war, brachte sie einen um. Wozu wollte er sie denn schwängern? Um sich an sie klammern zu können? Als Zeichen dafür, daß er hier vorbeigekommen war? Er hatte doch bestimmt an allen Ecken und Enden Kinder. Achtzehn Jahre lang herumziehen, da mußte er doch wohl ein paar in die Welt gesetzt haben. Nein. Ihm paßten die Kinder nicht, die sie schon hatte, das war es. Das Kind, korrigierte sie sich. Das Kind und Menschenkind, die sie als ihr Kind betrachtete, und das paßte ihm nicht. Daß er sie mit den Mädchen teilen mußte. Daß er die drei über etwas lachen hörte, an dem er nicht teilhatte.

Daß er die Zeichen nicht entschlüsseln konnte, die sie untereinander benützten. Vielleicht paßte ihm sogar die Zeit nicht, die auf ihre Bedürfnisse verwendet wurde und nicht auf seine. Sie waren irgendwie eine Familie, und er war nicht ihr Oberhaupt.

Kannst du mir das nähen, Schätzchen?

Mhm. Sobald ich mit dem Unterrock hier fertig bin. Sie hat doch nur den einen, in dem sie hierhergekommen ist, und jeder braucht mal Abwechslung.

Ist noch Kuchen übrig?

Ich glaub, Denver hat ihn aufgegessen.

Und sie hat sich nicht beklagt. Es hat ihr nicht einmal etwas ausgemacht, daß er neuerdings überall im Haus und ums Haus herum schlief, und dem hat sie heute abend aus reiner Höflichkeit einen Riegel vorgeschoben.

Sethe seufzte und legte ihre Hand auf seine Brust. Sie wußte, daß sie Argumente gegen ihn sammelte, um Argumente gegen die Schwangerschaft zu sammeln, und sie war ein wenig beschämt darüber. Aber sie hatte doch schon mehr als genug Kinder. Wenn ihre Jungen eines Tages zurückkämen und Denver und Menschenkind weiter dablieben – nun, dann wäre es doch so, wie es sein sollte, nicht? Gleich nachdem sie die Schatten Hand in Hand am Straßenrand gesehen hatte, hatte da nicht alles anders ausgesehen? Und sobald sie das Kleid und die Schuhe im Vorgarten hatte sitzen sehen, hatte sie das Wasser nicht mehr halten können. Sie brauchte das Gesicht nicht einmal im Sonnenlicht leuchten zu sehen. Sie hatte es sich jahrelang erträumt.

Paul Ds Brust hob und senkte sich, hob und senkte sich unter ihrer Hand.

Denver war mit dem Abwaschen fertig und setzte sich an den Tisch. Menschenkind, die sich nicht gerührt hatte, seit Sethe und Paul D aus dem Zimmer gegangen waren, saß da und lutschte am Zeigefinger. Denver beobachtete ihr Gesicht eine Weile und sagte dann: «Sie findet's gut, daß er da ist.»

Menschenkind fuhr weiter mit dem Finger im Mund herum. «Mach, daß er fortgeht», sagte sie.

«Vielleicht ist sie böse auf dich, wenn er geht.»

Menschenkind steckte zu dem Zeigefinger noch den Daumen in den Mund und zog einen Backenzahn heraus. Es war kaum Blut daran, aber Denver sagte: «Ooooooh, hat das nicht weh getan?»

Menschenkind betrachtete den Zahn und dachte: Jetzt fängt es an. Als nächstes würde ihr Arm drankommen, dann ihre Hand, ein Zeh. Nacheinander, vielleicht auch alle auf einmal, würden Stücke von ihr abfallen. Oder sie würde eines schönen Vormittages, bevor Denver aufgewacht und nachdem Sethe fort war, einfach platzen. Es fällt ihr schwer, den Kopf auf dem Hals und die Beine an den Hüften zu behalten, wenn sie allein ist. Zu den Dingen, an die sie sich nicht zu erinnern vermochte, gehörte auch die Frage, wann sie zum erstenmal gemerkt hatte, daß sie jederzeit aufwachen und sich in Einzelteilen vorfinden konnte. Sie träumte zweierlei: zu platzen und verschlungen zu werden. Als ihr der Zahn ausfiel – ein Überbleibsel, der letzte in der Reihe – glaubte sie, es begänne.

«Muß ein Weisheitszahn sein», sagte Denver. «Tut's nicht weh?»

«Doch.»

«Und warum weinst du dann nicht?»

«Was?»

«Wenn's weh tut, warum weinst du dann nicht?»

Da weinte sie. Saß da und hielt einen kleinen weißen Zahn in ihrer glatten glatten ausgestreckten Hand. Weinte so, wie sie es am liebsten getan hätte, als die Schildkröten nacheinander aus dem Wasser kamen, unmittelbar nachdem der blutrote Vogel wieder zwischen den Blättern verschwunden war. So, wie sie am liebsten geweint hätte, als Sethe zu ihm gegangen war, wie er da unter der Treppe in der Badewanne stand. Mit der Zungenspitze berührte sie das salzige Wasser, das ihr in die Mundwinkel floß, und hoffte, Denvers Arme um ihre Schultern würden verhindern, daß sie abfielen.

Das Paar oben in seiner Vereinigung hörte kein Geräusch, aber unter ihm, draußen, rings um die 124, fiel immer weiter der Schnee. Türmte sich auf, begrub sich selbst. Höher. Tiefer.

Baby Suggs mochte vielleicht den Hintergedanken gehabt haben, daß es wahrhaftig ein Grund zum Feiern wäre, wenn Halle es mit Gottes Hilfe schaffte. Wenn dieser letzte Sohn doch nur für sich selbst dasselbe tun könnte wie für sie und die drei Kinder, die John und Ella in einer Sommernacht an ihrer Tür abgeliefert hatten. Als zwar die Kinder ankamen, aber keine Sethe, war sie besorgt und zugleich dankbar gewesen. Dankbar dafür, daß diejenigen, die von ihrer Familie überlebt hatten, ihre Enkel waren – die ersten und einzigen Enkel, die sie je kennenlernen würde: zwei Jungen und ein kleines Mädchen, das schon krabbelte. Doch sie hielt ihr Herz an der Kandare, hatte Angst davor, daß Fragen hochkamen: Was war mit Sethe und Halle; warum die Verspätung? Warum war Sethe nicht auch mit auf den Wagen geklettert? Niemand kam allein durch. Nicht nur, weil die Sklavenjäger sie wie Bussarde abknallten oder wie Hasen in Netzen fingen, sondern auch, weil man nicht weglaufen konnte, wenn man nicht wußte wohin. Man konnte für immer verloren sein, wenn keiner da war, der einem den Weg zeigte.

Als Sethe dann doch ankam – voller Quetschungen und Striemen, aber mit einem weiteren Enkelkind in den Armen – rückte der Gedanke an einen Freudenschrei in ihrem Kopf weiter in den Vordergrund. Da es aber immer noch kein Zeichen von Halle gab und Sethe selbst nicht wußte, was ihm zugestoßen war, ließ sie es erst einmal gut sein mit dem Freudenschrei – weil sie Halles Chancen nicht verringern wollte, indem sie Gott zu früh dankte.

Stamp Paid war derjenige, der die Sache auslöste. Zwanzig Tage nach Sethes Ankunft in der 124 kam er vorbei und sah sich das Baby an, das er in die Jacke seines Neffen gewickelt hatte, sah sich die Mutter an, der er ein Stück gebratenen Aal in die Hand gedrückt hatte, und machte sich dann aus ganz eigenen privaten Gründen mit zwei Eimern auf zu einem Platz nahe dem Flußufer, den nur er kannte und an dem Brombeeren wuchsen, die so gut und herrlich schmeckten, daß einem war, als sei man in der Kirche, wenn man sie aß. Bloß eine Beere, und man fühlte sich wie gesalbt. Er ging fünf Meilen zum Flußufer und rutschte und lief hinunter in eine Schlucht, die vor lauter Gestrüpp kaum zugänglich war. Er tastete sich durch Ranken mit messerdicken blutrünstigen Dornen vor, die ihm durch Hemdärmel und Hosen stachen. Wurde alldieweil von Mücken, Bienen, Hornissen, Wespen und den gemeinsten Spinnen im ganzen Land gepiesackt. Zerkratzt, zerrissen und zerstochen arbeitete er sich hindurch und ergriff die Beeren so vorsichtig mit den Fingerspitzen, daß nicht eine einzige zerdrückt wurde. Spätnachmittags kehrte er in die 124 zurück und stellte zwei volle Eimer auf der Veranda ab. Als Baby Suggs seine zerfetzten Kleider, seine blutenden Hände, sein aufgequollenes Gesicht und seinen geschwollenen Hals sah, setzte sie sich hin und lachte laut los.

Buglar, Howard, die Frau mit der Haube und Sethe kamen, um zu schauen, und stimmten dann in Baby Suggs' Gelächter über den schlauen, stahlharten alten Schwarzen ein: Da stand der Mittelsmann, Fischer, Fährmann, Führer, Retter, Spion am hellichten Tag – erledigt von zwei Eimern Brombeeren. Ohne ihnen weiter Beachtung zu schenken, nahm er eine Beere und steckte sie der drei Wochen alten Denver ins Mündchen. Die Frauen schrien auf.

«Sie ist noch zu klein dafür, Stamp.»

«Kriegt Dünnpfiff davon.»

«Da wird ihr schlecht werden.»

Doch die begeisterten Blicke und schmatzenden Lippen des Babys veranlaßten sie, es ihm nachzutun, und einer nach dem anderen probierte von den Beeren, die nach Kirche schmeckten. Schließlich scheuchte Baby Suggs die Hände der Jungen mit Klapsen aus den Eimern und schickte Stamp nach hinten an die Pumpe zum Waschen. Sie hatte beschlossen, mit den Früchten etwas anzufangen, was der Mühe des Mannes und seiner Liebe angemessen war. Und so begann es.

Sie machte den Kuchenteig und dachte, sie sollte vielleicht Ella und John Bescheid sagen, damit sie vorbeikämen, denn drei Kuchen, vielleicht sogar vier, waren zuviel zum Selbstessen. Dann konnten die beiden ebensogut noch mit ein paar Hähnchen eine Grundlage schaffen, fand Sethe. Stamp warf ein, daß Flußbarsche und Katzenfische ihm geradezu von selbst ins Boot sprängen – er bräuchte nicht einmal die Leine auszuwerfen.

Von Denvers begeistertem Blick wuchs sich die Sache zu einem Festschmaus für neunzig Leute aus. Bis tief in die Nacht hallten ihre Stimmen in der 124 wider. Neunzig Leute, die so gut aßen und so viel lachten, daß sie darüber zornig wurden. Am nächsten Morgen wachten sie auf und erinnerten sich an den mit Maismehl panierten Barsch, den Stamp Paid mit einem Hickory-Zweig aus der Pfanne gehoben hatte, wobei er die linke Hand schützend gegen das brodelnde und spritzende kochende Fett ausstreckte; erinnerten sich an den mit Sahne zubereiteten Maispudding; an müde, übersättigte Kinder, die im Gras schliefen, winzige Knöchelchen von den gebratenen Kaninchen noch in der Hand – erinnerten sich und wurden zornig.

Aus Baby Suggs' drei (vielleicht vier) Kuchen wurden zehn (vielleicht zwölf). Aus Sethes zwei Hühnchen wurden fünf Truthähne. Aus dem einen Eisblock, der den langen Weg von Cincinnati her kam und über den sie mit Zucker und Minze vermischtes Wassermelonenmus gossen, um einen Punsch zu machen, wurde eine Wagenladung voller Eisbrocken für eine Badewanne voller Erdbeermix. Die 124, die unter Gelächter, Wohlwollen und Essen für neunzig Leute wackelte, machte sie zornig. Zuviel, dachten sie. Woher hat sie das alles, Baby Suggs, die Heilige? Warum ist sie mit den Ihren immer der Mittelpunkt? Wie kommt's, daß sie immer genau weiß, was zu tun ist und wann? Rat geben; Nachrichten übermitteln; Kranke heilen, Flüchtlinge verstecken, lieben, kochen, kochen, lieben, predigen, singen, tanzen und alle gern haben, als sei es ihr Beruf und nur der ihre.

Daß jemand einfach zwei Eimer Brombeeren nahm und zehn, vielleicht zwölf Kuchen daraus machte; genügend Truthahn für fast die ganze Stadt hatte, frische Erbsen im September, frische Sahne, aber keine Kuh, Eis *und* Zucker, Brandteig, Brotpudding, Hefekuchen, Plätzchen – das machte sie wütend. Brot und Fische standen in Seiner Macht – sie gehörten keiner ehemaligen Sklavin, die wahrscheinlich ihr Leben lang keine hundert Pfund zur Waage geschleppt oder mit einem Baby auf dem Rücken Okra gepflückt hatte. Die niemals von einem zehnjährigen Weißenjungen geprügelt worden war wie sie, weiß Gott. Die nicht einmal aus der Sklaverei geflohen, sondern vielmehr von einem liebevollen Sohn *freigekauft* worden und in einem Wagen zum Ohio *gefahren* worden war, die Papiere einer Freien zusammengefaltet am Busen (gefahren von dem Mann, der ihr Eigentümer gewesen war und der ihr auch die Niederlassungsgebühr zahlte – Garner hieß er), und ein Haus mit *zwei* Stockwerken *und* einem Brunnen von den Bodwins gemietet hatte – dem weißen Geschwisterpaar, das Stamp Paid, Ella und John Kleider, Güter und Gerätschaften für weggelaufene Sklaven schenkte, weil es die Sklaverei noch mehr haßte als die Sklaven.

Das machte sie rasend. Am Morgen danach schluckten sie Natron, um die von der grenzenlos und leichtfertig in der zur Schau gestellten Großzügigkeit verursachten Magenturbulenzen zu besänftigen. Flüsterten einander in den Hinterhöfen etwas von fetten Ratten, Verhängnis und ungehörigem Stolz zu.

Der Geruch ihrer Mißbilligung lag schwer in der Luft. Baby Suggs wachte davon auf und fragte sich, woher er kam, während sie ihren Enkeln Maisgrütze kochte. Später, als sie im Garten stand und den harten Boden über den Wurzeln der Paprikapflanzen aufharkte, roch sie ihn wieder. Sie hob den Kopf und sah sich um. Hinter ihr, ein paar Meter weiter links, hockte Sethe in den Stangenbohnen. Ihre Schultern waren unförmig von dem eingefetteten Flanell unter ihrem Kleid, der die Heilung ihres Rückens fördern sollte. Neben ihr lag in einem Spankorb das drei Wochen alte Baby. Baby Suggs, die Heilige, sah auf. Der Himmel war blau und klar. Nicht ein Hauch von Tod im scharf umrissenen Grün der Blätter. Sie hörte Vögel und leise den Fluß weiter unten in der Wiese. Here Boy, das junge Hündchen, vergrub die letzten Knochen vom Fest tags zuvor. Von irgendwoher an der Seite des Hauses tönten die Stimmen von Buglar, Howard und dem krabbelnden Mädchen. Nichts schien unstimmig zu sein – und doch war der Geruch der Mißbilligung scharf. Ein Stück hinter dem Gemüsegarten, näher am Fluß, aber noch in der prallen Sonne, hatte sie Mais gepflanzt. Soviel sie auch für das Fest gepflückt hatten, es reiften noch immer neue Kolben, die sie von dort aus, wo sie stand, sehen konnte. Baby Suggs beugte sich mit ihrer Harke wieder über die Paprika und die Kürbisranken. Vorsichtig fuhr sie mit den Zinken genau im richtigen Winkel unter einem widerborstigen Büschel Gartenraute durch. Die Blüten steckte sie durch einen Schlitz in ihrem Hut; den Rest warf sie weg. Das ruhige klack klack klack von splitterndem Holz erinnerte sie daran, daß Stamp die Arbeit tat, die zu tun er am Abend zuvor versprochen hatte. Sie hackte seufzend weiter und richtete sich einen Augenblick später erneut auf, um die Mißbilligung zu schnuppern. Auf den Hackenstiel gestützt, konzentrierte sie sich. Sie war an den Gedanken gewöhnt, daß keiner für sie betete – aber diese ungezügelte Ablehnung war neu. Sie kam nicht von Weißenleuten, soviel begriff sie, also mußten es Farbige sein. Und dann ging es ihr auf. Ihre Freunde und Nachbarn waren zornig auf sie, weil sie zu weit gegangen war, zu viel gegeben hatte, sie durch ihre Maßlosigkeit beleidigt hatte.

Baby schloß die Augen. Vielleicht hatten sie recht. Plötzlich roch sie noch etwas anderes hinter dem mißbilligenden Geruch, weit weit dahinter. Etwas Dunkles und Drohendes. Etwas, an das sie nicht herankam, weil der andere Geruch es überdeckte.

Sie kniff die Augen fest zusammen, um zu sehen, was es war, aber alles, was sie ausmachen konnte, waren ein Paar Schnürstiefel, deren Anblick ihr gar nicht gefiel.

Unzufrieden und sinnierend harkte sie weiter. Was konnte es sein? Dieses dunkle, sich nähernde Ding. Was konnte sie noch verletzen? Die Nachricht von Halles Tod? Nein. Darauf war sie besser vorbereitet als darauf, daß er noch lebte. Das letzte ihrer Kinder, das sie kaum angeschaut hatte, als es auf die Welt gekommen war, weil es sich nicht lohnte, sich ein Gesicht einzuprägen, dessen Verwandlung in das eines Erwachsenen man ohnehin nie miterleben würde. Siebenmal hatte sie das getan: ein kleines Füßchen angefaßt, die rundlichen Fingerspitzen mit ihren eigenen abgetastet – Finger, die sie nie zu den männlichen oder weiblichen Händen werden sah, die eine Mutter überall erkennt. Bis auf den heutigen Tag wußte sie nicht, wie ihre zweiten Zähne aussahen oder wie sie beim Gehen den Kopf hielten. Hatte Patty aufgehört zu lispeln? Welche Farbe würde Famous' Haut wohl endgültig annehmen? War das ein Spalt in Johnnys Kinn oder nur ein Grübchen, das sich verwachsen würde? Vier Mädchen, und als sie sie zum letztenmal gesehen hatte, war noch kein Haar unter ihren Achseln gewesen. Ißt Ardelia noch immer so gern verbrannte Brotkruste? Alle sieben waren fort oder tot. Was also nützte es, sich den

Sethe (Oprah Winfrey) hat ihre Jugend als Sklavin auf der Sweet-Home-Farm verbracht. Jahrzehnte nach ihrer Flucht wird sie von den Erinnerungen an die qualvolle Zeit heimgesucht.

Nach achtzehn Jahren zielloser Wanderschaft kommt Paul D (Danny Glover), ein alter Freund und Leidensgenosse aus der Sklavenzeit, zu Besuch.

Sethes Tochter Denver (Kimberly Elise) ist nicht besonders erfreut über den fremden Mann im Haus ...

... und fühlt sich von ihrer Mutter vernachlässigt.

Doch Paul D bleibt in der Bluestone Road 124, um mit Sethe und Denver ein neues Leben zu beginnen.

Eines Tages steht eine junge Frau vor Sethes Haus. Niemand kennt sie oder weiß, woher sie kommt. Ihr Name ist Menschenkind (Thandie Newton).

Denver und Menschenkind freunden sich sehr schnell an.

Sethe ist froh, daß Denver nicht mehr allein ist, und nimmt Menschenkind in ihrem Haus auf.

Paul D mißtraut der eigenartigen Fremden. Als er Sethe auf ihre Vergangenheit anspricht, ahnt er nicht, welche Wunden er damit aufreißt.

Sethe ist davon überzeugt, daß Menschenkind ihre totgeglaubte Tochter ist.

Die Erinnerung an das, was vor achtzehn Jahren geschah, wird Sethe und Menschenkind zum Verhängnis.

Denver hält es zu Hause nicht mehr aus und bittet die Frauen in der Stadt um Hilfe.

Jüngsten allzu genau anzuschauen? Aber aus irgendeinem Grund ließen sie ihn ihr. Er war bei ihr – überall.

Als sie sich in Carolina die Hüfte verletzt hatte, war sie ein Gelegenheitskauf (sie kostete weniger als Halle, der damals zehn war) für Mr. Garner gewesen, der sie beide nach Kentucky auf eine Farm mitnahm, die er Sweet Home nannte. Wegen der Hüfte hinkte sie beim Gehen wie ein dreibeiniger Hund. Aber auf Sweet Home gab es weit und breit keine Reisfelder und keine Tabakpflanzungen, und keiner, keiner schlug sie nieder. Nicht ein einziges Mal. Lillian Garner nannte sie aus irgendeinem Grund Jenny, aber sie stieß, schlug oder beschimpfte sie nie. Selbst als sie auf einem Kuhfladen ausrutschte und alle Eier in ihrer Schürze zerbrachen, sagte keiner Du-schwarzes-Miststück-was-soll-denn-das, und keiner schlug sie nieder.

Sweet Home war winzig, verglichen mit den Farmen, auf denen sie vorher gewesen war. Mr. Garner, Mrs. Garner, sie selbst, Halle und vier Jungen, von denen über die Hälfte Paul hießen, machten die gesamte Bewohnerschaft aus. Mrs. Garner summte bei der Arbeit; Mr. Garner tat, als sei die Welt ein Spielzeug, mit dem er sich vergnügen konnte. Keiner von beiden wollte sie auf dem Feld haben; Mr. Garners Jungen, einschließlich Halle, besorgten das alles – was ein Segen war, da sie es ohnehin nicht hätte schaffen können. Sie stand derweil neben der summenden Lillian Garner, während sie zu zweit kochten, einmachten, wuschen, bügelten, Kerzen zogen, Seife und Most machten und Kleider nähten, Hühner, Schweine, Hunde und Gänse fütterten, Kühe molken, butterten, Fett ausließen, Feuer machten... Nichts weiter dabei. Und keiner schlug sie nieder.

Ihre Hüfte schmerzte tagaus, tagein – aber sie redete nie darüber: Nur Halle, der in den vergangenen vier Jahren genau auf ihre Bewegungen geachtet hatte, wußte, daß sie ihren Oberschenkel mit beiden Händen anheben mußte, um ins Bett oder aus dem Bett zu steigen, und deshalb sprach er auch mit Mr. Garner darüber, sie freizukaufen, damit sie sich zur Abwechslung mal hinsetzen konnte. Der liebe Junge. Der einzige Mensch, der ihr je ein Opfer brachte: Er schenkte ihr seine Arbeitskraft, sein Leben und seine Kinder, deren Stimmen sie jetzt gerade noch unterscheiden konnte, als sie im Garten stand und sich fragte, was sich da hinter dem Geruch der Mißbilligung so dunkel näherte. Sweet Home brachte eine deutliche Verbesserung mit sich. Ohne Zweifel. Aber das war bedeutungslos, denn die Traurigkeit saß mitten in ihrem Innern, ihrem verlassenen Innern, wo das Ich, das kein Ich war, sich befand. So traurig es war, daß sie weder wußte, wo ihre Kinder begraben lagen, noch wie sie aussahen, falls sie noch lebten – Tatsache war, daß sie mehr von den Kindern wußte als von sich selbst, da sie niemals einen Wegweiser zur Entdeckung ihres eigentlichen Wesens besessen hatte.

Konnte sie singen? (War es schön anzuhören?) War sie hübsch? War sie eine gute Freundin? Hätte sie eine liebevolle Mutter sein können? Eine treue Ehefrau? Habe ich eine Schwester und sieht sie mir ähnlich? Wenn meine Mutter mich kennen würde, wäre sie mir gut?

In Lillian Garners Haus, befreit von der Feldarbeit, bei der sie sich die Hüfte gebrochen hatte, und der Erschöpfung, die sie benebelt hatte – in Lillian Garners Haus, wo keiner sie niederschlug oder ihr ein Kind machte, hörte sie zu, wie die Weißenfrau bei der Arbeit summte; sah, wie ihr Gesicht sich aufhellte, wenn Mr. Garner hereinkam, und dachte: Hier ist es besser, aber mir geht's nicht besser. Die Garners schienen ihr eine besondere Art der Sklaverei zu pflegen; sie behandelten ihre Sklaven wie bezahlte Arbeiter, hörten auf das, was sie sagten, brachten ihnen bei, was sie wissen mußten. Und er machte seine Jungen nicht zu Zuchthengsten. Brachte sie niemals in ihre Hütte mit der Aufforderung, «ihr beizuwohnen», wie sie es in Carolina taten, und verlieh ihre Zeugungskraft auch nicht an andere Farmen. Das überraschte und freute sie, aber es beunruhigte sie auch. Würde er ihnen Frauen aussuchen oder was sollte wohl geschehen, wenn diese Jungen plötzlich ihre Natur entdeckten? Er spielte da mit dem Feuer, und das wußte er gewiß auch. Im Grunde bestand auch sein Verbot, Sweet Home niemals zu verlassen, es sei denn in seiner Begleitung, weniger, um dem Gesetz Genüge zu tun, sondern wegen der Gefahr, wenn zu Männern gemachte Sklaven Freiheit witterten.

Baby Suggs redete sowenig wie nur irgend möglich, denn gab es etwas zu sagen, was sie über die Lippen gebracht hätte? Deshalb summte die Weißenfrau, die in ihrer neuen Sklavin eine ausgezeichnete, wenn auch stumme Hilfe fand, bei der Arbeit vor sich hin.

Als Mr. Garner Halles Plänen zustimmte, und als Halle deutlich machte, daß ihm ihre Freiheit mehr als alles auf der Welt bedeutete, ließ sie sich über den Fluß bringen. Von den beiden schweren Dingen – bis zum Umfallen auf den Beinen zu sein oder ihr letztes und wahrscheinlich einziges lebendes Kind zu verlassen – wählte sie das, was ihn glücklich machte, und stellte ihm niemals die Frage, die sie sich selbst stellte: Wozu? Wozu braucht eine über sechzigjährige Sklavin, die wie ein dreibeiniger Hund humpelt, die Freiheit? Und als sie den Fuß in die Freiheit setzte, konnte sie kaum glauben, daß Halle wußte, was sie nicht gewußt hatte – daß Halle, der niemals einen freien Atemzug getan hatte, wußte, daß es auf dieser Welt nichts Vergleichbares gab. Es erschreckte sie.

Etwas ist los. Was ist los? Was ist bloß los? hatte sie sich gefragt. Sie wußte nicht, wie sie aussah, und war auch nicht neugierig darauf. Aber plötzlich sah sie ihre Hände und dachte mit einer Klarheit, die ebenso einfach wie verwirrend war: Diese Hände gehören mir. Diese *meine* Hände. Dann spürte sie ein Klopfen in ihrer Brust und entdeckte noch etwas Neues: ihren eigenen Herzschlag. War es schon immer dagewesen, dieses klopfende Ding? Sie kam sich vor wie eine Närrin und begann laut loszulachen. Mr. Garner sah sich mit großen braunen Augen über die Schulter zu ihr um und mußte selbst lächeln. «Was ist denn so komisch, Jenny?»

Sie konnte gar nicht aufhören zu lachen. «Mein Herz klopft», sagte sie.

Und es stimmte.

Mr. Garner lachte. «Kein Grund zur Furcht, Jenny. Bleib nur, wie du bist, dann geht's dir immer gut.»

Sie hielt sich die Hand vor den Mund, um nicht loszuprusten.

«Diese Leute, zu denen ich dich bringe, werden dir soviel Hilfe geben, wie du brauchst. Bodwin heißen sie. Bruder und Schwester. Schotten. Ich kenn sie schon zwanzig Jahre oder noch länger.»

Baby Suggs fand, es sei eine gute Zeit, ihn etwas zu fragen, was sie schon lange hatte wissen wollen.

«Mr. Garner», sagte sie, «warum sagen Sie alle Jenny zu mir?»

«Weil das auf deinem Kaufschein steht, Mädel. Heißt du nicht so? Wie nennst *du* dich denn?»

«Gar nicht», sagte sie. «Ich nenn mich bei keinem Namen.»

Mr. Garner lief rot an vor Lachen. «Als ich dich aus Carolina holte, nannte Whitlow dich Jenny, und Jenny Whitlow stand auch auf seinem Schein. Hat er dich nicht Jenny gerufen?»

«Nein, Sir. Und wenn, dann hab ich's nicht mitgekriegt.»

«Auf was hast du dann gehört?»

«Auf alles, aber Suggs heißt mein Mann.»

«Warst du verheiratet, Jenny? Das wußte ich nicht.»

«Kann man so sagen.»

«Weißt du, wo der ist, dieser Mann?»

«Nein, Sir.»

«Ist das Halles Vater?»

«Nein, Sir.»

«Warum nennst du ihn dann Suggs? In Halles Kaufbrief heißt es auch Whitlow, genau wie in deinem.»

«Suggs heiß ich, Sir. Wie mein Mann. Er hat mich nicht Jenny gerufen.»

«Wie denn?»

«Baby.»

«Tja», sagte Mr. Garner und wurde wieder rot, «an deiner Stelle würde ich bei Jenny Whitlow bleiben. Mrs. Baby Suggs ist kein Name für eine freigelassene Negerin.»

Mag sein, dachte sie, aber Baby Suggs war das einzige, was ihr von dem sogenannten Ehemann geblieben war. Einem ernsten, melancholischen Mann, der ihr das Schustern beigebracht hatte. Die beiden hatten einen Pakt geschlossen: Wenn sich einem von beiden die Chance bot wegzulaufen, sollte er sie wahrnehmen; zusammen, wenn möglich, allein, wenn nicht, und ohne Reue. Er bekam seine Chance, und da sie nie etwas Gegenteiliges hörte, glaubte sie, daß er es geschafft hatte. Wie sollte er sie nun aber je finden oder von ihr erzählen hören, wenn sie sich irgendeinen Kaufbrief-Namen zulegte?

Sie konnte sich gar nicht beruhigen über die Stadt. Mehr Einwohner als Carolina und so viele Weißenleute, daß es einem den Atem verschlug. Zweistöckige Häuser überall, und Gehsteige aus perfekt zugesägten Holzbohlen. Straßen so breit wie das ganze Haus der Garners.

«Dies ist eine Wasserstadt», sagte Mr. Garner. «Alles wird auf dem Wasser befördert, und was der Fluß nicht tragen kann, nehmen die Kanäle auf. Eine Königin unter den Städten, Jenny. Alles, wovon du je geträumt hast, das stellen sie hier her. Eisenöfen, Knöpfe, Schiffe, Hemden, Haarbürsten, Farbe, Dampfmaschinen, Bücher. Ein Abwassersystem, bei dem dir die Augen übergehen. O ja, das ist schon eine Stadt. Wenn man überhaupt in der Stadt leben muß – dann ist die hier die richtige.»

Die Bodwins wohnten auf halber Höhe einer Straße voller Häuser und Bäume. Mr. Garner sprang ab und band sein Pferd an einen Pfosten aus massivem Eisen.

«Da wären wir.»

Baby nahm ihr Bündel in die Hand und kletterte unter großen Schwierigkeiten, verursacht durch ihre Hüfte und das stundenlange Sitzen auf dem Wagen, herunter. Noch bevor sie einen Fuß auf die Erde setzte, war Mr. Garner schon den Gartenweg entlang und auf der Veranda, aber sie erhaschte noch einen Blick auf das Gesicht eines Negermädchens an der offenen Tür, bevor sie einem Fußweg hinters Haus folgte. Sie wartete, wie ihr schien, lange Zeit, bis dasselbe Mädchen ihr die Küchentür aufmachte und ihr einen Stuhl am Fenster anbot.

«Kann ich Ihnen was zu essen anbieten, Ma'am?» fragte das Mädchen.

«Nein, mein Gutes. Einen Schluck Wasser würd ich nicht ablehnen.»

Das Mädchen ging zum Wasserhahn und pumpte eine Tasse Wasser heraus. Sie drückte sie Baby Suggs in die Hand. «Ich heiße Janey, Ma'am.»

Baby, voller Bewunderung für den Wasserhahn, trank das Wasser bis zum letzten Tropfen aus, obwohl es wie eine schlimme Arznei schmeckte. «Suggs», sagte sie und tupfte sich mit dem Handrücken die Lippen ab. «Baby Suggs.»

«Erfreut, Sie kennenzulernen, Mrs. Suggs. Werden Sie hierbleiben?»

«Ich weiß nicht, wo ich bleiben soll. Mr. Garner – das ist der, der mich hergebracht hat –, der hat gemeint, er besorgt mir was.» Und dann: «Ich bin nämlich frei, weißt du.»

Janey lächelte. «Ja, Ma'am.»

«Wohnen deine Leute auch hier?»

«Ja, Ma'am. Wir wohnen alle in der Bluestone.»

«Wir sind in alle Winde zerstreut», sagte Baby Suggs, «aber vielleicht nicht mehr lang.»

Großer Gott, dachte sie, womit fange ich bloß an? Ich muß jemand suchen, der dem alten Whitlow schreibt. Sehen, wer Patty und Rosa Lee genommen hat. Jemand namens Dunn habe Ardelia gekriegt und sei in den Westen gegangen, hatte sie gehört. Nach Tyree oder John zu suchen lohnte sich nicht. Sie waren vor dreißig Jahren weggelaufen, und wenn sie zu gründlich suchte und sie sich versteckten, würde es ihnen mehr schaden als nützen, wenn sie sie fand. Nancy und Famous waren auf einem Schiff vor der Küste von Virginia gestorben, kurz bevor es nach Savannah segelte. Soviel wußte sie. Der Aufseher auf Whitlows Gut hatte ihr die Nachricht überbracht, mehr aus dem Wunsch heraus, sie sich zu Willen zu machen, als aus Herzensgüte. Der Kapitän hatte drei Wochen im Hafen gewartet, um vollzuladen, bevor er losfuhr. Unter den Sklaven im Laderaum, die nicht durchgehalten hätten, sagte er, seien zwei Whitlow-Negerlein gewesen; sie hießen...

Aber sie kannte ihre Namen. Sie kannte sie und hielt sich die Ohren mit den Fäusten zu, um sie nicht aus seinem Mund vernehmen zu müssen.

Janey machte etwas Milch heiß und goß sie in eine Schüssel, die neben einem Teller mit Maisbrot stand. Nach einigem Zureden kam Baby Suggs an den Tisch und setzte sich. Sie brockte das Brot in die heiße Milch und merkte, daß sie hungriger war als je zuvor in ihrem Leben, und das wollte etwas heißen.

«Wird das den Leuten fehlen?»

«Nein», sagte Janey. «Essen Sie, soviel Sie wollen; es ist für Sie.»

«Wohnt sonst noch wer hier?»

«Bloß ich. Mr. Woodruff, der macht die Arbeiten draußen. Er kommt zwei-, dreimal die Woche.»

«Nur ihr zwei?»

«Ja, Ma'am. Ich koche und wasche.»

«Vielleicht kennen deine Leute jemand, der eine Hilfe sucht.»

«Ich will bestimmt fragen, aber ich weiß, daß sie im Schlachthaus Frauen einstellen.»

«Für was?»

«Ich weiß nicht.»

«Bestimmt was, was die Männer nicht tun wollen.»

«Meine Base sagt, man kriegt so viel Fleisch, wie man will, und noch fünfundzwanzig Cent die Stunde dazu. Sie macht die Sommerwurst.»

Baby Suggs hob die Hand und schlug sich damit auf den Kopf. Geld? Geld? Sie würden ihr jeden Tag Geld zahlen? Geld?

«Und wo soll dieser Schlachthof sein?» fragte sie.

Bevor Janey antworten konnte, kamen die Bodwins in die Küche, mit einem grinsenden Mr. Garner im Schlepptau. Unverkennbar Bruder und Schwester, beide grau gekleidet und mit Gesichtern, die zu jung für ihr schneeweißes Haar waren.

«Hast du ihr etwas zu essen gegeben, Janey?» fragte der Bruder.

«Ja, Sir.»

«Bleib ruhig sitzen, Jenny», sagte die Schwester, und diese Kunde klang noch erfreulicher.

Als sie sich erkundigten, was für Arbeit sie tun könne, ratterte sie gar nicht erst die hundert Dinge herunter, die sie schon getan hatte, sondern fragte nach dem Schlachthaus. Dafür sei sie zu alt, sagten sie.

«Sie ist die beste Schuhmacherin, die Sie je gesehen haben», sagte Mr. Garner.

«Schuhmacherin?» Die Schwester Bodwin zog ihre dikken schwarzen Augenbrauen hoch. «Wer hat dir das denn beigebracht?»

«Ein Sklave hat's mir gezeigt», sagte Baby Suggs.

«Neue Stiefel oder nur Reparaturen?»

«Neu, alt, alles.»

«Hm», sagte der Bruder Bodwin, «das ist schon was, aber du brauchst noch was anderes.»

«Wie wär's mit Wäsche annehmen?» fragte die Schwester Bodwin.

«Ja, Ma'am.»

«Zwei Cent das Pfund Wäsche.»

«Ja, Ma'am. Aber wo?»

«Was?»

«Sie haben gesagt ‹Wäsche annehmen›. Aber wo? Wo soll ich wohnen?»

«Oh, hör nur, Jenny», sagte Mr. Garner. «Diese beiden Engel haben ein Haus für dich, das ihnen gehört. Ein Stück außerhalb.»

Es hatte ihren Großeltern gehört, bevor sie in die Stadt gezogen waren. Bis vor kurzem war es an ein ganzes Schock Neger vermietet gewesen, die aus dem Staat weggezogen waren. Es sei ein zu großes Haus für Jenny allein, sagten sie (zwei Zimmer oben, zwei unten), aber es sei das beste, und etwas anderes könnten sie ihr nicht bieten. Wenn sie dafür wusch, nähte, ein wenig einmachte und so weiter (o ja, und schusterte), würden sie sie dort wohnen lassen. Vorausgesetzt, sie sei sauber. Das letzte Schock Farbige sei's nicht gewesen. Baby Suggs war einverstanden mit dieser Abmachung, bedauerte zwar, das Geld entschwinden zu sehen, war aber ganz entzückt über das Haus mit der Treppe – obwohl sie die gar nicht hinaufsteigen konnte. Mr. Garner erzählte den Bodwins, daß sie außer einer guten Schuhmacherin auch eine hervorragende Köchin sei, und zeigte seinen Bauch und die Schuhe an seinen Füßen vor. Alle lachten.

«Wenn du irgendwas brauchst, sag uns nur Bescheid», sagte die Schwester. «Wir können die Sklaverei nicht leiden, nicht mal die Sorte von den Garners.»

«Erzähl's ihnen, Jenny. Hast du's jemals irgendwo besser gehabt als bei mir?»

«Nein, Sir», sagte sie. «Nirgends.»

«Wie lang warst du in Sweet Home?»

«Zehn Jahre, glaub ich.»

«Jemals hungern müssen?»

«Nein, Sir.»

«Frieren?»

«Nein, Sir.»

«Hat irgend jemand Hand an dich gelegt?»

«Nein, Sir.»

«Hab ich dich von Halle freikaufen lassen oder nicht?»

«Ja, Sir, haben Sie», sagte sie und dachte: Aber meinen Jungen haben Sie noch, und ich bin am Ende. Ihn werden Sie noch vermieten, damit er mich abbezahlt, wenn ich schon lang das Zeitliche gesegnet hab.

Woodruff, sagten sie, würde sie hinausfahren, sagten sie, und alle drei verschwanden durch die Küchentür.

«Ich muß jetzt das Abendessen richten», sagte Janey.

«Ich helf dir», sagte Baby Suggs. «Du bist doch noch zu klein, um ans Feuer zu kommen.»

Es war dunkel, als das Pferd sich auf einen Schnalzer von Woodruff hin in Trab setzte. Er war ein junger Mann mit dichtem Bart und einem Brandmal am Kiefer, das der Bart nicht verbarg.

«Bist du hier geboren?» fragte Baby Suggs ihn.

«Nein, Ma'am. Virginia. Bin erst ein paar Jahre hier.»

«Ach so.»

«Sie kommen in ein schönes Haus. Groß ist es auch. Ein Pfarrer mit seiner Familie war drin. Achtzehn Kinder.»

«Daß Gott erbarm. Wo sind sie hin?»

«Weg, nach Illinois. Bishop Allen hat ihm da oben eine Gemeinde gegeben. Groß.»

«Was für Kirchen gibt's hier? Ich hab seit zehn Jahren keinen Fuß in eine gesetzt.»

«Wie kommt's?»

«Gab keine. Da, wo ich vorher war, hat's mir nicht gefallen, aber in die Kirche bin ich jeden Sonntag, irgendwie. Bestimmt hat der Herrgott inzwischen vergessen, wer ich bin.»

«Gehn Sie zu Reverend Pike, Ma'am. Der wird Sie wieder miteinander bekannt machen.»

«Dazu brauch ich keinen. Ich kann mich schon selbst bekannt machen. Aber brauchen tu ich ihn, um mich wieder mit meinen Kindern bekannt zu machen. Der kann doch bestimmt lesen und schreiben?»

«Aber ja.»

«Gut, weil ich nämlich viel rauskriegen muß.» Doch die Neuigkeiten, die sie rauskriegte, waren so jämmerlich, daß sie aufgab. Nach zwei Jahren der Briefe aus des Priesters Hand, zwei Jahren des Waschens, Nähens, Einmachens, Schuheflickens, der Gartenarbeit und Kirchenbesuche hatte sie bloß herausgefunden, daß es das Haus der Whitlows nicht mehr gab, und daß man nicht an einen «Mann namens Dunn» schreiben konnte, wenn man nichts wußte, als daß er in den Westen gezogen war. Die gute Nachricht dagegen besagte, daß Halle geheiratet hatte und daß ein Baby unterwegs war. Drum hielt sie sich daran und an ihre eigene Art zu predigen, nachdem sie entschieden hatte, was sie mit dem Herzen anfangen wollte, das zu schlagen begann, kaum daß sie den Ohio überquert hatte. Und es ging gut, es ging wunderbar, bis sie stolz wurde und sich vom Anblick ihrer Schwiegertochter und Halles Kindern – von denen eines unterwegs geboren war – hinreißen ließ und zur Feier der Brombeeren ein Fest veranstaltete, das selbst Weihnachten in den Schatten stellte. Und jetzt stand sie im Garten und roch die Mißbilligung, spürte etwas Dunkles herannahen und sah hohe Schnürstiefel, deren Anblick ihr gar nicht gefiel. Überhaupt nicht.

Als die vier Reiter kamen – der Schullehrer, ein Neffe, ein Sklavenfänger und ein Sheriff –, war es im Haus an der Bluestone Road so still, daß sie glaubten, sie seien zu spät gekommen. Drei von ihnen stiegen ab, einer blieb mit schußbereitem Gewehr im Sattel, ließ den Blick geflissentlich links und rechts vom Haus auf und ab wandern, denn es war damit zu rechnen, daß die Entlaufene ihr Heil in der Flucht suchen würde. Obwohl man sie manchmal, das wußte man vorher nie, auch irgendwo zusammengekauert fand: unter Dielenbrettern, in einer Speisekammer – einmal in einem Kamin. Auch dann war Vorsicht geboten, denn die Stillsten, diejenigen, die man aus einem Wäscheschrank zog, von einem Heuboden oder damals den einen aus dem Kamin, gingen zuerst zwei oder drei Sekunden lang brav mit. Sozusagen auf frischer Tat ertappt, schienen sie einzusehen, daß es unmöglich war, einen Weißen zu überlisten, und hoffnungslos, vor einem Gewehr davonzulaufen. Sie lächelten sogar, wie ein Kind, das man mit der Hand in der Zuckerdose erwischt, und wenn man dann nach dem Seil griff, um sie zu fesseln, selbst dann konnte man noch nicht wissen. Genau dieser Nigger mit dem hängenden Kopf und dem flüchtigen Zuckerdosenlächeln im Gesicht konnte ganz plötzlich aufbrüllen wie ein Bulle oder sonstwas und Unglaubliches tun. Das Gewehr an der Mündung packen; sich auf den werfen, der es hielt – einfach alles. Deshalb mußte man einen Schritt zurücktreten und das Fesseln einem anderen überlassen. Sonst geschah es noch, daß man tötete, was man doch lebendig zurückbringen mußte, um sein Geld zu bekommen. Anders als einer Schlange oder einem Bären konnte man einem toten Nigger ja nicht die Haut abziehen, um ein bißchen was zu verdienen – er wog nicht einmal sein Schlachtgewicht in barer Münze auf.

Sechs oder sieben Neger gingen die Straße entlang auf das Haus zu: zwei Jungen auf der linken Seite des Sklavenfängers und ein paar Frauen auf seiner rechten. Er machte ihnen mit dem Gewehr Zeichen, sich nicht zu rühren, und sie blieben stehen, wo sie waren. Der Neffe hatte ins Haus gespäht und kam jetzt zurück, und nachdem er den Finger auf die Lippen gelegt hatte, deutete er mit dem Daumen hinters Haus, um zu verstehen zu geben, daß das, wonach sie suchten, dort sei. Da stieg der Sklavenfänger ab und ging mit den anderen zu Fuß. Der Schullehrer und der Neffe gingen links ums Haus herum; er selbst und der Sheriff rechts. Ein übergeschnappter alter Nigger stand mit der Axt in einem Haufen Holz. Man hörte gleich, daß er nicht ganz bei Trost war, denn er grunzte – gab leise Geräusche von sich wie eine Katze. Vielleicht vier Meter weiter stand noch ein Nigger – eine Frau mit Blumen am Hut. Wohl auch übergeschnappt, denn auch sie stand stocksteif da, wedelte aber mit den Händen, als wische sie Spinnweben fort. Beide jedoch starrten zur selben Stelle hinüber – zu einem Schuppen. Der Neffe ging auf den alten Nigger zu und nahm ihm die Axt aus der Hand. Dann machten sich alle vier auf den Weg zum Schuppen.

Drinnen lagen zwei Jungen blutend in den Sägespänen und dem Dreck zu Füßen einer Niggerfrau, die mit einer Hand ein blutüberströmtes Kind an die Brust drückte und in der anderen ein Baby an den Fersen hielt. Sie schaute sie nicht an; sie schwang bloß das Baby gegen die Wandbretter, traf nicht und versuchte es ein zweites Mal, als plötzlich aus dem Nichts – in der kurzen Zeit, die die Männer damit verbrachten, anzustarren, was hier anzustarren war – der alte Niggerboy immer noch jaulend durch die Tür hinter ihnen hereingestürzt kam und der Mutter mitten im Ausholen das Baby entriß.

Von Anfang an war es klar, besonders dem Schullehrer, daß hier nichts zu holen war. Die drei (jetzt vier) Kleinen (weil sie eines erwartete, als sie abgehauen war), die sie lebendig anzutreffen gehofft hatten und gesund genug, um sie nach Kentucky zurückzubringen und dort so aufzuziehen, daß sie die Arbeit tun konnten, die auf Sweet Home dringend nötig war – diese Kleinen waren weder lebendig noch gesund. Zwei lagen mit offenen Augen im Sägemehl; ein drittes ergoß sein Blut über das Kleid der wichtigsten – der Frau, mit der der Schullehrer so geprahlt hatte, die angeblich so schöne Tinte machte, verdammt gut Suppe kochte und seine Kragen genau so bügelte, wie er es mochte, abgesehen davon, daß sie mindestens noch zehn gebärfähige Jahre vor sich hatte. Doch jetzt war sie toll geworden – auf Grund der falschen Behandlung durch den Neffen, der es mit den Prügeln übertrieben hatte, worauf sie abgehauen und weggelaufen war. Der Schullehrer hatte diesen Neffen scharf zurechtgewiesen und ihm gesagt, er solle sich mal überlegen, sich bloß mal überlegen, was denn beispielsweise sein Pferd täte, wenn man es über das erzieherisch Notwendige hinaus prügeln würde. Oder Chipper oder Samson. Mal angenommen, man würde die Jagdhunde derartig verprügeln, daß diese Grenze überschritten wäre. So einem Hund könnte man ja weder im Wald oder sonstwo mehr trauen. Man würde ihm vielleicht was zu fressen geben, ihm ein Stück Karnickel hinhalten, und plötzlich würde das Tier zur Bestie werden und einem glatt die Hand zerfleischen. Deshalb bestrafte er den Neffen auch, indem er ihn nicht auf die Jagd mitnahm. Ließ ihn zu Hause bleiben, das Vieh füttern, sich selbst versorgen, Lillian versorgen, die Saat pflegen. Der sollte mal sehen, wie ihm das gefiel; sollte ruhig mal sehen, was passierte, wenn man die Kreaturen, für die

Gott einem die Verantwortung gegeben hatte, zu sehr schlug – was für einen Ärger so was nach sich zog und was für Verluste. Allesamt waren sie jetzt verloren. Fünf Stück. Er konnte vielleicht Ansprüche auf das Baby anmelden, das in den Armen des jaulenden Alten strampelte, aber wer würde es versorgen? Denn die Frau – mit der stimmte was nicht. Jetzt sah sie ihn an, und wenn sein anderer Neffe diesen Blick sehen könnte, würde er seine Lektion bestimmt lernen: Man kann eine Kreatur nicht mißhandeln und sich davon Erfolg versprechen.

Der Neffe, derjenige, der an ihr gesaugt hatte, während sein Bruder sie festhielt, wußte nicht, daß er zitterte. Sein Onkel hatte ihn vor dieser Art von Verwirrung gewarnt, aber die Warnung schien nichts zu fruchten. Wieso hatte sie das bloß getan? Bloß weil sie geprügelt worden war? Zum Teufel, er war tausendmal geschlagen worden, und er war schließlich weiß. Einmal hatte es so weh getan und ihn so erzürnt, daß er den Brunneneimer kaputtgeschlagen hatte. Ein anderes Mal hatte er es an Samson ausgelassen – ein paar Steine geworfen, mehr nicht. Aber keine Schläge hatten ihn je dazu gebracht... also, er hätte doch nie im Leben... wieso hatte sie das bloß getan? Und genau das fragte er auch den Sheriff, der genauso überrascht wie sie alle dort stand, aber nicht zitterte. Er schluckte wieder und wieder. «Wieso hat sie das bloß getan?»

Der Sheriff wandte sich um und sagte dann zu den drei anderen: «Ihr geht jetzt am besten. Sieht aus, als wär eure Aufgabe erledigt. Jetzt fängt meine an.»

Der Schullehrer schlug mit dem Hut gegen seinen Oberschenkel und spuckte aus, bevor er den Holzschuppen verließ. Der Neffe und der Fänger zogen sich mit ihm zurück. Die Frau mit den Blumen am Hut in den Paprikapflanzen schauten sie nicht an. Und sie schauten auch nicht in die sieben oder acht Gesichter, die sich trotz des warnend erhobenen Gewehrs des Fängers nähergeschlichen hatten. Für den Augenblick hatten sie die Nase voll von Nigger-Augen.

Von kleinen aufgerissenen Niggerjungen-Augen im Sägemehl; von kleinen glotzenden Niggermädchen-Augen, gerahmt von nassen Fingern, die ihr Gesicht hielten, damit ihr der Kopf nicht abfiel; von kleinen Niggerbaby-Augen, die sich in den Armen des alten Niggers, dessen eigene Augen kaum mehr als auf seine Füße starrende Schlitze waren, zum Weinen zusammenzogen. Aber am schlimmsten waren die Augen von der Niggerfrau, die so aussah, als hätte sie gar keine. Das Weiße darin war verschwunden, und da sie so schwarz wie ihre Haut waren, sah sie aus, als sei sie blind.

Sie banden das geborgte Maultier, das die geflüchtete Frau dorthin zurücktragen sollte, wo sie hingehörte, vom Pferd des Schullehrers los und banden es an den Zaun. Dann trollten sie sich, die Sonne steil über ihren Köpfen, und ließen den Sheriff mitten im erbärmlichsten Haufen von Schwarzhäuten zurück, der ihnen je unter die Augen gekommen war. Schlagender Beweis dafür, was passierte, wenn man Menschen, die alle Fürsorge und Anleitung der Welt brauchten, damit sie nicht wieder dem Kannibalismus verfielen, den sie offenbar vorzogen, ein bißchen sogenannte Freiheit aufbürdete.

Auch der Sheriff hätte sich am liebsten verdrückt. Hätte lieber in der Sonne draußen vor dem Verhau gestanden, der als Lager für Holz, Kohle und Kerosin gedacht war – Brennstoff für die kalten Winter in Ohio, an die er jetzt denken mußte, während er dem Drang widerstand, hinaus in die Augustsonne zu laufen. Nicht weil er Angst gehabt hätte. Überhaupt nicht. Ihm war einfach nur kalt. Und er hatte keine Lust, irgend etwas anzufassen. Das Baby in den Armen des alten Mannes schrie, und die Augen der Frau ohne Augäpfel glotzten starr geradeaus. Vielleicht wären sie alle so stehengeblieben, wie angewurzelt bis zum Sanktnimmerleinstag, wenn nicht der eine Junge auf dem Boden geseufzt hätte. Als sei er ganz dem Genuß eines tiefen süßen Schlafes hingegeben, gab er den Seufzer von sich, der den Sheriff schließlich tätig werden ließ.

«Ich werd Sie verhaften müssen. Jetzt keinen Ärger mehr. Sie haben für eine Weile genug angerichtet. Kommen Sie.»

Sie rührte sich nicht.

«Kommen Sie schon, hören Sie, dann brauch ich Sie nicht zu fesseln.»

Sie blieb weiter still stehen, und er hatte sich gerade entschlossen, zu ihr zu gehen und ihr irgendwie die nassen roten Hände zu fesseln, als ihn ein Schatten in der Tür hinter ihm veranlaßte, sich umzuschauen. Die Niggerfrau mit der Blume am Hut war hereingekommen.

Baby Suggs stellte fest, wer noch atmete und wer nicht, und ging geradewegs auf die am Boden liegenden Jungen zu. Der alte Mann näherte sich der ins Leere starrenden Frau und sagte: «Sethe. Nimm du meinen Armvoll und gib mir deinen.»

Sie wandte sich ihm zu, schaute das Baby an, das er hielt, und gab einen tiefen, kehligen Ton von sich, als hätte sie einen Fehler gemacht, das Salz im Brotteig vergessen oder so.

«Ich geh mal raus und laß einen Wagen kommen», sagte der Sheriff und kam endlich ins Sonnenlicht.

Doch weder Stamp Paid noch Baby Suggs konnten sie dazu bringen, ihr (schon krabbelndes?) Mädchen abzulegen. Auf dem Weg aus dem Schuppen bis hinein ins Haus hielt sie es fest. Baby Suggs hatte die Jungen nach drinnen gebracht, wusch ihnen das Gesicht, rieb ihnen die Hände, hob ihre Lider und flüsterte dabei unaufhörlich: «Vergib mir, Herr, vergib mir.» Sie verband ihre Wunden und ließ sie Kampfer einatmen, bevor sie sich Sethe zuwandte. Sie nahm Stamp Paid das schreiende Baby ab und trug es zwei volle Minuten lang an ihrer Schulter. Dann baute sie sich vor seiner Mutter auf.

«Zeit, daß du dein Jüngstes stillst», sagte sie.

Sethe langte nach dem Baby, ohne das tote Kind loszulassen.

Baby Suggs schüttelte den Kopf. «Eins aufs Mal», sagte sie und tauschte das lebende gegen das tote Kind aus, das sie in die Kammer trug. Als sie zurückkam, wollte Sethe dem Baby eine blutige Brustwarze in den Mund stecken. Baby Suggs schlug mit der Faust auf den Tisch und schrie: «Wasch das ab! Wasch dich erst mal!»

Dann kämpften sie. Wie Rivalen um das Herz der Geliebten kämpften sie. Beide wollten den Säugling an sich reißen. Baby Suggs unterlag, als sie in einer roten Pfütze ausrutschte und hinfiel. So nuckelte Denver die Milch ihrer Mutter zusammen mit dem Blut ihrer Schwester. Und so fand sie der Sheriff vor, als er zurückkam, nachdem er den Karren eines Nachbarn beschlagnahmt und Stamp befohlen hatte, ihn zu kutschieren.

Draußen hörten dicht aneinandergedrängte schwarze Gesichter auf zu murmeln. Mit dem lebenden Kind auf dem Arm ging Sethe schweigend durch die Stille. Sie kletterte auf den Karren, und ihr Profil stach messerscharf gegen einen fröhlichen blauen Himmel ab. Ein Profil, das durch seine Klarheit schockierte. Trug sie den Kopf ein wenig zu hoch? Hielt sie sich ein wenig zu aufrecht? Wahrscheinlich. Sonst hätte der Gesang schon eingesetzt, sobald sie auf der Türschwelle des Hauses an der Bluestone Road erschien. Ein Umhang von Tönen hätte sich rasch um sie gelegt, wie Arme, um sie auf ihrem Weg zu halten und zu stützen. So aber warteten sie, bis der Karren abbog und in Richtung Westen auf die Stadt zufuhr. Und auch dann noch kein Wort. Summen. Kein einziges Wort.

Baby Suggs hatte vorgehabt, hinter dem Karren herzulaufen, die Verandastufen herunterzuspringen und zu rufen: Nein. Nein. Laßt sie nicht auch noch das letzte mitnehmen. Sie hatte es vorgehabt. Hatte dazu angesetzt, aber als sie sich vom Boden aufgerappelt hatte und in den Vorgarten gelaufen war, war der Karren schon fort, und ein Wagen fuhr vor. Ein rothaariger Junge und ein blondes Mädchen sprangen herunter und kamen durch die Menschenmenge auf sie zugelaufen. Der Junge hielt eine halb aufgegessene süße Paprikaschote in der einen und ein Paar Schuhe in der anderen Hand.

«Mama sagt, bis Mittwoch.» Er hielt die Schuhe an den Zungen hoch. «Sie sagt, du mußt sie bis Mittwoch fertig haben.»

Baby Suggs schaute erst ihn an und dann die Frau, die ein unruhiges Pferd auf der Straße hielt.

«Sie sagt, bis Mittwoch, hörst du? Baby? Baby?»

Sie nahm ihm die Schuhe aus der Hand – lehmverschmierte Schnürstiefel – und sagte: «Verzeih mir, Herr, verzeih mir. Ich bitte dich.»

Für sie nicht mehr sichtbar, quietschte der Karren die Bluestone Road hinunter. Keiner darin sprach. Vom Schaukeln des Karrens war das Baby eingeschlafen. Die heiße Sonne trocknete Sethes Kleid, daß es steif wurde, so steif wie Totenstarre.

Das ist nicht ihr Mund.
Jemand, der sie nicht kannte, oder einer, der sie mal kurz durch die Durchreiche im Gasthaus gesehen hatte, mochte vielleicht meinen, daß es ihr Mund sei, aber Paul D wußte es besser. Na ja, so etwas um die Stirn herum – eine Ruhe –, das erinnerte einen ein bißchen an sie. Aber auf keinen Fall konnte man diesen Mund für ihren halten, und das sagte er auch. Das sagte er zu Stamp Paid, der ihn aufmerksam betrachtete.

«Ich weiß nicht, Freund. Sieht mir nicht danach aus. Ich kenn Sethes Mund, und das hier ist er nicht.» Er strich den Zeitungsausschnitt mit den Fingern glatt und betrachtete ihn, kein bißchen beunruhigt. An der Feierlichkeit, mit der Stamp die Zeitung auseinandergefaltet hatte, an der Zärtlichkeit in den Fingern des alten Mannes, als er die Falten ausstrich und sie ausbreitete, zuerst auf seinen Knien, dann auf der splittrigen Oberfläche des Hackklotzes, merkte Paul D, daß es ihn eigentlich hätte verstören müssen. Daß, was immer darauf stand, ihn hätte erschüttern müssen.

Schweine quiekten in der Schlachtrinne. Den ganzen Tag lang hatten Paul D, Stamp Paid und zwanzig andere sie vom Kanal ans Ufer, zur Rinne, zum Schlachthaus getrieben und geschoben. Obwohl jetzt, da die Kornbauern nach Westen zogen, St. Louis und Chicago einen großen Teil des Geschäfts abknapsten, war Cincinnati in der Vorstellung der

Einwohner von Ohio noch immer der Schweinehafen. Seine wichtigste Aufgabe war es, die Schweine, ohne die die Leute aus dem Norden partout nicht leben wollten, in Empfang zu nehmen, zu schlachten und flußaufwärts zu verschiffen. Etwa einen Monat lang gab es im Winter für jeden herumziehenden Mann Arbeit, sofern er den Gestank der Innereien ertragen und sich zwölf Stunden am Tag auf den Beinen halten konnte, Fähigkeiten, in denen Paul D bewundernswerte Übung hatte.

Ein Rest des Schweinekots, den er von allen Stellen, an die er herangekommen war, abgespült hatte, klebte noch an seinen Stiefeln, und er war sich dessen bewußt, während er mit einem verächtlichen Lächeln dastand, das seine Unterlippe leicht kräuselte. Normalerweise ließ er seine Stiefel im Schuppen stehen und wechselte in der Ecke zusammen mit den Kleidern auch die Schuhe, bevor er nach Hause ging. Der Weg führte ihn mitten durch einen Friedhof, der so alt war wie der Himmel selbst und erfüllt von der Unruhe der toten Miami-Indianer, die sich nicht mehr damit abfanden, in den Hügeln zu ruhen, die sie bedeckten. Über ihren Köpfen wandelte ein fremdes Volk; durch ihre Erdkissen wurden Straßen gegraben; Brunnen und Häuser weckten sie aus ihrem ewigen Schlaf. Erzürnt eher darüber, daß sie törichterweise hatten glauben können, Land sei etwas Heiliges, als über die Störung ihres Friedens, knurrten sie an den Ufern des Licking River, seufzten in den Bäumen an der Catherine Street und ritten auf dem Wind über die Schweineschlachthöfe. Paul D hörte sie, blieb aber dort, weil es alles in allem keine schlechte Arbeit war, besonders im Winter, wenn Cincinnati seine Stellung als Schlacht- und Schiffahrtshauptstadt wieder behaupten konnte. Das Verlangen nach Schweinefleisch wuchs sich in allen Städten des Landes zu einer Manie aus. Die Schweinebauern strichen das Geld ein, vorausgesetzt, sie konnten genügend Schweine züchten und sie weiter und weiter entfernt verkaufen. Und die Deutschen, die das südliche Ohio überschwemmten, brachten die Schweinefleischküche mit und entwickelten sie zur ihrer Höchstform. Schiffe voller Schweine drängten sich auf dem Ohio, und die Wortwechsel der Kapitäne über das Grunzen der Viehladung hinweg waren ein ebenso normales Geräusch auf dem Wasser wie das der Enten, die über ihren Köpfen dahinflogen. Auch Schafe, Kühe und Geflügel schwammen diesen Fluß hinauf und hinunter, und als Neger brauchte man bloß anzutreten, und es gab Arbeit genug: Treiben, Schlachten, Zerlegen, Enthäuten, Verpacken und Innereien ausklauben.

Dreißig Meter von den quiekenden Schweinen entfernt standen die beiden Männer hinter einem Schuppen an der Western Row, und es wurde klar, warum Stamp in der vergangenen Arbeitswoche Paul D von der Seite angeschaut hatte; warum er innegehalten hatte, wenn die Abendschicht anfing, damit Paul D mit ihm gleichauf kam. Er hatte beschlossen, ihm dieses Stück Zeitung zu zeigen, mit der Zeichnung der Frau darauf, die Sethe ähnelte, nur daß es nicht ihr Mund war. Nicht im entferntesten.

Paul D zog den Zeitungsausschnitt unter Stamps Handfläche hervor. Das Gedruckte sagte ihm nichts, drum warf er nicht einmal einen Blick darauf. Er schaute einfach nur das Gesicht an und schüttelte den Kopf. Nein. Nein zu dem Mund nämlich. Und nein zu dem, was immer dieses schwarze Gekritzel sagte, und nein zu dem, was immer Stamp ihm mitteilen wollte. Weil es einfach nicht sein konnte, daß ein schwarzes Gesicht in einer Zeitung auftauchte, wenn die Geschichte von etwas handelte, was irgend jemand gern wissen wollte. Ein Angstschauer jagte einem durch die Herzkammern, sobald man das Gesicht eines Negers in einer Zeitung sah, denn das Gesicht tauchte ja nicht auf, weil diese Person ein gesundes Baby geboren hatte oder einer Straßenmeute entkommen war. Und auch nicht, weil die Person umgebracht oder verstümmelt, gefangen oder verbrannt, eingelocht oder ausgepeitscht, weggejagt oder zertrampelt, vergewaltigt oder betrogen worden war, denn das konnte für eine Zeitung wohl kaum als berichtenswert gelten. Es mußte schon etwas Außergewöhnliches sein – etwas, was die Weißenleute interessant fanden, etwas wirklich anderes, das ein schnelles bedauerndes Zungenschnalzen, wenn nicht gar ein Luftholen wert war. Und es mußte schwer gewesen sein, etwas Berichtenswertes über einen Neger zu finden, was tiefes Luftholen von seiten der weißen Bürger von Cincinnati gelohnt hätte.

Wer war also diese Frau mit dem Mund, der nicht Sethes war, aber mit Augen fast so ruhig wie die ihren? Wessen Kopf drehte sich da auf dem Hals auf die Art, die er so liebte, daß ihm das Wasser in die Augen trat, wenn er es sah?

Also sagte er es. «Das ist nicht ihr Mund. Ich kenn ihren Mund, und das hier ist er nicht.» Bevor Stamp Paid loslegen konnte, sagte er das, und als er längst redete, sagte Paul D es noch einmal. O ja, er hörte alles, was der alte Mann sagte, aber je mehr er hörte, desto fremder wurden ihm die Lippen auf der Zeichnung.

Stamp fing an mit dem Fest, das Baby Suggs veranstaltet hatte, hielt aber inne und holte ein wenig aus, um von den Beeren zu erzählen – wo es sie gab, und was in der Erde war, das sie so wachsen ließ.

«Die Sonne kommt ran, aber nicht die Vögel, weil da drunten Schlangen sind, und das wissen die Vögel, drum wachsen sie und werden dick und süß, und keiner stört sie dabei außer mir, weil keiner sich da ans Wasser traut außer mir, und weil nicht allzuviele Beine willens sind, das Flußufer runterzurutschen, um sie zu holen. Ich auch nicht. Aber an dem Tag war ich's. Irgendwie war ich's. Und gepeitscht haben sie mich, das kann ich dir sagen. Zerfetzt. Aber trotzdem hab ich zwei Eimer vollgemacht. Und sie rüber zu Baby Suggs' Haus getragen. Und dann ging's los. Wie da gekocht wurde, so was siehst du heute gar nicht mehr. Wir haben gebacken, gebraten und gekocht, was uns der Herrgott auf dieser Erde geschenkt hat. Alle kamen. Alle schlugen sich den Bauch voll. Wir haben so viel gekocht, daß für den nächsten Tag kein Kien mehr zum Feuermachen übrig war. Ich hab mich erboten, Holz zu machen. Und am nächsten Morgen bin ich rüber, wie versprochen.»

«Aber das ist nicht ihr Mund», sagte Paul D. «Das ist er ganz und gar nicht.»

Stamp Paid schaute ihn an. Er war im Begriff, ihm zu erzählen, wie unruhig Baby Suggs an diesem Vormittag gewesen war, daß sie den Anschein erweckt hatte, als horche sie auf etwas, daß sie fortwährend und so oft über den Mais hinweg zum Fluß hinuntergeschaut hatte, bis auch er hinsah. Zwischen den Axtschwüngen sah er dorthin, wo auch Baby hinsah. Und drum entging es den beiden auch: Sie schauten in die falsche Richtung – zum Wasser; dabei kamen sie die Straße runter. Zu viert. Ritten dicht zusammen, wie in einem kleinen Trupp, und so selbstgerecht. Er war im Begriff, ihm das zu erzählen, weil er es wichtig fand: warum er und Baby Suggs es beide nicht mitbekommen hatten. Und auch das von dem Fest, weil das erklärte, warum keiner vorher angelaufen kam; warum keiner einen behenden Sohn die Abkürzung quer über das Feld schickte, sobald sie die vier Pferde in der Stadt sahen, die festgebunden waren, damit sie trinken konnten, während die Reiter Erkundigungen einzogen. Nicht Ella, nicht John, überhaupt keiner kam herunter oder in die Bluestone Road gelaufen, um zu sagen, daß gerade ein paar neue Weißenleute mit diesem Blick in die Stadt geritten waren. Diesem selbstgerechten Blick, den jeder Neger schon mit der Muttermilch zu erkennen lernte. Wie eine gehißte Fahne telegraphierte und verkündigte diese Selbstgerechtigkeit die Rute, die Peitsche, die Faust, die Lüge, schon lange, bevor sie für alle sichtbar wurde. Keiner warnte sie, und er hatte immer geglaubt, daß nicht die Erschöpfung von einem langen Tag der Völlerei sie eingelullt hatte, sondern daß etwas anderes – so etwas, nun ja, wie Heimtücke – sie veranlaßt hatte, untätig dazustehen und nicht aufzupassen oder sich zu sagen, daß wahrscheinlich bereits jemand anderes die Nachricht zu dem Haus in der Bluestone Road brächte, wo eine hübsche Frau schon fast einen Monat lang wohnte. Jung und flink, mit vier Kindern, von denen sie eins am Tag vor ihrer Ankunft ganz allein zur Welt gebracht hatte, und die nun in den uneingeschränkten Genuß von Baby Suggs' Freigebigkeit und ihres großen alten Herzens kam. Vielleicht wollten sie auch nur wissen, ob Baby wirklich etwas Besonderes war, auf eine Weise gesegnet, wie sie es nicht waren. Er war im Begriff, ihm das alles zu erzählen, aber Paul D lachte nur und sagte: «Ä-ä. Kein bißchen. Bißchen Ähnlichkeit um die Stirn rum vielleicht, aber das ist nicht ihr Mund.»

Deshalb erzählte Stamp Paid ihm nicht, wie sie in fliegender Hast wie ein Habicht im Sturzflug ihre Kinder packte: wie ihr Gesicht zum Schnabel wurde, wie ihre Hände klauengleich arbeiteten, wie sie sie aufklaubte, so wie sie gerade kamen: eins auf die Schulter, eins unter den Arm, eins an die Hand, das andere mit Worten vorwärtsgetrieben in den Holzschuppen, in dem jetzt nur noch Sonnenlicht und Späne lagen, weil kein Holz mehr da war. Alles war für das Fest aufgebraucht worden, deshalb hackte er ja welches. Im Schuppen war nichts, das wußte er, denn er war am frühen Morgen drinnen gewesen. Nichts als Sonnenlicht. Sonnenlicht, Holzspäne, eine Schaufel. Die Axt hatte er selbst mit nach draußen genommen. Nichts war mehr drinnen außer der Schaufel – und natürlich der Säge.

«Du vergißt wohl, daß ich sie schon früher kannte», sagte Paul D. «Damals in Kentucky schon. Als sie ein junges Mädchen war. Ich hab ja nicht erst vor ein paar Monaten ihre Bekanntschaft gemacht. Ich kenn sie schon lang. Und eines kann ich dir mit Sicherheit sagen: das ist nicht ihr Mund. Sieht vielleicht so aus, aber er ist es nicht.»

Und so sagte Stamp Paid das alles nicht. Statt dessen holte er Luft, beugte sich über den Mund, der nicht ihrer war, und las langsam die Worte vor, die Paul D nicht lesen konnte. Und als er fertig war, sagte Paul D mit einem Nachdruck, der noch frischer war als beim erstenmal: «Tut mir leid,

Stamp. Da muß ein Irrtum vorliegen, weil das ist nicht ihr Mund.»

Stamp sah Paul D in die Augen, und die süße Gewißheit darin ließ ihn fast daran zweifeln, ob es überhaupt wahr war, daß eine hübsche kleine Sklavin vor achtzehn Jahren, während er und Baby Suggs in die falsche Richtung schauten, einen Hut wiedererkannt hatte und in den Holzschuppen gerast war, um ihre Kinder zu töten.

Sie krabbelte schon, als ich hinkam. Eine Woche, nicht mal, und das Baby, das sich aufsetzen und umdrehen konnte, als ich es aufs Fuhrwerk gehoben hatte, krabbelte schon. Hatten unsre liebe Not, sie von der Treppe fernzuhalten. Heutzutage stehen die Blagen ja schon auf und laufen rum, kaum daß sie geworfen sind, aber vor zwanzig Jahren, als ich ein junges Mädchen war, blieben die Babies länger Babies. Howard hob den Kopf erst, als er neun Monate alt war. Baby Suggs meinte, es läge an der Nahrung, weißt du. Wenn du ihnen nichts zu geben hast außer Milch, dann tun sie das alles nicht so schnell. Ich hatte nie was anderes als Milch. Ich hab immer gedacht, Zähne bedeuteten, sie wären so weit, daß sie kauen könnten. Gab ja keinen zum Fragen. Mrs. Garner hat nie Kinder gehabt, und wir zwei waren die einzigen Frauen dort.»

Sie drehte sich. Rundherum im Zimmer. Am Geleeschrank vorbei, am Fenster vorbei, an der Haustür vorbei, am anderen Fenster, am Buffet, an der Tür zur Kammer, am trockenen Spülstein, am Ofen – und zurück zum Geleeschrank. Paul D saß am Tisch und sah, wie sie in sein Blickfeld schwebte, dann hinter seinem Rücken verschwand und sich dabei immerfort drehte, langsam, aber gleichmäßig wie ein Rad. Manchmal verschränkte sie die Arme hinter dem Rücken. Dann wieder hielt sie sich die Ohren, führte die Hand an den Mund oder faltete die Arme über der Brust.

Gelegentlich strich sie sich über die Hüften beim Drehen, aber das Rad blieb nie stehen.

«Erinnerst du dich an Tante Phyllis? Aus der Nähe von Minnowville? Bei jedem meiner Babies hat Mr. Garner einen von euch hingeschickt, um sie zu holen. Das waren die einzigen Male, wo ich sie gesehen hab. Oft war ich drauf und dran, rüberzugehen, dorthin, wo sie wohnte. Bloß so zum Reden. Mein Plan war, Mrs. Garner zu bitten, mich in Minnowville rauszulassen, wenn sie zum Gottesdienst fuhr. Und mich auf dem Rückweg wieder mitzunehmen. Ich denk, sie hätt's schon getan, wenn ich sie gefragt hätt. Aber ich hab's nie getan, weil das war der einzige Tag, wo Halle und ich uns bei Licht sehen konnten. Drum gab's also keinen. Zum Reden, mein ich, der einem gesagt hätt, wann es an der Zeit war, ein bißchen was vorzukauen und es ihnen zu geben. Kommen davon dann die Zähne, oder hätt man warten sollen, bis die Zähne kommen, und ihnen dann feste Nahrung geben? Ja, jetzt weiß ich's, weil Baby Suggs sie richtig gefüttert hat, und nach einer Woche, als ich hinkam, da krabbelte sie schon. War nicht mehr zu halten. Sie hatte die Treppen so gern, daß wir sie anstrichen, damit sie den Weg bis nach oben sehen konnte.»

Bei der Erinnerung daran lächelte Sethe. Dann teilten sich die lächelnden Lippen und sogen jäh Luft ein, aber sie erschauerte nicht und schloß auch nicht die Augen. Sie drehte sich.

«Ich wollte, ich hätt mehr gewußt, aber, ich sag ja, es gab keinen zum Reden. Keine Frau, meine ich. Also hab ich versucht, mich an das zu erinnern, was ich dort gesehen hatte, wo ich vor Sweet Home war. Wie die Frauen da zurechtkamen. Oh, die wußten Bescheid. Wie man das Ding macht, in dem man die Babies in die Bäume hängt – so daß ihnen nichts passiert, wenn man auf dem Feld arbeitet. Da war auch was aus Blättern, das gaben sie ihnen zum Draufbeißen. Minze glaub ich oder Sassafras. Vielleicht Kampfer. Ich weiß immer noch nicht, wie sie dieses Korbding machten, aber ich hab's ja auch nicht gebraucht, weil ich immer im Stall und im Haus zu tun hatte, aber ich hab vergessen, was für ein Blatt es war. Das hätt ich brauchen können. Ich hab Buglar angebunden, als wir all das Schweinefleisch räuchern mußten. Überall Feuer, und er immer im Weg. Ich war öfter nah dran, ihn zu verlieren. Einmal ist er auf den Brunnen geklettert, richtig oben drauf. Ich nichts wie hin. Bekam ihn grad noch zu fassen. Als ich also erfuhr, daß wir Fett auslassen und räuchern würden und ich nicht auf ihn aufpassen konnte, ja, da nahm ich ein Seil und band es ihm uns Fußgelenk. Grad lang genug, daß er ein bißchen rumspielen konnte, aber nicht so lang, daß er bis zum Brunnen oder ans Feuer kam. Die Sache gefiel mir gar nicht, aber ich wußte nicht, was sonst tun. Es ist schwer, kannst du das verstehen? So ganz allein, und keine andere Frau da, die einem hilft, durchzukommen. Halle war lieb, aber er arbeitete immer und überall für seine Schulden. Und wenn er sich dann mal ein wenig schlafen legen konnte, wollte ich ihn nicht mit alldem belästigen. Sixo hat mir am meisten geholfen. Ich glaub, das weißt du gar nicht mehr, aber Howard ist mal in den Melkstall geschlüpft, und Red Cora war's glaub ich, die hat ihm die Hand eingequetscht. Ihm den Daumen nach hinten gedreht. Als ich dazukam, war sie drauf und dran, ihn zu beißen. Ich weiß bis heute nicht, wie ich ihn rausgeholt habe. Sixo hörte ihn brüllen und kam angelaufen. Und weißt du, was er getan hat? Den Daumen wieder zurückgedreht und ihn quer über die Handfläche am kleinen Finger festgebunden. Siehst du, da wär ich nie draufgekommen. Nie. Hat mir viel beigebracht, der Sixo.»

Ihm wurde schwindlig davon. Zuerst dachte er, es käme vom Drehen. Daß sie ihn genauso umkreise wie das Thema. Rundherum und rundherum, ohne jemals die Richtung zu wechseln, was seinem Kopf gutgetan hätte. Dann dachte er: Nein, es liegt am Klang ihrer Stimme; sie ist zu nahe. Bei keiner Drehung kam sie näher als einen Meter an seinen Platz heran, aber ihr zuzuhören war, als flüstere einem ein Kind aus solcher Nähe ins Ohr, daß man spürt, wie seine Lippen Worte bilden, die man nicht verstehen kann, weil sie zu nahe sind. Er bekam nur Bruchstücke von dem mit, was sie sagte, aber das machte nichts, weil sie noch nicht zur Hauptsache gekommen war – zur Antwort auf die Frage, die er nicht direkt gestellt hatte, die sich aber in dem Zeitungsausschnitt verbarg, den er ihr zeigte. Und auch in seinem Lächeln. Denn er lächelte, als er ihn ihr zeigte, damit er rechtzeitig in ihr Gelächter einstimmen konnte, wenn sie losprustete über den Witz – die Verwechslung; ihr Gesicht, das da war, wo das einer anderen Farbigenfrau hingehörte. «Hast du Töne?» würde er sagen. Und: «Stamp hat den Verstand verloren», würde sie kichern. «Glatt den Verstand verloren.»

Doch sein Lächeln bekam keine Gelegenheit, breiter zu werden. Es hing dort, klein und allein, während sie sich den Zeitungsausschnitt ansah und ihn dann zurückgab.

Vielleicht war es sein Lächeln, oder vielleicht die stets verfügbare Liebe, die sie in seinen Augen sah – entspannt und geradeheraus, so wie Fohlen, Evangelisten und Kinder einen ansehen: mit einer Liebe, die man sich nicht zu verdienen braucht –, vielleicht veranlaßte diese Liebe sie, weiterzureden und ihm zu erzählen, was sie nicht einmal Baby Suggs erzählt hatte, dem einzigen Menschen, dem gegenüber sie sich zu Erklärungen verpflichtet fühlte. Sonst hätte sie vielleicht nur gesagt, was sie der Zeitung zufolge angeblich gesagt hatte, und weiter nichts. Sethe kannte nur etwa fünfundsiebzig gedruckte Wörter (die Hälfte davon tauchte in dem Zeitungsartikel auf), aber sie wußte, daß die Worte, die sie nicht verstand, auch nicht mehr Macht hatten, etwas zu erklären, als sie selbst. Sein Lächeln und seine offen zur Schau getragene Liebe bewirkten, daß sie es versuchte.

«Ich brauch dir nichts über Sweet Home zu erzählen – wie es war –, aber vielleicht weißt du nicht, wie es für mich war, von dort wegzukommen.»

Sie bedeckte ihre untere Gesichtshälfte mit den Handflächen und hielt inne, um noch einmal das Ausmaß des Wunders zu bedenken; davon zu kosten.

«Ich habe es geschafft. Ich hab uns alle rausgekriegt. Auch ohne Halle. Es war das allererste, was ich in meinem Leben allein getan habe. Und allein entschieden. Und es ging gut, so wie es sollte. Wir waren hier. Alle meine Kinder und ich. Ich hab sie geboren, ich hab sie rausgeschafft, und das war kein Zufall. Das war *ich*. Natürlich hatte ich Hilfe, viel Hilfe, aber trotzdem – ich hab's getan; ich war die, die *Los* und *Jetzt* sagte. Ich diejenige, die aufpassen mußte. Ich diejenige, die ihren Verstand einsetzen mußte. Aber es war noch mehr als das. Es war eine Art Selbstsucht, die ich vorher nie gekannt hatte. Sie fühlte sich gut an. Gut und richtig. Ich war groß, Paul D, und tief und weit, und wenn ich die Arme ausbreitete, paßten all meine Kinder hinein. So weit war ich. Sieht aus, als hätt ich sie mehr geliebt, nachdem ich hierherkam. Vielleicht konnte ich sie in Kentucky auch nicht richtig lieben, weil es mir nicht zustand, sie zu lieben. Aber als ich hierherkam, als ich vom Wagen sprang – da gab es auf der ganzen Welt niemand mehr, den ich nicht hätt lieben können, wenn ich gewollt hätt. Weißt du, wie ich das meine?»

Paul D antwortete nicht, weil sie es gar nicht erwartete oder wollte, aber er wußte, wie sie das meinte. Die Tauben zu hören in Alfred, Georgia, und weder das Recht noch die Erlaubnis zu haben, das zu genießen, weil dort Nebel, Tauben, Sonnenschein, Erz, Erde, Mond – einfach alles den Männern gehörte, die die Waffen trugen. Schmächtigen Männern zum Teil, aber auch großen Männern, die er allesamt hätte knicken können wie einen Zweig, wenn er gewollt hätte. Männer, die wußten, daß ihre Männlichkeit aus ihren Gewehren kam, und denen es nicht einmal peinlich war zu wissen, daß sogar die Füchse sie auslachen würden, wenn sie kein Schrot hätten. Und diese «Männer», die sogar die Füchse zum Lachen brachten, konnten einen, wenn man sie ließ, davon abhalten, Tauben zu hören oder das Mondlicht zu lieben. Drum schützte man sich und liebte im Kleinen. Suchte sich den winzigsten Stern am Himmel, um ihn zu besitzen; verrenkte sich beim Hinlegen den Kopf, um den geliebten Stern vor dem Einschlafen über dem Grabenrand zu sehen. Warf beim Anketten verstohlene Blicke durch die Bäume zu ihm hinauf. Grashalme, Salamander, Spinnen, Spechte, Käfer, ein Ameisenhaufen. Alles, was größer war, kam nicht in Frage. Eine Frau, ein Kind, ein Bruder – eine so große Liebe hätte einen in Alfred, Georgia, zerbrechen lassen. Er wußte genau, was sie meinte: an einen Ort zu kommen, wo man lieben konnte, was immer man wollte; keine Erlaubnis für die Sehnsucht zu brauchen – ja, wahrhaftig, *das* war Freiheit.

Sie drehte sich und drehte sich, und jetzt quälte sie sich mit etwas anderem, anstatt zur Sache zu kommen.

«Da war so ein Stück Stoff, das Mrs. Garner mir geschenkt hatte. Baumwolle. Es war gestreift und hatte dazwischen kleine Blümchen. Ein halber Meter vielleicht – reichte kaum für was anderes als ein Kopftuch. Aber ich hatte ein Kleidchen für meine Kleine draus machen wollen. Es hatte so hübsche Farben. Ich weiß nicht mal, wie man diese Farbe nennt: ein Rosa, aber mit Gelb drin. Ich hatte es ihr schon so lang nähen wollen, und dann, weißt du, hab ich es blöderweise einfach vergessen mitzunehmen. Knapp ein halber Meter, und immer hab ich's aufgeschoben, weil ich müde war oder keine Zeit hatte. Als ich dann hierherkam, hab ich ihr, noch bevor sie mich aufstehen ließen, aus einem Stück Stoff von Baby Suggs so ein kleines Dingelchen genäht. Damit mein ich bloß, daß das ein selbstsüchtiges Vergnügen war, das ich vorher nie gekannt hatte. Ich konnte das alles nicht einfach wieder rückgängig machen, und ich konnte weder sie noch eins von den anderen unter dem Schullehrer leben lassen. Das kam nicht mehr in Frage.»

Sethe wußte, daß der Kreis, den sie durchs Zimmer um ihn und um das Thema zog, ein Kreis bleiben würde. Daß sie die Sache für keinen, der gezwungen war zu fragen, je auf einen Punkt würde bringen können. Wenn sie es nicht gleich verstanden – dann konnte sie es nicht erklären. Weil die Wahrheit einfach war, kein weitschweifiger Bericht von geblümten Kleidchen, Baumkörbchen, Selbstsucht, Seilen um Fußgelenke und Brunnen. Einfach: Sie hockte im Garten, und als sie sie kommen sah und den Hut des Schullehrers erkannte, hörte sie Flügel. Kleine Kolibris steckten ihre spitzen Schnäbel durch das Kopftuch in ihr Haar und schlugen mit den Flügeln. Und falls sie überhaupt etwas dachte, so war es: Nein. Nein. Neinnein. Neinneinnein. Einfach. Sie flog. Sammelte jedes bißchen Leben ein, das sie gemacht hatte, all die Teile ihrer selbst, die kostbar und schön und herrlich waren, und trug, schob und zerrte sie durch den Schleier, hinaus, fort, dorthin, wo keiner ihnen etwas anhaben konnte. Dorthin. Weit weg von diesem Ort, dorthin, wo sie in Sicherheit sein würden. Und die Kolibriflügel schwirrten weiter. Sethe verharrte wieder auf ihrer Kreisbahn und sah aus dem Fenster. Sie erinnerte sich an die Zeit, als der Garten einen Zaun gehabt hatte mit einem Gartentor, das unaufhörlich auf- und zuging, damals, als die 124 eine betriebsame Wegstation gewesen war. Sie hatte die Weißenjungen nicht gesehen, die den Zaun niederrissen, die Pfosten herausstemmten, das Tor kurz und klein schlugen und die 124 zur selben Zeit, als alle aufhörten vorbeizuschauen, verzweifelt und ungeschützt zurückließen. Nur noch das Unkraut am Rand der Bluestone Road kam ans Haus heran.

Als sie aus dem Gefängnis zurückkam, war sie froh, daß der Zaun fort war. Dort hatten sie ihre Pferde angebunden – und über den Zaunbrettern hatte sie, als sie im Garten hockte, den Hut des Schullehrers näher kommen sehen. Als sie ihm dann gegenüberstand, ihm geradewegs in die Augen sah, hielt sie in ihren Armen etwas, was ihn jäh stehenbleiben ließ. Mit jedem Zucken des Babyherzens trat er einen Schritt zurück, bis es sich schließlich nicht mehr regte.

«Ich hab ihn aufgehalten», sagte sie und starrte die Stelle an, wo früher der Zaun gewesen war. «Ich hab meine Kleinen genommen und sie dorthin gebracht, wo sie in Sicherheit waren.»

Das Dröhnen in Paul Ds Kopf hinderte ihn nicht daran, die Genugtuung in ihren letzten Worten zu hören, und ihm fiel ein, daß genau das, was sie für ihre Kinder wollte, in der 124 fehlte: Sicherheit. Das war ihm als allererstes aufgefallen gleich an dem Tag, an dem er zur Tür hereingekommen war. Er hatte geglaubt, er habe Sicherheit geschaffen, die Gefahr beseitigt; ihr den Garaus gemacht; sie aus dem Haus getrieben und ihr und allen anderen gezeigt, was eine Harke sei. Und da Sethe es nicht schon selbst getan hatte, bevor er kam, hatte er geglaubt, es liege daran, daß sie es nicht könne. Daß sie mit der 124 in hilfloser, kleinlauter Resignation lebe, weil sie keine Wahl habe; daß sie in Ermangelung von Ehemann, Söhnen und Schwiegermutter mit ihrer einfältigen Tochter dort eben ganz allein leben und damit klarkommen müsse. Das kratzbürstige Mädchen mit dem scheuen Blick, das er in Sweet Home als Halles Mädchen gekannt hatte, war gehorsam (wie Halle), schüchtern (wie Halle) und arbeitsam (wie Halle). Doch er irrte sich. Diese Sethe hier war neu. Der Geist in ihrem Haus störte sie aus denselben Gründen nicht, aus denen ihr eine als Gast aufgenommene Hexe mit neuen Schuhen willkommen war. Diese Sethe hier redete über die Liebe wie jede andere Frau, redete über Babykleidung wie jede andere Frau, aber das, was sie eigentlich meinte, ließ es einem eiskalt über den Rücken laufen. Diese Sethe hier redete über Sicherheit mit Hilfe einer Handsäge. Diese neue Sethe hier wußte nicht, wo die Welt aufhörte und sie selbst anfing. Plötzlich wurde ihm klar, wofür Stamp Paid ihm die Augen hatte öffnen wollen: Wichtiger als das, was Sethe getan hatte, war das, was sie forderte. Das erschreckte ihn.

«Deine Liebe ist zu stark», sagte er und dachte dabei: Dieser Satansbraten schaut mich an; sie ist genau über meinem Kopf und schaut durch den Fußboden auf mich herunter.

«Zu stark?» sagte sie und dachte an die Lichtung, wo auf

Baby Suggs' Befehl hin die Kastanien von den Bäumen gefallen waren. «Entweder es ist Liebe oder nicht. Schwache Liebe ist gar keine Liebe.»

«Tja. Es hat aber nicht funktioniert, oder? Hat es funktioniert?» fragte er.

«Es hat funktioniert», sagte sie.

«Wie denn? Deine Buben sind fort, du weißt nicht wo. Ein Mädchen tot, das andere geht nicht aus dem Haus. Was soll denn funktioniert haben?»

«Sie sind nicht in Sweet Home. Der Schullehrer hat sie nicht gekriegt.»

«Vielleicht gibt's Schlimmeres.»

«Das ist nicht meine Aufgabe – zu wissen, was schlimmer ist. Meine Aufgabe ist zu wissen, was schlimm ist, und sie vor den Schrecken zu schützen, die ich kenne. Das hab ich getan.»

«Was du getan hast, war falsch, Sethe.»

«Hätt ich denn dorthin zurückgehen sollen? Meine Kinder dorthin mitnehmen?»

«Es hätte eine Lösung gegeben. Eine andere Lösung.»

«Was für eine?»

«Du hast doch zwei Beine, Sethe, und nicht vier», sagte er, und in diesem Augenblick schoß zwischen ihnen ein Wald hoch; undurchdringlich und still.

Später fragte er sich oft, was ihn dazu verleitet hatte, das zu sagen. Die Kälber aus Jugendtagen? Oder die Gewißheit, daß er durch die Decke hindurch beobachtet wurde? Wie schnell er von seiner Scham zu ihrer übergeleitet hatte. Von seinem Kühlhaus-Geheimnis direkt zu ihrer übermäßig starken Liebe.

Inzwischen schloß der Wald den Raum zwischen ihnen und verlieh ihm Gestalt und Gewicht.

Er setzte nicht sofort seine Mütze auf. Zuerst drehte er sie in den Fingern und überlegte, wie sein Abschied aussehen würde, wie er daraus einen Abschied und nicht eine Flucht machen konnte. Und es war sehr wichtig, daß er nicht ohne zu schauen fortging. Er stand auf, drehte sich um und schaute die weiße Treppe hinauf. Sie war tatsächlich dort. Stand da, aufrecht wie eine Gerade, mit dem Rücken zu ihm. Er stürzte nicht zur Tür. Er bewegte sich langsam, und als er dort war, machte er sie auf, bevor er Sethe bat, ihm das Abendessen beiseite zu stellen, weil es vielleicht ein wenig später werden könnte, bis er heimkäme. Erst dann setzte er seine Mütze auf.

Süß, dachte sie. Er muß glauben, daß ich es nicht ertragen kann, ihn es sagen zu hören. Daß mich nach allem, was ich ihm erzählt habe, und nachdem er mir gesagt hat, wie viele Beine ich habe, ein «Lebwohl» zerbrechen würde. Ist das nicht süß.

«Bis dann», murmelte sie von der anderen Seite der Bäume.

ZWEI

In der 124 war es laut. Das hörte Stamp Paid schon von der Straße aus. Er ging auf das Haus zu und hielt dabei den Kopf so hoch wie möglich, damit keiner, der ihn sah, ihn als Heimlichtuer bezeichnen konnte, obwohl sein Kummer ihm das Gefühl vermittelte, er sei einer. Seit er Paul D den Zeitungsausschnitt gezeigt und erfahren hatte, daß Paul noch am selben Tag aus der 124 ausgezogen war, fühlte Stamp sich unwohl. Nachdem er sich weidlich mit der Frage auseinandergesetzt hatte, ob er einem Mann reinen Wein über seine Frau einschenken sollte oder nicht, und zu dem Schluß gekommen war, daß es richtig war, begann er sich jetzt wegen Sethe Gedanken zu machen. Hatte er am Ende des kleine bißchen Glück zerstört, das ein braver Mann ihr schenken konnte? War sie böse über den Verlust, war sie böse, weil ausgerechnet der Mann den Klatsch hatte wiederaufleben lassen, der ihr geholfen hatte, den Fluß zu überqueren, und der ihr Freund war und auch Baby Suggs' Freund?

Ich bin zu alt, dachte er, um einen klaren Gedanken zu fassen. Ich bin zu alt und hab zuviel gesehen. Er hatte darauf bestanden, daß er und Paul D während der Eröffnungen im Schlachthof allein und ungestört waren – jetzt fragte er sich, wen er eigentlich hatte schützen wollen. Paul D war der einzige in der Stadt, der es nicht wußte. Wie konnte eine Information, die in der Zeitung gestanden hatte, zu einem

Geheimnis werden, das man in einem Schweinehof flüsternd weitersagen mußte? Ein Geheimnis vor wem? Vor Sethe, so war es. Er hatte es hinter ihrem Rücken getan, wie ein Heimlichtuer. Aber Heimlichtun war ja seine Aufgabe – sein Leben; wenn auch stets für einen klaren, geheiligten Zweck. Schon vor dem Krieg hatte er nur im Verborgenen gewirkt: entlaufene Sklaven an geheimen Orten versteckt, Geheiminformationen an die Öffentlichkeit geschmuggelt. Unter dem rechtlich einwandfreien Gemüse in seinem Boot lagen unter Ausfuhrverbot stehende Menschen, die er über den Fluß setzte. Sogar die Schweine, die er im Frühjahr schlachten half, dienten seinen Zwecken. Ganze Familien lebten von den Knochen und den Innereien, die er an sie verteilte. Er schrieb ihnen ihre Briefe und las ihnen diejenigen vor, die sie bekamen. Er wußte, wer die Wassersucht hatte und wer Feuerholz brauchte; welche Kinder eine Begabung hatten und bei welchen man nachhelfen mußte. Er kannte die Geheimnisse des Ohio und seiner Ufer; die leerer Häuser und bewohnter; kannte die besten Tänzer, die schlechtesten Redner, die Menschen mit schönen Stimmen und andere, die keine Melodie behalten konnten. Zwischen seinen Beinen war nichts mehr los, doch er erinnerte sich an die Zeit, als dort etwas los gewesen war – als noch dieser Trieb den Getriebenen trieb –, und drum überlegte er auch lange und gründlich, bevor er sein Holzkästchen aufmachte und nach dem achtzehn Jahre alten Zeitungsausschnitt suchte, um ihn Paul D als Beweis zu zeigen.

Erst danach – nicht vorher – bedachte er auch Sethes Gefühle in dieser Angelegenheit. Daß er erst so spät daran gedacht hatte, das verursachte ihm so ein schlechtes Gewissen. Vielleicht hätte er sich heraushalten sollen; vielleicht hätte Sethe es Paul irgendwann einmal selbst erzählt; vielleicht war er gar nicht der hochherzige Soldat Christi, für den er sich hielt, sondern ein ganz gewöhnlicher billiger Mensch, der seine Nase überall hineinsteckte und etwas gestört hatte, das wunderbar glattging, bloß um der Wahrheit willen und um zu warnen – zwei Dinge, denen er großes Gewicht beimaß. Jetzt war die 124 wieder so wie damals, bevor Paul D in die Stadt gekommen war; sie piesackte Sethe und Denver mit einer Meute von Gespenstern, die man schon von der Straße aus hörte. Mochte Sethe sich vielleicht noch mit der Rückkehr des Geistes abfinden können, ihre Tochter konnte es Stamps Meinung nach keinesfalls. Denver brauchte einen normalen Menschen in ihrem Leben. Durch einen glücklichen Zufall war er fast bei ihrer Geburt dabeigewesen – bevor sie überhaupt wußte, daß sie lebte – und ihr deshalb besonders zugetan. Daß er sie vier Wochen später wiedersah, quicklebendig, wer hätte das gedacht, und so gesund, das hatte ihn damals so sehr gefreut, daß er so viele von den besten Brombeeren im ganzen Land sammelte, wie er tragen konnte, und zuerst ihr zwei in den Mund steckte, bevor er das mühselig Geerntete Baby Suggs überreichte. Bis auf den heutigen Tag glaubte er, daß seine Beeren (die das Festessen und das Holzhacken nach sich zogen) der Grund dafür waren, daß Denver noch lebte. Wäre er nicht dort gewesen und hätte Feuerholz gehackt, so hätte Sethe das Hirn des Babys auf dem Holzboden verspritzt. Vielleicht hätte er an Denver denken sollen, wenn schon nicht an Sethe, bevor er Paul D die Mitteilung machte, wegen der er auf und davon gegangen war, er, der einzige normale Mensch im Leben des Mädchens seit Baby Suggs' Tod. Und genau dort saß der Stachel.

Tiefer und schmerzlicher als seine verspätete Besorgnis um Denver oder Sethe brannte ihm auf der Seele wie ein Silberdollar in der Tasche eines Narren die Erinnerung an Baby Suggs – denn sie war der Berg, der ihn dem Himmel näherbrachte. Die Erinnerung an sie und die Ehre, die ihr gebührte, ließ ihn mit hoch erhobenem Haupt den Vorgarten der 124 betreten, obwohl er schon von der Straße aus die Stimmen hörte.

Er hatte nur ein einziges Mal den Fuß über die Schwelle des Hauses gesetzt seit dem Unglück (wie er Sethes ungestüme Reaktion auf das Sklavenfluchtgesetz nannte), und zwar um Baby Suggs, die Heilige, hinauszutragen. Als er sie aufhob, sah sie aus wie ein junges Mädchen, und er genoß das Vergnügen, das die Vorstellung ihr bereitet hätte, ihre Hüftknochen nicht mehr schinden zu müssen – weil jetzt endlich jemand *sie* trug. Hätte sie nur noch ein wenig gewartet, so hätte sie das Ende des Bürgerkrieges erlebt und das kurze Strohfeuer seiner so prächtig anmutenden Ergebnisse. Sie hätten zusammen feiern und sich die großen Predigten anhören können, die zu diesem Anlaß gehalten wurden. Da sie tot war, zog er allein von einem jubelnden Haus zum nächsten und trank überall, was immer ihm angeboten wurde. Sie hatte nicht gewartet, und er wohnte ihrem Begräbnis eher ein wenig verärgert als schmerzlich berührt bei. Sethes und Denvers Augen blieben an diesem Tag trocken. Sethe gab keinerlei Anweisungen außer: «Bring sie auf die Lichtung», was er versuchte, woran ihn aber dann ein von Weißen erfundenes Gesetz hinderte, das vorschrieb, wo die Toten ruhen sollten. Baby Suggs wurde neben dem Baby mit der durchschnittenen Kehle in die Erde hinuntergelassen – ein Akt der Nächstenliebe, der Stamps Ansicht nach nicht unbedingt ihre Zustimmung gefunden hätte.

Baby Suggs' Aufbahrung fand im Hof statt, weil keiner außer ihm selbst die 124 betreten wollte – eine Beleidigung, die Sethe zurückgab, indem sie sich weigerte, dem von Reverend Pike gehaltenen Gottesdienst beizuwohnen. Statt dessen ging sie ans Grab und wetteiferte mit dessen Schweigen, stand stumm da, ohne in die Lieder einzustimmen, die die anderen inbrünstig sangen. Diese Beleidigung veranlaßte wiederum die Trauergemeinde zu einer weiteren: In den Hof der 124 zurückgekehrt, aßen sie nur das, was sie selbst mitgebracht hatten, und rührten Sethes Essen nicht an, und sie wiederum rührte nichts von ihnen an und verbat es auch Denver. So wurde Baby Suggs, die Heilige, die ihr Leben als Freie ganz der Harmonie gewidmet hatte, in einem wahren Tanz von Stolz, Furcht, Verachtung und Gehässigkeit begraben. Es gab kaum jemanden in der ganzen Stadt, der Sethe keine schweren Zeiten gewünscht hätte. Ihre wahnsinnigen Ansprüche und ihr Dünkel schienen danach zu schreien, und selbst Stamp Paid, der in seinem ganzen Erwachsenenleben noch keine Spur Böswilligkeit empfunden hatte, fragte sich, ob einige von den Erwartungen in Richtung «Hochmut kommt vor dem Fall» vielleicht auch auf ihn abgefärbt hatten – was erklären mochte, warum er Sethes Gefühle oder Denvers Bedürfnisse nicht bedacht hatte, als er Paul D den Zeitungsausschnitt zeigte.

Er hatte nicht die geringste Vorstellung davon, was er tun oder sagen würde, wenn und falls Sethe die Tür öffnete und ihm Auge in Auge gegenüberstünde. Er war willens, ihr Hilfe anzubieten, wenn sie welche von ihm wollte, oder ihren Groll zu ertragen, falls sie welchen gegen ihn hegte. Ansonsten vertraute er darauf, daß sein Gefühl ihn schon in Ordnung bringen lassen würde, was er Baby Suggs' Angehörigen gegenüber vielleicht falsch gemacht hatte, und daß es ihn sicher leiten würde inmitten der immer aufmüpfigeren Geister, denen die 124 ausgeliefert war und die sich schon in den von der Straße aus hörbaren Stimmen offenbarten. Im übrigen würde er auf die Macht Jesu Christi vertrauen, um mit den Kräften fertig zu werden, die zwar älter, aber nicht stärker waren als Er selbst.

Das, was er hörte, als er auf die Veranda zuging, verstand er nicht. Draußen auf der Bluestone Road meinte er ein hastiges Durcheinander gehört zu haben – laute, dringliche Stimmen, die alle gleichzeitig redeten, so daß er nicht ausmachen konnte, worüber sie sprachen oder mit wem. Das Gerede war nicht gerade unsinnig, auch war es kein Reden in Zungen. Aber mit der Abfolge der Wörter stimmte etwas nicht, und er hätte es ums Leben nicht beschreiben oder entschlüsseln können. Das einzige, was er heraushörte, war das Wort *mein*. Der Rest blieb außerhalb seines Zugriffs. Trotzdem ging er weiter hindurch. Als er an die Treppe kam, verloren sich die Stimmen plötzlich zu weniger als einem Flüstern. Das ließ ihn zögern. Sie waren zu einem gelegentlichen Gemurmel geworden – wie die Laute, die eine Frau von sich gibt, wenn sie glaubt, daß sie allein und unbeobachtet bei der Arbeit ist: ein Sss, wenn sie das Nadelöhr verfehlt; ein leiser Seufzer, wenn sie an ihrer einzigen guten Servierplatte eine neue abgesprungene Stelle bemerkt; das sanfte freundliche Gezanke, mit dem sie die Hühner begrüßt. Nichts Heftiges oder Erschreckendes. Lediglich jenes endlose vertraute Zwiegespräch zwischen Frauen und ihren alltäglichen Aufgaben.

Stamp Paid hob die Faust, um an die Tür zu klopfen, an die er noch nie geklopft hatte (weil sie ihm sonst immer offenstand), und konnte es nicht. Ihn von dergleichen Förmlichkeiten zu entbinden war der einzige Entgelt, den er von Negern erwartete, die in seiner Schuld standen. Wenn Stamp Paid jemandem einmal einen Mantel gebracht, eine Botschaft übergeben, das Leben gerettet oder die Zisterne repariert hatte, nahm er sich die Freiheit, über dessen Schwelle zu treten, als sei sie seine eigene. Da alle seine Besuche wohltätiger Natur waren, wurde sein Schritt oder sein Hallo stets freudig begrüßt. Ehe er auf das einzige Privileg, das er für sich in Anspruch nahm, verzichtete, ließ er lieber die Hand sinken und kehrte um.

Wieder und wieder versuchte er es: faßte den Entschluß, Sethe zu besuchen; drang durch die lauten hastigen Stimmen zu dem Gemurmel auf der anderen Seite vor und hielt dann inne, unentschlossen, was er an der Tür tun sollte. Sechsmal machte er innerhalb ebenso vieler Tage einen Abstecher von seinem normalen Weg und versuchte in der 124 anzuklopfen. Doch die Kälte dieser Geste – das Zeichen dafür, daß er tatsächlich ein Fremder an der Türschwelle war – überwältigte ihn. Seufzend ging er in seinen eigenen Spuren im Schnee zurück. Der Geist war willig; das Fleisch schwach.

Während Stamp Paid sich dazu entschloß, die 124 um Baby Suggs' willen zu besuchen, versuchte Sethe deren Rat zu befolgen: *alles abzulegen, Schwert und Schild.* Ihn nicht bloß zur Kenntnis zu nehmen, sondern ihn wirklich zu befolgen. Vier Tage, nachdem Paul D sie daran erinnert hatte, wie viele Füße sie hatte, wühlte Sethe in einem Berg von Schuhen fremder Leute herum, um die Schlittschuhe zu finden, die darunter sein mußten. Während sie in dem Haufen kramte, verachtete sie sich dafür, daß sie damals am Herd, als Paul D ihren Rücken geküßt hatte, so vertrauensselig gewesen war, so rasch nachgegeben hatte. Sie hätte wissen müssen, daß er sich verhalten würde wie alle anderen in der Stadt, wenn er es erfuhr. Die achtundzwanzig Tage, in denen sie Freundinnen und eine Schwiegermutter besessen und all ihre Kinder beisammen gehabt hatte; sich in einer Nachbarschaft zu Hause gefühlt hatte; überhaupt Nachbarn gehabt hatte, die sie als die ihren bezeichnen konnte – all das lag lange zurück und würde nie wiederkehren. Kein Tanz auf der Lichtung mehr und auch keine fröhlichen Gelage. Keine Diskussionen mehr, ob stürmisch oder ruhig, über die wahre Bedeutung des Sklavenfluchtgesetzes, der Niederlassungsgebühr, über Gottes Wege und Kirchenbänke für Neger; über den Abolitionismus, die Sklavenbefreiung, Pro-Kopf-Abstimmung, die Republikaner, Dred Scotts, Buchweisheit, Sojourner Truths hochrädrigen Karren, die Farbigen Damen von Delaware, Ohio, und über jene anderen gewichtigen Fragen, die sie füßescharrend auf ihrem Stuhl verharren oder voller Pein oder in freudiger Erregung aufspringen ließen. Kein gespanntes Warten mehr auf den *North Star* oder auf Nachrichten über einen Gegenschlag. Kein Seufzen mehr über einen neuen Verrat, kein freudiger Beifall mehr für einen kleinen Sieg.

Auf die glücklichen achtundzwanzig Tage folgten achtzehn Jahre der Mißgunst und Einsamkeit. Dann ein paar Monate des sonnigen Lebens, das die Hand in Hand gehenden Schatten auf der Straße ihr verheißen hatten; verhaltene

Begrüßung durch andere Farbigenleute in Paul Ds Gesellschaft; Spiele im Bett. Mit Ausnahme von Denvers Freundin war alles verschwunden. Sollte dies die Regel sein, fragte sie sich. Daß ihr lebensunwertes Leben alle achtzehn oder zwanzig Jahre von einer kurzlebigen Herrlichkeit unterbrochen wurde?

Nun, wenn es so sein sollte – dann sollte es wohl so sein.

Sie hatte auf den Knien gelegen und den Boden geschrubbt, hinter sich Denver, die mit dem Trockenlappen nachrieb, als Menschenkind auftauchte und sagte: «Was tut man mit denen?» Auf den Knien, die Bürste in der Hand, schaute sie das Mädchen und die Schlittschuhe an, die es hochhielt. Sethe konnte keinen Schritt damit laufen, aber in diesem Augenblick und auf der Stelle beschloß sie, Baby Suggs' Ratschlag zu befolgen: *Leg alles ab*. Sie ließ den Eimer stehen, wo er war. Schickte Denver die Schals holen und begann nach den anderen Schlittschuhen zu suchen, von denen sie sicher wußte, daß sie irgendwo in diesem Haufen steckten. Falls jemand sie bemitleidete, falls jemand vorbeikäme, um hereinzulugen und nachzuschauen, wie sie zurechtkam (einschließlich Paul D), so würde er entdecken, daß die Frau, die zum drittenmal auf den Abfallhaufen geworfen worden war, weil sie ihre Kinder liebte – daß diese Frau fröhlich auf einem zugefrorenen Bach dahinschwebte.

Eilig und sorglos warf sie die Schuhe durcheinander. Sie erspähte eine Kufe – ein Männerschlittschuh.

«Na schön», sagte sie. «Dann wechseln wir uns eben ab. Eine zwei Schlittschuhe; eine einen Schlittschuh; und die dritte rutscht auf den Schuhen.»

Keiner sah sie fallen.

Sich an den Händen haltend und einander stützend wirbelten sie übers Eis. Menschenkind hatte das Paar an; Denver trug den einen, stieß sich mit dem anderen Fuß ab und glitt so über das trügerische Eis. Sethe glaubte, ihre beiden Schuhe würden für festen Halt sorgen. Weit gefehlt. Zwei Schritte auf den Bach, und schon verlor sie das Gleichgewicht und landete auf dem Hinterteil. Die Mädchen ließen sich unter brüllendem Gelächter neben ihr aufs Eis fallen. Sethe stand mühsam wieder auf und stellte nicht nur fest, daß sie einen Spagat machen konnte, sondern auch, daß so was weh tat. An unerwarteten Stellen befanden sich plötzlich Knochen, und ebenso unerwartet stieg Gelächter auf. Ob sie sich nun im Kreis an den Händen hielten oder in einer Reihe, die drei konnten sich keine Minute lang aufrecht halten. Doch keiner sah sie fallen.

Jede schien den anderen beiden helfen zu wollen, auf den Beinen zu bleiben, und doch verdoppelte jeder Sturz ihr Entzücken. Die Lebenseichen und die rauschenden Kiefern am Ufer umringten sie und schluckten das Gelächter, während sie gegen die Schwerkraft um die Hände der anderen kämpften. Ihre Röcke flogen wie Flügel, und ihre Haut wurde im kalten und ersterbenden Licht wie Zinn.

Keiner sah sie fallen.

Erschöpft ließen sie sich schließlich auf den Rücken sinken, um wieder zu Atem zu kommen. Der Himmel über ihnen war ein anderes Land. Zum Greifen nahe Wintersterne waren noch vor Sonnenuntergang aufgegangen. Einen Augenblick lang ging Sethe beim Hinaufschauen in dem vollkommenen Frieden auf, den sie ausstrahlten. Dann erhob sich Denver und versuchte, ganz allein dahinzugleiten. Doch die Spitze ihres Schlittschuhs stieß gegen einen Eisklumpen, und der Flügelschlag ihrer Arme beim Fallen war so wild und hoffnungslos, daß alle drei – Sethe, Menschenkind und Denver selbst – losprusteten, bis sie vor Lachen keuchten. Sethe erhob sich auf Hände und Knie, während das Lachen sie noch schüttelte und ihr Tränen in die Augen trieb. Sie blieb eine Weile so, auf allen vieren. Doch als ihr Gelächter versiegte, taten es die Tränen nicht, und es dauerte ein Weilchen, bis Menschenkind und Denver den Unterschied merkten. Dann faßten sie sie behutsam an den Schultern.

Während sie durch den Wald zurückgingen, legte Sethe einen Arm um jedes der beiden Mädchen an ihrer Seite.

Beide hatten einen Arm um ihre Taille gelegt. Sie stolperten und mußten sich aneinander festhalten bei ihrem Gang über den harten Schnee, aber keiner sah sie fallen.

Als sie wieder im Haus waren, merkten sie, daß ihnen kalt war. Sie zogen Schuhe und nasse Strümpfe aus und trockene Wollsocken an. Denver legte Holz aufs Feuer. Sethe machte einen Topf Milch heiß und rührte Zuckerrohrsirup und Vanille hinein. In Stepp- und Wolldecken gehüllt saßen sie vor dem Herd, tranken, schneuzten sich und tranken wieder.

«Wir könnten ein paar Kartoffeln rösten», sagte Denver.

«Morgen», sagte Sethe.

Sie goß beiden noch ein bißchen heiße Milch ein. Das Herdfeuer toste.

«Hast du dich ausgeweint?» fragte Menschenkind.

Sethe lächelte. «Ja, ich hab mich ausgeweint. Trinkt aus. Zeit fürs Bett.»

Doch keine wollte die Wärme der Decken, des Feuers und der Tassen gegen die Kühle eines ungewärmten Bettes vertauschen. Sie fuhren fort, in kleinen Schlucken zu trinken und ins Feuer zu schauen.

Als es klick machte, wußte Sethe nicht, was es war. Später war ihr klar wie der helle Tag, daß es gleich zu Anfang klick gemacht hatte – schon fast einen Takt bevor das Lied begonnen und noch bevor sie drei Noten gehört hatte; bevor die Melodie zu erkennen gewesen war. Menschenkind beugte sich ein wenig vor und summte leise vor sich hin.

Erst als Menschenkind ausgesummt hatte, fiel Sethe das Klick wieder ein – ein Klick, wie wenn Stücke an Stellen fielen, die für sie vorgesehen und gemacht waren. Kein Tropfen Milch schwappte aus ihrer Tasse, denn ihre Hand zitterte nicht. Sie wandte nur einfach den Kopf und betrachtete Menschenkinds Profil: das Kinn, den Mund, die Nase, die Stirn, die sich in dem ungeheuren Schatten, den das Feuer auf die Wand hinter ihr warf, übertrieben wiederholten. Ihr Haar, das Denver zu zwanzig oder dreißig Zöpfchen geflochten hatte, bog sich wie angewinkelte kleine Arme zu ihren Schultern herab. Von dort aus, wo sie saß, konnte Sethe es nicht genauer betrachten, auch nicht den Haaransatz oder die Augenbrauen, die Lippen oder...

«Alles, woran ich mich erinnere», hatte Baby Suggs gesagt, «ist, wie gern sie verbrannte Brotkruste mochte. Ihre Händchen würd ich nicht erkennen, und wenn sie mich schlügen.»

...weder das Muttermal noch die Farbe ihres Zahnfleisches, noch die Form ihrer Ohren...

«Hier. Schau her. Das hier ist deine Ma'am. Wenn du mich nicht am Gesicht erkennst, dann schau hierher.»

...weder die Finger noch die Nägel, nicht einmal...

Aber sie hatte ja Zeit. Es hatte klick gemacht; die Dinge waren dort, wo sie hingehörten, oder im Begriff, an ihren Platz zu rutschen.

«Das Lied hab *ich* mir ausgedacht», sagte Sethe. «Ich hab's erfunden und meinen Kindern vorgesungen. Keiner kennt das Lied außer mir und meinen Kindern.»

Menschenkind wandte sich um und schaute Sethe an. «Ich kenne es», sagte sie.

Ein eisenbeschlagenes Kästchen voller Juwelen, das man in einem Astloch gefunden hat, soll man mit zarten Fingern liebkosen, bevor man es öffnet. Vielleicht ist das Schloß eingerostet oder der Zapfen abgebrochen. Trotzdem sollte man über die Nagelköpfe streichen und das Gewicht des Kästchens prüfen. Kein Draufschlagen mit der Rückseite einer Axt, bevor man es richtig aus dem Grab gehoben hat, in dem es so lange verborgen lag. Kein Atemanhalten angesichts eines Wunders, das wahrlich wunderbar ist, denn der eigentliche Zauber liegt darin, daß du schon wußtest, es hat nur auf dich gewartet.

Sethe wischte den satinweißen Film aus dem Milchtopf und brachte aus der Kammer Kopfkissen für die beiden Mädchen. Es lag kein Zittern in ihrer Stimme, als sie ihnen auftrug, das Feuer am Brennen zu erhalten oder andernfalls nach oben zu kommen.

Damit zog sie ihre Decke um die Ellbogen zusammen und stieg wie eine Braut die lilienweiße Treppe hinauf. Draußen verfestigte sich Schnee zu anmutigen Formen. Der Friede der Wintersterne schien unendlich.

Ein Band zwischen den Fingern und den Geruch von Haut in der Nase, näherte Stamp Paid sich noch einmal der 124.
«Ich bin müde bis ins Mark», dachte er. «Ich bin schon mein Leben lang müde, müde wie ein alter Knochen, aber jetzt sitzt es im Mark. Muß wohl das gleiche sein, was Baby Suggs gespürt hat, als sie sich hinlegte und den Rest ihres Lebens über Farben nachdachte.» Als sie ihm von ihrem Vorhaben erzählt hatte, glaubte er, sie schäme sich und schäme sich zu sehr, um es zuzugeben. Ihre Autorität auf der Kanzel, ihr Tanz auf der Lichtung, ihr weittragender Ruf (sie hielt keine Gottesdienste ab und predigte auch nicht – sie bestand darauf, sie sei zu ungebildet dafür –, sondern sie *rief*, und wer Ohren hatte zu hören, der hörte) – all das war durch das Blutvergießen hinter ihrem Haus in Frage gestellt und verhöhnt worden. Gott gab ihr Rätsel auf, und sie schämte sich zu sehr für ihn, um es zuzugeben. Statt dessen erzählte sie Stamp, sie ginge jetzt ins Bett, um sich Gedanken über die Farben von Dingen zu machen. Er versuchte, sie davon abzubringen. Sethe war mit ihrem Säugling im Gefängnis, mit dem Kind, das er gerettet hatte. Ihre Söhne hielten sich hinterm Haus an den Händen und wollten ums Leben nicht loslassen. Fremde und Vertraute kamen vorbei, um noch einmal zu hören, was gewesen war, und plötzlich erklärte Baby den Kampf für beendet. Sie gab einfach auf. Als Sethe entlassen wurde, war sie mit Blau durch und auf dem besten Weg zu Gelb.

Zuerst sah er sie noch gelegentlich im Garten oder wenn sie Essen ins Gefängnis brachte oder in der Stadt Schuhe austrug. Dann immer seltener. Er glaubte damals, die Scham habe sie ins Bett getrieben. Jetzt, acht Jahre nach ihrer vom Streit überschatteten Beerdigung und achtzehn

Jahre seit dem Unglück, änderte er seine Meinung. Sie war müde bis ins Mark gewesen, und es sprach für das Herz, das dieses Mark versorgte, daß es acht Jahre brauchte, um endlich bei der Farbe anzukommen, nach der sie sich sehnte. Der Ansturm ihrer Erschöpfung kam wie bei ihm überraschend, hielt aber Jahre an. Nach sechzig Jahren, in denen sie ihre Kinder an jene Menschen verloren hatte, die ihr Leben verschlangen und es wie eine Fischgräte wieder ausspien; nach fünf Jahren der Freiheit, diesem Geschenk ihres letzten Kindes, das ihre Zukunft mit der eigenen bezahlte, sie eintauschte sozusagen, damit sie eine Zukunft hatte, egal ob ihr Sohn eine haben würde oder nicht; danach auch ihn zu verlieren; eine Tochter samt Enkeln zu erwerben und zu sehen, wie die Tochter diese Kinder erschlug (oder es versuchte); einer Gemeinschaft von anderen freien Negern anzugehören – sie zu lieben und von ihnen geliebt zu werden, ihnen Rat zu geben und selbst Rat zu bekommen, Schutz zu geben und selbst Schutz zu bekommen, zu nähren und selbst Nahrung zu bekommen –, und dann erleben zu müssen, wie diese Gemeinschaft sich zurückzog und sich auf Distanz hielt: das alles konnte sogar Baby Suggs, die Heilige, in die Knie zwingen.

«Schau her, Mädel», sagte er zu ihr, «du kannst nicht einfach vom Wort lassen. Es ist dir gegeben worden, damit du sprichst. Du kannst nicht einfach mir nichts dir nichts davon lassen.»

Sie standen auf der Richmond Street, knöcheltief in Blättern. Lampen erhellten die Fenster im Erdgeschoß geräumiger Häuser und ließen den frühen Abend dunkler aussehen als er war. Der Geruch verbrennender Blätter war wunderbar. Ganz zufällig hatte er, als er ein kleines Trinkgeld für einen Botengang in die Tasche steckte, über die Straße geschaut und die hinkende Frau als seine alte Freundin erkannt. Er hatte sie seit Wochen nicht gesehen. Rasch überquerte er die Straße und wirbelte dabei Blätter auf. Als er sie mit einem Gruß aufhielt, erwiderte sie ihn mit einem Gesicht, aus dem jegliches Interesse gewichen war. Blank wie ein leerer Teller. Eine große Koffertasche voller Schuhe in der Hand, wartete sie ab, ob er sie in ein Gespräch verwickeln, es selber führen oder sie daran teilhaben lassen wollte. Wäre Traurigkeit in ihren Augen gewesen, so hätte er das verstehen können; doch wo die Traurigkeit hätte sein sollen, hauste Gleichgültigkeit.

«Du warst drei Sonntage am Stück nicht auf der Lichtung», sagte er zu ihr. Sie wandte den Kopf und ließ den Blick über die Häuser an der Straße schweifen.

«Es sind Leute gekommen», sagte er.

«Leute kommen; Leute gehen», antwortete sie.

«Hier, laß mich das tragen.» Er versuchte ihr die Tasche abzunehmen, aber sie ließ ihn nicht.

«Ich muß hier wo was abliefern», sagte sie. «Tucker ist der Name.»

«Da drüben», sagte er. «Eine Zwillingskastanie im Garten. Krank, der Baum.»

Sie gingen ein Stück, er paßte seinen Schritt ihrem Humpeln an.

«Und?»

«Was und?»

«Nächsten Samstag. Wirst du rufen oder was?»

«Wenn ich sie rufe und sie kommen, was in aller Welt soll ich sagen?»

«Das Wort!» Zu spät unterdrückte er seinen Aufschrei. Zwei Weißenmänner, die Blätter verbrannten, wandten den Kopf in seine Richtung. Er beugte sich zu ihr herunter und flüsterte ihr ins Ohr: «Das Wort. Das Wort.»

«Das ist auch was, was ich verloren hab», sagte sie, und da hatte er sie inständig ermahnt, ja gebeten, nicht aufzuhören, um keinen Preis. Das Wort war ihr gegeben, und sie mußte es predigen. Sie mußte einfach.

Sie waren bei den Zwillingskastanien angekommen und bei dem weißen Haus, das dahinterstand.

«Siehst du, was ich meine?» sagte er. «Solche großen

Bäume, und haben zusammen nicht mal soviel Laub wie eine junge Birke.»

«Ja, ich seh, was du meinst», sagte sie, schaute dabei aber zu dem weißen Haus hinüber.

«Du mußt einfach», sagte er. «Du mußt! Keiner kann rufen wie du. Du mußt einfach kommen.»

«Müssen tu ich nur ins Bett gehen und mich hinlegen. Ich will mich mit was beschäftigen, das auf dieser Welt keinen Schaden anrichtet.»

«Von welcher Welt redest du? Es gibt nichts, was hier unten keinen Schaden anrichtet.»

«Doch, gibt es. Blau. Das tut keinem weh. Gelb auch nicht.»

«Willst du ins Bett, damit du über Gelb nachdenken kannst?»

«Ich mag Gelb.»

«Und was dann? Wenn du mit Blau und Gelb durch bist, was dann?»

«Kann's nicht sagen. Das ist so was, das kannst du nicht planen.»

«Du gibst Gott die Schuld», sagte er. «Das ist es.»

«Nein, Stamp. Tu ich nicht.»

«Du behauptest, die Weißen haben gewonnen? Willst du das behaupten?»

«Ich sag nur, sie sind in meinen Hof gekommen.»

«Du sagst, daß nichts zählt.»

«Ich sag nur, sie sind in meinen Hof gekommen.»

«Sethe hat es doch getan.»

«Und wenn sie's nicht getan hätte?»

«Willst du damit sagen, daß Gott aufgegeben hat? Daß uns nichts übrigbleibt, als unser eigenes Blut zu vergießen?»

«Ich sag nur, sie sind in meinen Hof gekommen.»

«Du willst Ihn strafen, stimmt's?»

«Nicht so, wie Er mich gestraft hat.»

«Das kannst du nicht, Baby. Das ist nicht recht.»

«Gab mal eine Zeit, da hab ich gewußt, was recht war.»

«Du weißt es immer noch.»

«Ich weiß, was ich seh: eine Niggerfrau, die Schuhe schleppt.»

«Ach Baby.» Er leckte sich die Lippen, mit der Zunge die Worte suchend, die Baby überzeugen, ihr die Last erleichtern könnten. «Wir müssen durchhalten. Auch dieser Kelch geht vorüber. Was suchst du? Ein Wunder?»

«Nein», sagte sie, «ich such nach dem, nach was zu suchen ich in die Welt gesetzt worden bin: die Hintertür», und humpelte stracks darauf zu. Sie wurde nicht hereingebeten. Die Schuhe wurden ihr abgenommen, als sie noch auf der Treppe stand, und sie stützte sich mit der Hüfte ans Geländer, während die Weißenfrau den Groschen holen ging.

Stamp Paid änderte seine Haltung. Er war zu verärgert, um mit ihr nach Hause zu gehen und sich noch mehr anzuhören, drum beobachtete er sie einen Augenblick lang und wandte sich dann zum Gehen, bevor das wachsame weiße Gesicht am Fenster nebenan zu irgendeinem Schluß gekommen war.

Als er jetzt zum wiederholten Mal versuchte, sich der 124 zu nähern, bereute er diese Unterhaltung: den herablassenden Ton, den er angeschlagen hatte; daß er sich geweigert hatte, an einer Frau, die er für einen Berg hielt, die Auswirkung einer bis ins Mark gehenden Erschöpfung zu erkennen. Jetzt, zu spät, verstand er sie. Das Herz, das Liebe herauspumpte, der Mund, der Das Wort verkündete, sie waren nicht von Belang. *Sie* waren trotzdem in ihren Hof gekommen, und Baby Suggs hatte Sethes ungestüme Entscheidung weder gutheißen noch verurteilen können. Eine Wahl zwischen dem einen oder dem anderen hätte sie vielleicht gerettet, aber durch die Ansprüche von beiden Seiten überfordert, verzog sie sich ins Bett. Die Weißenleute hatten sie endlich ausgelaugt.

Und ihn auch. Achtzehnhundertvierundsiebzig, und die Weißenleute trieben es noch immer toll. Ganze Städte waren von Negern leergefegt; siebenundachtzig Lynchmorde in einem Jahr allein in Kentucky; vier Schulen für Farbige zu Schutt und Asche verbrannt; erwachsene Männer wie Kinder verprügelt; Kinder wie Erwachsene verprügelt; schwarze Frauen von einer Bande vergewaltigt; Enteignungen, gebrochene Genicke. Er roch Haut, Haut und heißes Blut. Die Haut war eine Sache, aber Menschenblut, in einem Lynchfeuer gekocht, das war ganz etwas anderes. Der Gestank war gräßlich. Stank von den Seiten des *North Star*, aus dem Mund von Augenzeugen, war in die krumme Handschrift von persönlich zugestellten Briefen eingeätzt. In Dokumenten und Petitionen voller *wohingegen* beschrieben und jeder Rechtskörperschaft vorgelegt, die so was lesen würde, stank dieser Geruch zum Himmel. Doch nichts davon hatte ihn je ins Mark getroffen. Nichts von dem. Das Band tat es. Als er seinen Kahn am Ufer des Licking River festgemacht und ihn so gut wie möglich gesichert hatte, war ihm an der Unterseite etwas Rotes aufgefallen. Im Glauben, es sei die Feder eines Kardinalsvogels, die sich an seinem Boot verhakt hatte, griff er danach. Er zog, und was er in der Hand hielt, war ein rotes Band, um eine Locke von nassem wolligem Haar gewunden, das noch an einem Stückchen Kopfhaut saß. Er löste das Band, steckte es in die Tasche und ließ die Haarlocke ins Unkraut fallen. Auf dem Heimweg mußte er anhalten, atemlos und schwindelig. Er wartete, bis der Anfall vorbei war, und ging dann weiter. Einen Augenblick später ging ihm wieder der Atem aus. Diesmal setzte er sich neben einem Zaun auf den Boden. Als er sich erholt hatte, stand er auf, doch bevor er weiterging, drehte er sich um, schaute die Straße hinunter, die er gekommen war, und sagte in Richtung auf den gefrorenen Lehm und den Fluß dahinter: «Was sind das nur für Menschen? Sag mir, Jesus, was sind das für Menschen?»

Als er bei seinem Haus anlangte, war er zu müde, um das von seiner Schwester und seinen Neffen zubereitete Essen zu sich zu nehmen. Bis lange nach Einbruch der Dunkelheit saß er in der Kälte auf der Veranda und ging dann nur ins Bett, weil die Stimme seiner Schwester, die ihn rief, ungeduldig wurde. Er behielt das Band; der Hautgestank setzte ihm zu, und sein geschwächtes Mark ließ ihn über Baby Suggs' Wunsch nachdenken, sich über etwas Gedanken zu machen, was auf dieser Welt keinen Schaden anrichtete. Er hoffte, daß sie sich auf Blau, Gelb und vielleicht Grün beschränkte und sich niemals an Rot festbiß.

Nachdem er sie mißverstanden, ihr Vorhaltungen gemacht, in ihre Schuld geraten war, hatte er jetzt das Bedürfnis, sie wissen zu lassen, daß er Bescheid wußte, und mit ihr und ihren Angehörigen ins reine zu kommen. Deshalb ging er trotz seines erschöpften Marks durch die Stimmen hindurch und versuchte noch einmal, an die Tür der 124 zu klopfen. Diesmal glaubte er, obwohl er bloß ein einziges Wort heraushören konnte, zu wissen, wer diese Worte sprach. Die Menschen mit dem gebrochenen Genick und dem im Feuer gekochten Blut, und schwarze Mädchen, die ihr Haarband verloren hatten.

Welch ein Aufschrei.

Sethe war lächelnd zu Bett gegangen, erpicht darauf, sich hinzulegen und die Beweise für den Schluß, zu dem sie bereits gekommen war, zu entwirren. Den Tag und die Umstände von Menschenkinds Ankunft und die Bedeutung jenes Kusses auf der Lichtung noch einmal liebevoll zu überprüfen. Statt dessen schlief sie ein und erwachte noch immer lächelnd an einem schneehellen Morgen, der so kalt war, daß sie ihren Atem sah. Sie verharrte einen Augenblick, um den Mut aufzubringen, die Decken von sich zu werfen und auf den eisigen Boden zu springen. Zum erstenmal würde sie zu spät zur Arbeit kommen.

Unten sah sie die beiden Mädchen noch an derselben Stelle schlafen, wo sie sie verlassen hatte, doch jetzt Rücken an Rücken, beide fest in ihre Decken gewickelt, das Gesicht ins Kopfkissen gedrückt. Das ganze und das halbe Schlittschuhpaar lagen neben der Haustür, die Strümpfe, die sie an einen Nagel hinter dem Herd zum Trocknen aufgehängt hatten, waren nicht trocken geworden.

Sethe betrachtete Menschenkinds Gesicht und mußte lächeln.

Leise, vorsichtig machte sie einen Bogen um sie, um das Feuer anzufachen. Erst ein Stückchen Papier, dann ein wenig Spanholz – nicht zuviel –, nur ein klein wenig, bis es mehr vertragen konnte. Sie fachte es an, bis es wild und schnell tanzte. Als sie nach draußen ging, um noch mehr Holz aus dem Schuppen zu holen, fielen ihr die gefrorenen Männerspuren gar nicht auf. Durch den knirschenden Schnee ging sie hinters Haus zu dem dick zugeschneiten Holzstapel. Nachdem sie den Schnee abgekratzt hatte, lud sie sich so viel trockenes Holz auf die Arme wie sie konnte. Sie richtete ihren Blick sogar direkt auf den Schuppen und lächelte, lächelte über das, woran sie sich jetzt nicht mehr zu erinnern brauchte. Und dachte: Sie ist nicht einmal wütend auf mich. Kein bißchen.

Offenbar waren die sich an den Händen haltenden Schatten, die sie auf der Straße gesehen hatte, nicht Paul D, Denver und sie gewesen, sondern «wir drei». Die drei, die sich am Abend vorher beim Schlittschuhlaufen aneinander festgehalten hatten; die drei, die die gesüßte Milch getrunken hatten. Und da das so war – wenn ihre Tochter von dem zeitlosen Ort nach Hause zurückkommen konnte, dann konnten und würden gewiß auch ihre Söhne von dort, wohin sie gegangen waren, zurückkommen.

Sethe deckte ihre Schneidezähne gegen die Kälte mit der Zunge ab. Von der Last in ihren Armen nach vorn gebeugt, ging sie ums Haus zurück zur Veranda – und bemerkte nicht ein einziges Mal die gefrorenen Spuren, in die sie trat.

Drinnen schliefen die Mädchen immer noch, hatten allerdings die Lage verändert, während sie draußen gewesen war, und waren nun beide ans Feuer gerückt. Als sie ihre Last in die Holzkiste fallen ließ, regten sie sich, wachten aber nicht auf. Sethe brachte das Herdfeuer so leise sie konnte in Gang, weil sie die Schwestern nicht wecken wollte; sie war glücklich, sie schlafend zu ihren Füßen liegen zu haben, während sie Frühstück machte. Ein Jammer, daß sie zu spät zur Arbeit kommen würde – wirklich ein Jammer. Zum erstenmal in sechzehn Jahren; wirklich ein Jammer.

Sie hatte zwei Eier in die Grütze vom Tag zuvor geschlagen, sie zu Küchlein geformt und mit Schinkenwürfeln gebraten, bevor Denver richtig aufwachte und stöhnte.

«Steifen Rücken?»

«Ooooh, ja.»

«Auf dem Boden schlafen soll gut sein.»

«Tut teuflisch weh», sagte Denver.

«Vielleicht wegen deinem Sturz.»

Denver lächelte. «Das war lustig.» Sie drehte sich um und sah auf Menschenkind hinunter, die leise schnarchte. «Soll ich sie wecken?»

«Nein, laß sie sich ausschlafen.»

«Sie bringt dich doch morgens so gern zur Tür.»

«Ich sorg schon dafür, daß sie es kann», sagte Sethe und dachte: Wäre schön, zuerst nachzudenken, bevor ich mit ihr spreche und ihr sage, daß ich Bescheid weiß. Über all das nachzudenken, woran ich mich jetzt nicht mehr zu erinnern brauche. Tun, was Baby gesagt hat: Denk darüber nach, dann leg es ab – für immer. Paul D hat mir eingeredet, daß es da draußen eine Welt gibt und daß ich darin leben könnte. Ich hätte es besser wissen müssen. Tat es auch. Das, was sich vor meiner Tür abspielt, ist nicht für mich bestimmt. Die Welt ist in diesem Zimmer. Mehr ist nicht da, und mehr ist nicht nötig.

Sie aßen wie Männer, heißhungrig und versunken. Sagten wenig, waren zufrieden mit der Gesellschaft der beiden anderen und damit, ihnen in die Augen zu sehen können.

Als Sethe sich einen Schal um den Kopf wickelte und sich einmummte, um in die Stadt zu gehen, war es schon mitten am Vormittag. Und als sie das Haus verließ, sah sie weder die Fußabdrücke, noch hörte sie die Stimmen, deren Kreis die 124 umschloß wie eine Schlinge.

Während sie in den Furchen dahinging, die früher fahrende Wagen hinterlassen hatten, zitterte Sethe vor Aufregung über die Dinge, an die sie sich nun nicht mehr zu erinnern brauchte.

Ich brauch mich jetzt an nichts mehr zu erinnern. Ich brauch nicht einmal etwas zu erklären. Sie versteht alles. Ich kann vergessen, wie Baby Suggs das Herz brach; wie wir uns darauf einigten, daß es die Schwindsucht sei, ohne daß irgendein Anzeichen dafür vorlag. Ihre Augen, wenn sie mir Essen brachte, ich kann sie vergessen, und wie sie mir erzählte, daß es Howard und Buglar gutginge, daß aber ihre Hände um keinen Preis voneinander lassen wollten. Daß sie Hand in Hand spielten und vor allem Hand in Hand schliefen. Sie reichte mir das Essen aus einem Korb – Dinge, die in so kleine Portionen verpackt waren, daß sie durch die Gitterstäbe paßten – und berichtete flüsternd Neuigkeiten: Mrs. Bodwin wolle zum Richter gehen; zur Kammer, sagte sie immer wieder, zur Kammer, als ob ich gewußt hätte, was das bedeutete, oder sie selbst. Die Farbigen Damen von Delaware, Ohio, hätten eine Petition aufgesetzt, um mich vor dem Tod durch den Strang zu bewahren. Zwei weiße Prediger seien vorbeigekommen und hätten mich sprechen, für mich beten wollen. Daß auch ein Mann von der Zeitung gekommen sei. Sie erzählte mir die Neuigkeiten, und ich sagte, ich bräuchte etwas gegen die Ratten. Sie wollte Denver rausholen und schlug sich mit der Faust in die Handfläche, als ich sie nicht hergeben wollte. «Wo sind deine Ohrringe?» sagte sie. «Ich bewahr sie für dich auf.» Ich erzählte ihr, daß der Gefängniswärter sie mir abgenommen hatte, zu meinem eigenen Schutz. Er dachte, ich könnte mir mit dem Draht etwas antun. Baby Suggs hob die Hand vor den Mund. «Der Schullehrer ist fort aus der Stadt», sagte sie. «Hat Anspruch auf Schadenersatz erhoben und ist weggeritten. Zur Beerdigung lassen sie dich raus», sagte sie, «nicht zum Gottesdienst, bloß zur Beerdigung», und das taten sie. Der Sheriff kam mit und schaute weg, als ich Denver auf dem Wagen stillte. Weder Howard noch Buglar wollten mich an sich ranlassen, ich durfte ihnen nicht einmal übers Haar streicheln. Ich glaub, es war viel Volk da, aber ich sah nur den Sarg. Reverend Pike sprach sehr laut, aber ich bekam nicht ein einziges Wort mit – außer den ersten dreien; und drei Monate später, als Denver soweit war, daß sie feste Nahrung brauchte und sie mich endgültig rausließen, da ging ich los und besorgte dir einen Grabstein, aber ich hatte nicht genug Geld für die Inschrift, drum tauschte (verschacherte, könnte man sagen) ich ein, was ich hatte, und bis auf den heutigen Tag bedaure ich, daß ich nicht auf die Idee gekommen bin, ihn um das Ganze zu bitten: um alles, was ich von Reverend Pikes Worten mitbekommen hatte. Innigst geliebtes Menschenkind, denn du bist mein innigst geliebtes Kind, und ich brauche nicht zu bedauern, daß ich nur ein Wort bekam, und ich brauch mich auch nicht mehr an das Schlachthaus zu erinnern und an die Samstagsmädchen, die dort im Hof ihrer Arbeit nachgingen. Ich kann vergessen, daß das, was ich tat, Baby Suggs' Leben verändert hat. Keine Lichtung und keine Freunde mehr. Bloß noch Wäsche und Schuhe. Ich kann das jetzt alles vergessen, weil du kundgetan hast, daß du im Haus warst, sobald ich den Grabstein an Ort und Stelle hatte, und uns damit alle fast zum Wahnsinn getrieben hättest. Damals hab ich das nicht verstanden. Ich dachte, du wärst wütend auf mich. Doch jetzt weiß ich, falls du wütend warst, so bist du es nicht mehr, weil du hierher zu mir zurückgekommen bist und ich von Anfang an recht hatte: Es gibt keine Welt für mich vor meiner Tür. Ich muß bloß eins wissen. Wie schlimm ist die Narbe?

Während Sethe zur Arbeit ging, zum erstenmal in sechzehn Jahren zu spät und von einer zeitlosen Gegenwart umhüllt, kämpfte Stamp Paid gegen die Erschöpfung und eine lebenslange Gewohnheit an. Baby Suggs hatte sich geweigert, auf die Lichtung zu gehen, weil sie glaubte, *sie* hätten gewonnen; er weigerte sich strikt, einen solchen Sieg anzuerkennen. Bei Baby gab es keine Hintertür; deshalb trotzte er der Kälte und einer Mauer aus Worten, um an die eine Tür zu klopfen, die sie hatte. Er schloß die Hand um das rote Band in seiner Tasche, um sich Kraft zu holen. Zuerst behutsam, dann kräftiger. Am Schluß klopfte er wütend – fassungslos, daß das möglich war. Daß die Tür eines Hauses mit Farbigenleuten darin in seiner Gegenwart nicht sogleich aufgerissen wurde. Er ging zum Fenster und hätte am liebsten geweint. Richtig, da waren sie, und keiner fiel es ein, zur Tür zu gehen. Das Stückchen Band zerfaserte unter seinen besorgten Fingern, und der alte Mann drehte sich um und ging die Treppe hinunter. Jetzt kam zu seiner Scham und seiner Schuld noch die Neugier hinzu. Zwei Rücken waren ihm zugewandt gewesen, als er ins Fenster gespäht hatte. Auf dem einen saß ein Kopf, den er erkannte, der andere beunruhigte ihn. Er kannte die Frau nicht, und er kannte keine, die es hätte sein können. Kein Mensch, aber wirklich kein einziger, kam zu Besuch in dieses Haus.

Nach einem unerfreulichen Frühstück ging er zu Ella und John, um herauszufinden, was sie wußten. Vielleicht konnte er dort, nach all diesen Jahren der Klarheit, herausfinden, ob er sich am Ende vielleicht einen falschen Namen gegeben hatte und es doch noch eine Schuld gab, die er zu begleichen hatte. Als Joshua geboren, hatte er sich umbenannt, als er seine Frau dem Sohn seines Herrn ausgehändigt hatte. Ausgehändigt insofern, als er niemanden getötet hatte und damit auch sich selbst nicht, denn seine Frau hatte verlangt, er solle am Leben bleiben. Wohin und zu wem sollte sie denn sonst zurückkehren, wenn der Junge genug von ihr hätte? Nach diesem Geschenk beschloß er, daß er keinem Menschen mehr etwas schuldete. Was für Verpflichtungen er auch immer haben mochte, mit dieser Tat hatte er sie abgegolten. Er glaubte, sie würde ihn übermütig machen, diese Schuldenfreiheit, zu einem Abtrünnigen, wenn nicht gar zu einem Trunkenbold, und auf gewisse Weise tat sie das auch. Aber er konnte nicht viel damit anfangen. Gut arbeiten; schlecht arbeiten. Wenig arbeiten; gar nicht arbeiten. Sinnvolles tun; Sinnloses tun. Schlafen, aufwachen; den einen mögen, die anderen nicht. Es schien keine rechte Art zu leben, und sie befriedigte ihn nicht. Deshalb dehnte er seine Schuldenfreiheit auf andere Menschen aus, indem er ihnen half, aus- und abzubezahlen, was sie an Elend schuldeten. Geschlagene Sklaven, die weggelaufen waren? Er setzte sie über und betrachtete die Rechnung als beglichen; gab ihnen gleichsam ihren Kaufbrief in die Hand. «Du hast schon bezahlt; jetzt schuldet das Leben dir was.» Und die Quittung dafür waren die offenstehenden Türen, an die er nie zu klopfen brauchte, wie die von John und Ella, vor der er jetzt stand und bloß ein einziges Mal zu sagen brauchte: «Ist wer da?», bloß einmal, und schon riß Ella sie weit auf.

«Wo hast du dich denn versteckt? Ich hab schon zu John gesagt, es muß recht kalt sein, wenn Stamp nicht vor die Tür geht.»

«Oh, ich war draußen.» Er nahm seine Mütze ab und massierte sich den Kopf.

«Draußen? Wo denn? Jedenfalls nicht hier.» Ella hängte Unterwäsche auf einer Leine hinter dem Ofen auf.

«War drüben bei Baby Suggs heut früh.»

«Was wolltest du denn da?» fragte Ella. «Hat wer dich hingebeten?»

«Sind doch Angehörige von Baby. Ich brauch keine Einladung, um nach ihren Leuten zu schauen.»

«Ph.» Ella war ungerührt. Sie war mit Baby Suggs befreundet gewesen und auch mit Sethe bis zu der schlimmen Zeit. Von einem Nicken beim Jahrmarkt abgesehen, hatte sie Sethe seither nicht mehr gegrüßt.

«Jemand Neues ist da drin. Eine Frau. Dachte, du weißt vielleicht, wer sie ist.»

«Kommt kein Neger neu in die Stadt, ohne daß ich davon

erfahr», sagte sie. «Wie sieht sie aus? Bist du sicher, daß es nicht Denver war?»

«Ich kenn Denver. Dies Mädchen ist schmal.»

«Sicher?»

«Ich weiß doch, was ich seh.»

«Kannst alles mögliche sehn in der 124.»

«Stimmt.»

«Frag lieber Paul D», sagte sie.

«Den find ich nicht», sagte Stamp, was die Wahrheit war, obwohl er sich nicht sonderlich angestrengt hatte, Paul D zu finden. Er war noch nicht bereit, dem Mann gegenüberzutreten, dessen Leben er mit seiner tödlichen Nachricht verändert hatte.

«Er schläft in der Kirche», sagte Ella.

«In der Kirche!» Stamp war schockiert und sehr verletzt.

«Ja doch. Hat Reverend Pike gefragt, ob er sich im Keller aufhalten darf.»

«Da drunten ist es doch kalt wie im Grab!»

«Ich denk, das weiß er.»

«Und was soll das?»

«Er hat wohl seinen Stolz, scheint mir.»

«Das hat er doch nicht nötig. Jedes Haus würde ihn aufnehmen.»

Ella drehte sich um und schaute Stamp an. «Bloß daß keiner seine Gedanken lesen kann auf die Entfernung. Er braucht ja bloß jemand fragen.»

«Warum? Warum muß er fragen? Kann ihm denn keiner was anbieten? Was wird da gespielt? Seit wann muß ein Schwarzer, der in die Stadt kommt, im Keller schlafen wie ein Hund?»

«So reg dich doch ab, Stamp.»

«Ich nicht. Ich reg mich so lang auf, bis jemand zu Sinnen kommt und sich halbwegs wie ein Christenmensch verhält.»

«Sind doch erst ein paar Tage, daß er dort ist.»

«Kein einziger Tag sollte es sein! Und du weißt das alles

und rührst keinen Finger? Das sieht dir nicht ähnlich, Ella. Ich und du, wir ziehen doch schon mehr als zwanzig Jahre lang Farbigenleute aus dem Wasser. Und du willst mir erzählen, du kannst einem Mann kein Bett anbieten? Einem, der Arbeit hat noch dazu. Einem, der dafür zahlen kann.»

«Er soll doch fragen, dann kriegt er, was er will.»

«Wieso soll das plötzlich nötig sein?»

«So gut kenn ich ihn auch wieder nicht.»

«Du weißt, daß er ein Farbiger ist!»

«Stamp, jetzt hack nicht auf mir rum am frühen Morgen. Mir ist nicht danach.»

«Es ist wegen ihr, stimmt's?»

«Wegen wem?»

«Sethe. Weil er sich mit ihr eingelassen und dort drin gewohnt hat, und du willst nichts damit –»

«Jetzt mal langsam. Zieh keine voreiligen Schlüsse.»

«Mädchen, gib auf. Wir sind schon zu lang befreundet für so ein Getue.»

«Aber wer weiß denn, was sich da drin abgespielt hat? Schau her, ich weiß nicht mal, wer Sethe ist, und kenn ihre Leute nicht.»

«Was?!»

«Ich weiß bloß, daß sie Baby Suggs' Sohn geheiratet hat, und nicht mal da bin ich sicher, daß ich es weiß. Wo steckt der denn, hä? Und Baby hatte sie nie gesehen, bis John sie an ihre Tür gebracht hat, mit einem Baby, das ich ihr vor die Brust gebunden hab.»

«*Ich* hab ihr das Baby vor die Brust gebunden! Und du warst wer weiß wo mit dem Wagen. Ihre Kinder wußten, wer sie ist, wenn du's schon nicht weißt.»

«Na und? Ich sag ja nicht, daß sie nicht ihre Mama ist, aber wer kann schon beweisen, daß die Kinder Baby Suggs' Enkel sind? Wieso ist sie gekommen, aber ihr Mann nicht? Und sag mir eins, wie hat sie das Baby so mutterseelenallein im Wald kriegen können? Sagt, eine Weißenfrau wär unter den Bäumen hervorgekommen und hätt ihr geholfen. Alles, was recht ist! Glaubst du das? Eine *Weißen*frau? Na, ich weiß schon, was für eine Art Weiße das war.»

«O nein, Ella.»

«Was Weißes, das sich im Wald rumtreibt – wenn das keine Flinte hat, dann ist es was, mit dem ich *nichts* zu tun haben will!»

«Ihr wart doch Freunde.»

«Ja, bis sie sich richtig zu erkennen gegeben hat.»

«Ella.»

«Ich hab keine Freunde, die ihren eigenen Kindern mit der Säge zu Leibe rücken.»

«Du sitzt in der Patsche, Mädchen.»

«Ä-ä. Ich steh mit beiden Füßen im Leben, und da bleib ich auch. Du bist hier der Traumtänzer.»

«Und was hat das alles mit Paul D zu tun?»

«Was hat ihn vertrieben? Kannst du mir das erzählen?»

«Ich hab ihn vertrieben.»

«Du?»

«Ich hab ihm erzählt von... ich hab ihm die Zeitung gezeigt mit dem... was Sethe getan hat. Hab's ihm vorgelesen. Am gleichen Tag noch ist er fort.»

«Das hast du mir nicht erzählt. Ich hab gedacht, er wüßte das.»

«Nichts hat er gewußt, gar nichts. Außer daß er sie aus der Zeit gekannt hat, als sie da war, wo auch Baby Suggs war.»

«Er hat Baby Suggs gekannt?»

«Sicher hat er sie gekannt. Und ihren Sohn Halle auch.»

«Und ist fort, wie er rausgekriegt hat, was Sethe getan hat?»

«Sieht mir ganz so aus, als würd er vielleicht doch einen Ort zum Bleiben finden.»

«Was du sagst, wirft ein andres Licht auf die Sache. Ich hab gedacht –»

Aber Stamp Paid wußte, was sie gedacht hatte.

«Du bist doch nicht hergekommen, um dich nach ihm zu

erkundigen», sagte Ella. «Du bist wegen einem neuen Mädchen gekommen.»

«So ist es.»

«Hm, Paul D müßte doch wissen, wer sie ist. Oder *was* sie ist.»

«Du hast doch wieder bloß Gespenster im Kopf. Wo du auch hinschaust, da siehst du eins.»

«Du weißt so gut wie ich, daß Leute, die einen schlimmen Tod erleiden, nicht in der Erde bleiben.»

Er konnte es nicht bestreiten. Jesus Christus selbst war ja der Beweis dafür, also aß Stamp ein Stück von Ellas Preßkopf, um ihr zu zeigen, daß er ihr nichts nachtrug, und machte sich dann auf, um Paul D zu suchen. Er fand ihn auf den Stufen der Kirche des Heiligen Erlösers, mit roten Augen, die Handgelenke zwischen den Knien.

Sawyer schrie sie an, als sie die Küche betrat, aber sie drehte sich nur um und griff nach ihrer Schürze. Heute konnte nichts in sie dringen. Kein Sprung, kein Spalt stand offen. Sie hatte sich alle Mühe gegeben, die Weißenleute von sich fernzuhalten, aber immer genau gewußt, daß sie sie jeden Augenblick erschüttern, ihr den Boden unter den Füßen wegziehen und die Vögel wieder in ihrem Haar zwitschern lassen konnten. Die Muttermilch hatten sie ihr schon weggenommen. Den Rücken zu einem Gewächs gespalten – auch das. Sie mit ihrem dicken Bauch in den Wald getrieben – so weit waren sie gegangen. Was immer man von ihnen hörte, war übel. Sie schmierten Halle das Gesicht mit Butter ein; gaben Paul D Eisen zu fressen; brieten Sixo; erhängten ihre Mutter. Sethe wollte nichts mehr von den Weißenleuten hören; wollte nicht wissen, was Ella, John und Stamp Paid über eine Welt wußten, die so zurechtgemacht war, wie die Weißenleute es liebten. Alle Berichte über sie hätten mit den Vögeln in ihrem Haar aufhören müssen.

Einst, vor langer Zeit, war sie gütig gewesen, vertrauensvoll. Sie hatte auch Mrs. Garner und ihrem Mann vertraut.

Sie hatte die Ohrringe in ihren Unterrock geknotet, um sie mitzunehmen, nicht so sehr, um sie zu tragen, als vielmehr, um sie aufzubewahren. Ohrringe, die sie zu dem Glauben verleitet hatten, daß es Unterschiede gab. Daß es für jeden Schullehrer eine Amy gab; für jeden seiner Schüler einen Garner oder Bodwin oder auch einen Sheriff, der sie sanft am Ellbogen gefaßt und beim Stillen weggeschaut hatte. Doch später hatte sie Baby Suggs' letzte Worte zu glauben begonnen und alle Erinnerungen an die anderen Weißen mitsamt ihrem Glück begraben. Paul D hatte es wieder ausgegraben, ihr ihren Körper zurückgegeben, ihren gespaltenen Rücken geküßt, an ihre Erinnerungen gerührt und ihr noch mehr Neuigkeiten erzählt: von Molke, von Eisen, von grinsenden Hähnen. Doch als er dann *ihre* Neuigkeiten erfuhr, hatte er ihre Füße gezählt und nicht einmal Lebwohl gesagt.

«Lassen Sie mich in Ruhe, Mr. Sawyer. Sagen Sie heut bloß nichts zu mir.»

«Was? Was? Du gibst mir Widerworte?»

«Ich sag Ihnen bloß, sie soll'n mich in Ruhe lassen.»

«Mach dich lieber an die Obstküchlein.»

Sethe faßte das Obst an und nahm das Küchenmesser in die Hand.

Als der Obstsaft zischend in den Backofen tröpfelte, war Sethe schon beim Kartoffelsalat. Sawyer kam herein und sagte: «Nicht zu süß. Wenn du sie zu süß machst, will keiner sie essen.»

«Ich mach sie so wie immer.»

«Mhm, viel zu süß.»

Keine von den Würsten ging zurück. Der Koch konnte sie lecker zubereiten, und in Sawyers Gasthaus blieb nie eine Wurst übrig. Wenn Sethe Lust darauf hatte, legte sie sich schon welche beiseite, sobald sie fertig waren. Aber es gab einen passablen Eintopf. Das Dumme war, daß auch all ihre Obstküchlein weggingen. Bloß Reispudding war übrig und ein halbes Blech Ingwerbrot, das nicht ganz gelungen war.

Hätte sie aufgepaßt, statt den ganzen Vormittag zu träumen, müßte sie jetzt nicht durch die Küche krebsen und sich ihr Abendessen zusammensuchen. Sie verstand die Uhr nicht sonderlich gut zu lesen, aber sie wußte, wenn die Zeiger oben am Zifferblatt wie zum Gebet übereinanderlagen, war ihr Arbeitstag vorbei. Sie holte sich ein Einmachglas, füllte es mit Eintopf und packte das Ingwerbrot in Fleischerpapier. Dann steckte sie beides in ihre Rocktaschen und begann abzuwaschen. Es war nicht annähernd so viel wie die Mengen, mit denen der Koch und die beiden Kellner nach Hause gingen. Mr. Sawyer gab ihnen das Mittagessen umsonst, zusätzlich zu den 3,40 Dollar die Woche, doch sie hatte ihm gleich zu Beginn zu verstehen gegeben, daß sie es mit nach Hause nehmen würde. Gelegentlich ließ sie auch Streichhölzer mitgehen, manchmal ein wenig Kerosin, ein wenig Salz, auch Butter, und sie schämte sich dafür, weil sie sich hätte leisten können, dergleichen zu kaufen; sie wollte sich nur nicht der Peinlichkeit aussetzen, mit den anderen draußen hinter Phelps Laden warten zu müssen, bis auch noch der letzte Weiße in Ohio bedient worden war und der Inhaber sich endlich der Traube von Negergesichtern zuwandte, die durch ein Fensterchen zu seiner Hintertür hereinschauten. Sie schämte sich auch, weil das Diebstahl war, und Sixos Beweisführung zu diesem Thema amüsierte sie zwar, änderte aber nichts an ihren Gefühlen; genausowenig, wie sich der Schullehrer davon hatte umstimmen lassen.

«Hast du das Ferkel gestohlen? Du hast es gestohlen.» Der Schullehrer sprach ruhig, aber bestimmt, als stelle er einfach nur routinemäßig Tatsachen fest – ohne einen ernst zu nehmenden Einwand zu erwarten. Sixo saß da, stand nicht einmal auf, um sich zu verteidigen oder den Sachverhalt abzustreiten. Er saß einfach nur da, den durchwachsenen Speck in der Hand, während die Knorpel auf dem Blechteller wie Edelsteine glitzerten – roh, unpoliert, aber nichtsdestoweniger Diebesbeute.

«Du hast das Ferkel gestohlen, stimmt's?»

«Nein, Sir», sagte Sixo, hatte aber Anstand genug, den Blick auf das Fleisch gesenkt zu lassen.

«Du sagst mir frech ins Gesicht, du hättest es nicht gestohlen?»

«Nein, Sir. Ich hab's nicht gestohlen.»

Der Schullehrer lächelte. «Hast du es abgestochen?»

«Ja, Sir, ich hab's abgestochen.»

«Hast du es zerlegt?»

«Ja, Sir.»

«Hast du es zubereitet?»

«Ja, Sir.»

«Nun gut. Und hast du es gegessen?»

«Ja, Sir. Das hab ich.»

«Und du willst mir erzählen, daß das kein Diebstahl ist?»

«Nein, Sir. Ist es nicht.»

«Was ist es dann?»

«Ihr Eigentum mehr wert machen, Sir.»

«Was?»

«Sixo pflanzt Roggen, damit das obere Feld besser trägt. Sixo geht her und gibt dem Boden Nahrung, damit er mehr Korn bringt. Sixo geht her und gibt Sixo Nahrung, damit er mehr Arbeit bringt.»

Schlau, aber der Schullehrer schlug ihn trotzdem, um ihm zu zeigen, daß Definitionen denen zustehen, die definieren, nicht denen, die definiert werden. Nachdem Mr. Garner an einem Loch im Ohr gestorben war – ein geplatztes Trommelfell infolge eines Schlaganfalls, sagte Mrs. Garner; infolge von Schießpulver, sagte Sixo –, wurde schon die bloße Berührung einer Sache als Diebstahl betrachtet. Egal ob es um einen Kolben Mais ging oder um im Garten gefundene Eier, an die nicht einmal mehr die Henne sich erinnerte, alles war Diebstahl. Der Schullehrer nahm den Männern von Sweet Home die Gewehre ab, und da ihnen nun das Wild fehlte, das ihre Kost aus Brot, Bohnen, Grütze, Gemüse und ein wenig Fleisch – wenn geschlachtet wurde – aufgebessert hatte, begannen sie wirklich zu klauen, und es wurde nicht nur ihr Recht, sondern ihre Pflicht.

Damals hatte Sethe das verstanden, aber jetzt, mit einer Arbeit, die Geld einbrachte und einem Brotgeber, der freundlich genug gewesen war, eine ehemalige Gefängnisinsassin einzustellen, verachtete sie sich für den Stolz, auf Grund dessen sie lieber stahl als sich mit all den anderen Negern vor dem Fenster des Kaufladens anzustellen. Sie hatte keine Lust, zu drängeln oder sich von ihnen drängen zu lassen. Ihre Vorurteile oder ihr Mitleid zu spüren, besonders jetzt. Sie fuhr sich mit dem Handrücken über die Stirn und tupfte sich den Schweiß ab. Ihr Arbeitstag näherte sich seinem Ende, und sie spürte schon die Erregung. Seit ihrer anderen Flucht damals hatte sie sich nicht mehr so lebendig gefühlt. Als sie den Gassenhunden die Abfälle hinwarf und ihre Gier sah, preßte sie die Lippen zusammen. Heute war ein Tag, an dem sie eine Gelegenheit zum Mitfahren wahrnehmen würde, falls jemand auf einem Wagen ihr eine anbot. Keiner würde es tun, und sechzehn Jahre lang hatte ihr der Stolz verboten, darum zu bitten. Aber heute. Oh, heute. Jetzt sollte es geschwind gehen, jetzt hätte sie den langen Weg nach Hause am liebsten übersprungen und wäre gern schon dort gewesen.

Als Sawyer ihr einschärfte, nicht noch einmal zu spät zu kommen, hörte sie kaum hin. Er war einmal ein freundlicher Mann gewesen. Geduldig, zartfühlend im Umgang mit seinen Hilfskräften. Aber mit jedem Jahr, das seit dem Tod seines Sohnes im Krieg verging, wurde er brummiger. Als sei Sethes dunkelhäutiges Gesicht schuld daran.

«Mhm», sagte sie und überlegte dabei, wie sie die Zeit beschleunigen konnte, damit sie der Nicht-Zeit, die auf sie wartete, näher kam.

Sie hätte sich keine Sorgen zu machen brauchen. Als sie sich dick eingemummt und vornübergebeugt auf den Heimweg machte, war ihr Hirn ganz und gar mit den Dingen beschäftigt, die sie jetzt endlich vergessen konnte.

Gott sei Dank brauch ich mich jetzt an nichts mehr zu erinnern und auch nichts mehr zu sagen, weil du es ja weißt. Alles. Du weißt, daß ich dich nie im Stich gelassen hätt. Niemals. Es war der einzige Ausweg, der mir einfiel. Als der Zug ging, mußte ich fertig sein. Der Schullehrer brachte uns Dinge bei, die wir nicht lernen konnten. Ich hab mich nicht weiter um das Maßband gekümmert. Wir lachten alle darüber – außer Sixo. Der lachte über nichts. Aber mir war es gleich. Der Schullehrer wickelte mir dieses Band Gott weiß wie um den Kopf, über die Nase, ums Hinterteil. Numerierte meine Zähne. Ich hielt ihn für einen Narren. Und die Fragen, die er stellte, die waren am närrischsten von allem.

Dann kam ich mit deinen Brüdern aus dem hinteren Teil des Gartens. Der vordere Teil war dicht am Haus, da wuchs das schnelle Gemüse: Bohnen, Zwiebeln, Zuckererbsen. Der andere war weiter unten, für die Sachen, die lang brauchten, Kartoffeln, Kürbisse, Okra, Kohl. Dort drunten gab es noch nicht viel zu ernten. Es war noch früh im Jahr. Bißchen frischen Salat vielleicht, aber das war alles. Wir jäteten Unkraut und hackten ein bißchen, damit alles gut wachsen konnte. Danach machten wir uns auf den Weg ins Haus. Vom hinteren Teil zum vorderen ging es hinauf. Keinen richtigen Hang, aber fast. Hoch genug, daß Buglar und Howard rauffliefen und sich herunterkullern ließen, rauffliefen und wieder herunterkullerten. So hab ich sie immer in meinen Träumen gesehen, lachend, mit ihren kurzen strammen Beinchen, die den Abhang hinaufliefen. Jetzt seh ich sie nur noch von hinten, wie sie die Schienen entlanggehen. Fort von mir. Immer fort von mir. Aber an dem Tag damals waren sie glücklich, liefen rauf und ließen sich herunterkullern. Es war noch früh im Jahr – die Wachstumszeit hatte schon begonnen, doch es gab noch nicht viel zu ernten. Ich erinnere mich daran, daß die Erbsen blühten. Das Gras war aber schon hoch, voll von weißen Knospen und den hohen roten Blumen, die die Leute manchmal Dianthus nennen, und von etwas anderem mit einem ganz winzigen bißchen

Blau drin, hell wie bei Kornblumen, aber blaß, ganz blaß. Wirklich blaß. Vielleicht hätt ich mich beeilen sollen, weil ich dich oben beim Haus in einem Korb im Garten abgestellt hatte. Weg von da, wo die Hühner pickten. Aber man weiß ja nie. Jedenfalls ließ ich mir Zeit mit dem Rückweg, doch deine Brüder wurden ungeduldig, weil ich alle zwei, drei Schritte die Blumen oder den Himmel betrachtete. Sie liefen voraus, und ich ließ sie. Etwas Süßes liegt in dieser Jahreszeit in der Luft, und wenn der Wind richtig steht, ist es schwer, drinnen zu bleiben. Als ich zurückkam, hörte ich Howard und Buglar unten bei den Unterkünften lachen. Ich legte die Hacke hin und ging quer durch den seitlichen Garten, um dich zu holen. Die Schatten waren gewandert, und als ich zu dir kam, schien die Sonne auf dich. Sie schien dir mitten ins Gesicht, aber du warst nicht aufgewacht. Schliefst immer noch. Ich hätt dich gern in die Arme genommen, aber ich wollte dich auch schlafend betrachten. Wußte nicht, was von beidem; du hattest ein allerliebstes Gesichtchen. Drüben, nicht weit entfernt, war eine Weinlaube, die Mr. Garner gebaut hatte. Er hatte immer große Pläne, und hier wollte er seinen eigenen Wein zum Besaufen anbauen. Hat aber nie mehr als einen Kessel voller Gelee rausbekommen. Ich glaub, der Boden war nicht richtig für Trauben. Dein Daddy meinte, es sei der Regen, nicht der Boden. Sixo sagte, es seien Schädlinge. Die Trauben so klein und hart. Und sauer wie Essig. Aber dort drinnen stand ein kleiner Tisch. Also hob ich deinen Korb auf und trug dich rüber in die Weinlaube. Kühl war es drin und schattig. Ich stellte dich auf dem Tischchen ab und dachte mir, wenn ich ein Stück Musselin beschaffen könnte, kämen die Mücken und so nicht an dich ran. Und wenn Mrs. Garner mich nicht in der Küche brauchte, könnte ich mir einen Stuhl holen, und du und ich könnten hier draußen sein, während ich das Gemüse putzte. Ich ging zur Küchentür, um den sauberen Musselin zu holen, den wir im Schrank mit der Küchenwäsche aufbewahrten. Das Gras fühlte sich gut an unter meinen Füßen. Als ich in die Nähe der Tür kam, hörte ich Stimmen. Der Schullehrer ließ seine Schüler jeden Nachmittag eine Zeitlang sitzen und lernen. Wenn das Wetter gut genug war, saßen sie auf der Seitenveranda. Alle drei. Er redete, und sie schrieben. Oder er las etwas vor und sie schrieben auf, was er sagte. Was jetzt kommt, hab ich nie jemand erzählt. Deinem Papa nicht und auch sonst keinem. Fast hätte ich's Mrs. Garner erzählt, aber sie war damals schon so schwach und wurde immer schwächer. Dies ist das erste Mal, daß ich es erzähle, und dir erzähl ich es, weil es dir vielleicht etwas erklären hilft, obwohl ich weiß, daß ich es dir nicht zu erklären brauche. Auch nicht zu erzählen oder auch nur dran zu denken. Du brauchst auch nicht zuzuhören, wenn du nicht willst. Aber ich konnte an dem Tag nicht umhin zuzuhören. Er redete mit seinen Schülern, und ich hörte ihn sagen: «Wen zeichnest du?» Und einer der Jungen sagte: «Sethe.» Da blieb ich stehen, weil ich meinen Namen hörte, und dann machte ich noch ein paar Schritte, bis ich sehen konnte, was sie taten. Der Schullehrer stand hinter einem von ihnen, eine Hand auf dem Rücken. Er leckte sich den Zeigefinger an und blätterte ein paar Seiten um. Langsam. Ich war schon im Begriff, mich umzudrehen und weiterzugehen, um den Musselin zu holen, als ich ihn sagen hörte: «Nein, nein. So ist es nicht richtig. Ich hab dir doch gesagt, du sollst ihre menschlichen Charakterzüge links hinschreiben; die tierischen rechts. Und vergiß nicht, sie zu ordnen.» Langsam machte ich ein Paar Schritte rückwärts, ich wandte nicht einmal den Kopf, um zu sehen, wohin ich ging. Ich hob nur immer weiter die Füße und tastete mich zurück. Als ich gegen einen Baum stieß, fuhr es mir wie Nadeln in den Kopf. Einer der Hunde leckte im Hof eine Schüssel aus. Ich war ziemlich schnell wieder bei der Laube, aber den Musselin hatte ich nicht. Lauter Fliegen hatten sich auf deinem Gesicht niedergelassen und rieben sich die Beine. Mein Kopf juckte teuflisch. Als ob jemand mir ganz dünne Nadeln in die Kopfhaut gesteckt hätte. Ich hab das nie Halle oder sonstwem erzählt. Aber wegen einer Sache hab ich noch am gleichen Tag Mrs. Garner gefragt. Es ging ihr damals nicht gut. Noch nicht so schlecht wie dann am Schluß, aber es ging schon abwärts. Eine Art Beutel wuchs unter ihrem Kinn. Er schien nicht weh zu tun, aber er schwächte sie. Erst war sie morgens noch auf und munter, aber schon beim zweiten Melken konnte sie nicht mehr stehen. Dann ging sie dazu über, morgens lang zu schlafen. An dem Tag, als ich hochging, war sie schon den ganzen Tag im Bett, und ich dachte mir aus, daß ich ihr etwas Bohnensuppe bringen wollte und sie dann fragen. Als ich die Tür zum Schlafzimmer aufmachte, schaute sie mich unter ihrer Nachthaube hervor an. In ihren Augen war schon kaum mehr ein Lebensfunke. Ihre Schuhe und Strümpfe lagen auf dem Boden, deshalb wußte ich, daß sie versucht hatte, sich anzuziehen.

«Ich bring Ihnen bißchen Bohnensuppe», sagte ich.
Sie sagte: «Ich glaub nicht, daß ich die runterkriege.»
«Versuchen Sie ein wenig», sagte ich zu ihr.
«Zu dick. Ich bin sicher, sie ist zu dick.»
«Soll ich etwas Wasser zugeben?»
«Nein, nimm sie wieder mit. Bring mir ein wenig kühles Wasser, sonst nichts.»
«Ja, Ma'am. Ma'am? Kann ich Sie was fragen?»
«Was denn, Sethe?»
«Was heißt Charakterzüge?»
«Was?»
«Das Wort. Charakterzüge.»
«Oh.» Sie bewegte den Kopf auf dem Kissen. «Eigenschaften. Wer hat dir das beigebracht?»
«Ich hab es den Schullehrer sagen hören.»
«Bring mir frisches Wasser, Sethe. Das hier ist warm.»
«Ja, Ma'am. Eigenschaften?»
«Wasser, Sethe. Kaltes Wasser.»
Ich stellte den Krug aufs Tablett und auch die weiße Bohnensuppe und ging nach unten. Als ich mit dem frischen Wasser zurück war, hielt ich ihr beim Trinken den Kopf. Sie

brauchte eine Weile, denn der Klumpen machte ihr das Schlucken schwer. Sie legte sich zurück und wischte sich den Mund ab. Das Trinken schien ihr gutgetan zu haben, aber sie runzelte die Stirn und sagte: «Ich kann gar nicht richtig aufwachen, Sethe. Ich könnte immer nur schlafen.»

«Dann tun Sie's doch», sagte ich zu ihr. «Ich kümmre mich schon um alles.»

Dann sprach sie weiter. Wie es hiermit stehe? Und damit? Sagte, sie wüßte ja, daß Halle keine Probleme mache, aber sie wolle wissen, ob der Schullehrer die Pauls und Sixo richtig behandle.

«Ja, Ma'am», sagte ich. «Sieht so aus.»

«Tun sie, was er ihnen sagt?»

«Denen braucht man nichts zu sagen.»

«Gut. Das ist ein Segen. Ich denke, ich bin in ein oder zwei Tagen wieder unten. Ich brauch nur noch ein wenig Ruhe. Der Doktor soll morgen wieder kommen. Das war doch morgen, nicht wahr?»

«Sagten Sie Eigenschaften, Ma'am?»

«Was?»

«Eigenschaften?»

«Mhmm. Also, eine Eigenschaft des Sommers ist die Hitze. Ein Charakterzug ist eine Eigenschaft. Etwas, das einem Ding von der Natur gegeben ist.»

«Kann man mehr als eine haben?»

«Man kann eine ganze Menge haben. Du weißt schon. Sagen wir, ein Baby lutscht Daumen. Das ist eine, aber es hat auch noch andere. Halt Billy von Red Cora fern. Mr. Garner hat sie nie jedes zweite Jahr kalben lassen. Sethe, hörst du mich? Komm vom Fenster weg und hör zu.»

«Ja, Ma'am.»

«Bitte meinen Schwager, nach dem Abendessen heraufzukommen.»

«Ja, Ma'am.»

«Wenn du dir die Haare waschen würdest, wärst du die Läuse los.»

«Hab keine Läuse auf dem Kopf, Ma'am.»
«Egal, was es ist, gründlich waschen ist wichtig, nicht kratzen. Erzähl mir nicht, wir hätten keine Seife mehr.»
«Nein, Ma'am.»
«Schön. Ich bin fertig. Reden macht mich müde.»
«Ja, Ma'am.»
«Und danke, Sethe.»
«Ja, Ma'am.»
Du warst zu klein, als daß du dich an die Unterkünfte erinnern könntest. Deine Brüder schliefen unterm Fenster. Ich, du und dein Daddy schliefen an der Wand. In der Nacht, nachdem ich gehört hatte, warum der Schullehrer mich maß, konnte ich nicht recht schlafen. Als Halle hereinkam, fragte ich ihn, was er vom Schullehrer dächte. Er sagte, da gäb's nicht viel zu denken. Sagte: Der ist doch weiß, oder? Ich sagte: Aber ich meine, ist er so wie Mr. Garner?
«Worauf willst du hinaus, Sethe?»
«Er und sie», sagte ich, «die sind nicht so wie die Weißen, die ich vorher gesehen hab. Die von dem großen Anwesen, wo ich war, bevor ich hierherkam.»
«Wieso sind die hier anders?» fragte er mich.
«Na ja», sagte ich, «zum einen reden sie leise.»
«Das spielt keine Rolle, Sethe. Was sie sagen, ist das gleiche. Laut oder leise.»
«Mr. Garner hat erlaubt, daß du deine Mutter freikaufst», sagte ich.
«Tja. Hat er.»
«Und?»
«Wenn er's nicht zugelassen hätt, wär sie ihm über dem Herd zusammengeklappt.»
«Er hat's aber zugelassen. Und auch, daß du es abarbeitest.»
«Mhm.»
«Wach auf, Halle.»
«Ich hab gesagt, mhm.»
«Er hätt ja nein sagen können. Er hat nicht nein gesagt.»

«Nein, hat er nicht. Sie hat hier zehn Jahre lang gearbeitet. Wenn sie noch mal zehn gearbeitet hätte, glaubst du, sie hätte die lebend überstanden? Ich hab ihn für ihre letzten Jahre bezahlt, und er hat dafür dich und mich gekriegt, und später kommen noch mal drei. Ich hab noch ein Jahr Schulden abzutragen; noch eins. Der Schullehrer da drinnen hat gesagt, ich soll's lassen. Er meint, der Grund dafür besteht nicht mehr. Ich soll schon Mehrarbeit tun, aber hier, auf Sweet Home.»

«Will er dir was zahlen für die Mehrarbeit?»

«Nein.»

«Und wie sollst du's dann abbezahlen? Wieviel ist es noch?»

«123,70 Dollar.»

«Will er die nicht zurück?»

«Er will was.»

«Was denn?»

«Ich weiß nicht. Etwas halt. Aber er will nicht mehr, daß ich weg von Sweet Home bin. Er sagt, es zahlt sich nicht aus, daß ich woanders arbeite, solang die Jungen noch so klein sind.»

«Und was ist mit dem Geld, das du schuldest?»

«Muß wohl einen andern Weg geben, wie er's kriegt.»

«Was für einen?»

«Ich weiß nicht, Sethe.»

«Dann ist die einzige Frage, wie? Wie will er's kriegen?»

«Nein, das ist nur eine Frage. Es gibt noch eine.»

«Und zwar?»

Er stützte sich auf, drehte sich um und streichelte meine Wange mit seinen Knöcheln. «Jetzt ist die Frage: Wer soll dich freikaufen? Oder mich? Oder sie?» Er zeigte auf die Stelle, an der du lagst.

«Was?»

«Wenn meine ganze Arbeitskraft für Sweet Home draufgeht, die Mehrarbeit inbegriffen, was hab ich dann noch zu verkaufen?»

Dann drehte er sich um und schlief wieder ein, und ich dachte, ich könnte nicht schlafen, es ging dann aber doch eine Zeitlang. Aber etwas, was er vielleicht gesagt hatte oder auch nicht, weckte mich auf. Ich fuhr hoch, als hätte mir wer einen Schlag versetzt, und du wachtest auch auf und begannst zu schreien. Ich wiegte dich ein wenig, aber ich hatte nicht viel Platz, deshalb ging ich nach draußen, um mit dir auf und ab zu gehen. Auf und ab ging ich. Auf und ab. Alles dunkel, nur im obersten Fenster des Hauses Licht. Sie mußte noch wach gelegen sein. Ich konnte mir das, was mich geweckt hatte, einfach nicht aus dem Kopf schlagen: «Solang die Jungen noch so klein sind.» Das hatte er gesagt, und das hatte mich so plötzlich geweckt. Sie zogen den ganzen Tag hinter mir her. Unkraut jäten, Melken, Brennholz holen. Bisher noch, bisher noch.

Damals hätten wir anfangen sollen zu planen. Aber wir taten's nicht. Ich weiß nicht, was wir dachten – aber wegkommen hatte für uns etwas mit Geld zu tun. Mit Freikaufen. Weglaufen kam uns gar nicht in den Sinn. Wir alle? Einige von uns? Wohin? Und wie? Sixo brachte es schließlich auf, nach der Geschichte mit Paul F. Mrs. Garner hatte ihn verkauft, um die Farm halten zu können. Sie lebte schon zwei Jahre lang von dem, was er eingebracht hatte. Aber dann ging wohl auch dieses Geld aus, deshalb schrieb sie an den Schullehrer und bat ihn zu übernehmen. Die vier Männer von Sweet Home und sie glaubten immer noch, sie brauche ihren Schwager und die zwei Jungen, weil die Leute sagten, sie solle dort draußen nicht allein mit lauter Negern wohnen. Also kam er, mit einem großen Hut und einer Brille und einem Reisekoffer voller Papier. Sprach leise und schaute scharf. Er schlug Paul A. Nicht sehr und auch nicht lang, aber es war das erste Mal, daß ihn jemand geschlagen hatte, weil Mr. Garner das nicht zuließ. Als ich Paul A das nächste Mal sah, befand er sich in Gesellschaft, und zwar in den schönsten Bäumen, die du je gesehen hast. Da fing Sixo an, den Himmel zu beobachten. Er war der einzige, der sich nachts davonschlich, und Halle meinte, so hätte er auch von dem Zug erfahren.

«Dort.» Halle deutete über den Stall hinweg. «Wo er meine Ma'am hingebracht hat. Sixo sagt, in der Richtung ist die Freiheit. Ein ganzer Zug geht dorthin, und wenn wir es bis dort schaffen, dann brauchen wir das Loskaufen nicht.»

«Zug? Was für ein Zug?» fragte ich ihn.

Da hörten sie auf, in meiner Gegenwart davon zu reden. Sogar Halle. Aber sie flüsterten miteinander, und Sixo beobachtete den Himmel. Nicht den hohen Teil, sondern den niedrigen, da, wo er an die Bäume stieß. Man merkte, daß er in Gedanken schon fort war von Sweet Home.

Der Plan war gut, aber als die Zeit kam, war ich schwanger mit Denver. Deshalb änderten wir ihn ein wenig. Ein klein wenig. Immerhin so sehr, daß die Butter auf Halles Gesicht kam, sagt mir jedenfalls Paul D, und daß Sixo endlich lachen mußte.

Aber dich hab ich fortgebracht, Baby. Und die Jungen auch. Als das Zeichen für den Zug kam, wart ihr die einzigen, die bereit waren. Ich konnte Halle nicht finden und auch sonst keinen. Ich wußte nicht, daß Sixo verbrannt war und Paul D einen Kragen trug, von dem du dir keinen Begriff machen kannst. Erst später erfuhr ich das. Also schickte ich euch alle mit der Frau, die im Mais wartete, zu dem Fuhrwerk. Haha. Kein Notizbuch für meine Kleinen und auch kein Maßband. Was ich später durchstehen mußte, das hab ich wegen euch durchgestanden. Ich ging geradewegs an diesen Jungen vorbei, die in den Bäumen hingen. Einer hatte Paul As Hemd an, aber nicht seine Füße oder seinen Kopf. Ich ging einfach weiter, weil nur ich deine Milch hatte, und mit Gottes Hilfe wollte ich dir die schon bringen. Daran erinnerst du dich doch, oder; daß ich das getan hab? Daß ich Milch genug für alle hatte, als ich hierherkam.

Noch eine Kurve auf der Straße, und Sethe konnte den Schornstein ihres Hauses sehen; er sah nicht mehr einsam aus. Das Rauchband stammte von einem Feuer, das einen Körper wärmte, der ihr wiedergegeben worden war, als sei er niemals fortgegangen und habe niemals einen Grabstein gebraucht. Und das Herz, das in diesem Körper schlug, hatte nicht einen einzigen Augenblick in ihren Händen zu schlagen aufgehört.

Sie öffnete die Tür, ging hinein und schloß sie hinter sich fest zu.

An dem Tag, als Stamp Paid die beiden Rücken durch das Fenster sah und dann die Treppe hinuntereilte, glaubte er, die unentschlüsselbare Sprache, die rings ums Haus lärmte, sei das Gemurmel der empörten toten Schwarzen. Sehr wenige waren im Bett gestorben wie Baby Suggs, und keiner, den er kannte, Baby inbegriffen, hatte ein lebenswertes Leben geführt. Nicht einmal die gebildeten Farbigen: die Leute mit der langen Schulbildung, die Ärzte, die Lehrer, die Papierschreiber und Geschäftsleute, auch die hatten ein schweres Los. Abgesehen davon, daß sie viel Grips brauchten, um sich hochzuarbeiten, lastete auf ihnen das ganze Gewicht ihrer Rasse. Man brauchte im Grunde genommen zwei Köpfe dafür. Die Weißenleute glaubten, egal was für Manieren, unter jeder dunklen Haut lauere der Urwald. Reißende, nicht schiffbare Gewässer, kreischende, hin und her schaukelnde Gorillas, schlafende Schlangen, die roten Mäuler erpicht auf ihr süßes weißes Blut. In gewisser Weise, dachte er bei sich, hatten sie ja recht. Je mehr die Farbigenleute ihre Kraft darauf verschwendeten, die Weißen davon zu überzeugen, wie sanft sie seien, wie klug und liebevoll, wie menschlich; je mehr sie ihre Energie darin erschöpften, die Weißen von etwas zu überzeugen, das sie selbst für unanzweifelbar hielten, desto tiefer und wirrer wurde der Urwald innen. Aber das war nicht der Urwald, den die Schwarzen aus jenem anderen (lebenswerten) Kontinent mitgebracht hatten, sondern der Urwald, den die Weißen in ihnen gepflanzt hatten. Und er wuchs. Er wucherte. Im Leben, durch das Leben und nach dem Leben dehnte er sich aus, bis er schließlich auf die Weißen übergriff, die ihn gemacht hatten. Sie berührte, jeden von ihnen. Sie verwandelte und veränderte. Sie blutrünstig machte, albern, schlimmer als sie selbst eigentlich sein wollten, solche Angst hatten sie vor dem Urwald, den sie geschaffen hatten. Der kreischende Gorilla lebte unter ihrer eigenen weißen Haut; das rote Schlangenmaul war ihr eigenes.

Vorerst ging die heimliche Ausbreitung dieses neuen Weißen-Urwalds im geheimen vor sich, stumm, bis auf gelegentliche Fälle, wo man sein Gemurmel an Orten wie der 124 hören konnte.

Stamp Paid gab seine Bemühungen, sich um Sethe zu kümmern, auf, schmerzlich enttäuscht davon, daß er geklopft und keinen Zutritt erhalten hatte, und als er aufgab, blieb die 124 sich selbst überlassen. Als Sethe die Tür verschloß, stand es den Frauen drinnen endlich frei, das zu sein, was sie wollten, zu sehen, was sie sahen, und zu sagen, was ihnen auf dem Herzen lag.

Fast. Unter die Stimmen gemischt, die das Haus umgaben, hörbar, aber für Stamp Paid nicht zu verstehen, waren die Gedanken der Frauen aus der 124, unaussprechliche Gedanken, unausgesprochen.

Menschenkind ist meine Tochter. Sie gehört mir. Oder nicht? Sie ist aus freien Stücken zu mir zurückgekommen, und ihr brauch ich nichts zu erklären. Ich hatt ja damals keine Zeit, was zu erklären, weil es so schnell gehen mußte. Ganz schnell. Ich mußte sie in Sicherheit bringen, und das hab ich getan. Aber meine Liebe war zäh, und jetzt ist sie zurückgekommen. Ich wußte es. Paul D hat sie verjagt, drum hatte sie keine andere Wahl; sie mußte in Fleisch und Blut zu mir zurückkommen. Ich wette, Baby Suggs hat ihr geholfen da drüben auf der andern Seite. Ich laß sie nie mehr fort. Ich werd's ihr erklären, obwohl ich es gar nicht muß. Warum ich es getan hab. Daß sie gestorben wär, wenn ich sie nicht umgebracht hätte, und daß ich das niemals hätte verwinden können. Wenn ich es ihr erklär, wird sie's verstehen, weil sie ohnehin alles versteht. Ich werd sie umsorgen, wie nie eine Mutter ihr Kind, ihre Tochter umsorgt hat. Jetzt kriegt keiner mehr meine Milch, nie mehr, außer meinen Kindern. Nie hab ich meine Milch jemand anderem geben müssen – und das einzige Mal, wo ich es getan hab, da haben sie sie mir weggenommen, mich festgehalten und sie mir weggenommen. Milch, die meiner Kleinen gehörte. Nan mußte damals Weißenbabies stillen und mich dazu, weil meine Ma'am im Reis war. Die kleinen Weißenbabies kamen zuerst dran, und ich kriegte, was übrig war. Oder gar nichts. Nie gab es Muttermilch, die nur mir zustand. Ich weiß, wie es ist, wenn man die Milch nicht für sich allein hat; wenn man drum kämpfen und danach schreien muß und dann nur so wenig übrig ist. Ich werd Menschenkind davon erzählen; sie wird's verstehen. Sie ist meine Tochter. Die, für die ich Milch hatte und der ich sie auch gebracht hab, sogar noch nachdem sie mir welche gestohlen hatten; nachdem sie mich behandelt hatten, als sei ich die Kuh, nein, die Geiß hinterm Stall, die zu bösartig ist, um drinnen bei den Pferden stehen zu dürfen. Aber zum Essenkochen war ich nicht zu bösartig, und auch nicht, um Mrs. Garner zu versorgen. Ich hab sie gepflegt, wie ich meine eigene Mutter gepflegt hätt, wenn sie mich gebraucht hätte. Wenn man sie aus dem Reisfeld gelassen hätt, denn ich war das einzige Kind, das sie nicht weggetan hat. Ich hätt nicht mehr für die Frau tun können, wie ich für meine eigene Ma'am getan hätte, wenn sie krank gewesen wär und mich gebraucht hätt, und ich wär bei ihr geblieben, bis sie gesund geworden oder gestorben wär. Und selbst danach wär ich noch geblieben, bloß hat Nan mich weggezogen. Bevor ich das Zeichen suchen konnte. Sie war's wirklich, aber ich hab's lang nicht glauben können. Hab überall nach ihrem Hut gesucht. Hinterher hab ich gestottert. Hab erst wieder aufgehört, als ich Halle sah. Ach, aber das ist jetzt alles vorbei. Ich bin hier. Ich hab durchgehalten. Und meine Tochter ist heimgekommen. Jetzt kann ich wieder Dinge anschauen, weil sie da ist und sie auch sehen kann. Nach der Sache mit dem Schuppen hatte ich aufgehört. Jetzt schau ich morgens, wenn ich das Feuer anmache, eigens aus dem Fenster, um zu sehen, was die Sonne mit dem Tag anfängt. Scheint sie zuerst auf den Pumpengriff oder auf den Spund? Um zu sehen, ob das Gras graugrün ist oder braun oder was. Jetzt weiß ich, wieso Baby Suggs sich in ihren letzten Jahren Gedanken über Farben gemacht hat. Vorher hat sie nie Zeit gehabt, sie zu sehen, geschweige denn zu genießen. Lange hat sie gebraucht, um mit Blau fertig zu werden, dann mit Gelb, dann mit Grün. Sie war schon voll und ganz mit Rosa beschäftigt, als sie starb. Ich glaub nicht, daß sie bis zu Rot kommen wollte, und ich versteh auch warum, weil ich und Menschenkind es damit nämlich übertrieben haben. Übrigens war das und ihr rötlicher Grabstein die letzte Farbe, an die ich mich erinnere. Jetzt halt ich Ausschau. Was der Frühling uns wohl bringen wird! Ich werd Karotten pflanzen, bloß damit sie sie sieht, und Rüben. Hast du schon mal eine Rübe gesehen, Kind? Was Hübscheres gibt's nicht auf Gottes Erde. Weiß und lila mit einem zarten Ende und einer harten Knolle. Fühlt sich gut an, wenn du sie in der Hand hältst, und riecht wie der Bach, wenn er über die Ufer tritt, streng, aber gut. Wir wollen zusammen daran riechen, Menschenkind. Menschenkind. Weil du mir gehörst und ich dir diese Dinge zeigen und dir beibringen muß, was eine Mutter einem beizubringen hat. Komisch, wie man manches aus dem Sinn verliert und sich an anderes erinnert. Ich werd nie die Hände von dem Weißenmädchen vergessen. Amy. Aber die Farbe von dem Haarschopf auf ihrem Kopf hab ich vergessen. Die Augen müssen wohl grau gewesen sein. Das hab ich anscheinend behalten. Mrs. Garners Haar war hellbraun – solang sie gesund war. Dunkelte nach, als sie krank wurde. Eine kräftige Frau, früher jedenfalls. Wenn sie ins Reden kam, erzählte sie immer davon. «Ich war kräftig wie ein Pferd, Jenny.» Nannte mich «Jenny», wenn sie drauflos schwadronierte, und auch daran erinnere ich mich. Groß und kräftig war sie. Wir zwei konnten mit einem Klafter Holz durchaus zwei Männern das Wasser reichen. Hat ihr teuflisch zu schaffen gemacht, wie sie den Kopf nicht mehr vom Kissen heben konnte. Ich weiß immer noch nicht recht, wieso sie dachte, sie würd den Schullehrer brauchen. Ob sie wohl überlebt hat, so wie ich? Wie ich sie das letzte Mal gesehen hab, hat sie bloß noch gegreint, und ich konnte nichts mehr für sie tun, ihr bloß das Gesicht abwischen, als ich ihr erzählte, was sie mir angetan hatten. Irgend jemand mußte es ja erfahren. Es hören. Irgend jemand. Vielleicht hat sie's ja überstanden. Sie hätt der Schullehrer nie so behandelt wie mich. Die erste Tracht Prügel, die ich bekam, war auch die letzte. Mich hält keiner von meinen Kindern fern. Hätt ich mich nicht um Mrs. Garner gekümmert, dann hätt ich vielleicht mitbekommen, was los war. Vielleicht hat Halle versucht, zu mir zu kommen. Ich stand neben ihrem Bett und wartete, bis sie mit dem Nachttopf fertig war. Wie sie zurück ins Bett ging, sagte sie, ihr sei kalt. Brannte wie Feuer und wollte Decken. Meinte, ich soll das Fenster zumachen. Ich sag nein. Sie braucht Decken, ich brauch Luft. Solang die gelben Vorhänge flatterten, ging's mir gut. Ich hätt auf sie hören sollen. Vielleicht kam das, was wie Schüsse klang, wirklich von welchen. Vielleicht hätt ich irgend jemand oder irgendwas gesehen. Vielleicht. Jedenfalls brachte ich meine Kleinen zum Maisfeld, Halle hin oder her. Herrgott. Wie ich die Frau klappern hörte. Sie sagte: Kommen noch mehr? Ich sag, ich weiß nicht. Sie sagte: Ich bin schon die ganze Nacht hier. Kann nicht mehr warten. Ich versuch, sie zu überreden. Sie sagte: Ich kann nicht. Ach bitte. Puh. Kein Mann weit und breit. Die Buben völlig verängstigt. Du schlafend auf meinem Rücken. Denver schlafend in meinem Bauch. Ich war hin und her gerissen. Ich sag, sie soll euch alle mitnehmen; ich muß zurück. Bloß für den Fall des Falles. Sie schaute mich nur an und meinte: Was, Frau? Hab mir ein Stück Zunge abgebissen, wie sie mir den Rücken aufgerissen haben. Es hing bloß noch an einer Faser. Dabei wollt ich's gar nicht. Hab die Zähne zusammengebissen, da war sie schon durch. Ich dachte: Großer Gott, ich zerfleisch mich schon selbst. Sie hatten ein Loch für meinen Bauch gegraben, damit das Baby nichts abkriegte. Denver mag's nicht, wenn ich drüber rede. Sie haßt alles, was mit Sweet Home zu tun hat, außer wie sie geboren wurde. Aber du warst dabei, und auch wenn du zu jung warst, um dich heut noch dran zu erinnern, kann ich's dir doch erzählen. Die Weinlaube. Weißt du noch? So schnell bin ich gelaufen. Die Fliegen trieben mich zu dir. Ich hätt sofort gewußt, wer du warst, als die Sonne dir so ins Gesicht blendete wie damals, wo ich dich in die Weinlaube getragen hab. Ich hätt's sofort gewußt, als mir das Wasser abging. Kaum daß ich dich auf dem Baumstumpf sitzen sah, ging's los. Und als ich dann dein Gesicht sah, da war mehr als bloß ein Hinweis darauf drin, wie du nach all den Jahren aussehen würdest. Ich hätt auf der Stelle gewußt, wer du bist, weil das Wasser, das du tassenweise trankst, ein schlagender Beweis dafür war, daß du mir am Tag, als ich in die 124 kam, klare Spucke ins Gesicht gesabbert hast. Ich hätt's auf der Stelle gewußt. Bloß hat Paul D mich abgelenkt. Sonst hätt ich doch die für alle Welt sichtbaren Kratzer von meinen Fingernägeln auf deiner Stirn gesehen. Die von damals, wie ich dir im Schuppen den Kopf hochgehalten hab. Und später, wie du mich nach den Ohrringen gefragt hast, die ich dir zum Spielen hingehalten hab, da hätt ich dich doch sofort erkannt, wenn nicht Paul D gewesen wär. Ich glaub, er wollte dich von Anfang an weghaben, aber ich hab's nicht zugelassen. Oder glaubst du etwa nicht? Und schau nur, wie er rannte, als er das über dich und mich im Schuppen erfuhr. Zu brutal, als daß er hätte davon hören mögen. Zu stark, sagte er. Meine Liebe sei zu stark. Was wußte der denn schon davon? Für wen in aller Welt wäre der willens zu sterben? Würde er einem Fremden sein Geschlecht ausliefern, im Tausch gegen behauenen Stein? Eine andere Möglichkeit, sagte er. Es muß doch eine andere Möglichkeit gegeben haben. Sich vom Schullehrer fortschleppen lassen wohl, damit er dir den Hintern vermißt, bevor er ihn dir blutig schlägt? Ich hab gespürt, wie sich das anfühlt, und keiner, der auf der Erde rumläuft oder drunter liegt, soll es dich auch spüren lassen. Dich nicht und niemanden, der mir gehört, und wenn ich dir sag, daß du mir gehörst, dann mein ich damit auch, daß ich dir gehör. Ich würd längst keinen Schnaufer mehr tun ohne meine Kinder. Das hab ich auch Baby Suggs erzählt, und die ist auf die Knie gefallen und hat Gott um Vergebung gebeten. Aber es stimmt. Ich wollte uns ja alle auf die andre Seite bringen, wo meine Ma'am war. Mich haben sie zwar dran gehindert, aber dich haben sie nicht hindern können. Haha. Und jetzt bist du wieder zurück, braves Mädchen, eine gute Tochter, wie ich auch eine sein wollte, und ich wär's auch gewesen, wenn meine Ma'am früh genug aus dem Reis gekonnt hätt und mich eine gute Tochter hätt sein lassen können, bevor sie sie aufhängten. Weißt du was? Sie hat so oft das Mauleisen gekriegt, daß sie immerfort lächelte. Auch wenn sie nicht lächelte, lächelte sie, und ihr eigenes Lächeln hab ich nie gesehen. Ich frag mich, was die wohl verbrochen hatten, als sie gefangen wurden. Waren sie weggelaufen, was meinst du? Nein, das nicht. Sie war doch meine Ma'am, und eine Ma'am würd doch nie weglaufen und ihre Tochter zurücklassen, oder? Oder? Sie auf dem Hof lassen bei einer einarmigen Frau? Selbst wenn sie diese Tochter nicht länger als eine oder zwei Wochen hat stillen können und sie dann einer andern Frau an die Brust legen mußte, die nie genug für alle hatte. Es hieß, es sei wegen dem Mauleisen, daß sie immer hätt lächeln müssen, auch wenn sie gar nicht wollte. Wie die Samstagsmädchen, die hinterm Schlachthof anschaffen. Wie ich aus dem Gefängnis kam, da hab ich sie ganz genau gesehen. Sie kamen, wenn am Samstag Schichtwechsel war und die Männer ausbezahlt wurden, und sie arbeiteten hinter den Zäunen, noch ein ganzes Stück hinter dem Abort. Manche arbeiteten im Stehen und lehnten sich dabei an die Schuppentür. Ein bißchen was von ihrem kargen Lohn gaben sie dem Vorarbeiter, wenn sie gingen, aber da war's dann schon vorbei mit ihrem Lächeln. Manche tranken, um nicht fühlen zu müssen, was sie fühlten. Manche tranken keinen Tropfen – die machten bloß, daß sie rüber zu Phelps kamen, um da zu bezahlen, was ihre Kinder brauchten oder ihre Ma'ams. Auf dem Schweineschlachthof anschaffen. Das muß schon was sein für eine Frau, und ich war ja auch ziemlich nah dran, wie ich aus dem Gefängnis kam und dir sozusagen deinen Namen kaufte. Aber dann haben die Bodwins mir die Kochstelle bei Sawyer vermittelt und dafür gesorgt, daß ich aus freien Stükken lächeln konnte, so wie jetzt, wenn ich an dich denke.

Aber du weißt das alles, denn du bist ja so gescheit; das meinten sie damals alle, weil, wie ich hierherkam, da konntest du schon krabbeln. Hast versucht, die Treppen hochzukommen. Baby Suggs ließ sie weiß streichen, damit du den Weg bis oben, wo das Lampenlicht nicht hinkam, auch im Dunkeln finden konntest. Gott, hast du diese Treppenstufen gemocht.

Ich war nah dran. Ich war nah dran. Ein Samstagsmädchen zu werden. In der Steinmetzwerkstatt hatt ich ja schon angeschafft. Der Schritt ins Schlachthaus wär nicht groß gewesen. Als ich den Grabstein aufstellte, da wär ich am liebsten mit dir dort dringelegen, hätt deinen Kopf an meine Schulter genommen und dich gewärmt, und ich hätt's getan, wenn nicht Howard, Buglar und Denver mich gebraucht hätten, denn damals war meine Seele heimatlos. Ich konnt mich nicht mit dir zur Ruhe legen. Wie gern ich es auch gewollt hätt. Ich konnt mich nirgends in Frieden hinlegen, damals. Jetzt kann ich es. Ich kann schlafen wie die Wasserleichen, gnade mir Gott. Sie ist zu mir zurückgekommen, meine Tochter, und sie gehört mir.

Menschenkind ist meine Schwester. Ich hab ihr Blut mit der Muttermilch getrunken. Das erste, was ich hörte, nachdem ich gar nichts mehr gehört hatte, war, wie sie die Treppen hinaufkrabbelte. Sie hat mir insgeheim Gesellschaft geleistet, bis Paul D kam. Er warf sie hinaus. Seit ich klein war, hat sie mir Gesellschaft geleistet und mir geholfen, auf meinen Daddy zu warten. Ich und sie, wir haben beide auf ihn gewartet. Ich liebe meine Mutter, aber ich weiß, daß sie eine ihrer Töchter umgebracht hat, und so zärtlich sie auch zu mir ist, das macht mir angst vor ihr. Sie hat's nicht geschafft, meine Brüder umzubringen, und das wußten die. Sie haben mir Märchen erzählt, um mir zu zeigen, wie man Hexen abmurkst, für den Fall, daß ich mal in die Lage käme. Vielleicht hat diese Nähe zum Tod ihnen den Wunsch eingegeben, im Krieg zu kämpfen. Im Krieg kämpfen, das hatten sie jedenfalls vor, haben sie mir erzählt. Sie haben wohl lieber mordende Männer als mordende Frauen um sich, und sie hat zweifellos etwas in sich, was es ihr recht erscheinen läßt, ihr eigen Fleisch und Blut zu töten. Immer hab ich Angst davor, daß das, was es meiner Mutter recht erscheinen ließ, meine Schwester zu töten, noch mal passieren könnte. Ich weiß nicht was, ich weiß nicht wer, aber vielleicht ist noch was anderes schrecklich genug, daß sie es wieder tut. Ich muß wissen, was es sein könnte, und doch will ich es nicht wissen. Was es auch sei, es kommt von außerhalb des Hauses, außerhalb des Gartens, und wenn es will, kann es hier in den Hof eindringen. Drum geh ich nie aus dem Haus und bewache den Hof, damit es nicht noch mal passieren kann und meine Mutter mich nicht auch umbringen muß. Seit der Sache mit Miss Lady Jones' Haus hab ich die 124 nicht mehr allein verlassen. Niemals. Die einzigen anderen Male – zweimal im ganzen – war meine Mutter mit. Einmal, um dabeizusein, wie Grandma Baby neben Menschenkind zur Ruhe gebettet wurde. Menschenkind, das ist nämlich meine Schwester. Das andere Mal war auch Paul D mit, und als wir zurückkehrten, dachte ich, das Haus sei leer, weil er doch den Geist meiner Schwester hinausgeworfen hatte. Aber nein. Als ich in die 124 zurückkam, da war sie da. Menschenkind. Und wartete auf mich. Müde von ihrer langen Rückreise. Bereit, sich umsorgen zu lassen; bereit, sich von mir beschützen zu lassen. Diesmal muß ich meine Mutter von ihr fernhalten. Das ist schwer, aber ich muß. Alles hängt von mir ab. Ich hab meine Mutter an einem dunklen Ort gesehen und Kratzgeräusche gehört. Aus ihrem Kleid kam ein Geruch. Ich war bei ihr, als uns was Kleines aus den Ecken beobachtete. Und an uns vorbeistrich. Manchmal strich es an uns vorbei. Ich wußte es nicht mehr, bis Nelson Lord mich dran erinnert hat. Ich hab sie gefragt, ob es wahr sei, aber ich hab nicht gehört, was sie sagte, und es hatte keinen Sinn mehr, zu Lady Jones zu gehen, wenn man nicht hört, was andere sagen. So still war's. Ich mußte in den Gesichtern lesen und lernen, mir zusammenzureimen, was die Leute dachten, damit ich nicht zu hören brauchte, was sie sagten. So kam es, daß Menschenkind und ich zusammen spielen konnten. Ohne zu reden. Auf der Veranda. Am Bach. In meinem Versteckhäuschen. Alles hängt jetzt von mir ab, aber sie kann sich auf mich verlassen. An dem Tag auf der Lichtung dachte ich, sie hätt versucht, sie umzubringen. Auge um Auge. Aber dann hat sie ihr den Hals geküßt, und da muß ich sie warnen. Lieb sie nicht zu sehr. Tu's nicht. Vielleicht ist es noch in ihr, dieses

Etwas, das es ihr recht erscheinen läßt, ihre Kinder zu töten. Ich muß ihr das sagen. Ich muß sie beschützen.

 Jede Nacht schlug sie mir den Kopf ab. Schon Buglar und Howard haben mir gesagt, daß sie das tun würde, und sie hat's tatsächlich getan. Ihre schönen Augen sahen mich dabei an, als sei ich jemand Fremdes. Nicht böse oder so, sondern als wenn ich jemand wär, den sie aufgelesen hätt und der ihr leid tat. So als wenn sie es nicht tun wollte, aber mußte, und als wenn es nicht weh tun würde. Als wenn es eben etwas wäre, was Erwachsene tun – dir einen Splitter aus der Hand ziehen; dir mit dem Handtuchzipfel ins Auge fahren, wenn dir ein Aschestäubchen reingeflogen ist. Sie schaut zu Buglar und Howard hinüber – schaut nach, ob alles in Ordnung ist. Dann kommt sie auf meine Seite herüber. Ich weiß, daß sie es gut machen wird, vorsichtig. Daß sie es richtig machen wird, wenn sie mir den Kopf abschlägt; es wird nicht weh tun. Wenn sie damit fertig ist, lieg ich einen Augenblick da, nur mit meinem Kopf. Dann trägt sie ihn nach unten, um mir das Haar zu flechten. Ich versuche, nicht zu weinen, aber das Kämmen tut so weh. Wenn sie mit dem Kämmen fertig ist und mit dem Flechten anfängt, werd ich schläfrig. Ich will einschlafen, aber ich weiß, wenn ich es tue, dann wach ich nicht mehr auf. Deshalb muß ich wach bleiben, bis sie mit meinem Haar fertig ist, dann kann ich schlafen. Das Schreckliche ist das Warten, bis sie hereinkommt und es tut. Nicht der Moment, wo sie es tut, sondern das Warten darauf, daß sie es tut. Der einzige Ort, wo sie mich in der Nacht nicht kriegen kann, ist Grandma Babys Zimmer. Das Zimmer, in dem wir oben schlafen, ist das, in dem die Hilfe schlief, als hier Weißenleute drin wohnten. Die hatten die Küche draußen. Aber Grandma Baby hat aus der Küche einen Holz- und Werkzeugschuppen gemacht, als sie einzog. Und die Hintertür, die dorthin führte, hat sie mit Brettern zugenagelt, weil sie sagte, zu der wolle sie nie wieder rein. Sie hat Regale davorgebaut, um Vorratsraum zu bekommen, und wenn man von da an in die 124 reinwollte, dann mußte man an Grandma vorbei. Sie meinte, es sei ihr egal, wenn die Leute redeten, daß sie ein Haus mit zwei Stockwerken wie eine Hütte eingerichtet hätt, wo man drinnen kocht. Sie meinte, die Leute hätten geunkt, ihr Besuch mit den schönen Kleidern würde nicht im gleichen Zimmer mit dem Herd und den Kartoffelschalen, dem Fett und dem Rauch sitzen wollen. Darauf hätte sie gar nicht gehört, meinte sie. Drinnen bei ihr war ich nachts in Sicherheit. Ich hörte nichts, außer wie ich atmete, aber manchmal tagsüber wußte ich nicht genau, ob ich das war oder jemand neben mir. Ich hab oft auf Here Boys Bauch geachtet, wie er rein und raus und rein und raus ging, um zu sehen, ob er genauso atmete wie ich, und dann hab ich die Luft angehalten, um von seinem Rhythmus wegzukommen, und sie wieder rausgelassen, um ihn wieder zu finden. Bloß um zu sehen, wessen Atem das war – dieses Geräusch, wie wenn man leise in eine Flasche bläst, aber regelmäßig, ganz regelmäßig. Mach ich das Geräusch? Oder Howard? Wer macht es? Das war, als alles still war und ich nichts von dem hören konnte, was sie sagten. Mir hat das gar nichts ausgemacht, weil ich in der Stille besser von meinem Daddy träumen konnte. Ich wußte immer, daß er kommen würde. Irgendwas hielt ihn auf. Er kam mit dem Pferd nicht zurecht. Der Fluß war überschwemmt; das Boot sank, und er mußte ein neues bauen. Manchmal war es ein Lynch-Mob oder ein Sturm. Er würde kommen, aber das war ein Geheimnis. Nach außen hin bemühte ich mich nach Kräften, Ma'am zu lieben, damit sie mich nicht umbrachte; ja ich liebte sie sogar, wenn sie mir nachts das Haar flocht. Ich ließ sie nie wissen, daß mein Daddy kommen und mich abholen würde. Grandma Baby dachte auch, daß er kommen würde. Eine Weile glaubte sie daran, dann hörte sie auf. Ich nie. Nicht einmal als Buglar und Howard wegliefen. Und dann kam Paul D hier rein. Ich hab ihn unten reden und Ma'am lachen hören, da dacht ich, er wär's, mein Daddy. Es kommt ja sonst keiner mehr in dieses Haus. Aber als ich runterkam, da war's Paul D, und er kam nicht wegen mir; er wollte meine Mutter. Zuerst. Später wollte er auch meine Schwester, aber die hat ihn vertrieben, und ich bin heilfroh, daß er weg ist. Jetzt sind nur noch wir übrig, und ich kann sie beschützen, bis mein Daddy herkommt und mir hilft, auf Ma'am aufzupassen und auf alles, was in den Hof kommt.

Mein Daddy mochte weiche Spiegeleier für sein Leben gern. Zum Brotreintunken. Grandma hat mir von ihm erzählt. Sie meinte, wenn sie ihm einen Teller weiche Spiegeleier machen konnte, war's immer wie Weihnachten, so gefreut hat er sich. Sie meinte, sie hätt immer ein wenig Angst um meinen Daddy gehabt. Er sei zu gut, meinte sie. Von Anfang an, meinte sie, sei er zu gut für diese Welt gewesen. Das hätt ihr angst gemacht. Sie dachte: Der wird nicht durchhalten. Die Weißenleute mußten das wohl auch gedacht haben, denn sie hatten sie nie getrennt. Drum konnte sie ihn richtig kennenlernen und für ihn sorgen, und er machte ihr angst, weil er alles so liebte. Tiere und Werkzeug, das Getreide und das Alphabet. Er konnte auf Papier rechnen. Der Herr hat's ihm beigebracht. Hat's auch den anderen Jungen angeboten, aber bloß mein Daddy wollte. Sie meinte, die anderen Jungen hätten nein gesagt. Einer von ihnen, der eine Zahl als Namen hatte, Sixo, hätte gemeint, das würd was in seinem Kopf verändern – da würd er Sachen vergessen, die er nicht vergessen durfte, und sich andere merken, die er sich nicht merken brauchte, und er wollte nicht, daß es in seinem Kopf durcheinanderging. Aber mein Daddy hat gemeint, wer nicht zählen kann, der wird geprellt. Wer nicht lesen kann, der kriegt's zu spüren. Die anderen fanden das komisch. Grandma meinte, sie wüßte es nicht, aber mein Daddy hätte sie bloß freikaufen können, weil er Zahlen hinschreiben und auf Papier rechnen konnte. Und sie meinte auch, sie hätte sich immer gewünscht, die Bibel lesen zu können wie ein richtiger Prediger. Deshalb sei es gut für mich, Lesen zu lernen, und ich tat es auch, bis es still wurde und ich nur noch meinen eigenen

Atem hörte und etwas anderes, das den Milchkrug umstieß, der auf dem Tisch stand. Kein Mensch in der Nähe. Ma'am hat Buglar deswegen den Hintern versohlt, aber er hatte den Krug nicht angerührt. Dann zerknitterte es die ganzen gebügelten Kleider und steckte seine Hände in den Kuchen. Sah aus, als wär ich die einzige gewesen, die gleich wußte, wer es war. Genau wie später, als sie zurückkam, da wußte ich auch, wer sie war. Nicht gleich, aber sobald sie ihren Namen buchstabierte – nicht ihren Taufnamen, sondern den, für den Ma'am den Steinmetz bezahlt hat –, da wußte ich es. Und als sie nach Ma'ams Ohrringen fragte – von denen wußte ich gar nichts –, also, da war's klar wie Kloßbrühe: Meine Schwester war gekommen, um mir auf meinen Daddy warten zu helfen.

Mein Daddy war ein Engel von einem Mann. Er brauchte einen nur anschauen und wußte schon, wo es weh tat, und in Ordnung bringen konnte er es auch wieder. Er machte so ein Hängedings für Grandma Baby, damit sie sich morgens, wenn sie aufwachte, vom Boden hochziehen konnte, und er machte ihr auch eine kleine Trittstufe, damit sie gerade stand, wenn sie sich hinstellte. Grandma meinte, sie hätte immer befürchtet, ein Weißenmann würde sie mal vor den Augen ihrer Kinder niederschlagen. Drum war sie immer gehorsam und machte alles richtig, wenn ihre Kinder dabei waren, weil sie nicht wollte, daß sie zuschauten, wenn sie niedergeschlagen wurde. Sie meinte, Kinder verlieren den Verstand, wenn sie so was sehen. In Sweet Home tat es aber keiner, und keiner drohte damit, deshalb hat's mein Daddy dort nie gesehen und auch den Verstand nicht verloren, und ich bin sicher, daß er immer noch versucht, hierherzukommen. Wenn Paul D es geschafft hat, dann schafft mein Daddy es allemal. Ein Engel von einem Mann. Wir müßten alle zusammensein. Er, ich und Menschenkind. Ma'am könnte bleiben oder mit Paul D weggehen, wenn sie will. Wenn nicht Daddy sie für sich haben will, aber ich glaub, das würd er nicht mehr wollen, weil sie Paul D in ihr Bett gelassen hat. Grandma Baby hat gemeint, die Leute verachten sie, weil sie acht Kinder von verschiedenen Männern hatte. Farbigenleute verachten sie deswegen genauso wie Weißenleute. Sklaven dürfen eben kein Vergnügen empfinden; das steht ihrem Körper nicht zu, aber sie müssen so viele Kinder kriegen wie sie können, damit ihr Besitzer Vergnügen empfindet. Vergnügen empfinden, tief drinnen, dürfen sie aber trotzdem nicht. Sie hat gemeint, ich soll auf all das nicht hören. Daß ich immer auf meinen Körper hören und ihn lieben soll.

Das Versteckhäuschen. Als sie starb, ging ich dorthin. Ma'am wollte mich nicht raus auf den Hof und mit den anderen essen lassen. Wir blieben drinnen. Das tat weh. Ich weiß, daß Grandma Baby sich über die Feier gefreut hätte und über die Leute, die hinkamen, weil sie nämlich traurig wurde, als sie keinen mehr sah und nirgends mehr hinging – bloß noch dahinkümmerte, sich Gedanken über Farben machte und darüber, daß sie einen Fehler begangen hatte. Daß sie falsch gelegen hatte mit dem, was ihrer Meinung nach das Herz und der Körper ausrichten konnten. Daß die Weißenleute trotzdem gekommen waren. In ihren Hof. Sie hatte alles richtig gemacht, und trotzdem waren sie in ihren Hof gekommen. Und sie wußte nicht mehr, was sie denken sollte. Das einzige, was ihr blieb, war ihr Herz, und das haben sie ihr gebrochen, so daß nicht einmal mehr der Krieg sie aufmuntern konnte.

Sie erzählte mir alles von meinem Daddy. Wie schwer er gearbeitet hätte, um sie freizukaufen. Nachdem der Kuchen verdorben und die gebügelten Kleider zerknittert waren und nachdem ich meine Schwester die Treppe hinaufklettern gehört hatte, weil sie wieder in ihr Bett wollte, erzählte sie mir auch alles über mich. Daß ich einen Schutzengel hätte. Daß schon meine Geburt unter einem Zauber gestanden hätte und daß ich immer gerettet worden sei. Und daß ich keine Angst vor dem Geist haben solle. Daß er mir nichts antun würde, weil ich von seinem Blut gekostet hätte, als Ma'am mich stillte. Sie meinte, der Geist sei hinter Ma'am und ihr selbst her, weil sie nichts täten, um ihm das Handwerk zu legen. Aber mir würde er nie was Böses tun. Ich solle bloß aufpassen, weil es ein gieriger Geist sei und er viel Liebe brauche, was aber nur natürlich sei, wenn man's recht bedenke. Und das tue ich. Ich liebe sie. Wirklich. Sie hat mit mir gespielt und ist immer gekommen, wenn ich sie brauchte. Menschenkind ist mein. Sie gehört mir.

Ich bin Menschenkind, und sie gehört mir. Ich sehe sie Blätter von Blumen entfernen   sie legt sie in einen runden Korb   die Blätter sind nicht für sie   sie füllt den Korb   sie teilt das Gras   ich würde ihr helfen, doch die Wolken sind im Weg   wie kann ich Dinge sagen, die Bilder sind   ich bin nicht getrennt von ihr   es gibt keinen Ort, wo ich aufhöre   ihr Gesicht ist meins, und ich will dort sein, wo ihr Gesicht ist, und es zugleich anschauen   etwas Heißes

Alles ist jetzt   es ist immer jetzt   es wird nie eine Zeit geben, wo ich mich nicht ducke und anderen zusehe, die sich auch ducken   ich ducke mich immer   der Mann auf meinem Gesicht ist tot   sein Gesicht ist nicht meins   sein Mund riecht süß, doch seine Augen sind verschlossen   manche essen selbst garstig   ich esse nicht   die männer ohne haut bringen uns ihr morgenwasser zu trinken   wir haben keines   nachts kann ich den toten Mann auf meinem Gesicht nicht sehen   Tageslicht kommt durch die Ritzen, und ich sehe seine verschlossenen Augen   ich bin nicht groß   kleine Ratten warten nicht, bis wir schlafen   jemand schlägt um sich, doch es ist kein Platz dafür   wenn wir mehr zu trinken hätten, könnten wir Tränen machen   wir können keinen Schweiß machen und auch kein Morgenwasser, drum bringen uns die Männer ohne Haut ihres   einmal bringen sie uns Zuckerzeug zum Lutschen   wir versuchen alle, unsere Körper zurückzulassen   der Mann auf meinem Gesicht hat es getan   es ist schwer, sich für immer sterben zu lassen   man schläft kurz und kommt dann zurück   am Anfang konnten wir erbrechen   jetzt tun wir es nicht   jetzt können wir es nicht   seine Zähne sind hübsche weiße Spitzen   jemand zittert   ich spüre es hier drüben   er kämpft darum, seinen Körper zu verlassen, der ein kleiner zitternder Vogel ist   es ist nicht genug Platz zum Zittern, drum kann er nicht sterben   mein toter Mann wird von meinem Gesicht weggezogen   ich vermisse seine hübschen weißen Spitzen

Wir ducken uns jetzt nicht mehr   wir stehen   doch meine Beine sind wie die Augen meines toten Mannes   ich kann nicht fallen, weil nicht genug Platz dazu ist   die Männer ohne Haut machen laute Geräusche   ich bin nicht tot   das Brot ist meerfarben   ich bin zu hungrig, um es zu essen   die Sonne schließt mir die Augen   die, die fähig sind zu sterben, liegen auf einem Haufen   ich kann meinen Mann nicht finden   den, dessen Zähne ich geliebt habe   etwas Heißes   der kleine Hügel aus toten Menschen   etwas Heißes   die Männer ohne Haut stoßen sie mit Stangen durch   die Frau ist da mit dem Gesicht, das ich will   dem Gesicht, das meins ist   sie fallen ins Meer, das die Farbe von Brot hat   sie hat nichts in den Ohren   wenn ich die Zähne des Mannes hätte, der auf meinem Gesicht gestorben ist, würde ich in den Ring um ihren Hals beißen   ihn durchbeißen   ich weiß, daß sie ihn nicht mag   jetzt ist Platz, sich zu ducken und die sich duckenden anderen zu beobachten   es ist das Ducken, das jetzt ist, immer jetzt   innen   die Frau mit meinem Gesicht ist im Meer   etwas Heißes

Am Anfang konnte ich sie sehen   ich konnte ihr nicht helfen, weil die Wolken im Weg waren   am Anfang konnte ich sie sehen   das Glänzen in ihren Ohren   sie mag den Ring um ihren Hals nicht   das weiß ich   ich sehe sie durchdringend an, damit sie weiß, daß die Wolken im Weg sind   ich bin sicher, daß sie mich gesehen hat   ich sehe sie an, während sie mich ansieht   sie leert ihre Augen ich bin an dem Ort, wo ihr Gesicht ist, und erzähle ihr, daß die grellen Wolken im Weg waren   sie will ihre Ohrringe   sie will ihren runden Korb   ich will ihr Gesicht   etwas Heißes   am Anfang sind die Frauen weg von den Männern und die Männer weg von den Frauen   Stürme schütteln uns und mischen die Männer unter die Frauen und die Frauen unter die Männer   da fange ich an, auf dem Rücken des Mannes zu sein   lange Zeit sehe ich nur seinen Hals und seine breiten Schultern über mir   ich bin klein   ich liebe ihn, weil er ein Lied kann   als er sich umdrehte, um zu sterben, sah ich die Zähne, durch die er sang   sein Gesang war leise   sein Gesang handelt von dem Ort, wo eine Frau Blätter von Blumen entfernt und sie in einen runden Korb legt   vor den Wolken   sie duckt sich nahe bei uns   aber ich sehe sie nicht, bis er seine Augen verschließt und auf meinem Gesicht stirbt   so sind wir   kein Atem kommt aus seinem Mund, und wo der Atem sein müßte, duftet es süß   die anderen wissen nicht, daß er tot ist   ich weiß es   sein Lied ist vorbei   jetzt liebe ich statt dessen seine hübschen kleinen Zähne

Ich darf sie nicht noch einmal verlieren   mein toter Mann war im Weg wie die grellen Wolken   als er auf meinem Gesicht stirbt, kann ich ihres sehen   sie wird mich anlächeln   sie wird es tun   ihre scharfkantigen Ohrringe sind fort   die Männer ohne Haut machen laute Geräusche   sie stoßen meinen Mann durch   die Frau mit meinem Gesicht stoßen sie nicht durch   sie geht hinein sie stoßen sie nicht   sie geht   der kleine Hügel ist fort   sie war im Begriff, mich anzulächeln   sie war im Begriff   etwas Heißes

Sie duckt sich jetzt nicht   aber wir tun es   sie treiben auf dem Wasser   sie graben den kleinen Hügel auf und stoßen es durch   ich kann meine hübschen Zähne nicht finden   ich sehe das dunkle Gesicht, das mich anlächeln wird   es ist mein dunkles Gesicht, das mich anlächeln wird   der eiserne Ring ist um unseren Hals   sie hat keine scharfkantigen Ohrringe in den Ohren und auch keinen runden Korb   sie geht ins Wasser   mit meinem Gesicht

Ich stehe im strömenden Regen   die anderen werden genommen   ich werde nicht genommen   ich falle wie der Regen   ich sehe zu, wie er ißt   drinnen ducke ich mich, damit ich nicht wie der Regen fallen muß   ich werde in Stücke zerbrochen sein   er tut mir weh, da, wo ich schlafe   er legt seinen Finger dorthin   ich lasse das Essen fallen und zerbreche in Stücke   sie hat mir mein Gesicht weggenommen   es gibt niemanden, der mich will   der meinen Namen sagt   ich warte auf der Brücke, weil sie drunter ist   es ist Nacht, und es ist Tag   wieder   wieder   Nacht   Tag   Nacht   Tag   ich warte   kein Eisenring ist um meinen Hals   keine Boote sind auf diesem Wasser   keine Männer ohne Haut   mein toter Mann treibt nicht hier   seine Zähne sind dort unten, wo das Blau ist und das Gras   dort ist auch das Gesicht, das ich will   das Gesicht, das mich anlächeln wird   es wird mich anlächeln   am Tag sind Diamanten in dem Wasser, in dem sie ist, und Schildkröten   in der Nacht höre ich Kauen und Schlucken und Gelächter   es gehört mir   sie ist das Gelächter   ich bin die, die lacht   ich sehe ihr Gesicht, das meins ist   es ist das Gesicht, das mich anlächeln wollte, dort, wo wir uns duckten   jetzt ist

sie im Begriff   ihr Gesicht kommt durch das Wasser
etwas Heißes   ihr Gesicht gehört mir   sie lächelt nicht
sie kaut und schluckt   ich muß mein Gesicht haben
ich gehe hinein   das Gras teilt sich   sie teilt es   ich
bin im Wasser, und sie kommt   es gibt keinen runden
Korb   keinen Eisenring um ihren Hals   sie geht hinauf, dahin, wo die Diamanten sind   ich folge ihr   wir
sind in den Diamanten, die jetzt ihre Ohrringe sind   mein
Gesicht kommt   ich muß es haben   ich suche das Einswerden   ich liebe mein Gesicht so sehr   mein dunkles
Gesicht ist mir nah   ich möchte mit ihm einswerden
sie flüstert mir etwas zu   sie flüstert   ich strecke die
Hand nach ihr aus   kauend und schluckend berührt sie
mich   sie weiß, daß ich einswerden will   sie kaut und
verschluckt mich   ich bin fort   jetzt bin ich ihr Gesicht   mein eigenes Gesicht hat mich verlassen   ich
sehe mich fortschwimmen   etwas Heißes   ich sehe die
Sohlen meiner Füße   ich bin allein   ich möchte wir
beide sein   ich möchte einswerden   ich komme aus
blauem Wasser   nachdem meine Fußsohlen von mir wegschwimmen, komme ich hoch   ich muß einen Ort finden,
wo ich sein kann   die Luft ist schwer   ich bin nicht
tot   nein   dort ist ein Haus   dort ist, was sie mir zugeflüstert hat   ich bin an dem Ort, von dem sie mir erzählt hat   ich bin nicht tot   ich sitze   die Sonne
schließt mir die Augen   als ich sie aufmache, sehe ich das
Gesicht, das ich verloren habe   Sethes Gesicht ist das,
was mich verlassen hat   Sethe sieht mich an, als ich sie
ansehe, und ich sehe das Lächeln   ihr lächelndes Gesicht
ist der Ort, an dem ich sein will   es ist das Gesicht, das ich
verloren habe   sie ist mein Gesicht, das mich anlächelt
  endlich   etwas Heißes   jetzt können wir einswerden
  etwas Heißes

Ich bin Menschenkind, und sie gehört mir. Sethe ist die Frau, die dort Blumen gepflückt hat, gelbe Blumen, bevor das Ducken kam. Entfernte die grünen Blätter davon. Die Blumen sind jetzt auf der Decke, wo wir schlafen. Sie war im Begriff, mich anzulächeln, als die Männer ohne Haut kamen und uns mit den Toten hochbrachten ins Sonnenlicht und sie ins Meer stießen. Sethe ging ins Meer. Sie ging hinein. Sie stießen sie nicht. Sie ging. Sie war im Begriff, mich anzulächeln, und als sie sah, wie die Toten ins Meer gestoßen wurden, ging sie auch hinein und ließ mich zurück ohne ihr Gesicht. Sethe ist das Gesicht, das ich fand und im Wasser unter der Brücke verlor. Als ich hineinging, sah ich ihr Gesicht auf mich zukommen, und es war auch mein Gesicht. Ich wollte damit einswerden. Ich versuchte, mit ihr einszuwerden, aber sie verging im gebrochenen Licht an der Wasseroberfläche. Ich verlor sie wieder, doch ich fand das Haus, von dem sie mir flüsternd erzählt hat, und dort war sie und lächelte endlich. Es ist gut so, aber ich darf sie nicht noch einmal verlieren. Ich will nur eines wissen: Warum ist sie dort, wo wir uns duckten, ins Wasser gegangen? Warum hat sie das getan, wo sie doch im Begriff war, mich anzulächeln? Ich wollte zu ihr ins Meer, doch ich konnte mich nicht bewegen; ich wollte ihr helfen, als sie Blumen pflückte, doch die Rauchwolken der Kanonen blendeten mich, und ich verlor sie. Dreimal verlor ich sie: einmal, als sie ins Meer ging, anstatt mich anzulächeln; und einmal mit den Blumen, wegen der grellen Rauchwolken; einmal unter der Brücke, als ich hineinging, um zu ihr zu gelangen, und sie auf mich zukam, aber nicht lächelte. Sie flüsterte mir etwas zu, schluckte mich und schwamm fort. Jetzt habe ich sie in diesem Haus gefunden. Sie lächelt mich an, und es ist mein eigenes Gesicht, das da lächelt. Ich will sie nicht noch einmal verlieren. Sie gehört mir.

Sag mir die Wahrheit. Bist du nicht von der anderen Seite gekommen?
Doch. Ich war auf der anderen Seite.
Bist du wegen mir zurückgekommen?
Ja.
Du erinnerst dich an mich?
Ja, ich erinnere mich an dich.
Du hast mich nie vergessen?
Dein Gesicht gehört mir.
Verzeihst du mir? Wirst du bleiben? Du bist hier jetzt in Sicherheit.
Wo sind die Männer ohne Haut?
Dort draußen. Weit weg.
Können sie hier herein?
Nein. Sie haben es einmal versucht, aber ich habe sie aufgehalten. Sie werden nie zurückkommen.
Einer war in dem Haus, in dem ich war. Er hat mir weh getan.
Sie können uns nicht mehr weh tun.
Wo sind deine Ohrringe?
Sie haben sie mir weggenommen.
Die Männer ohne Haut?
Ja.
Ich wollte dir helfen, aber die Wolken waren im Weg.
Hier gibt es keine Wolken.
Wenn sie dir einen Eisenring um den Hals legen, beiße ich ihn durch.

Menschenkind.
Ich mache dir einen runden Korb.
Du bist wieder da. Du bist wieder da.
Wollen wir mich anlächeln?
Siehst du nicht, daß ich lächle?
Ich liebe dein Gesicht.

Wir spielten am Bach.
Ich war dort im Wasser.
In der stillen Zeit spielten wir.
Die Wolken waren grell und im Weg.
Als ich dich brauchte, kamst du und warst bei mir.
Ich brauchte ihr Gesicht und ihr Lächeln.
Ich hörte nur Atem.
Der Atem ist weg; nur noch die Zähne sind da.
Sie sagte, du tust mir nicht weh.
Sie hat mir weh getan.
Ich will dich beschützen.
Ich will ihr Gesicht.
Lieb sie nicht zu sehr.
Ich liebe sie zu sehr.
Hüte dich vor ihr; sie kann dir böse Träume eingeben.
Sie kaut und schluckt.
Schlaf nicht ein, wenn sie dir das Haar flicht.
Sie ist das Lachen; ich bin die Lachende.
Ich bewache das Haus, ich bewache den Hof.
Sie hat mich verlassen.
Daddy kommt und holt uns.
Etwas Heißes.

Menschenkind
Du bist meine Schwester
Du bist meine Tochter
Du bist mein Gesicht; du bist ich
Ich habe dich wiedergefunden; du bist zu mir zurückgekommen

Du bist mein Menschenkind
Du bist mein
Du bist mein
Du bist mein

Ich hab Milch für dich
Ich habe ein Lächeln für dich
Ich werd für dich sorgen

Du bist mein Gesicht; ich bin du. Warum hast du mich ver-
   lassen wer bin du?
Ich werde dich nie wieder verlassen
Verlaß mich nie wieder
Du wirst mich nie wieder verlassen
Du bist ins Wasser gegangen
Ich habe dein Blut getrunken
Ich habe dir deine Milch gebracht
Du hast vergessen zu lächeln
Ich habe dich geliebt
Du hast mir weh getan
Du bist zu mir zurückgekommen
Du hast mich verlassen

Ich habe auf dich gewartet
Du bist mein
Du bist mein
Du bist mein

Es war eine winzige Kirche, kaum größer als die gute Stube eines reichen Mannes. Die Kirchenbänke hatten keine Lehnen, und da die Gemeinde zugleich der Chor war, brauchte sie auch kein Chorgestühl. Einige Gemeindemitglieder waren angewiesen worden, ein Podium zu bauen, um den Prediger ein paar Zentimeter über seine Gemeinde zu erheben, aber es war keine sonderlich dringliche Aufgabe, da für die wichtigste Erhebung – in Form eines weißen Eichenkreuzes – bereits gesorgt war. Bevor das Haus die Kirche des Heiligen Erlösers wurde, war ein Textilgeschäft darin gewesen, das keine Seitenfenster, sondern nur Schaufenster nach vorn hinaus gebraucht hatte. Diese wurden mit Papier überklebt, während die Gemeindemitglieder noch überlegten, ob man sie anstreichen oder mit Vorhängen zuhängen sollte – während sie also noch überlegten, wie man ungestört sein konnte, ohne das bißchen Licht zu verlieren, das einen bescheinen mochte. Im Sommer wurden die Türen um der Luftzufuhr willen offengelassen. Im Winter tat ein Eisenofen im Mittelgang sein Bestes. Vor der Kirche befand sich eine stabile Veranda, auf der früher die Kunden gesessen und die Kinder über den Jungen gelacht hatten, der sich den Kopf zwischen den Stangen des Geländers einklemmte. An sonnigen und windstillen Tagen im Januar konnte es draußen sogar wärmer sein als drinnen, wenn der Eisenofen kalt blieb. In dem feuchten Keller war es einigermaßen warm, aber es gab dort kein Licht zur Beleuchtung der Pritsche, der Waschschüssel oder des Nagels, an dem man seine Kleider aufhängen konnte. Und eine Öllampe im Keller zu haben war trostlos, deshalb saß Paul D auf den Verandastufen und holte sich aus einer Flasche Schnaps, die in seiner Jackentasche steckte, zusätzliche Wärme. Wärme und rote Augen. Er hielt sich zwischen den Knien das Handgelenk, nicht um seine Hände still zu halten, sondern weil er sich an sonst nichts festhalten konnte. Aus seiner aufgebrochenen Tabaksdose ergoß sich der Inhalt, trieb ungehindert umher und machte ihn zu seinem Spielball und seiner Beute.

Er kam einfach nicht dahinter, warum es so lange dauerte. Eigentlich hätte er gleich zu Sixo ins Feuer springen sollen, dann hätten sie sich zusammen ausschütten können vor Lachen. Die Niederlage war ohnehin unausweichlich, warum ihr dann nicht gleich lachend und Seven-O! rufend ins Auge sehen? Warum nicht? Warum dieser Aufschub? Er hatte doch schon zusehen müssen, wie sein Bruder ihm von einem Lastkahn aus Lebwohl winkte, ein gebratenes Hähnchen in der Tasche und Tränen in den Augen. Mutter. Vater. Er erinnerte sich nicht an die eine. Hatte den anderen nie gesehen. Er war der jüngste von drei Halbbrüdern (dieselbe Mutter – verschiedene Väter), die an Garner verkauft und dort mit der Auflage, die Farm ja nicht zu verlassen, zwanzig Jahre lang gehalten wurden. Einmal war er in Maryland vier Sklavenfamilien begegnet, die alle schon seit hundert Jahren zusammenlebten: Urgroßeltern, Großeltern, Mütter, Väter, Tanten, Onkel, Vettern, Kinder. Halbweiß, teilweise weiß, ganz schwarz, mit Indianerblut. Er hatte sie voller Ehrfurcht und Neid betrachtet, und jedesmal, wenn er schwarze Großfamilien sah, bat er sie, wieder und wieder zu erklären, wer sie im einzelnen waren, wer genau mit wem verwandt war.

«Das da drüben ist mein Tantchen. Hier, das ist ihr Junge. Dort ist Paps Vetter. Meine Ma'am war zweimal verheiratet – das hier ist meine Halbschwester, und das da sind ihre zwei Kinder. Dann hier, meine Frau...»

Nichts dergleichen war ihm je beschieden gewesen, und da er auf Sweet Home aufgewachsen war, hatte er es auch nicht vermißt. Er hatte seine Brüder gehabt, zwei Freunde, Baby Suggs in der Küche, einen Herrn, der ihnen das Schießen beibrachte und auf sie hörte. Eine Herrin, die ihnen Seife kochte und niemals die Stimme erhob. Zwanzig Jahre lang hatten sie alle in dieser Geborgenheit gelebt, bis Baby wegging, Sethe kam und Halle sie sich zur Frau nahm. Er gründete eine Familie mit ihr, und Sixo war wild entschlossen, eine mit der Dreißig-Meilen-Frau zu gründen. Als Paul D seinem ältesten Bruder Lebwohl winkte, war der Herr tot, die Herrin mit den Nerven herunter, und die Geborgenheit hatte Risse bekommen. Sixo meinte, der Doktor mache Mrs. Garner krank. Meinte, er gebe ihr so was zu trinken, wie Hengste es bekommen, wenn sie ein Bein gebrochen haben und kein Schießpulver übrig ist, und wenn nicht die neuen Regeln des Schullehrers wären, würde er ihr das auch sagen. Sie lachten ihn aus. Sixo hatte zu allem und jedem eine schlaue Geschichte parat. Mr. Garners Schlaganfall inbegriffen, den er sich als einen Schuß ins Ohr erklärte, abgegeben von einem eifersüchtigen Nachbarn.

«Und wo ist das Blut?» fragten sie ihn.

Es gab kein Blut. Mr. Garner kam über den Hals seines Pferdes gebeugt nach Hause, schweißtriefend und bläulichweiß. Kein Tropfen Blut. Sixo murrte. Er war der einzige, dem es nicht leid tat, Garner sterben zu sehen. Später tat es ihm allerdings mächtig leid; ihnen allen tat es leid.

«Warum hat sie ihn hergeholt?» fragte Paul D. «Wozu braucht sie den Schullehrer?»

«Sie braucht einen, der rechnen kann», sagte Halle.

«Du kannst doch rechnen.»

«Nicht so.»

«Nein, Mann», sagte Sixo. «Sie braucht einen zweiten Weißen hier.»

«Für was?»

«Was denkst du? Was denkst du?»

So war es eben. Keiner hatte mit Garners Tod gerechnet. Keiner hatte auch nur gedacht, er könnte sterben, sieh mal einer an. Alles war darauf aufgebaut, daß Garner lebte. Ohne sein Leben fiel ihres zusammen wie ein Kartenhaus. Ist das nun Sklaverei oder nicht? Auf dem Höhepunkt seiner Manneskraft hatten sie ihn, Paul D, der größer war als mancher große Mann und stärker als die meisten anderen, beschnitten und zurechtgestutzt. Zuerst hatten sie ihm sein Gewehr genommen, dann seine Ideen, denn der Schullehrer nahm keinen Rat von Negern an. Wenn sie ihm etwas mitteilen wollten, nannte er das Widerrede und dachte sich eine Vielzahl von Erziehungsmaßnahmen aus (über die er in seinem Notizbüchlein Buch führte), um sie umzuerziehen. Er beklagte sich darüber, daß sie zuviel äßen, sich zuviel ausruhten, zuviel redeten, was zweifellos stimmte, wenn man sie mit ihm verglich, denn der Schullehrer aß wenig, redete noch weniger und ruhte sich überhaupt nie aus. Einmal sah er sie spielen – ein Wurfspiel –, und allein der zutiefst verletzte Blick, den er ihnen zuwarf, jagte Paul D einen Schrekken ein. Mit seinen Schülern ging er genauso streng um wie mit ihnen – von der körperlichen Züchtigung einmal abgesehen.

Jahrelang hatte Paul D geglaubt, der Schullehrer zerbräche die wieder zu Kindern, die Garner zu Männern gemacht hatte. Und daß dies der Grund dafür gewesen sei, daß sie weggelaufen waren. Jetzt, wo der Inhalt seiner Tabaksdose ihn plagte, fragte er sich, wie groß der Unterschied zwischen dem Leben vor dem Schullehrer und dem danach eigentlich gewesen war. Garner bezeichnete sie als Männer und erklärte sie zu solchen – aber Männer eben nur auf Sweet Home und nur von seinen Gnaden. Gab er dem einen Namen, was er sah, oder erfand er etwas, was er nicht sah? Das war das Erstaunliche an Sixo und auch an Halle: Paul D war es immer klar gewesen, daß die beiden Männer waren, ob Garner sie nun so bezeichnete oder nicht. Es beunruhigte ihn, daß er sich hinsichtlich seiner eigenen Männlichkeit nicht schlüssig war. O ja, er handelte wie ein Mann, aber war das nun Garner zu verdanken oder seinem eigenen Willen? Was wäre er ohne Garner denn schon gewesen – vor Sweet Home? In Sixos Heimat oder der seiner Mutter? Oder, Gnade ihm Gott, auf dem Boot? Schuf das Wort eines Weißenmannes Tatsachen? Angenommen, Garner wäre eines Morgens aufgewacht und hätte es sich anders überlegt? Hätte alles zurückgenommen? Wären sie dann weggelaufen? Und wenn er es nicht getan hätte, wären die Pauls dann ihr Leben lang dortgeblieben? Warum hatten die Brüder eine ganze Nacht gebraucht, um zu besprechen, ob sie sich Sixo und Halle anschließen sollten? Weil sie im Kokon einer wunderschönen Lüge gelebt hatten, indem sie so taten, als hätten Halle und Baby Suggs in ihrem Leben vor Sweet Home einfach Pech gehabt. Weil sie sich um Sixos finstere Geschichten nicht gekümmert oder sich darüber lustig gemacht hatten. Wohlbehütet und überzeugt davon, daß sie etwas Besonderes seien. Nichts ahnend von den Schwierigkeiten in Alfred, Georgia, wo man so in den Anblick der Welt verliebt war, wo man sich mit allem und jedem abfand, nur um an einem Ort zu überleben, den trotz allem ein Mond beschien, auf den man kein Anrecht hatte. Wo man im Kleinen und insgeheim liebte. Seine kleine Liebe gehörte natürlich einem Baum, aber keinem solchen wie dem alten, ausladenden, verlockenden Bruder.

In Alfred, Georgia, gab es eine Espe, die noch zu jung war, um ein Bäumchen genannt zu werden. Eigentlich nur ein Trieb, der ihm gerade bis zur Hüfte reichte. Etwas, was ein Mann abschneiden würde, um sein Pferd damit anzutreiben. Mörderischer Gesang und die Espe. Er blieb am Leben, um Lieder zu singen, in denen das Leben hingemordet wurde, und beobachtete eine Espe, die am Leben festhielt, und nicht eine Minute lang glaubte er daran, entkommen zu können. Bis es zu regnen begann. Später, nachdem der Cherokee auf die Blüten gedeutet und ihn im Laufschritt hinterhergeschickt hatte, wollte er nur noch wandern, loslaufen, heute aufbrechen, morgen woanders sein. Hatte sich abgefunden mit einem Leben ohne Tanten, Vettern und Kinder. Sogar ohne Frau, bis zu der Sache mit Sethe.

Und dann hatte sie ihn vertrieben. Just als Zweifel, Bedauern und alle nicht gestellten Fragen sicher verstaut waren und lange nachdem er zu der Meinung gelangt war, er habe sich durch reine Willenskraft am eigenen Schopf aus dem Sumpf gezogen, da hatte sie ihn vertrieben, genau zu der Zeit und an dem Ort, wo er Wurzeln schlagen wollte. Ihn von einem Zimmer ins andere gescheucht. Wie eine Schlenkerpuppe.

Auf der Veranda einer Textilladen-Kirche, ein wenig angetrunken und ohne große Pläne, konnte er sich diese Gedanken leisten. Träge Was-wenn-Gedanken, die tief einschnitten, aber auf nichts Solides trafen, an dem ein Mann hätte Halt finden können. Drum hielt er sich das Handgelenk. Daß er ins Leben dieser Frau getreten war, sich darauf und es in sich eingelassen hatte, das hatte die Voraussetzungen für diesen Sturz geschaffen. Der Wunsch, sein Leben mit einer ungebrochenen Frau zu verbringen, war neu, und der Verlust dieses Gefühls weckte in ihm den Wunsch, zu weinen und tiefgründige Gedanken zu wälzen, die nirgends auf festen Grund trafen. Als er sich hatte treiben lassen, als er nur über die nächste Mahlzeit und den nächsten Schlafplatz nachgedacht hatte, als alles noch sicher in seiner Brust verschlossen gewesen war, da hatte er nicht das Gefühl des Versagens gehabt, das Gefühl, daß etwas nicht gutging. Alles, was überhaupt ging, ging auch gut. Jetzt machte er sich Gedanken darüber, was alles schiefgegangen war, und angefangen mit dem Plan war alles schiefgegangen. Dabei war es ein guter Plan gewesen. Genau ausgearbeitet, jeder mögliche Fehler ausgeschlossen.

Sixo spricht beim Pferdeeinspannen wieder Englisch und erzählt Halle, was seine Dreißig-Meilen-Frau ihm erzählt hat. Daß sieben Neger von ihrer Farm sich zwei anderen anschließen wollen, die in den Norden gehen. Daß die beiden anderen schon mal dort gewesen sind und den Weg kennen. Daß die eine von ihnen, eine Frau, im Mais auf sie warten würde, wenn er hoch stand – eine Nacht und einen halben Tag lang würde sie warten, und wenn sie kämen, würde sie sie mit zu den Fuhrwerken nehmen, wo sich die anderen versteckten. Daß sie klappern würde und daß dies das Zeichen sei. Sixo würde mitgehen, seine Frau würde mitgehen und Halle mit seiner ganzen Familie auch. Die beiden Pauls sagen, sie brauchen Zeit, um es sich zu überlegen. Zeit, um sich Gedanken darüber zu machen, wo sie wohl landen werden; wie sie leben werden. Was für eine Arbeit; wer wird sie aufnehmen; sollen sie versuchen, Paul F zu erreichen, dessen Besitzer, wie sie sich erinnern, an einem Ort wohnt, der «Der Pfad» heißt? Sie brauchen einen Abend, um das zu bereden und sich zu entscheiden.

Jetzt müssen sie nur noch das Frühjahr über warten, bis der Mais so hoch ist, wie er nur werden kann, und der Mond voll.

Und planen. Ist es besser, in der Dunkelheit loszugehen, um einen größeren Vorsprung zu bekommen, oder bei Tagesanbruch, damit sie den Weg besser sehen? Sixo spuckt verächtlich aus bei diesem Vorschlag. Die Nacht gewährt ihnen mehr Zeit und den Schutz der Dunkelheit. Er fragt nicht, ob sie Angst haben. Er unternimmt einige erfolgreiche nächtliche Probegänge zum Maisfeld, wo er Decken und zwei Messer nahe beim Bach vergräbt. Wird Sethe ihn durchschwimmen können? fragen sie ihn. Er wird trocken sein, sagt er, wenn der Mais hoch ist. Es gibt keine Vorräte, die man beiseite schaffen könnte, aber Sethe sagt, sie will einen Krug mit Zuckerrohrsirup oder Melasse besorgen und etwas Brot, wenn es an der Zeit zum Gehen ist. Sie will nur sichergehen, daß die Decken dort sind, wo sie sein sollen, denn sie werden sie brauchen, um ihr das Baby auf den Rücken zu binden und sich unterwegs damit zuzudecken. Es gibt keine Kleider außer denen, die sie anhaben. Und natürlich keine Schuhe. Die Messer werden ihnen zu Nahrung verhelfen, aber sie graben auch noch ein Seil und einen Topf ein. Ein guter Plan.

Sie achten darauf und merken sich, wann der Schullehrer und seine Schüler kommen und gehen; was wann und wo und wie lange gebraucht wird. Mrs. Garner, die nachts keine Ruhe findet, liegt den ganzen Vormittag über in tiefem Schlaf. An manchen Tagen sitzen der Lehrer und seine Schüler bis zum Frühstück beim Unterricht. An einem Tag in der Woche lassen sie das Frühstück ganz aus und fahren zehn Meilen zur Kirche, und wenn sie zurückkommen, erwartet sie ein großes Mittagessen. Der Schullehrer schreibt immer nach dem Abendessen in sein Notizbuch; die Schüler säubern, reparieren oder schleifen dann das Werkzeug. Sethes Arbeit ist am unberechenbarsten, weil sie Mrs. Garner jederzeit zur Verfügung stehen muß, einschließlich nachts, wenn die Schmerzen, die Schwäche oder einfach die Einsamkeit ihr zuviel werden. Also werden Sixo und die Pauls nach dem Abendessen losgehen und im Bachbett auf die Dreißig-Meilen-Frau warten. Halle wird vor dem Morgengrauen Sethe und die drei Kinder hinbringen – bevor die Sonne aufgeht, bevor die Hühner und die Milchkuh versorgt werden müssen, und um die Zeit, wenn der Rauch vom Herd aufsteigen müßte, werden sie dann bei den anderen im Bachbett oder in der Nähe sein. Auf diese Weise wird Sethe zugegen sein, falls Mrs. Garner sie in der Nacht braucht und sie ruft. Sie müssen nur noch das Frühjahr über warten.

Aber. Sethe ist im Frühjahr schwanger geworden, und im August ist ihr Leib so schwer, daß sie vielleicht nicht imstande sein wird, mit den Männern Schritt zu halten, die zwar die Kinder, aber nicht sie tragen können.

Aber. Nachbarn, die sich zu Garners Lebzeiten hatten abschrecken lassen, fühlen sich jetzt frei, Sweet Home aufzusuchen, und könnten zur falschen Zeit am richtigen Ort auftauchen.

Aber. Sethes Kinder dürfen nicht mehr in der Küche spielen, deshalb rennt sie kribbelig und entnervt zwischen dem

Haus und den Hütten hin und her und versucht, sie zu beaufsichtigen. Sie sind noch zu jung für Männerarbeit, und die Kleine ist neun Monate alt. Ohne Mrs. Garners Hilfe vermehren sich Sethes Aufgaben ebenso, wie die Anforderungen des Schullehrers steigen.

Aber. Nach dem Disput über das Ferkel wird Sixo nachts im Viehstall angebunden, und an Speichern, Ställen, Schuppen, Hühnerhäusern, am Sattelraum und an der Scheunentür werden Schlösser angebracht. Es gibt nichts mehr, wo man schnell hineinlaufen oder sich versammeln könnte. Sixo hat jetzt immer einen Nagel im Mund, mit dessen Hilfe er das Seil losmachen kann, wenn er muß.

Aber. Halle bekommt den Befehl, seine Mehrarbeit auf Sweet Home abzuleisten, und hat keine Veranlassung mehr, irgendwo anders zu sein als dort, wo der Schullehrer ihn hinschickt. Nur Sixo, der sich davongestohlen hat, um sich mit seiner Frau zu treffen, und Halle, der jahrelang anderswohin vermietet wurde, wissen, was außerhalb von Sweet Home liegt und wie man hingelangt.

Es ist ein guter Plan. Man kann ihn direkt unter den Augen der aufmerksamen Schüler und ihres Lehrers durchführen.

Aber. Sie haben ihn ändern müssen – nur ein wenig. Zuerst ändern sie den Ablauf des Abmarsches. Sie prägen sich die Wegbeschreibung ein, die Halle ihnen gibt. Sixo, der Zeit brauchen wird, um sich loszubinden und die Tür aufzubrechen, ohne die Pferde zu erschrecken, wird später losgehen und sich am Bach mit ihnen und der Dreißig-Meilen-Frau treffen. Alle vier werden dann stracks zum Maisfeld gehen. Halle, der jetzt auch mehr Zeit braucht, wegen Sethe, beschließt, sie und die Kinder nachts hinzubringen; nicht bis zum Morgengrauen zu warten. Sie werden direkt zum Maisfeld gehen und sich nicht erst beim Bach treffen. Der Mais reicht ihnen schon bis zur Schulter – höher wird er nicht mehr werden. Der Mond nimmt zu. Sie können schon kaum mehr ernten, Holz hacken, roden, pflücken oder etwas heimschleppen, ohne auf ein Klappern zu lauschen, das weder von Vögeln noch von Schlangen kommt. Dann, eines Vormittags, hören sie es. Oder Halle hört es und fängt an, es den anderen zuzusingen. «Auf, ihr betrübten Herzen, der König ist gar nah. Hinweg all Angst und Schmerzen, der Helfer ist schon da...»

In der Mittagspause verläßt er das Feld. Das muß er. Er muß Sethe sagen, daß er das Zeichen gehört hat. Zwei Nächte nacheinander war sie bei Mrs. Garner, und sie muß unbedingt erfahren, daß sie heute nacht nicht dort sein kann. Die Pauls sehen ihn gehen. Sie sitzen in Bruders Schatten, kauen ihren Maiskuchen und sehen ihn mit schlenkernden Armen losgehen. Das Brot schmeckt gut. Sie lecken sich den Schweiß von den Lippen, damit es noch salziger schmeckt. Der Schullehrer und seine Schüler sind schon im Haus und essen zu Mittag. Halle geht mit schlenkernden Armen dahin. Er singt jetzt nicht mehr.

Keiner weiß, was passiert ist. Das war, bis auf die Sache mit dem Butterfaß, das letzte Mal, daß sie Halle gesehen haben. Paul D wußte nur, daß Halle verschwand, Sethe jedoch nicht informiert hatte und als nächstes dabei gesehen wurde, wie er in der Butter manschte. Vielleicht war er ans Tor gekommen und hatte nach Sethe gefragt, und der Schullehrer hatte einen Anflug von Sorge in seiner Stimme gehört – den Anflug, der reichte, um ihn nach seinem stets schußbereiten Gewehr greifen zu lassen. Vielleicht beging Halle den Fehler, auf eine Weise «meine Frau» zu sagen, die die Augen des Schullehrers aufflackern ließ. Sethe meint, sie habe zwar Schüsse gehört, aber nicht aus Mrs. Garners Schlafzimmerfenster geschaut. Doch Halle wurde an diesem Tag weder getötet oder verwundet, denn Paul D sah ihn später noch, nachdem Sethe allein und ganz ohne Hilfe weggelaufen war; nachdem Sixo gelacht hatte und sein Bruder verschwunden war. Er sah ihn, fettverschmiert und mit Augen so rund und platt wie Fischaugen. Vielleicht hatte der Schullehrer hinter ihm hergeschossen, ihm vor die Füße geschossen, um ihn daran zu erinnern, daß er sich zu weit vorgewagt hatte. Vielleicht war Halle in den Stall geschlichen, hatte sich versteckt und war mit dem übrigen Viehbestand des Schullehrers eingeschlossen worden. Vielleicht sonstwas. Jedenfalls war er verschwunden, und jeder war auf sich gestellt.

Nach dem Mittagessen geht Paul A wieder Holz umlagern. Sie wollen sich zum Abendessen bei den Unterkünften treffen. Er taucht nicht wieder auf. Paul D bricht rechtzeitig zum Bach auf, im Glauben, in der Hoffnung, daß Paul A schon vorausgegangen ist; im sicheren Wissen, daß der Schullehrer Wind von der Sache bekommen hat. Paul D kommt ins Bachbett, das so trocken ist, wie Sixo versprochen hat. Er wartet dort mit der Dreißig-Meilen-Frau auf Sixo und Paul A. Nur Sixo taucht auf, mit blutenden Handgelenken, seine Zunge leckt wie eine Flamme über seine Lippen.

«Hast du Paul A gesehen?»

«Nein.»

«Halle?»

«Nein.»

«Keine Spur von ihnen?»

«Keine Spur. Keiner in der Unterkunft außer den Kindern.»

«Sethe?»

«Ihre Kinder schlafen. Sie muß noch da sein.»

«Ich kann nicht ohne Paul A weg.»

«Ich kann dir nicht helfen.»

«Soll ich zurück und nach ihnen schauen?»

«Ich kann dir nicht helfen.»

«Was denkst du?»

«Ich denk, daß sie direkt zum Maisfeld gegangen sind.»

Dann dreht Sixo sich zu der Frau um, und sie umarmen einander und flüstern. Sie strahlt jetzt eine Glut aus, einen Glanz, der von innen kommt. Vorher, als sie mit Paul D auf den Bachkieseln kniete, war sie ein Nichts gewesen, ein Schemen in der Dunkelheit, der flach atmete.

Sixo ist im Begriff rauszukriechen, um nach den Messern zu suchen, die er vergraben hat. Er hört etwas. Er hört doch nichts. Lassen wir die Messer. Jetzt. Die drei klettern ans Ufer, und der Schullehrer, seine Schüler und vier andere Weißenmänner kommen auf sie zu. Mit Lampen. Sixo gibt der Dreißig-Meilen-Frau einen Stoß, und sie rennt im Bachbett weiter. Paul D und Sixo laufen in die andere Richtung, auf den Wald zu. Beide werden umzingelt und gefesselt.

Dann ist die Luft süß. Von all jenem durchdrungen, was Bienen lieben. Gefesselt wie ein Maulesel spürt Paul D, wie einladend das taubenetzte Gras ist. Darüber macht er sich Gedanken und darüber, wo Paul A wohl sein mag, als Sixo sich umdreht und den Lauf des ihm nächsten Gewehrs packt. Er fängt an zu singen. Zwei andere stoßen Paul D vorwärts und binden ihn an einen Baum. Der Schullehrer sagt: «Lebend. Lebend. Ich will ihn lebend haben.» Sixo holt aus und schlägt einem die Rippen kaputt, kann mit gebundenen Händen die Waffe aber nicht in Position bringen, um sie anders zu benützen. Die Weißenmänner brauchen bloß zu warten. Vielleicht darauf, daß sein Gesang endet? Fünf Gewehrläufe sind auf ihn gerichtet, während sie lauschen. Paul D sieht sie nicht, als sie aus dem Lichtkegel der Lampen treten. Endlich schlägt einer von ihnen Sixo mit dem Gewehr auf den Kopf, und als er zu sich kommt, kokelt vor ihm ein Feuer aus Hickoryholz, und er ist mit der Hüfte an einen Baum gebunden. Der Schullehrer hat sich anders besonnen: «Der da wird nie was taugen.» Der Gesang muß ihn davon überzeugt haben.

Das Feuer geht immer wieder aus, und die Weißenmänner ärgern sich, weil sie hierauf nicht vorbereitet sind. Sie sind gekommen, um jemanden einzufangen, nicht um zu töten. Was sie zustande bringen, reicht höchstens zum Grützekochen. Trockenes Geäst ist rar, und das Gras ist glitschig vom Tau.

Beim Schein des Grützefeuers richtet Sixo sich auf. Er ist zu Ende mit seinem Lied. Er lacht. Ein plätscherndes Geräusch, wie Sethes Söhne es von sich geben, wenn sie im Heu herumtoben oder im Regenwasser planschen. Seine Füße braten; der Stoff seiner Hosen qualmt. Er lacht. Etwas ist komisch. Paul D errät, was es ist, als Sixo sein Gelächter unterbricht, um auszurufen: «Seven-O! Seven-O!»

Qualmendes, eigensinniges Feuer. Sie erschießen ihn, um ihn zum Schweigen zu bringen. Müssen es tun.

Als Paul D gefesselt durch den Duft geht, den die Bienen so lieben, hört er die Männer reden und erfährt zum erstenmal seinen Wert. Er hat seinen Wert immer gekannt oder geglaubt, ihn zu kennen – als Knecht, als Arbeiter, der auf einer Farm Gewinn erarbeiten konnte –, aber jetzt erfährt er, was er wirklich wert ist, das heißt, er erfährt seinen Preis. Den Dollarwert seines Gewichts, seiner Kraft, seines Herzens, seines Gehirns, seines Penis und seiner Zukunft.

Als die Weißenmänner an die Stelle zurückkommen, wo sie ihre Pferde angebunden haben, und aufgesessen sind, werden sie ruhiger und schwatzen miteinander über die Schwierigkeiten, die ihnen nun bevorstehen. Die Probleme. Stimmen erinnern den Schullehrer daran, wie sehr gerade diese Sklaven von Garner verwöhnt worden sind. Es gibt schließlich Gesetze gegen das, was er getan hat: die Nigger sich selbständig verdingen lassen, damit sie sich freikaufen können. Sogar Waffen hat er sie tragen lassen! Und denkst du, er hätte diese Nigger gepaart, damit er noch mehr kriegt? Von wegen! Heiraten wollte er sie lassen! Wenn das nicht der Gipfel ist! Der Schullehrer seufzt und meint, er hab's ja gleich gewußt. Er sei gekommen, um die Farm in Ordnung zu bringen. Und jetzt stehe noch ein größeres Durcheinander bevor als das, das Garner hinterlassen habe, wegen dem Verlust von zwei Niggern, mindestens, wenn nicht gar von dreien, weil er nicht sicher sei, ob sie den noch fänden, der Halle heiße. Die Schwägerin sei zu schwach, um zu helfen, und verdammt wolle er sein, wenn er es hier jetzt nicht mit der großen Massenflucht zu tun habe. Jetzt werde er den hier für neunhundert Dollar, wenn er soviel bekomme, verkaufen und sich dranmachen müssen, die Trächtige samt ihrem Wurf sicher zu verwahren und den anderen dazu, wenn er ihn finde. Mit dem Erlös von «dem hier» würde er zwei junge kriegen können, zwölf oder fünfzehn Jahre alt. Und zusammen mit der Trächtigen, ihren drei Pickaninchen und dem, was bei ihrem Wurf rauskomme, hätten er und seine Neffen dann sieben Nigger, und dann werde Sweet Home vielleicht die Mühe lohnen, die es ihn gekostet habe.

«Sieht's denn aus, als ob Lillian durchkommt?»
«Steht auf Messers Schneide. Messers Schneide.»
«Sie war'n mit ihrer Schwägerin verheiratet, stimmt's?»
«Ja.»
«War die auch anfällig?»
«Bißchen. Ein Fieber hat sie dahingerafft.»
«Hier bei uns brauchen Sie nicht Witwer bleiben.»
«Im Augenblick befaß ich mich mit Sweet Home.»
«Könnt nicht sagen, daß mich das wundert. Schöner Besitz.»

Sie legen ihm einen Dreidornkragen um, so daß er sich nicht hinlegen kann, und ketten seine Fußknöchel aneinander. Die Zahl, die ihm zu Ohren gekommen ist, geht ihm jetzt im Kopf herum. Zwei. Zwei? Zwei Nigger verloren? Paul D hat das Gefühl, sein Herz zerspringt. Sie wollen nach Halle suchen, nicht nach Paul A. Sie müssen Paul A gefunden haben, und wenn ein Weißenmann einen findet, dann ist man mit Sicherheit verloren.

Der Schullehrer schaut ihn lange an, bevor er die Hüttentür zumacht. Gründlich schaut er. Paul D schaut nicht zurück. Es nieselt jetzt. Ein aufreizender Augustregen, der Erwartungen weckt, die er nicht erfüllen kann. Er denkt, er hätte mitsingen sollen. Laut, etwas Lautes und Dröhnendes, das zu Sixos Melodie paßte, aber die Worte haben ihn davon abgehalten – er hat die Worte nicht verstanden. Obwohl das keine Rolle hätte spielen dürfen, weil er den Ton verstand: Haß, so entfesselt, daß er wie ein Jubatanz war.

Das warme Nieseln kommt und geht, kommt und geht. Er vermeint ein Schluchzen zu hören, das aus Mrs. Garners Fenster zu kommen scheint, aber es kann alles mögliche sein, irgend jemand, sogar eine Katze, die ihr Verlangen kundtut. Ermüdet vom Kopfhochhalten läßt er sein Kinn auf den Kragen sinken und grübelt darüber nach, wie er hinüber zum Feuerrost humpeln, ein wenig Wasser kochen und eine Handvoll Schrotmehl hineinwerfen könnte. Er ist dabei, das zu tun, als Sethe hereinkommt, regennaß und mit dickem Bauch, und sagt, daß sie jetzt weglaufen wird. Sie kommt gerade zurück vom Maisfeld, wo sie ihre Kinder hingebracht hat. Die Weißen waren nicht dort. Sie hat Halle nicht gefunden. Wer ist gefangen worden? Ist Sixo entkommen? Paul A?

Er erzählt ihr, was er weiß: Sixo ist tot, die Dreißig-Meilen-Frau ist davongerannt, und er weiß nicht, was mit Paul A oder Halle passiert ist. «Wo könnte er bloß sein?» fragt sie.

Paul D zuckt mit den Schultern, weil er den Kopf nicht schütteln kann.

«Du hast gesehen, wie Sixo gestorben ist? Bist du dir sicher?»

«Bin ich.»

«War er bei sich, als es passierte? Hat er dem Tod in die Augen gesehen?»

«Er war bei sich. Bei sich, und gelacht hat er.»

«Sixo hat gelacht?»

«Du hättest ihn hören sollen, Sethe.»

Sethes Kleid dampft vor dem kleinen Feuer, über dem er Wasser kocht. Es ist schwer, mit gefesselten Füßen umherzugehen, und er geniert sich wegen dem Halsschmuck. In seiner Scham meidet er ihren Blick, aber wenn er es mal nicht tut, dann sieht er nur Schwarz in ihren Augen – nichts Weißes. Sie sagt, sie will weg, und er denkt, sie wird es nie weiter als bis zum Tor schaffen, aber er versucht nicht, sie davon abzubringen. Er weiß, daß er sie nie wiedersehen wird, und in diesem Augenblick blieb ihm das Herz stehen.

Die Schüler mußten sie gleich darauf zum Zeitvertreib in

die Scheune geschleppt haben, und als sie Mrs. Garner davon erzählte, griffen sie zur Peitsche. Wer zum Teufel oder in aller Welt hätte gedacht, daß sie trotzdem weglaufen würde? Sie mußten geglaubt haben, daß sie mit ihrem Bauch und ihrem Rücken keinen Schritt tun konnte. Es hatte ihn auch nicht überrascht zu hören, daß sie sie später in Cincinnati aufspürten, denn wenn er es jetzt recht bedachte, war ihr Preis höher als seiner gewesen; Besitz, der sich kostenfrei vermehrte.

Nun, da er sich bis auf den Cent genau an den Preis erinnerte, den der Schullehrer für ihn selbst herausschlagen konnte, fragte er sich, was Sethe wohl eingebracht hätte. Was hatte Baby Suggs gebracht? Wieviel war Halle noch immer schuldig, abgesehen von seiner Arbeit? Was hatte Mrs. Garner für Paul F bekommen? Mehr als neunhundert Dollar? Wieviel mehr? Zehn Dollar? Zwanzig? Der Schullehrer würde es wissen. Er wußte den Wert von allem. Das erklärte wohl den Kummer in seiner Stimme, als er Sixo für untauglich erklärt hatte. Wen konnte man schon beschwatzen, einen singenden Neger mit Flinte zu kaufen? Der Seven-O! Seven-O! rief, weil seine Dreißig-Meilen-Frau mit seinem keimenden Samen davongekommen war. Was für ein Gelächter. So glockenhell und voller Freude, daß es das Feuer erstickte. Und Sixos Gelächter ging ihm durch den Sinn, nicht das Eisen in seinem Mund, als sie ihn an den Karren banden. Dann sah er Halle und schließlich den Hahn, der grinste, als wollte er sagen: Du hast noch gar nichts gesehen! Wie konnte ein Hahn etwas von Alfred in Georgia wissen?

Grüß dich.»

Stamp Paid befingerte noch immer das Band, und das bewirkte eine kleine Bewegung in seiner Hosentasche.

Paul D schaute auf, bemerkte die Unruhe in der Seitentasche und schnaubte verächtlich. «Ich kann nicht lesen. Falls du noch mehr Zeitungen für mich hast, spar dir die Mühe.»

Stamp zog das Band heraus und setzte sich auf die Stufen.

«Nein. Das hier ist was anderes.» Er strich mit Zeigefinger und Daumen über das Stückchen roten Stoff. «Was ganz anderes.»

Paul D sagte nichts, und so saßen die beiden Männer ein Weilchen stumm da.

«Es ist schwer für mich», sagte Stamp. «Aber ich muß es tun. Zwei Dinge muß ich dir sagen. Ich geh das leichtere zuerst an.»

Paul D gluckste in sich hinein. «Wenn's schon für dich schwer ist, haut's mich vielleicht tot um.»

«Nein, nein. Nicht so was. Ich hab nach dir gesucht, weil ich dich um Verzeihung bitten will. Mich entschuldigen.»

«Für was?» Paul D griff nach der Flasche in seiner Jakkentasche.

«Such dir ein Haus aus, irgendein Haus, in dem Farbige wohnen. In ganz Cincinnati. Such dir irgendeins aus, und du bist willkommen. Ich will mich entschuldigen, weil niemand es dir angeboten oder gesagt hat. Aber du bist überall willkommen, wo immer du wohnen möchtest. Mein Haus ist auch dein Haus. John und Ella, Miss Lady, Able Woodruff, Willie Pike – alle. Such du aus. Du brauchst wahrhaftig in keinem Keller schlafen, und ich möcht mich entschuldigen für jede Nacht, wo du's getan hast. Ich weiß nicht, wie dieser Prediger das hat zulassen können. Ich kannte ihn schon als Jungen.»

«Halt mal, Stamp. Er hat mich zu sich eingeladen.»

«Eingeladen? Und?»

«Na ja. Ich wollte – ich wollte nicht – ich wollte einfach nur eine Weile allein sein. Er hat mich zu sich eingeladen. Jedesmal, wenn ich ihn seh, lädt er mich wieder ein.»

«Da fällt mir aber ein Stein vom Herzen. Ich hab schon gedacht, alle Welt wär verrückt geworden.»

Paul D schüttelte den Kopf. «Nein. Bloß ich.»

«Und hast du vor, was dagegen zu tun?»

«O ja, ich hab große Pläne.» Er nahm zwei Schlucke aus der Flasche.

Jede auf Flaschen gezogene Planung ist von kurzer Dauer, dachte Stamp, aber aus eigener Erfahrung wußte er, wie sinnlos es war, einem trinkenden Mann zu sagen, er solle aufhören. Er schneuzte sich die Nase und begann darüber nachzudenken, wie er zum zweiten Punkt kommen sollte, dessentwegen er hergekommen war. Heute waren kaum Menschen unterwegs. Der Kanal war zugefroren, drum war sogar der Verkehr lahmgelegt. Sie hörten das Klappern von Pferdehufen näher kommen. Der Reiter saß auf einem hohen Sattel, der nach Osten aussah, aber alles andere an ihm deutete auf das Ohio-Tal hin. Im Vorbeireiten schaute er sie an, zügelte plötzlich sein Pferd und ritt auf den Weg, der zur Kirche heraufführte. Er beugte sich vor.

«Heda», sagte er.

Stamp steckte sein Band in die Tasche. «Ja, Sir?»

«Ich such ein Mädchen mit Namen Judy. Arbeitet drüben beim Schlachthaus.»

«Glaub nicht, daß ich die kenn. Nein, Sir.»

«Sagt, sie wohnt in der Plank Road.»
«Plank Road. Ja, Sir. Das ist ein Stück weiter rauf. Eine Meile vielleicht.»
«Sie kennen sie nicht? Judy. Arbeitet im Schlachthof.»
«Nein, Sir, aber die Plank Road kenn ich. Vielleicht eine Meile da rauf zu.»
Paul D hob die Flasche und trank. Der Reiter schaute erst ihn an, dann wieder Stamp Paid. Er ließ den Zügel locker und lenkte sein Pferd zur Straße, dann wurde er anderen Sinnes und kam zurück.
«Schaun Sie», sagte er zu Paul D. «Da oben ist ein Kreuz, drum nehm ich an, das hier ist 'ne Kirche oder war mal eine. Ich denk, Sie sollten vielleicht 'n bißchen Ehrfurcht zeigen, meinen Sie nicht?»
«Ja, Sir», sagte Stamp. «Da ham Sie recht. Genau darüber wollt ich grad mit ihm reden. Genau darüber.»
Der Reiter schnalzte mit der Zunge und trabte davon. Stamp zeichnete mit zwei Fingern seiner rechten Hand kleine Kreise in seine linke Handfläche. «Du mußt dir eins aussuchen», sagte er. «Such dir irgendeins aus. Sie lassen dich in Ruhe, wenn du das willst. Mein Haus. Ellas. Willie Pikes. Keiner von uns hat viel, aber wir haben alle Platz für einen mehr. Zahl 'n bißchen was, wenn du kannst, oder laß es, wenn du's nicht kannst. Denk mal drüber nach. Du bist schließlich erwachsen. Ich kann dich nicht zu was zwingen, was du nicht willst, aber denk mal drüber nach.»
Paul D sagte nichts.
«Wenn ich dir was Böses angetan hab, bin ich jetzt hier, um es wiedergutzumachen.»
«Das ist nicht nötig. Wirklich nicht.»
Eine Frau mit vier Kindern ging auf der anderen Straßenseite vorbei. Sie lächelte und winkte. «Hu-hu! Ich kann mich nicht aufhalten. Bis nachher beim Gottesdienst!»
«Bis dann», erwiderte Stamp ihren Gruß. «Das ist noch eine», sagte er zu Paul D. «Scripture Woodruff, Ables Schwester. Arbeitet in der Talg- und Bürstenfabrik. Wirst

schon sehen. Bleib noch ein Weilchen, und du wirst sehen, nirgends auf der Welt gibt's einen so netten Haufen von Farbigen wie hier. Der Stolz, na gut, der macht ihnen 'n bißchen zu schaffen. Sie können komisch werden, wenn sie meinen, daß jemand zu stolz ist, aber wenn's wirklich drauf ankommt, dann sind sie gute Menschen, und jeder wird dich aufnehmen.»

«Und Judy? Nimmt die mich auch auf?»

«Kommt drauf an. Was hast du im Sinn?»

«Du kennst Judy?»

«Judith. Ich kenn alle.»

«Draußen in der Plank Road?»

«Alle.»

«Und? Nimmt die mich auf?»

Stamp beugte sich vor und band seinen Schuh auf. Zwölf schwarze Haken, sechs auf jeder Seite, führten hinauf zu vier Paar Ösen. Er lockerte die Schnürsenkel ganz bis nach unten, zog sorgfältig die Zunge zurecht und schnürte den Schuh dann wieder zu. Als er zu den Ösen kam, rollte er die Schnürsenkelspitzen mit den Fingern zusammen, bevor er sie durchsteckte.

«Ich will dir mal erzählen, wie ich zu meinem Namen gekommen bin.» Der Knoten saß fest und auch die Schleife. «Sie nannten mich Joshua», sagte er. «Ich hab mir einen neuen Namen gegeben», sagte er, «und ich will dir mal erzählen, warum ich das getan hab», und er erzählte ihm von Vashti. «Die ganze Zeit über hab ich sie nicht berührt. Nicht ein einziges Mal. Fast ein Jahr lang. Wir haben gepflanzt, als es anfing, und geerntet, als es vorbei war. Kam mir länger vor. Ich hätt ihn umbringen sollen. Sie sagte nein, aber ich hätt's tun sollen. Ich hatte nicht die Geduld, die ich heut hab, aber ich dachte mir, vielleicht hätt jemand anders auch nicht viel Geduld – seine Frau nämlich. Setzte mir in den Kopf, mal zu schauen, ob sie besser damit fertig wird als ich. Vashti und ich waren tagsüber zusammen auf dem Feld, und immer mal wieder war sie die ganze Nacht weg. Ich hab sie nie berührt, und verdammt will ich sein, wenn ich drei Worte am Tag mit ihr gewechselt hab. Ich nahm jede Gelegenheit wahr, in die Nähe von dem großen Haus zu kommen, um sie zu Gesicht zu bekommen, die Frau vom jungen Herrn. Der war kaum mehr als ein Junge. Siebzehn, zwanzig vielleicht. Endlich sah ich sie, wie sie im Garten beim Zaun stand, mit einem Glas Wasser. Sie trank draus und schaute hinaus auf den Garten. Ich ging rüber. Trat ein bißchen zurück und nahm meinen Hut ab. Ich sagte: ‹'tschuldigung, Miss. 'tschuldigung?› Sie drehte sich um und schaute. Ich lächle sie an. ‹'tschuldigung. Haben Sie Vashti gesehen? Meine Frau Vashti?› Ein kleines dünnes Ding war sie. Schwarzes Haar. Gesicht nicht größer wie meine Hand. Sie sagte: ‹Was? Vashti?› Ich sag: ‹Ja, M'm, Vashti. Meine Frau. Sie sagt, sie schuldet Ihnen paar Eier. Wissen Sie, ob sie sie gebracht hat? Sie kennen sie gleich, wenn Sie sie sehen. Trägt ein schwarzes Band um den Hals.› Da wurde sie ganz rosig, und ich wußte, daß sie Bescheid wußte. Das hatte nämlich er Vashti geschenkt. Eine Kamee an einem schwarzen Band. Sie legte es jedesmal um, wenn sie zu ihm ging. Ich setzte den Hut wieder auf. ‹Wenn Sie sie sehen, sagen Sie ihr, ich brauch sie. Danke schön. Danke schön, Ma'am.› Ich drehte mich um, bevor sie was sagen konnte. Ich traute mich erst zurückzuschauen, wie ich hinter ein paar Bäume kam. Sie stand immer noch so da, wie ich sie verlassen hatte, und guckte in ihr Wasserglas. Ich dachte, ich würde mehr davon haben, als es mir dann an Befriedigung verschafft hat. Ich dachte auch, sie würde die Sache vielleicht unterbinden, aber es ging weiter. Bis Vashti eines Morgens reinkam und sich neben das Fenster setzte. Am einem Sonntag. An Sonntag arbeiteten wir immer auf unserem eigenen Stückchen Land. Sie saß am Fenster und schaute raus. ‹Ich bin wieder da›, sagte sie. ‹Ich bin wieder da, Josh.› Ich schaute ihren Nacken an. Sie hatte einen ganz zierlichen Hals. Da beschloß ich, ihr das Genick zu brechen. Weißt du, wie einen Zweig – es einfach abzubrechen. Ich bin schon tief herabgesunken, aber da war ich am allertiefsten.»

«Und hast du's getan? Ihr das Genick gebrochen?»

«Ä-ä. Ich hab mir einen neuen Namen zugelegt.»

«Und wie bist du dort weg? Wie bist du hier hochgekommen?»

«Mit dem Schiff. Den Mississippi rauf bis Memphis. Von Memphis nach Cumberland zu Fuß.»

«Vashti auch?»

«Nein, sie ist gestorben.»

«Oh, Mann. Los, bind deinen anderen Schuh!»

«Was?»

«Verdammt, jetzt schnür schon deinen Schuh zu! Da steht er doch vor dir! Schnür ihn schon!»

«Geht's dir jetzt besser?»

«Nein.» Paul D warf die Flasche auf den Boden und starrte die Karosse auf dem Etikett an. Keine Pferde. Nur eine goldene Karosse, mit blauem Tuch ausgeschlagen.

«Ich hab gesagt, ich hätte dir zwei Dinge zu erzählen. Das eine hab ich erzählt. Jetzt muß ich dir noch das andere erzählen.»

«Ich will's nicht wissen. Ich will gar nichts wissen. Bloß, ob Judy mich aufnimmt oder nicht.»

«Ich war dabei, Paul D.»

«Du warst wo dabei?»

«Dort im Garten. Als sie's getan hat.»

«Judy?»

«Sethe.»

«Herr Jesus.»

«Es war nicht so, wie du denkst.»

«Du weißt doch gar nicht, was ich denk.»

«Sie ist nicht verrückt. Sie hat die Kinder geliebt. Sie hat versucht, die zu verletzen, die *sie* verletzen wollten.»

«Hör auf.»

«Und auch anderen Schmerzen zuzufügen.»

«Stamp, laß mich in Frieden. Ich hab sie gekannt, wie sie noch ein Mädchen war. Sie macht mir angst, und dabei hab ich sie schon gekannt, wie sie noch ein Mädchen war.»

«Du hast keine Angst vor Sethe. Das nehm ich dir nicht ab.»

«Sethe macht mir angst. Ich selbst mach mir angst. Und das Mädchen in ihrem Haus macht mir am meisten angst.»

«Wer ist das Mädchen? Wo kommt sie her?»

«Ich weiß nicht. Ist eines Tages aus dem Nichts aufgetaucht und saß auf einem Baumstumpf.»

«Ha. Scheinbar sind du und ich die einzigen außerhalb der 124, die sie mit eigenen Augen gesehen haben.»

«Sie geht ja nirgends hin. Wo hast du sie denn gesehen?»

«Schlafend auf dem Küchenboden. Hab reingeschaut.»

«Kaum daß ich sie zu Gesicht bekommen hab, da wußt ich schon, daß ich mit der nichts zu tun haben will. Ist was Komisches an ihr. Redet komisch. Benimmt sich komisch.» Paul D schob die Finger unter seine Mütze und rieb sich die Kopfhaut über der Schläfe. «Sie erinnert mich an was. Mir ist, als müßt ich wissen, an was.»

«Hat sie gesagt, wo sie herkommt? Wo sind ihre Leute?»

«Sie weiß es nicht oder sagt, sie weiß es nicht. Alles, was ich sie hab sagen hören, war so was wie, daß sie die Kleider gestohlen und auf einer Brücke gewohnt hat.»

«Auf was für einer Brücke?»

«Was fragst du mich?»

«Gibt keine Brücke hier, die ich nicht kenn. Wohnt aber nirgends einer drauf. Und drunter auch nicht. Wie lang ist sie schon drüben bei Sethe?»

«Seit letzten August. Am Tag, wo der Jahrmarkt war.»

«Schlechtes Zeichen. War sie auf dem Jahrmarkt?»

«Nein, wie wir zurückkamen, saß sie da – war auf dem Baumstumpf eingeschlafen. Seidenes Kleid. Brandneue Schuhe. Schwarz wie Öl.»

«Was du nicht sagst. Ha. War ein Mädchen im Haus eingesperrt bei einem Weißenmann drüben bei Deer Creek. Den haben sie vergangenen Sommer tot gefunden, und das Mädchen war fort. Vielleicht ist sie das. Die Leute sagen, er hat sie da drin gehabt, seit sie ein kleiner Wurm war.»

«Jetzt ist sie jedenfalls eine ausgewachsene Schlange.»

«Hat *sie* dich vertrieben? Nicht das, was ich dir von Sethe erzählt hab?»

Ein Schauer durchlief Paul D. Ein knochenkalter Krampf, so daß er seine Knie umklammerte. Er wußte nicht, ob das von dem schlechten Whiskey, den Nächten im Keller, dem Saufieber, eisernen Mauleisen, grinsenden Hähnen, brutzelnden Füßen, lachenden Toten, zischendem Gras, Regen, Apfelblüten, Halskrausen, Judy im Schlachthaus, Halle in der Butter, gespenstisch weißen Treppen, Wildkirschenbäumen, Kameenbroschen, Eschen, Paul As Gesicht, von der Wurst oder vom Verlust eines roten, roten Herzens kam.

«Sag mir eins, Stamp.» Paul D tränten die Augen. «Sag mir nur das eine. Wieviel muß ein Nigger eigentlich einstecken? Sag mir's. Wieviel?»

«Soviel er kann», sagte Stamp Paid. «Soviel er kann.»

«Warum? Warum? Warum? Warum? Warum?»

DREI

In der 124 war es still. Denver, die glaubte, sie wisse alles über die Stille, war überrascht zu erfahren, daß Hunger das vermochte: einen still zu machen und auszulaugen. Weder Sethe noch Menschenkind wußten oder kümmerten sich in irgendeiner Weise darum. Sie waren zu sehr damit beschäftigt, sich ihre Kräfte einzuteilen, um einander zu bekämpfen. Drum mußte Denver über den Rand der Welt hinaustreten und sterben, denn wenn *sie* es nicht tat, dann würden sie alle sterben müssen. Das Fleisch zwischen Zeigefinger und Daumen ihrer Mutter war dünn wie chinesische Seide, und es gab kein Kleidungsstück im Haus, das an ihr nicht schlabberte. Menschenkind stützte den Kopf in die Handflächen, schlief einfach ein, wo sie ging und stand, und quengelte um Süßigkeiten, obwohl sie von Tag zu Tag dicker und runder wurde. Alles war aufgegessen mit Ausnahme von zwei Leghennen, und bald würde jemand entscheiden müssen, ob ein gelegentliches Ei mehr wert war als zwei gebratene Hühnchen. Je hungriger sie wurden, desto schwächer auch; je schwächer sie wurden, desto stiller waren sie – was immer noch besser war als die wütenden Zankereien, der Schürhaken, der gegen die Wand flog, das ganze Geschrei und Geweine, das auf den einen glücklichen Januar folgte, in dem sie gespielt hatten. Denver hatte mitgespielt, sich allerdings wie gewohnt ein wenig zurückgehalten, obwohl ihr das Spielen nie zuvor so großen Spaß gemacht hatte. Aber nachdem Sethe einmal die Narbe gesehen hatte, deren Spitze Denver jedesmal angeschaut hatte, wenn Menschenkind sich auszog – den kleinen, gebogenen Schatten eines Lächelns an der Kille-kille-Stelle unterm Kinn –, nachdem Sethe die Narbe gesehen, sie betastet und dann lange Zeit die Augen zugemacht hatte, schlossen die beiden Denver von ihren Spielen aus. Von den Kochspielen, den Nähspielen, den Haar- und Anziehspielen. Spielen, die ihrer Mutter so gut gefielen, daß sie jeden Tag später zur Arbeit ging, bis das Vorhersehbare geschah: Sawyer sagte ihr, sie brauche überhaupt nicht mehr zu kommen. Und anstatt sich nach einer anderen Arbeit umzusehen, spielte Sethe nur noch mehr mit Menschenkind, die von nichts je genug bekam: von Wiegenliedern, neuen Nähstichen, den Resten in der Teigschüssel, dem Rahm auf der Milch. Wenn die Henne nur zwei Eier gelegt hatte, bekam Menschenkind beide. Es war, als hätte ihre Mutter den Verstand verloren, so wie Grandma Baby, als sie nach Rosa verlangte und nichts mehr von dem tat, was sie vorher getan hatte. Und doch anders, weil sie im Gegensatz zu Baby Suggs Denver völlig ausschloß. Sogar das Lied, das sie früher immer Denver vorgesungen hatte, sang sie jetzt nur noch für Menschenkind: «Großer Johnny, breiter Johnny, geh nur ja nicht weiter, Johnny.»

Zuerst hatten sie alle zusammen gespielt. Einen ganzen Monat lang, und Denver hatte es genossen. Angefangen mit der Nacht, in der sie unter einem Himmel voller Sterne Schlittschuh gelaufen waren und am Herd süße Milch getrunken hatten, über die Fadenrätsel, die Sethe ihnen im Nachmittagslicht vorspielte, bis hin zu den Schattenspielen in der Dämmerung. In den Klauen des tiefsten Winters machte Sethe mit fieberglänzenden Augen Pläne für einen Garten mit Gemüse und Blumen – und hörte nicht auf, von den Farben darin zu reden. Sie spielte mit Menschenkinds Haar, flocht, toupierte, band, ölte es, bis Denver vom Zuschauen kribbelig wurde. Sie tauschten die Betten und Kleider. Gingen Arm in Arm und lächelten unentwegt. Als das Wetter umschlug, lagen sie hinterm Haus auf den Knien und steckten in einer Erde, die viel zu hart zum Hacken war, einen Garten ab. Die achtunddreißig Dollar Lebensersparnisse gingen dafür drauf, daß sie Leckereien essen und sich mit Bändern und Stoffen schmücken konnten, die Sethe zuschnitt und nähte, als müßten sie eilig irgendwohin. Leuchtend bunte Kleider – mit blauen Streifen und feschen Mustern. Sethe ging zu Fuß die vier Meilen zu John Shillitos Laden, um gelbes Band, glänzende Knöpfe und Stückchen schwarzer Spitze zu erstehen. Ende März sahen alle drei aus wie Jahrmarktsdirnen ohne Arbeit. Als deutlich wurde, daß die beiden sich nur füreinander interessierten, fing Denver an, sich dem Spiel zu entziehen, aber sie beobachtete es und achtete auf Anzeichen dafür, daß Menschenkind in Gefahr sein könnte. Als sie sich schließlich davon überzeugt hatte, daß keine Gefahr bestand, und als sie ihre Mutter so glücklich, so lächelnd sah – wie konnte da etwas schiefgehen? –, ließ ihre Wachsamkeit nach, und prompt ging es schief. Anfangs bestand die Schwierigkeit darin herauszufinden, wer eigentlich die Schuld daran trug. Ihr Augenmerk war auf Sethe gerichtet, auf ein Anzeichen dafür, daß das Etwas in ihr herauskommen und noch einmal morden würde. Aber es war Menschenkind, die ihre Forderungen stellte. Sie bekam alles, was sie wollte, und als Sethe nichts mehr herzugeben hatte, erfand Menschenkind die Sehnsucht. Stundenlang wollte sie in Sethes Gesellschaft die Schicht von braunen Blättern betrachten, die vom Grunde des Baches zu ihnen heraufblinkten, genau dort, wo auch Denver als kleines Mädchen in der Stille mit ihr gespielt hatte. Jetzt hatten die Mitspieler gewechselt. Als das Eis weggetaut war, betrachtete Menschenkind ihr in Betrachtung versunkenes Gesicht, das sich kräuselte, faltete, wieder auseinanderzog und in den Blättern darunter verschwand. Sie legte sich platt auf den Boden, beschmutzte ihre farbenfrohen Streifen und berührte die schwappenden Gesichter mit dem ihren.

Sie füllte Korb um Korb mit den ersten Blumen, die das wärmere Wetter aus dem Boden sprießen ließ – Löwenzahn, Veilchen, Forsythien –, und schenkte sie Sethe, die sie überall im Haus aufstellte, herumwand oder einsteckte. In Sethes Kleider gewandet, streichelte sie sich mit der Innenfläche der Hand über die Haut. Sie ahmte Sethe nach, redete so wie sie, imitierte ihr Lachen und bewegte ihren Körper genauso wie Sethe, bis hin zu deren Gang, den Handbewegungen, den nasalen Seufzern und der Kopfhaltung. Wenn Denver dazukam, wie sie Plätzchen ausstachen oder Stoffstückchen auf Baby Suggs' alte Flickendecke hefteten, fiel es ihr manchmal schwer, die beiden auseinanderzuhalten.

Dann veränderte sich die Stimmung, und die Streitereien fingen an. Zögernd zunächst. Eine Beschwerde von Menschenkind, eine Entschuldigung von Sethe. Sich in Grenzen haltende Freude, wenn die ältere Frau sich einmal besondere Mühe gegeben hatte. Ob es nicht zu kalt sei, um noch draußen zu bleiben? Menschenkind warf ihr einen Blick zu, der ausdrückte: Na und? Ob es nicht schon Schlafenszeit sei und das Licht zu schwach zum Nähen? Menschenkind rührte sich nicht. Sie sagte «Hopp», und Sethe parierte. Menschenkind nahm sich von allem das Beste – und zwar als erste. Den besten Stuhl, das größte Stück, den schönsten Teller, das bunteste Band für ihr Haar, und je mehr sie nahm, desto mehr begann Sethe zu reden, zu erklären, zu beschreiben, wieviel sie gelitten, wieviel sie um ihrer Kinder willen durchgemacht hatte, wie sie Fliegen in Weinlauben vertrieben oder auf den Knien zu einem Schuppen gekrochen war. Nichts davon machte den gewünschten Eindruck. Menschenkind warf ihr vor, sie habe sie verlassen. Sie sei nicht nett zu ihr gewesen, habe sie nicht angelächelt. Sie sagte, sie seien eins miteinander, hätten ein und dasselbe Gesicht, wie habe sie sie da bloß verlassen können? Und Sethe weinte und sagte, das habe sie nicht getan, auch nicht gewollt – sie habe sie von dort wegbringen müssen, fort, sie habe die ganze Zeit über die Milch gehabt und auch das

Geld für den Stein, aber eben nicht genug. Ihr Plan sei immer gewesen, sie alle auf der anderen Seite zusammenzubringen, für immer. Menschenkind war nicht daran interessiert. Sie sagte, als sie geweint habe, sei keiner dagewesen. Tote Männer hätten auf ihr gelegen. Sie hätte nichts zu essen gehabt. Geister ohne Haut hätten die Finger in sie gesteckt und im Dunkeln Goldstück und bei Tag Miststück gesagt. Sethe flehte sie um Verzeihung an, nannte und zählte wieder und wieder ihre Gründe auf: daß Menschenkind ihr wichtiger gewesen sei, ihr mehr bedeutet habe als ihr eigenes Leben. Daß sie jederzeit mit ihr tauschen würde. Daß sie, um auch nur eine von Menschenkinds Tränen zurückzuholen, jede Minute und Stunde ihres Lebens hingeben würde. Ob sie wisse, wie weh es ihr getan habe, wenn die Mücken ihre Kleine stachen? Daß es sie wahnsinnig gemacht habe, sie auf der Erde stehenlassen zu müssen, um ins große Haus zu laufen? Daß Menschenkind, bevor sie Sweet Home verließ, jede Nacht auf ihrer Brust oder an ihren Rücken geschmiegt geschlafen habe? Menschenkind stritt alles ab. Sethe sei nie zu ihr gekommen, habe nie ein Wort zu ihr gesagt, nie gelächelt, und das allerschlimmste, habe nie zum Abschied gewunken oder ihr auch nur einen Blick zugeworfen, bevor sie davongelaufen sei.

Als Sethe ein- oder zweimal versuchte, sich durchzusetzen – die unumstrittene Mutter zu sein, deren Wort Gesetz war und die wußte, was das beste war –, warf Menschenkind mit Gegenständen um sich, fegte die Teller vom Tisch, schmiß Salz auf den Boden, zerbrach eine Fensterscheibe.

Sie war nicht wie die beiden anderen. Sie war ein Wildfang, und keiner sagte: Jetzt gehst du aber raus, Mädchen, und wenn du dich besonnen hast, kannst du wiederkommen. Keiner sagte: Wenn du gegen mich die Hand hebst, dann hau ich dir eine runter, daß du erst nächste Woche wieder aufstehst. Wer am Stamm sägt, tötet die Zweige. Du sollst deinen Vater und deine Mutter ehren, auf daß du lange lebest in dem Lande, das dir der Herr, dein Gott, zeigen wird. Dich wickle ich um den Türknauf, du hast doch hier nicht das Sagen, und Gott mag garstige Kinder nicht.

Aber nein. Sie klebten die Teller wieder, fegten das Salz auf, und langsam dämmerte es Denver, daß, wenn nicht Sethe eines Morgens aufwachte und ein Messer in die Hand nahm, vielleicht Menschenkind es tun würde. So sehr das Etwas in Sethe, das wieder herauskommen konnte, sie ängstigte – es beschämte sie doch zuzuschauen, wie ihre Mutter ein Mädchen von vorn und hinten bediente, das nicht viel älter als Denver selbst war. Wenn sie sah, wie Sethe Menschenkinds Nachteimer hinaustrug, lief sie hin, um ihn ihr aus der Hand zu nehmen. Aber unerträglich wurden die Qualen, als das Essen knapp wurde und Denver zusehen mußte, wie ihre Mutter verzichtete – und sich von Tisch- und Herdkante Reste zusammenkratzte: die Grütze, die am Topfboden klebte; die Krusten, Rinden und Schalen. Einmal sah sie, wie sie mit dem längsten Finger tief in ein leeres Marmeladeglas fuhr, bevor sie es auswusch und wegstellte.

Sie wurden müde, und Menschenkind, die beständig zunahm, schien trotzdem genauso ausgelaugt wie sie. Jedenfalls ersetzte sie das Schürhakenwerfen durch ein verächtliches Naserümpfen oder Lufteinsaugen, und in der 124 war es still. Lustlos und schlapp vor Hunger sah Denver das Fleisch zwischen Zeigefinger und Daumen ihrer Mutter schwinden. Sah Sethes Augen, glänzend aber leblos, wachsam aber leer, auf alles an Menschenkind achten – ihre linienlosen Handflächen, ihre Stirn, das verzerrte und viel zu breite Lächeln unter ihrem Kinn –, auf alles außer ihren korbrunden Bauch. Sie sah auch, daß ihr selbst die Ärmel ihres Jahrmarktskleides bis über die Finger reichten; Säume, unter denen einmal die Fesseln hervorgeschaut hatten, schleiften jetzt auf dem Boden. Sie sah sich und die anderen mit Bändern geschmückt, aufgeputzt, schlaff und halb verhungert, aber von einer Liebe gefesselt, die sie alle auslaugte. Dann erbrach Sethe etwas, was sie nicht gegessen hatte, und das ließ Denver zusammenfahren wie von Kanonendonner. Die Aufgabe, die sie sich anfangs gestellt hatte, nämlich Menschenkind vor Sethe zu beschützen, verkehrte sich nun dahingehend, daß sie versuchte, ihre Mutter vor Menschenkind zu beschützen. Jetzt wurde es offenkundig, daß ihre Mutter sterben und sie beide verlassen konnte, und was würde Menschenkind dann anfangen? Was immer geschah, funktionierte nur zu dritt – nicht zu zweit –, und da weder Menschenkind noch Sethe sich Gedanken darum zu machen schienen, was der nächste Tag bringen mochte (Sethe war glücklich, wenn Menschenkind es war; Menschenkind schleckte die Hingabe auf wie Sahne), wußte Denver, daß es von ihr abhing. Sie würde das Grundstück verlassen, über den Rand der Welt hinaustreten, die beiden zurücklassen und jemanden um Hilfe bitten müssen.

Aber wen? Vor wen würde sie hintreten können, wer würde sie nicht beschämen, wenn er erführe, daß ihre Mutter herumsaß wie eine Schlenkerpuppe, endlich zusammengebrochen unter ihren Bemühungen, sich zu kümmern und wiedergutzumachen. Denver hatte in den Erzählungen ihrer Mutter und Großmutter von mehreren Menschen reden hören. Persönlich kannte sie nur zwei: einen alten Mann mit weißem Haar, der Stamp hieß, und Lady Jones. Nun ja, und natürlich Paul D. Und den Jungen, der ihr das mit Sethe gesagt hatte. Aber die würden überhaupt nicht in Frage kommen. Ihr Herz bockte, und ein juckendes Brennen in der Kehle ließ sie all ihren Speichel schlucken. Sie wußte nicht einmal, welche Richtung sie einschlagen sollte. Als Sethe noch im Lokal gearbeitet und Geld zum Einkaufen gehabt hatte, war sie immer nach rechts gegangen. Zu Zeiten, als Denver noch zu Lady Jones in die Schule gegangen war, war sie links abgebogen.

Es war warm; ein schöner Tag im April, und alles Lebendige kam zögernd hervor. Denver schlang sich ein Tuch um Kopf und Schultern. Im buntesten aller Jahrmarktskleider und in den Schuhen einer Fremden stand sie auf der Veranda der 124, bereit, sich an deren Ende von der Welt verschlingen zu lassen. Dort draußen, wo etwas Kleines Kratzgeräusche machte und einen manchmal berührte. Wo Worte gesprochen wurden, die einem die Ohren verschlossen. Wo einen, wenn man allein war, Gefühle überkamen und einem wie ein Schatten folgten. Dort draußen, wo es Orte gab, an denen so schreckliche Dinge geschahen, daß sie erneut geschehen würden, wenn man bloß in die Nähe kam. Solche wie Sweet Home, wo die Zeit nicht verging und wo, wie ihre Mutter sagte, das Böse auch auf sie, Denver, wartete. Wie würde sie diese Orte erkennen? Und überdies – und noch viel schlimmer – gab es dort draußen Weißenleute, und nach was sollte man die beurteilen? Sethe meinte, nach dem Mund und manchmal den Händen. Grandma Baby meinte, gegen die könne man sich nicht wehren – sie konnten ganz nach Belieben auf Raub ausgehen, blitzschnell andern Sinnes werden, und selbst wenn sie der Meinung waren, sie wüßten sich zu benehmen, dann war das noch himmelweit entfernt von dem, was anständige Menschen taten.

«Sie haben mich aus dem Gefängnis geholt», sagte Sethe einmal zu Baby Suggs.

«Sie haben dich auch reingebracht», antwortete die.

«Sie haben dich über den Fluß gefahren.»

«Auf dem Rücken meines Sohnes.»

«Sie haben dir dies Haus gegeben.»

«Geschenkt hat mir keiner was.»

«Ich hab Arbeit von ihnen bekommen.»

«Sawyer hat eine Köchin von ihnen bekommen, Mädchen.»

«Ach, einige behandeln uns doch gut.»

«Und das ist jedesmal wieder eine Überraschung, oder?»

«So hast du früher nicht geredet.»

«Leg dich bloß nicht mit mir an. Die haben mehr von uns ertränkt, als es von ihrer Sorte seit Anbeginn der Zeiten je gegeben hat. Leg dein Schwert ab. Das hier ist kein fairer Kampf; es ist ein Vernichtungsfeldzug.»

Diese Gespräche und die letzten und endgültigen Worte

ihrer Großmutter im Kopf, stand Denver in der Sonne auf der Veranda und konnte sie nicht verlassen. Es juckte ihr in der Kehle; ihr Herz bockte – und dann lachte Baby Suggs, laut und deutlich. «Hab ich dir wirklich nie von Carolina erzählt? Von deinem Daddy? Weißt du wirklich nicht mehr, wie's kommt, daß ich so geh, wie ich geh, und nichts mehr von den Füßen deiner Mutter, ganz zu schweigen von ihrem Rücken? Hab ich dir das alles nie erzählt? Kannst du deshalb die Treppe nicht hinuntergehen? Ach herrje.»

Aber du hast gesagt, man kann sich nicht wehren.

«Kann man auch nicht.»

Was soll ich dann tun?

«Dran denken und raus aus dem Garten gehen. Mach schon.»

Er fiel ihr wieder ein. Ein Dutzend Jahre waren vergangen, und der Weg fiel ihr wieder ein. Vier Häuser drängten sich rechter Hand dicht aneinander wie Zaunkönige. Am ersten waren zwei Stufen und auf der Veranda ein Schaukelstuhl; am zweiten drei Stufen, ein Besen, der am Verandabalken lehnte, zwei kaputte Stühle und ein Forsythiengebüsch an der Seite. Kein Fenster nach vorne heraus. Ein kleiner Junge saß auf der Erde und kaute an einem Stöckchen. Beim dritten Haus waren an den beiden Fenstern nach vorne raus gelbe Läden und Töpfe über Töpfe voller grüner Blätter mit weißen oder roten Herzen dazwischen. Denver hörte Hühner gackern und ein schlecht eingehängtes Gartentor zuschlagen. Beim vierten Haus waren die Knospen einer Platane auf das Dach heruntergeregnet, so daß es auf dem Hof aussah, als wüchse dort Gras. Eine Frau, die an der offenen Tür stand, hob die Hand halb zu einem Gruß und ließ sie dann dicht bei der Schulter erstarren, als sie sich vorbeugte, um zu sehen, wen sie da grüßte. Denver senkte den Kopf. Als nächstes kam ein winziges eingezäuntes Grundstück mit einer Kuh darauf. Sie erinnerte sich an das Grundstück, aber nicht an die Kuh. Die Kopfhaut unter ihrem Tuch war feucht vor Anspannung. Vor ihr waren undeutliche Stimmen zu vernehmen, männliche Stimmen, die mit jedem Schritt, den sie machte, näher kamen. Denver hielt den Blick auf die Straße gesenkt, falls es Weiße waren; falls sie ihnen in den Weg kam; falls sie etwas sagten und sie antworten mußte. Was, wenn sie sich auf sie stürzten, sie packten und fesselten. Sie kamen näher. Vielleicht sollte sie auf die andere Straßenseite wechseln – jetzt gleich. Stand die Frau, die ihr halbherzig zugewinkt hatte, immer noch an der offenen Tür? Würde sie ihr zu Hilfe kommen oder wütend darüber, daß Denver nicht zurückgewinkt hatte, ihre Hilfe verweigern? Vielleicht sollte sie umkehren, näher an das Haus der winkenden Frau herangehen. Bevor sie sich noch entscheiden konnte, war es zu spät – sie standen direkt vor ihr. Zwei Männer, Neger. Denver holte Luft. Beide Männer legten die Hand an die Mütze und murmelten: «Morgen. Morgen.» Denver dachte, die Dankbarkeit müsse ihr von den Augen abzulesen sein, aber sie schaffte es nicht, den Mund rechtzeitig aufzumachen, um etwas zu erwidern. Sie wichen nach links aus und gingen weiter.

Ermutigt von dieser problemlosen Begegnung schritt Denver beherzt schneller aus und begann die Nachbarschaft rings um sich bewußt wahrzunehmen. Sie erschrak darüber, wie klein Großes geworden war: Der Felsbrocken am Straßenrand, über den sie einst nicht hinüberschauen konnte, war ein Stein zum Hinsetzen. Pfade, die zu Häusern führten, waren nicht meilenlang. Hunde reichten ihr nicht einmal bis zu den Knien. Buchstaben, die Riesen in Eichen und Buchen eingeritzt hatten, waren jetzt in Augenhöhe.

Sie hätte es überall erkannt. Der Zaun aus Pfosten und Holzresten war inzwischen grau, nicht mehr weiß, aber trotzdem hätte sie es erkannt. Die Holzveranda, die ein Rock aus Efeu zierte, blaßgelbe Vorhänge an den Fenstern; der ziegelgepflasterte Weg zur Haustür und die Holzbohlen, die hinters Haus führten, unter den Fenstern vorbei, an denen sie auf Zehenspitzen gestanden hatte, um über den Sims schauen zu können. Denver war im Begriff, es erneut zu tun, als sie merkte, wie albern es wäre, noch einmal beim Hineinspähen in Lady Jones' Stube ertappt zu werden. Die Freude darüber, das Haus gefunden zu haben, wich ganz plötzlich Zweifeln. Angenommen, sie wohnte nicht mehr hier? Oder erinnerte sich nach all der Zeit nicht mehr an ihre frühere Schülerin? Was würde sie sagen? Denver fröstelte innerlich, wischte sich den Schweiß von der Stirn und klopfte.

In Erwartung der Rosinen ging Lady Jones zur Tür. Wahrscheinlich ein Kind, aus dem leisen Klopfen zu schließen, von seiner Mutter mit den Rosinen geschickt, die sie brauchte, wenn ihr Beitrag zu dem Gemeinde-Essen die Mühe lohnen sollte. Es würde jede Menge einfacher Kuchen und Kartoffelaufläufe geben. Widerstrebend hatte sie sich erboten, ihr eigenes Spezialgericht zu machen, aber gesagt, sie habe keine Rosinen, also, hatte die Vorsitzende gemeint, würden Rosinen zur Verfügung gestellt werden – und zwar früh genug, so daß keine Ausrede durchging. Mrs. Jones, die die Strapaze des Teigschlagens fürchtete, hatte gehofft, die Vorsitzende würde die Sache vergessen. Ihr Backofen war schon die ganze Woche über kalt – ihn auf die richtige Temperatur anzuheizen, würde gräßlich sein. Seit ihr Mann gestorben war und ihre Augen nachgelassen hatten, hatte sie ihre blitzsaubere Haushaltsführung aufgegeben. Sie war uneins mit sich, was das Backen für die Kirche anging. Einerseits erinnerte sie gern jedermann daran, wie gut sie backen und kochen konnte; andererseits liebte sie es nicht, zu etwas gezwungen zu sein. Als sie das leise Klopfen an der Tür hörte, ging sie seufzend hin und hoffte, daß die Rosinen wenigstens ausgelesen und gewaschen wären.

Das Mädchen war älter, natürlich, und angezogen wie ein Flittchen, aber trotzdem erkannte Lady Jones sie sofort. Etwas vertraut Kindliches lag in diesem Gesicht: die runden großen Augen, kühn aber mißtrauisch; die großen kräftigen Zähne zwischen den dunklen ausgeprägten Lippen, die sie nicht ganz verdeckten. Etwas Verletzliches lag über der

Nasenwurzel, oberhalb der Wangen. Und dann die Haut. Makellos, sparsam verteilt – gerade genug, um die Knochen zu bedecken, nicht ein bißchen mehr. Sie muß achtzehn oder neunzehn sein inzwischen, dachte Lady Jones, als sie das Gesicht betrachtete, das so jung aussah wie das einer Zwölfjährigen. Schwere Augenbrauen, dichte Babywimpern und der unverkennbare Anspruch, geliebt zu werden, den Kinder ausstrahlten, bis sie es anders lernten.

«Oh, Denver», sagte sie. «Da schau her.»

Lady Jones mußte sie bei der Hand nehmen und sie hereinziehen, denn mehr als das Lächeln schien das Mädchen nicht hervorbringen zu können. Andere Leute sagten, dieses Kind sei unbedarft, aber Lady Jones hatte das nie geglaubt. Da sie ihr etwas beigebracht und beobachtet hatte, wie sie eine Seite, eine Regel, eine Zahl regelrecht verschlang, wußte sie es besser. Als sie plötzlich nicht mehr gekommen war, hatte Lady Jones gedacht, es läge am Geld. Eines Tages auf der Straße wandte sie sich an die Großmutter, eine ungebildete Waldpredigerin, die Schuhe flickte, um ihr zu sagen, es mache nichts, wenn Denver das Geld schuldig bleibe. Die Frau meinte, das sei es nicht; das Kind sei taub, und für taub hielt Lady Jones sie so lange, bis sie ihr jetzt einen Platz anbot und Denver sie verstand.

«Wie schön, daß du mich besuchen kommst. Was führt dich her?»

Denver antwortete nicht.

«Nun, man braucht auch keinen Grund für einen Besuch. Ich mache uns ein bißchen Tee.»

Lady Jones war ein Mischling. Graue Augen und wolliges gelbes Haar, das sie bis zur letzten Strähne haßte – wenngleich sie nicht wußte, ob das mehr an der Farbe oder an der Krause lag. Sie hatte den schwärzesten Mann geheiratet, den sie finden konnte, fünf Kinder in allen möglichen Schattierungen bekommen und sie ans Wilberforce College geschickt, nachdem sie ihnen, und den anderen, die in ihrer Wohnstube saßen, alles beigebracht hatte, was sie wußte.

Wegen ihrer hellen Haut hatte man sie für ein Lehrerinnenseminar für Farbige Mädchen in Pennsylvania ausgewählt, und sie revanchierte sich, indem sie die nicht Auserwählten unterrichtete. Die Kinder, die im Dreck spielten, bis sie alt genug für die Hausarbeit waren, die unterrichtete sie. Für die farbige Bevölkerung von Cincinnati gab es zwei Friedhöfe und sechs Kirchen, aber da keine Schule und kein Krankenhaus verpflichtet war, Farbige aufzunehmen, lernten und starben sie zu Hause. Im Grunde ihres Herzens glaubte Lady Jones, daß abgesehen von ihrem Mann alle Welt (ihre Kinder eingeschlossen) sie und ihr Haar verachtete. Schon als sie in einem Haus voller schlammschwarzer Kinder aufgewachsen war, hatte sie sich ständig «Schade um das ganze Gelb» und «Weißer Nigger» anhören müssen, drum war sie aller Welt ein ganz klein wenig gram, weil sie glaubte, alle haßten ihr Haar genauso wie sie. Nachdem diese Lektion fest und tief saß, sagte sie dem Haß Lebwohl, war unterschiedslos höflich und sparte sich ihre echte Zuneigung für die nicht auserwählten Kinder von Cincinnati auf, von denen nun eines in einem Kleid mit so schreienden Farben vor ihr saß, daß es selbst dem Polster des Petitpoint-Stuhles peinlich war.

«Zucker?»

«Ja. Danke.» Denver trank in einem Zug aus.

«Mehr?»

«Nein, Ma'am.»

«Hier. Nur zu.»

«Ja, Ma'am.»

«Wie geht's deiner Familie, mein Gutes?»

Denver hielt mitten in einem Schluck inne. Sie konnte ihr unmöglich erzählen, wie es ihrer Familie ging, deshalb sagte sie, was ihr zuerst in den Sinn kam.

«Ich brauch Arbeit, Miss Lady.»

«Arbeit?»

«Ja, Ma'am. Egal was.»

Lady Jones lächelte. «Und was kannst du?»

«Ich kann gar nichts, aber ich würd's für Sie lernen, wenn Sie ein bißchen was übrig hätten.»
«Übrig?»
«Was zu essen. Meine Ma'am, der geht's nicht gut.»
«Ach, Kleines», sagte Mrs. Jones. «Ach, Kleines.»
Denver schaute zu ihr hoch. In diesem Augenblick wußte sie noch nicht, daß das Wort «Kleines», so sanft und freundlich ausgesprochen, der Beginn ihres Lebens als Frau in der Welt war. Der Pfad, dem sie folgte, um an diesen lieblichen, dornenreichen Ort zu gelangen, war von Zetteln gesäumt, auf denen die handgeschriebenen Namen anderer Frauen standen. Lady Jones gab ihr ein wenig Reis, vier Eier und etwas Tee. Denver sagte, sie könne wegen des Zustands ihrer Mutter nicht lange von zu Hause fortbleiben. Ob sie vielleicht vormittags bei ihr im Haus arbeiten könnte? Lady Jones erklärte ihr, daß keine Frau, sie selbst nicht und auch keine, die sie kannte, irgend jemandem etwas für eine Arbeit zahlen könne, die sie selbst verrichte. «Aber wenn ihr was zu essen braucht, bis es deiner Mutter wieder gutgeht, dann mußt du's nur sagen.» Sie erwähnte ihr Komitee in der Kirche, das gegründet worden sei, damit keiner hungern müsse. Doch das beunruhigte ihre Besucherin so, daß sie «Nein, nein» sagte, als sei das Hungern nicht so schlimm wie Hilfe von Fremden anzunehmen. Lady Jones verabschiedete sich von ihr und forderte sie auf, jederzeit wiederzukommen. «Jederzeit.»

Zwei Tage später stand Denver auf der Veranda und bemerkte, daß etwas auf dem Baumstumpf in der Ecke des Gartens lag. Sie ging nachschauen und fand ein Säckchen weiße Bohnen. Ein anderes Mal einen Teller mit kaltem Kaninchenfleisch. Eines Morgens stand ein Körbchen mit Eiern dort. Als sie es hochhob, flatterte ein Stück Papier zu Boden. Sie hob es auf und schaute es an. «M. Lucille Williams», stand in großen, ungelenken Buchstaben darauf. Auf der Rückseite klebte ein Klümpchen Mehlkleister. Also ging Denver einen zweiten Besuch in der Welt außerhalb der

Veranda machen, wenn auch alles, was sie sagte, als sie den Korb zurückbrachte, «Danke» war.

«Gern geschehen», sagte M. Lucille Williams.

Immer wieder, den ganzen Frühling über, tauchten Namen an oder in den Essensgaben auf. Offensichtlich, damit der Topf, der Teller oder das Körbchen zurückgegeben werden konnte; aber auch, damit das Mädchen erfuhr, falls sie es erfahren wollte, wer die Spenderin war, denn einige der Päckchen waren in Papier gewickelt, und der Name stand trotzdem dabei, auch wenn es kein Gefäß zurückzubringen gab. Oft waren es Kreuzchen mit Verzierungen drum herum, und Lady Jones versuchte, den Teller, den Topf oder das Handtuch, das daraufgelegen hatte, zu identifizieren. Wenn sie bloß raten konnte, folgte Denver trotzdem ihrer Wegbeschreibung und ging sich bedanken – ob sie nun die richtige Wohltäterin erwischte oder nicht. Wenn sie nicht an der richtigen Adresse war, wenn die Betreffende sagte: «Nein, mein Schatz. Das ist nicht meine Schüssel. Meine hat einen blauen Streifen», fand eine kleine Unterhaltung statt. Alle kannten sie ihre Großmutter, und einige hatten sogar mit ihr auf der Lichtung getanzt. Andere erinnerten sich noch an die Zeit, als die 124 eine Wegstation gewesen war, der Ort, an dem man sich versammelte, um das Neueste zu hören, von der Ochsenschwanzsuppe zu kosten, die Kinder zum Hüten dazulassen, einen Rock zuzuschneiden. Eine erinnerte sich an den Trank, der dort gemischt worden war und der einmal eine Verwandte geheilt hatte. Eine zeigte ihr die Borte an einem Kopfkissenbezug, die hellblauen Blütenblätter, die sie in Baby Suggs' Küche beim Licht einer Öllampe gestickt hatte, während man über die Niederlassungsgebühr diskutierte. Sie erinnerten sich an das Fest mit den zwölf Truthähnen und den Waschzubern voller Erdbeermix. Eine sagte, sie habe Denver gewickelt, als sie einen Tag alt war, und Schuhe für die kaputten Füße ihrer Mutter zurechtgeschnitten. Vielleicht tat sie ihnen leid. Oder Sethe tat ihnen leid. Oder die Jahre ihres eigenen Hochmuts taten ihnen leid. Vielleicht waren sie einfach nur freundliche Menschen, die jemandem zwar eine Weile gram sein konnten, aber wenn irgendwo Mutter Sorge angeritten kam, dann taten sie schnell und ohne viel Federlesens, was sie konnten, um ihr ein Bein zu stellen. Jedenfalls schien auf den eigensinnigen Stolz, den hochmütigen Anspruch, der in der 124 geltend gemacht worden war, der Fall gefolgt zu sein. Sie flüsterten natürlich, überlegten, schüttelten den Kopf. Manche lachten sogar laut heraus angesichts von Denvers Flittchenkleidern, aber das hinderte sie nicht daran, dafür Sorge zu tragen, daß sie zu essen hatte, und es minderte nicht ihre Freude an ihrem leisen «Danke».

Mindestens einmal die Woche besuchte sie Lady Jones, die sich immerhin dazu aufraffte, einen Laib Rosinenbrot extra für sie zu backen, weil Denver so gern Süßes mochte. Sie gab ihr ein Buch mit Bibelversen und hörte zu, wenn sie die Worte vor sich hin murmelte oder laut hinausrief. Bis zum Juni hatte Denver alle zweiundfünfzig Seiten gelesen und auswendig gelernt – eine für jede Woche im Jahr.

In dem Maße, wie Denvers Leben draußen sich verbesserte, wurde es zu Hause schlimmer. Hätten die Weißenleute von Cincinnati Neger in ihre Irrenhäuser aufgenommen, dann hätten sie in der 124 Kandidaten finden können. Von den geschenkten Lebensmitteln gestärkt, nach deren Quelle weder Sethe noch Menschenkind fragten, hatten die Frauen zu einem vom Teufel diktierten Waffenstillstand gefunden, der eher einem Weltgericht glich. Menschenkind saß herum, aß, ging von einem Bett zum anderen. Manchmal brüllte sie: «Regen! Regen!» und krallte sich die Fingernägel in den Hals, bis sich dort Rubine von Blut bildeten, die auf ihrer Mitternachtshaut nur noch leuchtender hervortraten. Dann schrie Sethe: «Nein!» und warf Stühle um, um zu ihr zu gelangen und die Edelsteine wegzuwischen. Dann wieder duckte sich Menschenkind, die Handgelenke zwischen den Knien, auf den Boden und verharrte stundenlang so. Oder sie ging zum Fluß, streckte die Füße ins Wasser und schöpfte es sich über die Beine. Danach kam sie zu Sethe und ließ ihre Finger über die Zähne der Frau gleiten, während aus ihren großen schwarzen Augen Tränen rollten. Dann kam es Denver vor, als sei es geschehen: Menschenkind, die sich über Sethe beugte, sah aus, als sei sie die Mutter und Sethe wie das zahnende Kind, denn wenn Menschenkind sie gerade nicht brauchte, zog Sethe sich auf einen Stuhl in der Ecke zurück. Je mächtiger Menschenkind wurde, desto kleiner wurde Sethe; je leuchtender Menschenkinds Augen, desto mehr wurden die Augen, die nie fortgeschaut hatten, durch die Schlaflosigkeit zu Schlitzen. Sethe kämmte sich nicht mehr das Haar und wusch sich nicht mehr das Gesicht. Sie saß auf dem Stuhl und leckte sich die Lippen wie ein gemaßregeltes Kind, während Menschenkind ihr Leben auffraß, es in sich aufnahm, davon aufschwoll und wuchs. Und die Ältere überließ es ihr ohne einen Muckser.

Denver bediente beide. Wusch, kochte, überredete oder zwang ihre Mutter, hin und wieder ein wenig zu essen, beschaffte so oft wie möglich Süßes für Menschenkind, um sie zu beruhigen. Es war schwer, von einem Augenblick auf den anderen vorherzusehen, was sie tun würde. Als die Hitze größer wurde, wanderte sie zuweilen nackt oder in ein Betttuch gewickelt im Haus herum; dann stand ihr Bauch vor wie eine preisgekrönte Wassermelone.

Denver glaubte zu verstehen, was ihre Mutter und Menschenkind verband: Sethe versuchte das mit der Handsäge wiedergutzumachen; Menschenkind ließ sie dafür büßen. Aber ein Ende war nicht in Sicht, und ihre Mutter so entwürdigt zu sehen beschämte sie und erregte ihren Zorn. Dabei wußte sie, daß Sethes größte Angst die war, die Denver anfangs auch gehabt hatte – daß Menschenkind sie wieder verlassen würde. Noch bevor Sethe ihr begreiflich machen konnte, was es bedeutet hatte – was es sie gekostet hatte, die Sägezähne unter dem kleinen Kinn anzusetzen; das Babyblut wie Öl über ihre Hände pulsen zu spüren; ihr das Gesicht zu halten, damit ihr Kopf auf dem Hals blieb; sie an sich zu drücken, um noch die Todeszuckungen mitzubekommen, die durch den geliebten Körper schossen, der so rund war und voller süßen Lebens – daß Menschenkind sie verlassen würde, noch bevor Sethe ihr das alles begreiflich machen konnte. Sie verlassen würde, noch bevor Sethe ihr begreiflich machen konnte, daß das, woran Baby Suggs gestorben war, was Ella wußte, was Stamp gesehen hatte und was Paul D zittern ließ, schlimmer war, viel schlimmer. Daß jeder hergelaufene Weiße dich ganz und gar und zu allem benutzen konnte, was ihm gerade einfiel. Nicht nur, um dich arbeiten zu lassen, dich umzubringen oder zu verstümmeln, sondern auch, um dich zu beschmutzen. Dich so schlimm zu beschmutzen, daß du dich selbst nicht mehr leiden konntest. Dich so schlimm zu beschmutzen, daß du vergaßt, wer du warst und daß es dir auch nicht mehr wieder einfiel. Und obwohl Sethe und auch andere das durchgemacht und überstanden hatten, durfte sie niemals zulassen, daß es ihren Kindern angetan wurde. Das Beste an ihr, das waren die Kinder. Die Weißen mochten sie selbst beschmutzen, soviel sie wollten, aber nicht ihr Bestes, ihr schönes, wunderbares Bestes – den Teil ihrer selbst, der sauber war. Keine unträumbaren Träume mehr darüber, ob der kopflose, fußlose Rumpf, der mit einem Schild im Baum hing, ihr Mann oder Paul A war; ob unter den brodelndheißen Mädchen beim Brand in der Farbigenschule, den die Patrioten gelegt hatten, ihre Tochter war; ob eine Bande von Weißen in das Geschlecht ihrer Tochter eindrang, die Schenkel ihrer Tochter besudelte und ihre Tochter aus dem Fuhrwerk warf. Sie selbst würde vielleicht eines Tages im Schlachthaus anschaffen müssen, aber ihre Tochter nicht.

Und keiner, keiner auf dieser Welt würde die Charakterzüge ihrer Tochter in der Spalte für die tierischen Eigenschaften aufführen. Nein. O nein. Baby Suggs mochte sich darüber Sorgen gemacht und für ihr eigenes Leben mit einer solchen Möglichkeit gerechnet haben; Sethe hatte sich geweigert – und weigerte sich noch immer.

Dies und vieles mehr hörte Denver Sethe von ihrem Stuhl in der Ecke sagen, wenn sie versuchte, Menschenkind – dem einzigen Menschen, den sie glaubte überzeugen zu müssen – einzureden, daß das, was sie getan hatte, recht war, da es wahrer Liebe entsprungen sei.

Menschenkind hatte ihre feisten neuen Füße auf die Sitzfläche eines Stuhles vor sich und die linienlosen Hände auf ihren Bauch gelegt und schaute sie an. Verständnislos für alles außer dem Gedanken, daß Sethe die Frau war, die ihr das Gesicht weggenommen, sie geduckt an einem dunklen, dunklen Ort allein gelassen und zu lächeln vergessen hatte.

Nun doch Tochter ihres Vaters, beschloß Denver, das Notwendige zu tun. Beschloß, sich nicht mehr darauf zu verlassen, daß andere freundlicherweise etwas auf den Baumstumpf stellten. Sie würde sich irgendwo verdingen, und obwohl sie Angst davor hatte, Sethe und Menschenkind den ganzen Tag lang allein zu lassen, da sie nicht wußte, welche Katastrophe die eine oder andere der beiden auslösen mochte, wurde ihr doch klar, daß ihre Gegenwart in dem Haus keinerlei Einfluß darauf hatte, was die beiden Frauen taten. Sie erhielt die beiden am Leben, und sie behandelten sie wie Luft. Knurrten sie an, wenn ihnen danach war; schmollten, erklärten, forderten, stolzierten herum, hockten auf dem Boden, weinten und provozierten einander bis an den Rand von gewalttätigen Auseinandersetzungen und dann darüber hinaus. Ihr war aufgefallen, daß Sethe Menschenkind gerade dann, wenn sie still, verträumt, in sich versunken war, wieder in Rage brachte. Indem sie flüsternd, murmelnd eine Rechtfertigung vorbrachte oder Menschenkind ein paar erhellende Auskünfte gab, um ihr zu erklären, wie es gewesen sei und warum und wie es dazu gekommen sei. Es war, als wolle Sethe im Grunde gar keine Vergebung; sie wollte sie verweigert haben. Und Menschenkind stand zu Diensten.

Jemand mußte gerettet werden, aber wenn Denver keine Arbeit bekam, würde es vielleicht bald niemanden mehr geben, den sie retten, zu dem sie heimkehren konnte, und auch keine Denver mehr. Das war ein ganz neuer Gedanke, daß man ein Ich hatte, auf das man aufpassen und das man behüten mußte. Und es wäre ihr vielleicht nicht in den Sinn gekommen, wenn sie nicht Nelson Lord getroffen hätte, der das Haus seiner Großmutter gerade in dem Augenblick verließ, als Denver es betrat, um sich für einen halben Obstkuchen zu bedanken. Er lächelte nur und sagte: «Paß auf dich auf, Denver», aber sie hörte es, als seien dies die Worte, um derentwillen die Sprache erfunden worden war. Als er zum letztenmal mit ihr gesprochen hatte, hatten seine Worte ihr die Ohren verschlossen. Jetzt öffneten sie ihr die Sinne. Beim Unkrautjäten im Garten, beim Gemüseernten, beim Kochen und Waschen grübelte sie darüber nach, was sie tun und wie sie es anfangen sollte. Am wahrscheinlichsten war, daß die Bodwins helfen würden, da sie es schon zweimal getan hatten. Einmal Baby Suggs und einmal ihrer Mutter. Warum nicht auch der dritten Generation?

Sie verirrte sich so oft in den Straßen von Cincinnati, daß es Mittag war, als sie ankam, obwohl sie sich bei Sonnenaufgang auf den Weg gemacht hatte. Das Haus war etwas vom Bürgersteig abgerückt, und große Fenster gingen auf eine laute, belebte Straße hinaus. Die Negerin, die die Haustür öffnete, sagte: «Ja?»

«Darf ich reinkommen?»

«Was willst du?»

«Ich möchte Mr. und Mrs. Bodwin sprechen.»

«Miss Bodwin. Sie sind Geschwister.»

«Oh.»

«Was willst du von ihnen?»

«Ich such Arbeit. Ich dachte, sie wüßten vielleicht was.»

«Du gehörst zu Baby Suggs' Sippe, stimmt's?»

«Ja, Ma'am.»

«Tritt schon ein. Die Fliegen kommen mir ins Haus.» Sie führte Denver in die Küche, wobei sie sagte: «Als erstes mußt du mal lernen, an welche Tür man klopft.» Aber Denver hörte nur mit halbem Ohr zu, weil sie auf etwas Weiches, Blaues trat. Alles um sie her war dick, weich und blau. Glasvitrinen voller glitzernder Gegenstände. Bücher auf Tischen und Regalen. Perlweiße Lampen mit glänzenden Metallfüßen. Und ein Duft wie das Parfum, das sie in ihrem Smaragdhaus versprüht hatte, nur noch besser.

«Setz dich», sagte die Frau. «Kennst du meinen Namen?»
«Nein, Ma'am.»
«Janey. Janey Wagon.»
«Und wie geht's Ihnen?»
«Einigermaßen. Ich hör, deine Mutter ist krank, stimmt das?»
«Ja, Ma'am.»
«Wer versorgt sie?»
«Ich. Aber ich muß Arbeit finden.»
Janey lachte. «Weißt du was? Ich bin schon hier, seit ich vierzehn war, und mir kommt's vor wie gestern, daß Baby Suggs, die Heilige, herkam und genau dort saß, wo du jetzt sitzt. Ein Weißenmann hat sie hergebracht. So kam sie zu dem Haus, in dem ihr jetzt wohnt. Und auch noch zu anderem.»
«Ja, Ma'am.»
«Was fehlt Sethe denn?» Janey lehnte sich an die Küchenspüle und verschränkte die Arme.
Es war ein geringer Preis, aber Denver schien er sehr hoch. Keiner würde ihr helfen, wenn sie es nicht erzählte – alles erzählte. Janey bestimmt nicht, und sie würde sie sonst auch nicht zu den Bodwins vorlassen. Deshalb erzählte Denver dieser Fremden, was sie nicht einmal Lady Jones erzählt hatte, und sozusagen als Entgelt gab Janey zu, daß die Bodwins eine Hilfe brauchten, wenn sie es auch noch nicht wußten. Sie war allein im Haus, und jetzt, wo ihre Arbeitgeber älter wurden, konnte sie sich nicht mehr so um sie kümmern wie früher. Immer öfter war es erforderlich, daß sie über Nacht dort blieb. Vielleicht gelang es ihr, sie dazu zu überreden, Denver die Nachtschicht überneh-

men zu lassen, so daß sie gleich nach dem Abendessen kam und vielleicht auch noch das Frühstück machte. Dann konnte Denver sich tagsüber um Sethe kümmern und sich nachts eine Kleinigkeit verdienen, wie wäre das?

Denver hatte das Mädchen in ihrem Haus, das ihre Mutter so plagte, als eine zu Besuch weilende Base ausgegeben, die ebenfalls krank geworden wäre und ihnen beiden Schererein machte. Janey schien mehr an Sethes Gesundheitszustand interessiert, und nach allem, was Denver ihr erzählte, kam es ihr vor, als wäre die Frau nicht mehr bei Sinnen. Das war nicht die Sethe, an die sie sich erinnerte. Diese Sethe hatte jetzt endlich den Verstand verloren, was Janey schon vorausgesehen hatte – alles allein schaffen zu wollen, und dabei die Nase so hoch in der Luft. Denver wand sich unter der Kritik an ihrer Mutter, rutschte auf ihrem Stuhl herum und hielt den Blick auf die Spüle gerichtet. Janey Wagon fuhr fort, über den Stolz zu reden, bis sie endlich auf Baby Suggs zu sprechen kam, der sie nur Gutes nachsagte. «Ich bin nie bei ihren Gottesdiensten im Tann gewesen, aber sie war immer nett zu mir. Immer. Wird nie eine zweite geben wie sie.»

«Mir fehlt sie auch», sagte Denver.

«Kann ich mir denken. Allen fehlt sie. Das war eine gute Frau.»

Denver sagte nichts mehr darauf, und Janey schaute ihr eine Weile ins Gesicht. «Und keiner von deinen Brüdern ist je zurückgekommen, um zu sehen, wie's euch geht?»

«Nein, Ma'am.»

«Je von ihnen gehört?»

«Nein, Ma'am. Nichts.»

«Müssen's wohl schwer gehabt haben in dem Haus. Sag, die Frau da in euerm Haus. Hat die Linien in den Handflächen?»

«Nein», sagte Denver.

«Na», sagte Janey. «Es muß wohl doch noch einen Gott geben.»

Die Befragung endete damit, daß Janey sie in ein paar Tagen wiederkommen hieß. Sie brauchte Zeit, um ihren Arbeitgebern klarzumachen, was sie brauchten: nächtliche Hilfe, da Janey von ihrer eigenen Familie gebraucht wurde. «Ich will diese Leute nicht im Stich lassen, aber sie können nicht meine ganzen Tage und dann auch noch die Nächte haben.»

Und was sollte Denver nachts tun?

«Hiersein. Für den Fall.»

«Für welchen Fall?»

Janey zuckte die Achseln. «Für den Fall, daß das Haus abbrennt.» Dann lächelte sie. «Oder falls schlechtes Wetter die Straßen so unwegsam macht, daß ich nicht früh genug herkommen kann. Falls man späten Gästen noch was bringen oder hinter ihnen aufräumen muß. Alles mögliche. Frag mich nicht, was Weißenleute nachts brauchen.»

«Es waren doch immer gute Weißenleute.»

«O ja. Die sind gut. Könnt nicht behaupten, daß sie nicht gut sind. Ich würd sie gegen keine zwei andern eintauschen, das kann ich dir sagen.»

Mit dieser Versicherung ging Denver, aber erst nachdem sie, auf einem Regal bei der Hintertür, den mit Geld gefüllten Mund eines Negerjungen betrachtet hatte. Sein Kopf war so weit nach hinten gebeugt, wie ein Kopf sich gar nicht beugen läßt; die Hände hatte er in die Taschen geschoben. Zwei Augen, die wie Monde hervorstanden, waren alles an Gesicht, was er neben dem weit offenstehenden roten Mund hatte. Sein Haar war ein Gewirr von erhabenen, weit auseinanderstehenden Punkten, die aus Nagelköpfen bestanden. Und er lag auf den Knien. Sein Mund, der so breit war wie eine Tasse, enthielt die Münzen, die man braucht, um einen Botengang oder eine andere kleine Dienstleistung zu bezahlen, hätte aber ebensogut Knöpfe, Stecknadeln oder Apfelgelee enthalten können. Quer über dem Podest, auf dem er kniete, standen die Worte: «Stets zu Diensten.»

Janey verbreitete die Neuigkeiten, die sie gehört hatte, unter den anderen Farbigenfrauen. Sethes tote Tochter, die, der sie die Kehle durchgeschnitten hatte, war zurückgekommen, um ihr die Hölle heiß zu machen. Sethe war ausgelaugt, voller blauer Flecken , lag im Sterben, drehte durch, wechselte die Gestalt und war überhaupt vollkommen verhext. Diese Tochter schlage sie, binde sie ans Bett und reiße ihr das Haar aus. Sie brauchten Tage, um die Geschichte angemessen aufzublähen, sich darüber aufzuregen und sich schließlich wieder zu beruhigen und die Sache nüchtern zu betrachten. Sie waren in drei Gruppen gespalten: diejenigen, die das Schlimmste glaubten; diejenigen, die kein Wort davon glaubten; und diejenigen, die wie Ella der Sache auf den Grund gingen.

«Ella. Was hört man denn da von Sethe?»

«Hab gehört, es geht um, drinnen bei ihr. Mehr weiß ich auch nicht.»

«Die Tochter? Die umgebrachte?»

«So hab ich's gehört.»

«Woher wollen die wissen, daß sie es ist?»

«Es hockt dort drinnen. Schläft, ißt und macht den Teufel los. Peitscht Sethe täglich aus.»

«Was du nicht sagst. Ein Baby?»

«Nein. Erwachsen. So alt, wie's jetzt wär, wenn's am Leben geblieben wär.»

«Und das, von dem du redest, ist Fleisch und Blut?»

«Das, von dem ich rede, ist Fleisch und Blut.»

«Und es schlägt sie?»

«Als wenn sie Kuchenteig wär.»

«Muß sie wohl verdient haben.»

«So was hat keiner verdient.»

«Aber Ella –»

«Nichts aber. Was fair ist, ist nicht unbedingt auch recht.»

«Man kann doch nicht so einfach seine Kinder umbringen.»

«Nein, und Kinder können auch nicht einfach so ihre Mama umbringen.»

Ella tat am meisten dazu, die anderen davon zu überzeugen, daß Hilfe angebracht sei. Sie war eine praktische Frau, die glaubte, daß gegen jedes Leiden ein Kraut gewachsen ist. Das Grübeln, wie sie es nannte, vernebelte den Blick und verhinderte Taten. Keiner liebte sie, und sie wollte auch nicht geliebt werden, denn sie betrachtete die Liebe als gefährliches Gebrechen. Sie hatte ihre Jugend in einem Haus verbracht, wo ein Vater und ein Sohn, die sie die «Erbärmlichsten überhaupt» nannte, sie in sich geteilt hatten. Diese «Erbärmlichsten überhaupt» hatten ihr einen Ekel vor dem Geschlechtsverkehr eingeflößt, und an ihren Untaten maß sie jegliches andere Unglück. Mord, Entführung, Vergewaltigung – was es auch war, sie hörte zu und nickte. Gar nichts, verglichen mit den «Erbärmlichsten überhaupt». Ella verstand Sethes Wut im Schuppen zwanzig Jahre zuvor, aber nicht ihre Reaktion darauf, die sie für hoffärtig und fehl am Platz hielt, und Sethe selbst hielt sie für zu kompliziert. Als sie aus dem Gefängnis kam, keinen Menschen einer Geste für wert befand und so lebte, als sei sie allein auf der Welt, ließ Ella sie fallen und grüßte sie von da an nicht einmal mehr.

Die Tochter hingegen schien schließlich doch einen Funken Verstand zu haben. Zumindest war sie aus dem Haus gegangen, hatte um die Hilfe gebeten, die sie brauchte, und suchte Arbeit. Als Ella hörte, daß von der 124 etwas Besitz ergriffen hatte, das Sethe schlug, versetzte sie das in helle Wut und gab ihr eine weitere Gelegenheit, das, was am Ende gut und gern der Teufel selbst sein mochte, an den «Erbärmlichsten überhaupt» zu messen. Ihre Wut kam durchaus von Herzen. Was Sethe auch getan haben mochte, Ella fand keinen Gefallen an der Vorstellung, daß vergangene Irrtümer sich der Gegenwart bemächtigen sollten. Sethes Verbrechen war erschütternd, und ihr Stolz noch schlimmer; aber allein schon, daß in dem Haus uneingeschränkt und frech die

Sünde ihr Unwesen treiben sollte, konnte Ella nicht gutheißen. Das tägliche Leben forderte ihr alles ab. Die Zukunft war der nächste Sonnenuntergang; die Vergangenheit etwas, was man hinter sich lassen mußte. Und wenn sie nicht hinter einem bleiben wollte, nun gut, dann mußte man möglicherweise Gewalt anwenden. Sklavenleben, Leben als Freie – jeder Tag die ewiggleiche neue Prüfung. Auf nichts konnte man sich verlassen in einer Welt, in der man selbst dann ein Problem darstellte, wenn man eine Lösung war. «Es ist genug, daß ein jeglicher Tag seine eigene Plage habe», und mehr brauchte keiner; keiner brauchte zudem noch ein voller Groll steckendes ausgewachsenes Übel an seinem Tisch. Solange der Geist von seinem Geisterreich aus verrücktspielte – Gegenstände erzittern ließ, heulte, Dinge kaputtschlug und dergleichen –, konnte Ella ihn respektieren. Aber wenn er Fleisch und Blut wurde und in ihre Welt herüberkam, nun, dann war etwas faul. Sie hatte nichts gegen ein wenig Verständigung zwischen den beiden Welten, aber dies war ein Überfall.

«Wollen wir beten?» fragten die Frauen.

«Mhm», sagte Ella. «Erst mal. Aber dann sollten wir zur Sache kommen.»

An dem Tag, an dem Denver ihre erste Nacht bei den Bodwins verbringen sollte, hatte Mr. Bodwin etwas am Stadtrand zu erledigen und sagte zu Janey, er werde das neue Mädchen vor dem Abendessen abholen. Denver saß mit einem Bündel im Schoß auf den Verandastufen, in ihrem Jahrmarktskleid, das die Sonne inzwischen zu einem blassen Regenbogen ausgebleicht hatte. Sie schaute nach rechts, in die Richtung, aus der Mr. Bodwin kommen würde. Sie sah nicht, wie sich die Frauen von links näherten, sich langsam in Grüppchen von zweien und dreien zusammentaten. Denver schaute nach rechts. Sie war ein wenig besorgt, ob sie wohl die Bodwins zufriedenstellen würde, und es war ihr auch ein wenig unbehaglich zumute, weil sie weinend aus einem Traum von einem rennenden Paar Schuhe aufgewacht war. Es war ihr nicht gelungen, die Traurigkeit aus dem Traum ganz abzuschütteln, und die Hitze bedrückte sie, während sie die Hausarbeit verrichtete. Viel zu früh packte sie ein Nachthemd und eine Haarbürste in ein Bündel. Nervös hantierte sie an dem Knoten und schaute nach rechts.

Einige brachten mit, was sie konnten und wovon sie sich eine Wirkung erhofften. In Schürzentaschen gesteckt, um den Hals gebunden, an ihrem Busen verborgen. Andere brachten ihren christlichen Glauben mit – als Schild und Schwert. Die meisten brachten ein wenig von beidem mit. Sie hatten keine Ahnung, was sie tun würden, wenn sie dort waren. Sie machten sich einfach auf den Weg, gingen die Bluestone Road hinunter und kamen zur verabredeten Zeit zusammen. Wegen der Hitze blieben ein paar Frauen, die versprochen hatten zu kommen, zu Hause. Andere glaubten zwar an die Geschichte, wollten aber nichts mit der Auseinandersetzung zu tun haben und wären sowieso nicht gekommen, Wetter hin oder her. Und dann gab es noch solche wie Lady Jones, die nicht an die Geschichte glaubten und die Dummheit derer, die daran glaubten, abstoßend fanden. So vereinigten sich etwa dreißig Frauen zu dieser Schar und gingen langsam, langsam auf die 124 zu.

Es war drei Uhr nachmittags, an einem Freitag, der so feucht und heiß war, daß der Gestank von Cincinnati sich bis aufs Land verbreitet hatte: der Gestank aus dem Kanal, der von abhängendem Fleisch und Dingen, die in Gläsern faulten, von toten Kleintieren auf Feldern, von Stadtabwässern und Fabriken. Der Gestank, die Hitze, die Feuchtigkeit – der Teufel wußte sich offensichtlich anzukündigen. Abgesehen davon schien der Tag fast wie ein normaler Werktag. Sie hätten auch auf dem Weg zur Arbeit in der Wäscherei des Waisen- oder Irrenhauses sein können; zum Maisenthülsen in der Mühle; zum Fischausnehmen, Innereienwaschen, zum Wiegen von Weißenbabies, Fegen von Läden, Abschaben von Schweineborsten, zum Schmalzpressen,

Wurststopfen oder auf dem Weg, sich in Tavernenküchen zu verstecken, damit die Weißenleute nicht zusehen mußten, wie sie ihnen das Essen zubereiteten.

Doch nicht heute.

Als sie zueinander aufgeschlossen hatten, alle dreißig, und bei der 124 angekommen waren, sahen sie als erstes nicht Denver, die auf der Treppe saß, sondern sich selbst. Jünger, stärker, vielleicht sogar als kleine Mädchen, die schlafend im Gras lagen. In der Pfanne ließ der Katzenfisch das Fett spritzen, und sie sahen sich, wie sie Kartoffelsalat auf einen Teller häuften. Obstkuchen, aus dem lila Sirup tropfte, verfärbte ihre Zähne. Sie saßen auf der Veranda, liefen hinunter zum Bach, neckten die Burschen, hoben Kinder auf ihre Hüften, oder sofern sie selbst noch Kinder waren, setzten sie sich auf die Füße von alten Männern, die sie an den kleinen Händen hielten und sie Hoppe-Reiter machen ließen. Baby Suggs lachte, humpelte zwischen ihnen herum und nötigte sie, mehr zu essen. Mütter, die längst tot waren, bewegten ihre Schultern rhythmisch zu Tönen aus Maultrommeln. Der Zaun, an den sie sich gelehnt hatten und über den sie geklettert waren, war verschwunden. Der Stumpf des Walnußbaums war aufgesplittert wie ein Fächer. Aber dort waren sie, jung und glücklich, spielten in Baby Suggs' Garten und spürten noch nichts von dem Neid, der tags darauf aufstieg.

Denver hörte ein Gemurmel und schaute nach links. Sie stand auf, als sie sie sah. Sie drängten sich zusammen, murmelnd und flüsternd, setzten aber keinen Fuß in den Garten. Denver winkte. Ein paar winkten zurück, kamen aber nicht näher. Denver setzte sich wieder und überlegte, was sich dort wohl abspielte. Eine Frau ließ sich auf die Knie fallen. Die Hälfte der anderen taten es ihr nach. Denver sah gesenkte Köpfe, hörte aber das Leitgebet nicht – nur die ernsten Silben der Zustimmung im Hintergrund: Ja, ja, ja, o ja. Erhöre mich. Erhöre mich. Vollbring es, Schöpfer, vollbring es. Ja. Zu denen, die nicht knieten, sondern standen und die

124 unverwandten Blickes ansahen, gehörte auch Ella. Sie versuchte, durch die Wände und hinter die Tür zu schauen, um zu sehen, was dort drinnen wirklich los war. Ob es stimmte, daß die tote Tochter zurückgekehrt war? Oder behaupteten sie das nur? Peitschte sie Sethe wirklich aus? Ella war auf jede nur denkbare Weise geschlagen worden, doch geschlagen gegeben hatte sie sich nie. Sie erinnerte sich an die Zähne, die sie auf der Folterbank verloren hatte, und die Narben von der Manschette an ihrer Taille waren dick wie ein Seil. Sie hatte ein behaartes weißes Ding geboren, gezeugt von den «Erbärmlichsten überhaupt», wollte es aber nicht stillen. Es lebte fünf Tage und gab niemals einen Laut von sich. Die Vorstellung, daß dieses Wurm zurückkommen könnte, um sie auszupeitschen, setzte ihre Kiefer in Bewegung, und dann begann Ella lauthals zu singen.

Auf der Stelle fielen die Knienden und Stehenden mit ein. Sie hörten auf zu beten und taten einen Schritt zurück zu den Anfängen. Am Anfang war nicht das Wort. Am Anfang war der Klang, und sie wußten alle, wie der zu klingen hatte.

Edward Bodwin kutschierte einen Wagen durch die Bluestone Road. Es war ihm nicht ganz wohl dabei, denn seine Gestalt gefiel ihm rittlings auf Princess besser. Wenn er, über seine Hände gebeugt, die Zügel hielt, zeigte sich sein wahres Alter. Aber er hatte seiner Schwester den Umweg versprochen, um das neue Mädchen mitzubringen. Über den Weg dorthin brauchte er sich keine Gedanken zu machen – er fuhr schließlich zu dem Haus, in dem er geboren war. Vielleicht war dieses Ziel schuld daran, daß seine Gedanken um die Zeit kreisten – darum, wie sie entweder dahintröpfelte oder mit Windeseile lief. Er hatte das Haus dreißig Jahre lang nicht gesehen. Den Walnußbaum davor nicht, den Fluß dahinter nicht und auch das Blockhaus dazwischen nicht. Nicht einmal die Wiese auf der anderen Straßenseite. Er erinnerte sich nur an wenige Einzelheiten im Hausinnern, da er erst drei Jahre alt gewesen war, als seine Familie in die Stadt zog. Woran er sich erinnerte, war, daß die Küche hinter dem Haus lag, daß es verboten war, in der Nähe des Brunnens zu spielen, und daß in dem Haus Frauen gestorben waren: seine Mutter, seine Großmutter, eine Tante und vor seiner Geburt eine ältere Schwester. Die Männer (sein Vater und Großvater) waren mit ihm und seiner kleinen Schwester vor siebenundsechzig Jahren in die Court Street gezogen. Das Wichtigste war natürlich der Grund und Boden, achtzig Acres zu beiden Seiten der Bluestone Road, aber für das Haus empfand er noch etwas Zärtlicheres und Tieferes, deshalb vermietete er es für einen geringen Preis, wenn es möglich war, machte sich aber auch keine Gedanken, wenn er gar keine Miete dafür bekam, denn die Mieter bewahrten es immerhin vor dem Verfall, den das Leerstehen mit sich gebracht hätte.

Es hatte einmal eine Zeit gegeben, in der er dort Dinge vergrub. Wertvolle Dinge, die er hüten wollte. Alles, was er als Kind besaß, hatte auch seiner Familie zugestanden, über alles mußte ihr Rechenschaft abgelegt werden. Privatsphäre war ein Luxus, der nur Erwachsenen zukam, doch als er dann selbst einer wurde, schien er ihrer nicht mehr zu bedürfen.

Das Pferd trabte dahin, und Edward Bodwin blies sich kühlende Luft in seinen prachtvollen Schnurrbart. Die Frauen in der Gesellschaft zur Abschaffung der Sklaverei waren sich allseits darüber einig, daß dieser Schnurrbart, abgesehen von seinen Händen, das Anziehendste an ihm war. Er war dunkel und samtig, und das energische glattrasierte Kinn betonte noch seine Schönheit. Sein Haar dagegen war weiß, wie das seiner Schwester – schon von Jugend auf. Es machte ihn zur auffälligsten und eindrucksvollsten Persönlichkeit bei jeder Versammlung, und Karikaturisten hatten schon immer den theatralischen Gegensatz zwischen seinem weißen Haar und dem großen schwarzen Schnurrbart aufs Korn genommen, wenn sie den lokalen politischen Zwist darstellen wollten. Vor zwanzig Jahren, als die Gesellschaft auf dem Höhepunkt ihres Widerstandes gegen die

Sklaverei stand, hatte es so ausgesehen, als sei dieser Farbgegensatz der eigentliche Kern der Sache. Den «gebleichten Nigger» nannten seine Feinde ihn, und auf einer Reise nach Arkansas hatten einige Mississippi-Schiffer, erbost über die Konkurrenz der schwarzen Bootsleute, ihn gefangen und ihm Gesicht und Haar mit Schuhcreme schwarz gefärbt. Jene hitzigen Tage waren vorbei. Übriggeblieben war ein Bodensatz von Mißtrauen; zerschlagene Hoffnungen und Schwierigkeiten, die sich nicht mehr aus der Welt schaffen ließen. Eine ruhige, friedliche Republik? Zu seinen Lebzeiten jedenfalls nicht mehr.

Sogar das Wetter wurde ihm langsam zuviel. Entweder war ihm zu heiß oder eiskalt, und heute war es wie im Brutofen. Er drückte seinen Hut tiefer, um die Sonne von seinem Nacken fernzuhalten, da er durchaus mit einem Hitzschlag rechnen mußte. Solche Gedanken an seine Sterblichkeit waren ihm nicht neu (er war jetzt über siebzig), aber noch immer hatten sie die Macht, ihn zu ärgern. Während er sich der alten Heimat näherte, jenem Ort, der in seinen Träumen immer wieder auftauchte, wurde ihm noch deutlicher bewußt, wie die Zeit verging. Gemessen an den Kriegen, die er erlebt, in denen er aber nicht gekämpft hatte (gegen die Miami-Indianer, die Spanier, die Sezessionisten), verging sie langsam. Aber gemessen daran, wann er seine privaten Besitztümer vergraben hatte, lief sie in Windeseile dahin. Wo genau lag die Schachtel mit den Zinnsoldaten? Mit der Uhrkette ohne Uhr? Und vor wem hatte er sie versteckt? Vermutlich vor seinem Vater, einem tief religiösen Mann, der wußte, was Gott wußte, und es aller Welt erzählte. Edward Bodwin hielt ihn in vieler Hinsicht für verschroben, doch hatte er zumindest einen klaren Grundsatz gehabt, nämlich den, daß das menschliche Leben heilig sei, und zwar jegliches. Und daran glaubte auch sein Sohn noch immer, obwohl er immer weniger Grund dazu hatte. Nichts war so anregend gewesen wie die alten Tage der Briefe, Petitionen, Versammlungen, Debatten, der Mitgliederwerbung, der

Streitereien, der Rettungsaktionen und regelrechter Agitation. Immerhin hatte all das mehr oder weniger Wirkung gezeigt, und wenn einmal nichts in Bewegung gekommen war, dann hatten er und seine Schwester ihre Kräfte dafür eingesetzt, Hindernisse einfach zu umgehen. So wie damals, als eine entlaufene Sklavin zu ihrer Schwiegermutter in sein Geburtshaus gezogen war und sich in übelste Schwierigkeiten gebracht hatte. Der Gesellschaft war es gelungen, dem Kindsmord und dem Aufschrei gegen diese Barbarei die Spitze zu nehmen und ihn zu einem weiteren triftigen Argument für die Abschaffung der Sklaverei aufzubauen. Es waren gute Jahre gewesen, Jahre des Zähnezeigens nach außen und der inneren Gewißheit. Heute wollte er nur noch wissen, wo seine Zinnsoldaten und seine uhrenlose Kette waren. Das würde für diesen unerträglich heißen Tag genügen: das neue Mädchen abholen und sich genau daran erinnern, wo sein Schatz lag. Darauf nach Hause, Abendessen, und dann, so Gott wollte, würde die Sonne noch einmal untergehen und ihm die Gnade eines guten Nachtschlafs bescheren.

Die Straße krümmte sich wie ein Ellbogen, und als er näher kam, hörte er die Frauen singen, noch bevor er sie sah.

Als sich die Frauen draußen versammelten, zerhackte Sethe gerade einen Klumpen Eis. Sie ließ die Eishacke in ihre Schürzentasche gleiten, um die Eisbrocken in eine Schüssel mit Wasser zu tun. Als der Gesang zum Fenster hereindrang, wrang sie gerade ein kühles Tuch aus, das sie Menschenkind auf die Stirn legen wollte. Menschenkind, die aus allen Poren schwitzte, lag mit einem Salzstein in der Hand quer auf dem Bett in der Kammer. Beide Frauen hörten den Gesang zur gleichen Zeit, und beide hoben den Kopf. Als die Stimmen lauter wurden, setzte sich Menschenkind auf, leckte am Salz und ging in das größere Zimmer. Sethe und sie wechselten einen Blick und traten ans Fenster. Sie sahen Denver auf der Treppe sitzen und hinter ihr, dort, wo Grundstück und Straße sich trafen, sahen sie die verzückten Gesichter von dreißig Frauen aus der Nachbarschaft. Einige hatten die Augen geschlossen; andere schauten zum heißen, wolkenlosen Himmel auf. Sethe öffnete die Tür und griff nach Menschenkinds Hand. Zusammen standen sie unter der Tür. Für Sethe war es, als sei die Lichtung samt der Hitze und den dampfenden Blättern zu ihr gekommen, wo die Stimmen der Frauen nach der richtigen Harmonie suchten, nach der Tonart, der Melodie, dem Klang, der den Worten das Kreuz brach. Stimme über Stimme erhebend, bis sie ihn gefunden hatten, und wenn sie ihn hatten, war es eine Klangwelle, die weit genug reichte, um tiefes Wasser zum Klingen zu bringen und die Kastanien von den Bäumen zu schütteln. Sie brach über Sethe herein, und die erzitterte in ihrem Sog wie die Geläuterten.

Die singenden Frauen erkannten Sethe sofort und waren selbst überrascht, wie furchtlos sie waren beim Anblick dessen, was neben ihr stand. Das Teufelskind war schlau, fanden sie. Und schön. Es hatte die Gestalt einer schwangeren Frau angenommen, stand nackt und lächelnd in der Hitze der Nachmittagssonne. Donnerschwarz und glänzend stand sie da, auf langen geraden Beinen, mit einem dicken strammen Bauch. Das Haar wand sich wie Ranken um ihren Kopf. Herr im Himmel. Ihr Lächeln war strahlend.

Sethe spürt, wie ihre Augen brennen, und vielleicht um klar sehen zu können, schaut sie nach oben. Der Himmel ist blau und klar. Nicht ein Hauch von Tod im scharf umrissenen Grün der Blätter. Erst als sie den Blick wieder senkt, um in die liebevollen Gesichter rings um sich zu schauen, sieht sie ihn. Er lenkt die Stute, wird langsamer; sein Hut ist so breitkrempig, daß er zwar sein Gesicht verbirgt, aber nicht seine Absichten. Er kommt in ihren Hof, und er kommt, um ihr Bestes zu holen. Sie hört Flügel. Kleine Kolibris stecken ihre spitzen Schnäbel durch das Kopftuch in ihr Haar und schlagen mit den Flügeln. Und wenn sie überhaupt etwas denkt, dann ist es: Nein. Neinnein. Neinneinnein. Sie fliegt. Die Eishacke ist nicht in ihrer Hand; sie ist ihre Hand.

Als Menschenkind allein auf der Veranda steht, lächelt

sie. Doch jetzt ist ihre Hand leer. Sethe läuft fort von ihr, sie läuft, und Menschenkind spürt die Leere in der Hand, die Sethe gehalten hat. Jetzt läuft sie in die Gesichter der Menschen dort draußen, wird eine von ihnen und läßt Menschenkind zurück. Allein. Wieder allein. Dann läuft auch Denver los, auch sie. Fort von ihr, zu dem Haufen von Menschen dort draußen. Sie bilden einen Hügel. Einen Hügel aus schwarzen Menschen, die fallen. Und über ihnen allen steht mit einer Peitsche in der Hand der Mann ohne Haut auf und schaut. Er schaut Menschenkind an.

Bloße Füße, Kamillensud.
Warf weg meine Schuhe, nahm ab meinen Hut.
Bloße Füße, Kamillensud
Gib her meine Schuhe; ich nehm meinen Hut.

Mein Kopf liegt auf dem Kartoffelsack,
Doch schon kommt von hinten das Teufelspack.
Dampfloks pfeifen einsam im Wind;
Lieb die Frau, bis du wirst stockblind.

Stockblind; stockblind
Verlierst noch den Kopf wegen dem Sweet Home-Kind.

Sein Kommen nimmt den umgekehrten Verlauf wie sein Gehen. Erst das Kühlhaus, der Vorratsraum, dann die Küche, bevor er sich an die Betten macht. Der gebrechliche Here Boy mit seinem in Büscheln ausgehenden Fell schläft bei der Pumpe, drum weiß Paul D, daß Menschenkind wirklich fort ist. Verschwunden, sagen manche, vor ihren Augen zerplatzt. Ella ist sich da nicht so sicher. «Vielleicht», sagt sie, «vielleicht auch nicht. Versteckt sich vielleicht bloß in den Bäumen und wartet auf die nächste Gelegenheit.» Aber als Paul D den greisen, mindestens achtzehn Jahre alten Hund sieht, ist er sich ganz sicher, daß sie fort ist aus der 124.

Trotzdem macht er die Tür zum Kühlhaus auf und erwartet fast, sie zu hören. «Faß mich an. Faß mich an. Faß mich da drin an und sag meinen Namen.»

Da ist die Pritsche, bedeckt mit alten Zeitungen, deren Ränder Mäuse angeknabbert haben. Das Schmalzfaß. Auch die Kartoffelsäcke sind da, aber jetzt leer; sie liegen in Haufen auf dem Lehmboden. Bei Tageslicht kann er sich das Kühlhaus nicht mehr im Dunkeln vorstellen, wenn das Mondlicht durch die Ritzen dringt. Und er kann sich auch das Verlangen nicht mehr vorstellen, das ihn dort überflutet und gezwungen hat, sich hinaufzukämpfen, auf und in das Mädchen, als sei sie die klare Luft über dem Meer. Sich mit ihr zu paaren hat nicht einmal Spaß gemacht. Es war mehr wie ein kopfloser Drang, am Leben zu bleiben. Jedesmal, wenn sie kam und ihre Röcke hob, überwältigte ihn der Lebenshunger, und den konnte er ebensowenig kontrollieren wie seine Lungen. Und danach, gestrandet und gierig nach Luft schnappend, inmitten von Abscheu und innerlicher Scham, war er doch dankbar dafür, an einen ozeantiefen Ort geleitet worden zu sein, an dem er einmal heimisch gewesen ist.

Das hereinrieselnde Tageslicht läßt die Erinnerung verschwimmen, verwandelt sie in winzige Stäubchen, die im Licht dahinschweben. Paul D schließt die Tür. Er schaut zum Haus hinüber, und überraschenderweise schaut es nicht zurück. Von ihrer Last befreit, ist die 124 nichts als ein verwittertes, reparaturbedürftiges Haus unter vielen anderen. Still, genau wie Stamp Paid gesagt hat.

«Früher waren immer Stimmen ums Haus rum. Jetzt ist es still», sagte Stamp. «Ich bin paarmal dran vorbeigekommen, und ich hör nichts mehr. Geläutert, nehm ich an, weil Mr. Bodwin sagt, er verkauft's, so schnell er kann.»

«Ist das der Name von dem, den sie hat erschlagen wollen? Ist es der?»

«Ja, seine Schwester meint, es macht bloß Scherereien. Hat zu Janey gesagt, sie will es loswerden.»

«Und er?» fragte Paul D.

«Janey sagt, er ist dagegen, will sie aber nicht dran hindern.»

«Wer, glauben die denn, will ein Haus da draußen? Wer genug Geld hat, will doch nicht da draußen wohnen.»

«Keine Ahnung», antwortete Stamp. «Wird wohl ein Weilchen dauern, bis er's los wird, könnt ich mir denken.»

«Er hat aber nicht vor, sie vor Gericht zu bringen?»

«Sieht nicht danach aus. Janey meint, er will bloß wissen, wer die nackte Schwarzenfrau war, die auf der Veranda stand. Er hat sie so unverwandt angeschaut, daß er gar nicht gemerkt hat, was Sethe im Schilde führte. Er sah bloß ein paar Farbigenfrauen miteinander raufen. Er dachte, Sethe wollte auf eine von denen los, meint Janey.»

«Hat Janey ihm die Wahrheit gesagt?»

«Nein. Sie meint, sie ist so froh, daß ihr Boss nicht tot ist. Wenn Ella sie nicht festgehalten hätt, meint sie, dann hätt sie es getan. Hatte eine Wahnsinnsangst, daß die Frau ihren Boss umbringt. Dann hätten sie *und* Denver sich neue Arbeit suchen müssen.»

«Was hat Janey ihm erzählt, wer die nackte Frau war?»

«Sie hat gemeint, sie hätt gar keine gesehen.»

«Glaubst du denn, daß die anderen jemand gesehen haben?»

«Irgendwas haben sie auf alle Fälle gesehen. Ich glaub jedenfalls, was Ella sagt, und die meint, sie hätt ihr in die Augen geschaut. Sie sei direkt neben Sethe gestanden. Aber deren Beschreibung hört sich nicht nach dem Mädchen an, das ich da drin gesehen hab. Das war schmal. Die hier war fett. Sie sagt, sie hätten sich bei den Händen gehalten, und Sethe hätt neben ihr wie ein kleines Mädchen ausgesehen.»

«Kleines Mädchen mit Eishacke. Wie nah ist sie an ihn rangekommen?»

«Direkt vor ihn, sagen sie. Bis Denver und die anderen Sethe gepackt haben und Ella ihr einen Kinnhaken versetzt hat.»

«Er wird schon wissen, daß Sethe es auf ihn abgesehen hatte. Muß er doch wissen.»

«Vielleicht. Ich weiß nicht. Wenn er sich's gedacht hat, dann muß er wohl beschlossen haben, nicht drüber nachzudenken. Das wär auch typisch für ihn. Das ist einer, der uns nie im Stich gelassen hat. Beständig wie ein Fels. Ich sag dir eins, wenn sie ihn erwischt hätt, das wär für uns ganz übel gewesen. Du weißt doch, daß hauptsächlich er Sethe vor dem Galgen gerettet hat.»

«Ja. Verdammt. Die Frau ist wahnsinnig. Wahnsinnig.»

«Tja, aber sind wir das nicht alle?»

Und sie lachten. Ein heiseres Kichern am Anfang, dann ging es los, lauter und lauter, bis Stamp sein Taschentuch herauszog und sich die Augen wischte, während Paul D das Handgelenk dazu benützte. Je deutlicher die Szene, die keiner von ihnen erlebt hatte, vor ihrem geistigen Auge Gestalt annahm, desto mehr schütteten sie sich aus vor Lachen, weil sie so bedenklich und so peinlich war.

«Muß sie denn jedesmal, wenn ein Weißenmann an ihre Tür kommt, jemand umbringen?»

«Schließlich könnte er ja die Miete holen kommen.»

«Ein Glück, daß die Weißen nicht die Post austragen.»

«Würd keiner 'nen Brief kriegen.»

«Außer dem Briefträger.»

«Wär 'ne ziemlich harte Nachricht.»

«Und seine letzte.»

Als ihr Gelächter versiegt war, holten sie tief Atem und schüttelten den Kopf.

«Und trotzdem läßt er Denver noch nachts in sein Haus? Ha!»

«O nein. He. Laß bloß Denver aus dem Spiel, Paul D. Die hab ich ins Herz geschlossen. Ich bin stolz auf das Mädchen. Sie war die erste, die ihre Mutter niedergekämpft hat. Noch bevor jemand merkte, was zum Teufel eigentlich los war.»

«Dann hat sie ihm das Leben gerettet, könnte man sagen.»

«Könnte man. Könnte man», sagte Stamp und mußte plötzlich an den Sprung denken, an das weite Ausholen und den Zugriff seiner Hand, mit dem er das kleine lockenköpfige Baby knapp davor gerettet hatte, mit geborstenem Schädel zu enden. «Ich bin stolz auf sie. Die wird recht. Blitzsauber.»

Es stimmte. Am nächsten Morgen, als Paul D auf dem Weg zur Arbeit war und sie von ihrer kam, traf er sie. Schlanker, mit offenem Blick, sah sie Halle ähnlicher denn je.

Sie lächelte als erste. «Guten Morgen, Mr. D.»

«Eben wird er gut, der Morgen.» Ihr Lächeln, nicht mehr das höhnisch verzerrte, an das er sich erinnerte, hatte etwas Herzliches und viel von Sethes Mund. Paul D tippte an seine Mütze. «Wie kommst du zurecht?»

«Klagen hilft nicht.»

«Bist du auf dem Weg nach Hause?»

Sie sagte nein. Sie habe von einer Nachmittagsarbeit in der Hemdenfabrik gehört. Sie hoffe, daß sie mit ihrer Nachtarbeit bei den Bodwins und einer zusätzlichen Stelle ein wenig Geld zurücklegen und außerdem noch ihrer Mutter helfen könne. Als er sie fragte, ob man sie dort drüben gut behandle, sagte sie, mehr als gut. Miss Bodwin bringe ihr Sachen bei. Er fragte, was für Sachen, und sie sagte, aus Büchern. «Sie meint, ich kann vielleicht aufs Oberlin College gehen. Sie probiert was aus mit mir.» Und er sagte nicht: «Nimm dich in acht. Nimm dich in acht. Gibt nichts Gefährlicheres auf der Welt als weiße Schullehrer.» Er nickte bloß und stellte die Frage, die ihm auf der Seele lag.

«Geht's deiner Mutter gut?»

«Nein», sagte Denver. «Nein. Nein, gar nicht.»

«Meinst du, ich sollte mal vorbeischauen? Fände sie das recht?»

«Ich weiß nicht», sagte Denver. «Ich glaub, ich hab meine Mutter verloren, Paul D.»

Einen Augenblick lang schwiegen sie beide, dann sagte er: «Äh, dieses Mädchen. Weißt schon. Menschenkind?»

«Ja?»

«Glaubst du, das ist wirklich deine Schwester?»
Denver schaute auf ihre Schuhe hinunter. «Manchmal. Manchmal denk ich auch, daß sie – mehr war.» Sie machte an ihrer Bluse herum, rieb an einem Fleck. Plötzlich hob sie den Blick und schaute ihn an: «Aber wer wüßte das besser als du, Paul D? Ich meine, du hast sie doch ganz gut gekannt.»
Er leckte sich über die Lippen. «Also, wenn du meine Meinung hören willst –»
«Nein», sagte sie. «Ich hab meine eigene.»
«Du bist erwachsen geworden», sagte er.
«Ja, Sir.»
«Schön. Dann viel Glück mit der Stelle.»
«Danke. Und, Paul D, du brauchst nicht wegbleiben, aber paß auf, wie du mit meiner Ma'am redest, hörst du?»
«Mach dir keine Sorgen», sagte er und ging, oder vielmehr ging sie, weil ein junger Mann auf sie zugelaufen kam und sagte: «He, Miss Denver. Wart doch.»
Sie wandte sich ihm zu, und ihr Gesicht erstrahlte, als hätte jemand die Gasflamme hochgedreht.
Er ließ sie nur widerwillig gehen, weil er gern noch mehr geredet und herausgefunden hätte, was an den Geschichten, die er hörte, wirklich dran war: Ein Weißer kommt, um Denver zur Arbeit abzuholen, und Sethe geht auf ihn los. Der Babygeist kehrt als böser Geist zurück und macht, daß Sethe auf den Mann losgeht, der sie vor dem Erhängen gerettet hat. In einem sind sich alle einig: zuerst haben sie das Etwas gesehen und dann nicht mehr. Als sie Sethe zu Boden geworfen und ihr die Eishacke aus der Hand genommen hatten und zurück zum Haus schauten, war es fort. Später verbreitete ein kleiner Junge, er hätte hinter der 124 am Bach unten Köder gesucht, und da hätte er eine nackte Frau mit Fischen statt Haar auf dem Kopf aus dem Wald kommen sehen.
Eigentlich ist es Paul D egal, wie das Etwas verschwunden ist und auch warum. Ihm ist wichtig, wie er weggegangen ist

und warum. Wenn er sich mit Garners Augen betrachtet, sieht er ein bestimmtes Bild. Wenn er sich mit Sixos Augen betrachtet, ein anderes. Das eine gibt ihm das Gefühl, rechtschaffen zu sein. Das andere macht, daß er sich schämt. Wie damals, als er im Krieg für beide Seiten gekämpft hat. Als er von der Northpoint Bank and Railway weggelaufen war, um sich in Tennessee dem 44. Farbigenregiment anzuschließen, und geglaubt hatte, er habe es geschafft, nur um dann festzustellen, daß er bei einem ganz anderen Farbigenregiment gelandet war, das sich unter einem Befehlshaber in New Jersey gerade bildete. Da blieb er vier Wochen lang. Das Regiment löste sich schon auf, bevor man sich überhaupt mit der Frage beschäftigt hatte, ob die Soldaten Waffen tragen sollten oder nicht. Man entschied sich dagegen, worauf sich der weiße Befehlshaber überlegen mußte, was er ihnen befehlen sollte, wenn nicht, andere Weißenleute zu töten. Ein paar von den Zehntausend blieben dabei, um aufzuräumen, Lasten zu schleppen und Dinge zu bauen; andere zogen weiter zu einem anderen Regiment; die meisten wurden einfach abgeschoben, sich selbst überlassen, und Verbitterung war ihr einziger Lohn. Er versuchte gerade, zu einem Entschluß zu kommen, was er tun sollte, als ein Agent der Northpoint Bank ihn einholte und nach Delaware zurückschleppte, wo er ein Jahr lang Sklavenarbeit leistete. Dann bekam die Northpoint Bank dreihundert Dollar als Gegenleistung für seine Dienste in Alabama, wo er für die Rebellen arbeitete, zuerst Leichen sortierte und dann Eisen schmolz. Wenn er und seine Gruppe die Schlachtfelder durchkämmten, war es ihre Aufgabe, die verwundeten Konföderierten von den toten Konföderierten zu sortieren. Vorsichtig, sagte man ihnen. Paßt gut auf. Die Gesichter bis zu den Augen bedeckt, suchten sich Farbige und Weiße mit Lampen ihren Weg durch die Wiesen und lauschten im Dunkeln und im gleichgültigen Schweigen der Toten auf das Stöhnen der Lebenden. Meist junge Männer, einige noch Kinder, und es beschämte ihn ein wenig, daß er Mitleid mit denjenigen empfand, die ihm wie die Söhne der Wärter aus Alfred, Georgia, vorkamen.

Von fünf Versuchen war auf die Dauer nicht einer erfolgreich verlaufen. Jede seiner Fluchten (aus Sweet Home, vor Brandywine, aus Alfred, Georgia, aus Wilmington, vor der Northpoint Bank) war vereitelt worden. Allein, ohne Verkleidung, mit seiner ins Auge springenden Hautfarbe, seinem denkwürdigen Haar und ohne daß ihn ein Weißenmann beschützte, blieb er nie lange auf freiem Fuß. Am längsten noch, als er mit den Sträflingen davongelaufen, bei den Cherokee geblieben, ihrem Rat gefolgt war und sich dann bei der Weberin in Wilmington, Delaware, versteckt hatte: drei Jahre. Und während all dieser Fluchten hatte er nicht umhingekonnt, immer wieder über die Schönheit dieses Landes zu staunen, das nicht das seine war. Er versteckte sich in seinen Hügeln, grub mit den Fingern in seiner Erde nach Eßbarem, klammerte sich an seine Ufer, um Wasser zu trinken, und versuchte, es nicht zu lieben. In Nächten, wenn der Himmel, geschwächt vom Gewicht seiner eigenen Sterne, ihm nahe kam, zwang er sich dazu, es nicht zu lieben. Seine Friedhöfe und tief eingeschnittenen Flüsse; oder auch nur ein einzelnes Haus, einsam unter einem Zedrachbaum; vielleicht ein angepflocktes Maultier und das Licht, das gerade richtig auf sein Fell fiel – alles vermochte ihn zu rühren, und er versuchte mit aller Macht, es nicht zu lieben.

Nach ein paar Monaten auf den Schlachtfeldern von Alabama wurde er zusammen mit dreihundert gefangenen, ausgeliehenen oder gestohlenen Farbigenmännern in einer Gießerei in Selma zur Arbeit gepreßt. Dort befand er sich bei Kriegsende, und Alabama zu verlassen, nachdem er nun frei war, hätte ein Kinderspiel sein müssen. Es hätte ihm möglich sein müssen, von der Gießerei in Selma geradewegs nach Philadelphia zu spazieren, auf den Hauptstraßen, mit dem Zug, wenn ihm danach gewesen wäre, oder auf einem Boot. Aber so war es nicht. Als er und zwei farbige Soldaten (die von dem 44. Regiment, das er gesucht hatte, gefangengenommen worden waren) sich auf den Weg von Selma nach Mobile machten, sahen sie schon auf den ersten achtzehn Meilen zwölf tote Schwarze. Zwei davon waren Frauen, vier kleine Jungen. Da dachte er, dies werde zweifellos der Marsch seines Lebens und ein Marsch um sein Leben werden. Die Yankees, die jetzt die Kontrolle ausübten, kontrollierten die Rebellen überhaupt nicht. Als sie in die Vororte von Mobile kamen, verlegten dort Schwarze Schienen für die Union, die sie zuvor für die Rebellen herausgerissen hatten. Einer der Männer, mit denen er zusammen war, ein Gefreiter namens Keane, war beim 54. Regiment aus Massachusetts gewesen. Er erzählte Paul D, daß sie dort weniger Sold bekommen hatten als die weißen Soldaten. Es fuchste ihn, daß sie als Gruppe das Angebot von Massachusetts, die Differenz in der Bezahlung auszugleichen, ausgeschlagen hatten. Paul D war von der Vorstellung, für das Kämpfen Geld zu bekommen, so beeindruckt, daß er den Gefreiten erstaunt und neiderfüllt ansah.

Keane und sein Freund, ein Sergeant Rossiter, konfiszierten ein Ruderboot, und damit trieben die drei auf der Mobile Bay herum. Dort winkte der Gefreite einem Kanonenboot der Union, das sie alle drei an Bord nahm. Keane and Rossiter gingen in Memphis von Bord, um ihre Kommandanten zu suchen. Der Kapitän des Kanonenbootes ließ Paul D die ganze Strecke bis nach Wheeling, West Virginia, an Bord bleiben. Von dort aus marschierte er auf eigene Faust nach New Jersey.

Bis er in Mobile angekommen war, hatte er mehr Tote als Lebendige gesehen, doch als er jetzt nach Trenton kam, gaben ihm die Massen von lebendigen Menschen, die weder jagten noch gejagt wurden, einen Vorgeschmack auf das freie Leben, der so köstlich war, daß er ihn nie vergaß. Wenn er eine belebte Straße voller Weißer hinunterging, die keine Erklärung für seine Anwesenheit brauchten, dann hatten die Blicke, die ihm zugeworfen wurden, nur mit seinen abscheulichen Kleidern und seinem unverzeihlichen Haar zu tun. Trotzdem schlug keiner Alarm. Dann kam das Wunder. Als er in einer Straße vor einer Reihe von Backsteinhäusern stand, hörte er, wie ein Weißenmann ihn rief («Heda! Hallo!»); er sollte helfen, zwei Koffer von einer Droschke abzuladen. Danach gab ihm der Weißenmann eine Münze. Paul D lief stundenlang damit herum – unsicher, was man dafür kaufen konnte (einen Anzug? ein Essen? ein Pferd?) und ob irgend jemand ihm überhaupt etwas verkaufen würde. Endlich sah er einen Händler, der von einem Wagen herab Gemüse verkaufte. Paul D deutete auf einen Bund Rüben. Der Händler gab sie ihm, nahm seine eine Münze und gab ihm mehrere zurück. Verdutzt trat Paul D ein paar Schritte zurück. Er schaute sich um, aber niemand schien sich für dieses «Versehen» oder für ihn zu interessieren, deshalb spazierte er weiter und kaute fröhlich an seinen Rüben. Nur ein paar Frauen sahen im Vorbeigehen eine Spur angewidert drein. Sein erster selbstverdienter Einkauf ließ ihn erglühen, ungeachtet der Tatsache, daß die Rüben halb vertrocknet waren. In diesem Augenblick befand er, daß essen, herumwandern und irgendwo schlafen das ideale Leben darstellten. Und so tat er es sieben Jahre lang, bis er eines Tages feststellte, daß er sich im südlichen Ohio befand, wo eine alte Frau und ein Mädchen, die er gekannt hatte, hingezogen waren.

Jetzt nimmt sein Kommen den umgekehrten Verlauf wie sein Gehen. Zuerst steht er hinterm Haus, beim Kühlhaus, überrascht, wie wild die Spätsommerblumen ins Kraut schießen, wo eigentlich Gemüse wachsen müßte. Bartnelken, Purpurwinde, Chrysanthemen. Wie merkwürdig die Kübel angeordnet sind, die voller verfaulender Stengel stekken, an denen die Blüten verschrumpelt sind wie Schorf. Abgestorbene Efeuranken um Bohnenstangen und Türgriffe. Verblaßte Zeitungsbilder sind an den Abort und an Bäume genagelt. Ein Seil, zu kurz für alles außer Seilhüpfen, liegt achtlos weggeworfen neben einem Waschzuber; daneben

Gläser über Gläser voller toter Glühwürmchen. Wie das Haus eines Kindes; das Haus eines sehr großen Kindes.

Er geht nach vorn zur Haustür und macht sie auf. Es ist totenstill. Dort, wo ihn einst ein Strahl traurigen roten Lichts umspülte und an Ort und Stelle verharren ließ, ist nichts. Ein ödes und leeres Nichts. Mehr wie ein Mangel an etwas, aber ein Mangel, durch den er mit derselben Entschlossenheit muß wie damals, als er Sethe vertraute und durch das pulsierende Licht trat. Er wirft einen raschen Blick auf die blitzweiße Treppe. Das Geländer ist von oben bis unten mit Bändern, Schleifen und Blumensträußen geschmückt. Paul D tritt ein. Das leichte Lüftchen, das er von draußen mit hereinbringt, bewegt die Bänder. Behutsam, nicht gerade in Eile, aber ohne Zeit zu verlieren, steigt er die leuchtenden Stufen nach oben. Er betritt Sethes Zimmer. Sie ist nicht da, und das Bett sieht so klein aus, daß er sich fragt, wie sie beide dort haben liegen können. Es ist nicht bezogen, und da die Dachfenster sich nicht öffnen lassen, ist es im Zimmer stickig. Knallbunte Kleider liegen auf dem Boden. An einem Wandhaken hängt das Kleid, das Menschenkind anhatte, als er sie zum erstenmal sah. Ein paar Schlittschuhe ruhen in einem Korb in der Ecke. Er wendet den Blick wieder dem Bett zu und schaut es unverwandt an. Es scheint eine Stelle zu sein, an der er nicht vorkommt. Mit einer Anstrengung, die ihn zum Schwitzen bringt, zwingt er ein Bild von sich herauf, wie er dort liegt, und als er es sieht, hebt es seine Stimmung. Er geht ins andere Schlafzimmer hinüber. Denvers Zimmer ist ebenso ordentlich wie das andere unaufgeräumt. Aber immer noch keine Sethe. Vielleicht ist sie wieder arbeiten gegangen, ist in den Tagen, seit er mit Denver gesprochen hat, wieder gesund geworden. Er geht die Treppen wieder hinunter und läßt dabei das Bild von sich fest an seinem Ort auf dem schmalen Bett. Am Küchentisch setzt er sich hin. Etwas fehlt in der 124. Etwas, das größer ist als die Menschen, die hier wohnen. Etwas, das mehr ist als Menschenkind oder das rote Licht. Er kommt nicht darauf, aber es scheint ihm einen Augenblick lang, als sei eben jenseits seines Begriffsvermögens die spiegelnde Fläche eines Dings von draußen, das einen umarmt und zugleich anklagt.

Zu seiner Rechten, wo die Tür zur Kammer angelehnt ist, hört er ein Summen. Jemand summt eine Melodie. Etwas Leises und Süßes, wie ein Wiegenlied. Dann ein paar Worte. Klingt wie «Großer Johnny, breiter Johnny. Männertreu, so beug dich nieder». Natürlich, denkt er, dort ist sie – und sie ist dort. Liegt unter einer Flickendecke aus fröhlichen Farben. Ihr Haar breitet sich wie die dunklen zarten Wurzeln nützlicher Pflanzen auf dem Kopfkissen aus und wellt sich dort. Ihr aufs Fenster gerichteter Blick ist so ausdruckslos, daß er sich nicht sicher ist, ob sie ihn erkennen wird. In diesem Zimmer ist zuviel Licht. Die Gegenstände sehen verkauft aus.

«Rittersporn wachs hoch die Stiege», singt sie. «Schaffell auf der Schulter mein, Butterblume, Kleeblattfliege.» Sie spielt mit einer langen Haarsträhne.

Paul D räuspert sich, um sie zu unterbrechen. «Sethe?»

Sie wendet den Kopf. «Paul D.»

«Ach, Sethe.»

«Ich hab die Tinte gemacht, Paul D. Er hätt's nicht tun können, wenn ich nicht die Tinte gemacht hätt.»

«Welche Tinte? Wer?»

«Du hast dir den Bart abrasiert.»

«Ja. Sieht's schlimm aus?»

«Nein. Gut siehst du aus.»

«Werk des Teufels. Was hör ich da von dir, willst nicht aufstehen?»

Sie lächelt, läßt das Lächeln vergehen und richtet den Blick wieder auf das Fenster.

«Ich muß mit dir reden», sagt er.

Sie antwortet nicht.

«Ich hab Denver gesehen. Hat sie's dir erzählt?»

«Sie kommt tagsüber. Denver. Sie ist immer noch bei mir, meine Denver.»

«Du mußt aufstehen, Mädchen.» Er ist nervös. Dies erinnert ihn an etwas.

«Ich bin müde, Paul D. So müde. Ich muß mich ein Weilchen ausruhen.»

Jetzt weiß er, woran es ihn erinnert, und er schreit sie an: «Daß du mir ja nicht stirbst! Das ist Baby Suggs' Bett! Hast du das vor?» Er ist so böse auf sie, daß er sie umbringen könnte. Er beherrscht sich, weil er sich an Denvers Warnung erinnert, und flüstert: «Was hast du vor, Sethe?»

«Ach, ich hab keine Pläne. Überhaupt keine Pläne.»

«Schau», sagt er, «Denver ist tagsüber hier. Ich werd nachts hier sein. Ich sorg für dich, hörst du? Von jetzt an. Erst mal, du riechst nicht recht. Bleib dort. Rühr dich nicht von der Stelle. Laß mich Wasser aufsetzen.» Er hält inne. «Ist das recht, Sethe, wenn ich Wasser warm mache?»

«Und meine Füße zählst?» fragt sie ihn.

Er kommt einen Schritt näher. «Dir die Füße reibe.»

Sethe schließt die Augen und preßt die Lippen aufeinander. Sie denkt: Nein. Diesen kleinen Platz am Fenster, den will ich. Und mich ausruhen. Es gibt jetzt nichts mehr zu reiben und auch keinen Grund dazu. Nichts mehr übrig, was man waschen kann, vorausgesetzt, er weiß überhaupt wie. Wird er es Stück für Stück tun? Zuerst ihr Gesicht, dann die Hände, die Schenkel, die Füße, den Rücken? Bei ihren ausgelaugten Brüsten aufhören? Und wenn er sie Stück für Stück badet, werden die Stücke halten? Sie schlägt die Augen auf, weiß um die Gefahr, ihn anzusehen. Sie sieht ihn an. Die Pfirsichkernhaut, die Falte zwischen seinen aufgeweckten, wartenden Augen, und sieht es – dieses Etwas in ihm, die gesegnete Gabe, die ihn zu einem Mann macht, der in ein Haus geht und die Frauen zum Weinen bringt. Weil sie es bei ihm, in seiner Gegenwart, können. Weinen und ihm erzählen, was sie sonst nur einander erzählen würden: daß die Zeit nicht stehenblieb; daß sie rief, aber Howard und Buglar weiter die Schienen entlanggingen und sie nicht hören konnten; daß Amy Angst hatte, bei ihr zu bleiben, weil

ihre Füße häßlich waren und ihr Rücken so schlimm aussah; daß ihre Ma'am sie verletzt hatte und daß sie ihren Hut nirgends finden konnte und: «Paul D?»
«Was, Baby?»
«Sie hat mich verlassen.»
«Ach, Mädchen. Wein doch nicht.»
«Sie war das Beste, was ich hatte.»
Paul D setzt sich in den Schaukelstuhl und betrachtet prüfend die Flickendecke in den Jahrmarktsfarben. Seine Hände hängen schlaff zwischen den Knien. Es gibt zuviel zu fühlen bei dieser Frau. Sein Kopf schmerzt. Plötzlich fällt ihm ein, wie Sixo einmal versucht hat zu beschreiben, was er für die Dreißig-Meilen-Frau empfand. «Sie ist meiner Seele gut. Sie sammelt mich zusammen, Mann. Die Stücke, aus denen ich bestehe, die sammelt sie zusammen und gibt sie mir in der richtigen Reihenfolge zurück. So was ist gut, weißt du, wenn du eine Frau hast, die deiner Seele gut ist.»
Er schaut unverwandt die Flickendecke an, aber er denkt dabei an den Zierat auf ihrem Rücken; den süßen Mund, der im Winkel noch ein wenig angeschwollen ist von Ellas Faust. Die gemeinen schwarzen Augen. Das nasse Kleid, das vor dem Feuer dampfte. An ihr Zartgefühl hinsichtlich seines Halsgeschmeides – mit seinen drei Stäben, die sich wie achtsame kleine Klapperschlangen zwei Fuß in die Luft hochkrümmten. Daran, daß sie es weder erwähnte noch ansah, damit er sich nicht zu schämen brauchte, wie ein wildes Tier an die Leine gelegt zu sein. Nur diese Frau, Sethe, konnte ihm seine Männlichkeit so lassen, wie sie war. Er möchte seine Geschichte mit ihrer verbinden.
«Sethe», sagt er, «du und ich, wir beide haben mehr Gestern als sonst jemand. Wir brauchen irgendein Morgen.»
Er beugt sich hinüber und nimmt ihre Hand. Mit der anderen berührt er ihr Gesicht. «Du bist das Beste, was du hast, Sethe. Du selbst bist es.» Der Griff seiner Finger gibt den ihren Halt.
«Ich? Ich?»

Es gibt eine Einsamkeit, mit der kann man sich wiegen. Arme gekreuzt, die Knie hochgezogen; halten, festhalten, diese Bewegung besänftigt, im Gegensatz zu der eines Schiffes, und beruhigt den, der sich wiegt. Es ist eine innere Einsamkeit – fest umschlossen wie von einer Haut. Doch es gibt noch eine andere Einsamkeit, die umherschweift. Kein Wiegen kann sie niederhalten. Sie ist lebendig, unabhängig. Ein sprödes, sich ausbreitendes Ding, das das Geräusch der eigenen Füße beim Gehen wie von einem weit entfernten Ort kommen läßt.

Jeder wußte, wie sie genannt wurde, doch nirgends kannte einer ihren Namen. Obgleich der Erinnerung entfallen und durch nichts belegt, kann sie nicht verloren sein, denn keiner sucht sie, und wenn es jemand täte, wie kann er sie rufen, wenn er ihren Namen nicht kennt? Obwohl sie Anspruch hat, wird sie nicht beansprucht. Dort, wo sich das hohe Gras teilt, zerbricht das Mädchen, das darauf wartete, geliebt zu werden und die Schmach mit Tränen zu vertreiben, in seine Einzelteile, damit es dem kauenden Lachen leicht wird, es mit Haut und Haar zu verschlingen.

Es war keine Geschichte zum Weitererzählen.

Sie vergaßen sie wie einen bösen Traum. Nachdem sie ihre Geschichten erfunden, ihnen Gestalt verliehen und sie ausgeschmückt hatten, vergaßen diejenigen, die sie an jenem Tag auf der Veranda gesehen hatten, sie rasch und entschieden. Diejenigen, die mit ihr gesprochen, mit ihr zusammengelebt, sich in sie verliebt hatten, brauchten länger, um zu vergessen, bis sie merkten, daß sie nicht einen einzigen Satz aus ihrem Mund behalten hatten oder wiederholen konnten, und wider besseres Wissen begannen sie zu glauben, sie habe überhaupt nichts gesagt. So geriet sie auch bei ihnen schließlich in Vergessenheit. Sich zu erinnern schien unklug. Sie erfuhren nie, wo oder warum sie sich duckte und wem das Unterwassergesicht gehörte, das sie so sehr brauchte. Dort, wo die Erinnerung an das Lächeln unter dem Kinn hätte sein können, aber nicht war, fiel ein Schloß zu, und Flechten überzogen mit ihrem apfelgrünen Glanz das Metall. Wie kam sie zu dem Glauben, ihre Fingernägel könnten Schlösser öffnen, auf die der Regen fiel?

Es war keine Geschichte zum Weitererzählen.

Drum geriet sie auch bei ihnen in Vergessenheit. Wie ein unerfreulicher Traum während eines schlechten Schlafs. Gelegentlich allerdings hört ein Rock auf zu rascheln, wenn sie aufwachen, und der Handrücken, der im Schlaf eine Wange streifte, scheint dem Schläfer zu gehören. Manchmal verschiebt sich etwas im – zu lange betrachteten – Foto eines guten Freundes oder Verwandten, und etwas noch Vertrauteres als das liebe Gesicht schiebt sich an seine Stelle. Sie könnten den Finger darauf legen, wenn sie wollten, tun es aber nicht, weil sie wissen, daß nichts mehr so sein wird wie früher, wenn sie es tun.

Dies ist keine Geschichte zum Weitererzählen.

Unten am Fluß hinter der 124 kommen und gehen, kommen und gehen ihre Fußspuren. Sie sind so vertraut. Sollte ein Kind oder ein Erwachsener hineintreten, so passen sie. Tritt man wieder heraus, so verschwinden sie, als sei hier niemals jemand gegangen.

Nach und nach sind alle Spuren verwischt, und vergessen sind nicht nur die Fußspuren, sondern auch das Wasser und was dort unten ist. Den Rest besorgt das Wetter. Nicht der Atem von einer, die der Erinnerung entfallen und durch nichts belegt ist, sondern der Wind in den Dachgauben oder das Frühlingseis, das zu schnell taut. Nur das Wetter. Bestimmt kein Tumult um einen Kuß.

Menschenkind.

Toni Morrison

«Ich schrieb *Sula* und *Sehr blaue Augen*, weil das Bücher waren, die ich gerne gelesen hätte. Da keiner sie geschrieben hatte, schrieb ich sie selbst.» **Toni Morrison** hat eine ungewöhnliche Karriere gemacht: Geboren wurde sie 1932 in Lorain, Ohio, war Tänzerin und Schauspielerin, studierte und lehrte neun Jahre lang an amerikanischen Universitäten englische Literatur. Mit dreißig Jahren begann sie zu schreiben und galt rasch als eine der bedeutendsten Schriftstellerinnen Amerikas, die eine poetische und kraftvolle Sprache für die Literatur schwarzer Frauen gefunden hat. 1988 wurde Toni Morrisons Buch *Menschenkind* mit dem Pulitzer-Preis ausgezeichnet; 1993 erhielt sie den Nobelpreis für Literatur.

Sehr blaue Augen *Roman*
(rororo 14392)
Es war einmal ein Mädchen, das hätte so gerne blaue Augen gehabt. Aber alle Menschen, die es kannte, besaßen braune Augen und sehr braune Haut...

Jazz *Roman*
Deutsch von Helga Pfetsch
256 Seiten. Gebunden und als rororo 13556
Toni Morrison, «wohl die letzte klassische amerikanische Schriftstellerin» (*Newsweek*), komponiert in ihrem 1926 in Harlem spielenden Roman die Rhapsodie einer großen Liebe, die scheitern muß, weil sie ihre Wurzeln nicht kennt.

Teerbaby *Roman*
Deutsch von Uli Aumüller und Uta Goridis
368 Seiten. Gebunden und als rororo 13548

Im Dunkeln spielen *Weiße Kultur und literarische Imagination. Essays.*
Deutsch von Helga Pfetsch u. Barbara von Bechtolsheim
128 Seiten. Gebunden und als rororo 13754

Menschenkind *Roman*
Deutsch von Helga Pfetsch
384 Seiten. Gebunden und als rororo 13065

Sula *Roman*
(rororo 15470)
Ein Roman über die intensive Freundschaft zweier Frauen.

Solomons Lied *Roman*
Deutsch von Angela Praesent
392 Seiten. Gebunden und als rororo 13547

Rowohlt im Internet:
www.rowohlt.de

rororo Literatur

Paul Auster

Paul Auster, geboren 1947 in Newark / New Jersey, gilt in Amerika als eine der großen literarischen Entdeckungen der letzten Jahre. Er studierte Anglistik und vergleichende Literaturwissenschaft an der Columbia University und verbrachte danach einige Jahre in Paris. Heute lebt er in New York.

Die New York-Trilogie *Roman*
(rororo 12548)
«Eine literarische Sensation!» *Sunday Times*

Mond über Manhattan *Roman*
(rororo 13154)

Smoke. Blue in the Face
Zwei Filme
(rororo 13666)

Die Erfindung der Einsamkeit
(rororo 13585)

Die Musik des Zufalls *Roman*
(rororo 13373)

Mr. Vertigo *Roman*
Deutsch von Werner Schmitz
320 Seiten. Gebunden und als rororo Band 22152

Leviathan *Roman*
Deutsch von Werner Schmitz
320 Seiten. Gebunden und als rororo Band 13927

Von der Hand in den Mund
Deutsch von Werner Schmitz
512 Seiten. Mit 24 farbigen Tafeln. Gebunden.
Aller Anfang ist schwer: Paul Austers amüsantes Selbstporträt des Künstlers als hungernder Mann vor dem Hintergrund der bewegten sechziger und siebziger Jahre.

Das rote Notizbuch
Deutsch von Werner Schmitz
64 Seiten. Pappband und als rororo Band 22275
Paul Auster hat in seinem roten Notizbuch über viele Jahre Ereignisse aus seinem Leben und dem Leben von Freunden festgehalten – daraus sind dreizehn unglaubliche Geschichten entstanden.

Paul Auster's Stadt aus Glas
Herausgegeben von Bob Callahan und Art Spiegelman. New York-Trilogie I. Großformat
(rororo 13693)

Im Land der letzten Dinge
Roman
Deutsch von Werner Schmitz
200 Seiten. Gebunden und als rororo 13043

Lulu on the Bridge *Das Buch zum Film mit Vanessa Redgrave und Harvey Keitel*
(rororo 22426)
Nach den Drehbüchern für «Smoke» und «Blue in the Face» führt Paul Auster hier zum ersten Mal Regie.

rororo Literatur

Tania Blixen

«Jenseits von Afrika», der Film nach ihrem 1940 erschienenen Roman «Afrika – dunkel lockende Welt», hat **Tania Blixen** weltberühmt gemacht. Geboren wurde die Dänin Karen Christence Dinesen 1885 auf dem Familienbesitz Rungstedlund. Mit ihrem Ehemann ging sie 1914 nach Kenia. Dort verliebte sie sich in den gutaussehenden Denys Finch-Hatton – ihre große Liebe, die tragisch endete. In Afrika entdeckte sie auch ihr literarisches Talent und begann zu schreiben. Tania Blixen starb im September 1962.

Schicksalsanekdoten
Erzählungen
(rororo 15421)
«Es ist eine kleine Kostbarkeit, die dem Leser da an die Hand gegeben wird. Es ist eine Lektüre, wie man sie selten findet ...»
Stuttgarter Zeitung

Schatten wandern übers Gras
(rororo 13029)

Wintergeschichten
(rororo 15951)

Briefe aus Afrika *1914 –1931*
Herausgegeben von
Frans Lasson
(rororo 13224)

Sieben phantastische Geschichten
(rororo 22246)

Motto meines Lebens *Betrachtungen aus drei Jahrzehnten*
(rororo 13190)

Gespensterpferde *Nachgelassene Erzählungen*
(rororo 15711)

Karneval *Erzählungen*
(rororo 22172)
«*Karneval* bereitet ungeheures, fessendes Lesevergnügen – hat man sich erst einmal auf die phantastische Erzählweise eingelassen, macht sie süchtig.»
Badisches Tagblatt

Judith Thurman
Tania Blixen *Ihr Leben und Werk*
(rororo 13007)
«Eines der besten Bücher der letzten Jahre.» *Time*

Tanja Blixen
dargestellt von
Detlef Brennecke
(bildmonographien 50561)

«**Tania Blixen** ist eine verdammt viel bessere Schriftstellerin als sämtliche Schweden, die den Nobelpreis je bekommen haben.» *Ernest Hemingway* anläßlich seiner eigenen Verleihung des Nobelpreises für Literatur 1954.

rororo Literatur

Harold Brodkey

Harold Brodkey wurde 1930 in Staunton, Illinois, geboren, wuchs in Missouri auf und absolvierte ein Literaturstudium in Harvard. Später ließ er sich als freier Schriftsteller nieder und unterrichtete amerikanische Literatur und Creative Writing in Cornell und an der City University of New York. Für sein Werk wurde er u. a. mit dem begehrten Prix de Rome und zweimal mit dem O. Henry Award ausgezeichnet. Er starb im Januar 1996 in New York an den Folgen von Aids.

Unschuld *Nahezu klassische Stories Band 1*
(rororo 13156)

Engel *Nahezu klassische Stories Band 2*
(rororo 13318)

Profane Freundschaft *Roman*
Deutsch von Angela Praesent
544 Seiten. Gebunden und als rororo Band 13698
Der Roman ist «ein Kunstwerk von atemberaubender Intensität, ein Pandämonium der Leidenschaft wie der Ängst, der Sucht wie der Flucht». *Die Zeit*

Die flüchtige Seele *Roman*
Deutsch von Angela Praesent
1344 Seiten. Gebunden und als rororo Band 13993

Venedig
Zusammengestellt, übersetzt und mit einem Nachwort von Angela Praesent. Mit Fotos von Guiseppe Bruno. 128 Seiten. Gebunden

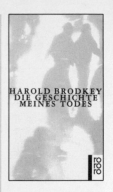

Die Geschichte meines Todes
Deutsch von Angela Praesent
192 Seiten. Gebunden und als rororo Band 22283
Nach der Diagnose Aids im Frühjahr 1993 begann Harold Brodkey zu protokollieren, wie die tödliche Krankheit sein Leben veränderte und was sie seinem Körper, seinem Geist, seiner Frau und seinen Freunden antat.

Gast im Universum *Stories*
Deutsch von Angela Praesent
352 Seiten. Gebunden
Zehn neue, noch nie in Buchform publizierte Stories aus dem Nachlaß von Harold Brodkey.

rororo Literatur

Ein Gesamtverzeichnis aller lieferbaren Titel der *Rowohlt Verlage, Wunderlich* und *Wunderlich Taschenbuch* finden Sie in der *Rowohlt Revue*. Vierteljährlich neu. Kostenlos in Ihrer Buchhandlung.
Rowohlt im Internet:
http://www.rowohlt.de

Louise Erdrich

Philip Roth bezeichnete **Louise Erdrich**, deren Mutter eine Chippewa-Indianerin war, als «die interessanteste amerikanische Erzählerin seit langer Zeit». Louise Erdrich studierte Amerikanische Literatur und lebt heute als freie Schriftstellerin mit ihrem Mann, drei adoptierten und zwei eigenen Kindern in Northfield/Minnesota.

Liebeszauber *Roman*
(rororo 12346)
«Abenteuerlust, Freiheitsdrang, Sinn für Komik, Phantasie und Freude am Spiel mit den Resten der indianischen Tradition. Diese Mischung macht den Roman schon nach wenigen Seiten unwiderstehlich.» *Neue Zürcher Zeitung*

Elisabeth Trissenaar liest aus Liebeszauber
Die größten Angler der Welt
2 Toncassetten im Schuber
(Literatur für KopfHörer 66013)

Die Rübenkönigin *Roman*
(rororo 12793)
«Ein wunderbares Buch – ursprünglich, ideenreich und sehr ergreifend.» *Vogue*

Spuren *Roman*
(rororo 13148)
Die schöne Indianerin Fleur ist der Zauberei mächtig, aber ihre Kraft reicht nicht aus, den Wald zu retten, in dem ihr Stamm lebt. Louise Erdrich erzählt, wie die einst so lebendige indianische Kultur am «American way of life» zugrunde ging.

Der Bingo-Palast *Roman*
Deutsch von Edith Nerke und Jürgen Bauer
336 Seiten. Gebunden und als rororo Band 13394
«Ein Roman wie eine Halluzination – knallbunt, verrückt und poetisch ... Eine amüsante, bittersüße Liebesgeschichte aus einer Welt zwischen mystischer Tradition und aufgeklärter Moderne.» *Cosmopolitan*

Michael Dorris / Louise Erdrich
Die Krone des Kolumbus
Roman
(rororo 13366)
Fast 500 Jahre nach der Ankunft Kolumbus' in Amerika findet die indianische Dozentin Vivian Twoster zwei alte Handschriften. Ein spannender Abenteuerroman über ein historisches Ereignis.

Rowohlt im Internet:
www.rowohlt.de

rororo Literatur

Romane und Erzählungen

Julian Barnes
Flauberts Papagei Roman
(rororo 22133)
«Dieses Buch gehört zur Gattung der Glücksfälle.»
Süddeutsche Zeitung

Denis Belloc
Suzanne Roman
(rororo 13797)
«Suzanne» ist die Geschichte von Bellocs Mutter: Das Schicksal eines Armeleutekinds in schlechten Zeiten. «Denis Belloc ist der Shootingstar der französischen Literatur.» *Tempo*

Andre Dubus
Sie leben jetzt in Texas Short Stories
(rororo 13925)
«Seine Geschichten sind bewegend und tief empfunden.» *John Irving*

Michael Frayn
Sonnenlandung Roman
(rororo 13920)
«Spritziges, fesselndes, zum Nachdenken anregendes Lesefutter. Kaum ein Roman macht so viel Spaß wie dieser.» *The Times*

Peter Høeg
Der Plan von der Abschaffung des Dunkels Roman
(rororo 13790)
«Eine ungeheuer spannende Geschichte.» *Die Zeit*
Fräulein Smillas Gespür für Schnee Roman
(rororo 13599)
Fräulein Smilla verfolgt die Spuren eines Mörders bis ins Eismeer Grönlands. «Eine aberwitzige Verbindung von Thriller und hoher Literatur.» *Der Spiegel*

rororo Literatur

Stewart O'Nan
Engel im Schnee Roman
(rororo 22363)
«Stewart O'Nans spannendes Erzählwerk ist zum Heulen traurig und voller Schönheit, seine Sprache genau und von bestechendem Charme. Die literarische Szene ist um einen exzellenten Erzähler reicher geworden.» *Der Spiegel*

Daniel Douglas Wissmann
Dillingers Luftschiff Roman
(rororo 13923)
«Dillingers Luftschiff» ist eine romantische Liebesgeschichte und zugleich eine verrückte Komödie voll schrägem Witz, unbekümmert um die Grenzen zwischen Literatur und Unterhaltung.

Tobias Wolff
Das Blaue vom Himmel Roman *einer Jugend in Amerika*
(rororo 22254)
«Wunderbar komisch – zugleich tieftraurig und auf sehr subtile Weise moralisch.» *Newsweek*